U1006730

图书在版编目(CIP)数据

江边中国 / 何建明著. — 南京：江苏教育出版社，2013.7
ISBN 978-7-5499-3109-5

Ⅰ. ①江… Ⅱ. ①何… Ⅲ. ①报告文学-中国-当代 Ⅳ. ①I25

中国版本图书馆 CIP 数据核字(2013)第 149586 号

书　　名	江边中国
作　　者	何建明
责任编辑	章俊弟　周敬芝
封面设计	徐承惠
美术编辑	李广发
出版发行	凤凰出版传媒股份有限公司 江苏教育出版社(南京市湖南路 1 号 A 楼　邮编 210009)
苏教网址	http://www.1088.com.cn
照　　排	南京前锦排版服务有限公司
印　　刷	常熟市华通印刷有限公司(电话:0512-52391383)
厂　　址	常熟市虞山高新园阳光大道 28 号
开　　本	787 毫米×1092 毫米　1/16
印　　张	25
版　　次	2013 年 7 第 1 版　2013 年 7 第 1 次印刷
书　　号	ISBN 978-7-5499-3109-5
定　　价	50.00 元
网店地址	http://jsfhjy.taobao.com
邮购电话	025-85406265,85400774 短信 02585420909
E - mail	jsep@vip.163.com
盗版举报	025-83658579

苏教版图书若有印装错误可向承印厂调换
提供盗版线索者给予重奖

邓小平“小康”梦想的实践蓝本
一个中国乡村发展的史诗报告

江边中国

何建明 著

江蘇教育出版社
JIANGSU EDUCATION PUBLISHING HOUSE

永联联峰广场

永联游乐场

本书献给——

中国小康社会的缔造者邓小平

我故乡的父老乡亲……

开篇记　1983 年，小平同志在我故乡说出了他心中的一个“中国梦想”……

每个人都有梦想。小平同志也不例外。

小平同志的梦想，就是他在上世纪 80 年代初亲口说出的要“在中国建立一个小康社会。这个小康社会叫做中国式的现代化”。与此相应的是他的中国特色社会主义理论，这一理论在中国共产党的全国代表大会上被写入党章，成为全党和全国人民的指导思想。

……001

1

1978 年，中国发生了许多事。有一个人来到了长江边，于是“中国故事”便有了另一种新的开篇和新的版本……

还能回忆起这一年我们都在干什么？

这一年我在离开家乡从军三年多后有了第一次探亲的机会。两天两夜的火车，将我从湘西某导弹基地的工程兵部队驻地拉回到了大都市上海。我清楚地记得，从上海回到家共花了十二个小时。先是乘长途汽车，再搭轮船，然后是父亲和姐姐用自行车把我驮回家。

……025

2

江边的风好大！甩出的汗珠子，落在地上的是金色的谷穗，飞往空中的是七彩的云霞……

永联村民不忘当年的事，是因为他们不太相信有人会把他们的家园建设好，倒是相信这样一句话：“干部干部，干一阵就下了阵。‘七〇圩’上来了七帮人，谁能把它改天换地算是神！”

……061

3

鱼道、人道、心道……工夫一到，金石开道

吴栋材养鱼，让永联村人第一次感受到了啥叫丰收喜悦的滋味。养鱼的成功，对吴栋材的人生和管理农民之道产生的影响，远比农民们感受丰收喜悦的滋味要甘浓得多。

……119

目录

目录

4

工起农涌，双轮起舞，钢花飞溅，呈现拍岸惊涛之势的中国特色……

学步的婴儿走起路来歪歪斜斜。吴栋材也并非是天才经济学家，他的永联“起步史”，基本也像一个婴儿走路一样，邓小平的话叫“摸着石头过河”。但吴栋材比“摸着石头过河”好一些，他可以看到前面的人或过河、或淹没了下去。苏州地区的诸多兄弟村庄走在他前面，成功的和失败的例子都摆在那里，但仅仅这是不够的。所有这些都是别人的，要想自己获得成功，完全要看你迈开步子后是否走得稳当、是否走得对路。

……147

5

1992 年，邓小平的目光与吴栋材的胆识。机遇、人才、胆识、智慧聚集一起，长江边的翻江倒海之势从此开始……

这一年中国发生了大事。中国长江边的永联小村也发生了大事。

中国的大事是邓小平的“南巡”。“南巡”中邓小平的目光始终放得很远：既看中国，又看世界；既看现在，又看未来；更把目光放到了一百年后的中国和世界。他最最深切和深情的目光放在了自己国家的十几亿人民的福祉上……人民尽快过上幸福生活，中国早日赶上世界发达国家的水平，这是他的全部心愿。为了这个心愿，邓小平把所能表达的情感都凝结和流露在自己的目光里……

……207

6

进入 2000 年，索罗斯跑了，吴栋材来了，田野上的“十里钢城”将长江岸头燃得绯红绯红……本来农民就不该缠足走路、困守沙滩！

如果以为吴栋材就是圣人，就是幸运儿，那就大错特错了。因为吴栋材后来也慢慢明白了这样一件事：如果仅带着几百号永联农民在长江边的那块沙滩地上种地养鱼，他或许可以全胜，永远不必心惊肉跳地经历失败和挫折的酸苦。但现在不同，他已经不再是一个普通的农村支部书记了。

……277

7

永联的今天就是中国的明天？农民们的梦想：田园式的城镇+自由、舒适、公平、健康、幸福的生活……

有人说过这样的话：一个人的名字与他的个性和一生的命运在冥冥之中总是有某些相呼应之处。我想还真不能轻易全部否定它，不是吗？吴栋材的名字从某种意义上讲，证明了他是一位具有特殊才干的国之栋材。在我写作这一章内容时，正好中国主流媒体在铺天盖地地宣传吴栋材，称他是“中国最美的基层干部”。这个称号对吴栋材而言，是当之无愧的。只是我认为他不仅仅是中国最美的基层干部，而且还是中国最具魅力、最富创新和实践能力的基层干部。

……323

结束语：假如没有这个人……

在大洋彼岸的美洲，据说有这样的传说：一只南美洲亚马孙河流域热带雨林中的蝴蝶，偶尔扇动几下翅膀，可以在两周以后引发美国德克萨斯州的一场龙卷风。有人说这样的概率太小，小到你拿着两元钱去买彩票，一下成了沃伦·巴菲特。但确实有科学家已经证实过一只蝴蝶能掀起一场热带龙卷风。

……389

目录

开篇记

1983 年,小平同志在我故乡说出了他心中的一个“中国梦想”……

每个人都有梦想。小平同志也不例外。

小平同志的梦想，就是他在上世纪 80 年代初亲口说出的要“在中国建立一个小康社会。这个小康社会叫做中国式的现代化”。与此相应的是他的中国特色社会主义理论，这一理论在中国共产党的全国代表大会上被写入党章，成为全党和全国人民的指导思想。

20 世纪后期这位伟人之所以能够形成这个梦想，源于他在改革开放初期走出国门，在美国、日本等发达国家看到飞速发展的经济。那时他强烈地感受到自己国家的落后，人民生活的贫困……后来的新加坡之行使他渐渐酝酿成熟了自己的“中国梦”。

党的十一届三中全会以后，小平同志代表中国共产党人向全世界宣布：中国要在 20 世纪末达到小康水平，实现中国式的现代化。

这是东方雄狮的响亮的吼声，令西方人十分紧张和警惕。他们以各种方式探究其含义，甚至放弃了老牌资产阶级意识形态观念，认为再用和平演变动摇强大的中国共产党领导下的人民政权和社会主义制度成为了泡影，于是用尽一切办法企图扼杀崛起的中国。

但中国依然在坚定地走自己的路，且越走越强盛。于是西方世界对中国的好奇心也随之增加。

“小平先生，你能说说中国要建设成的四个现代化，到底是个什么样子？”当年，日本首相大平正芳曾目不转睛地盯着中国现代化的总设计师，这样问道。

小平同志看了一眼日本客人，没有立即回答，他习惯性地缓缓点上一支熊猫牌香烟，然后想了想，说：“我跟你说这么一个事，你们现在有一亿人口，国民生产总值是 10 000 亿美金，所以你们人均国民生产总值就是

10 000 美元。那我们现在的人均国民生产总值是 250 美元。我想，我们用二十年的时间翻两番，那个时候我们就是人均 1 000 美元，是你们的十分之一，但我们的人口是你们的十倍，这样我们的总量就跟你们现在一样了。”

“是这样。”日本首相轻轻地点点头，又似乎并不太明白。

小平同志似乎看懂了对方微妙的表情，说道：“到那时尽管中国还很穷，人均国民生产总值还很低，但是有了这样的总量，我们就可以做点事了，也可以在世界上做点贡献了。”

大平正芳的两只耳朵竖得直直的，眼睛更是盯着这位小个子巨人不放。

“那么，到那时我们的国民生活水平会达到什么样的程度呢？”小平同志像在自言自语，“就是可以吃饱穿暖，我把这个叫小康。”说完，小平重重地抽了一口烟，然后朝日本客人笑笑。

小康？什么叫小康？首相不明白小康是个什么概念，他将目光投向身边的翻译——时任中国外交部亚洲司日本处副处长王效贤先生。

王翻译紧张得差点出汗，是啊，小康是什么？他怎敢问邓小平，于是急中生智：“就是……就是一个人身体恢复的时候。”王翻译心头暗暗寻思：日本人平时也讲小康，这样翻译的话首相应该明白一点吧。

“噢——”首相似懂非懂地张了张嘴，似乎也找不到其他问题，便起身笑眯眯地握住小平同志的手，说：“祝您和中国人民早日小康。”

小平同志跟着站起，一脸笑容，并连声应和道：“好好，小康，我们大家都小康。”平时小平同志在家里不怎么说话，他家人说，打从日本回国后的一段时间里，“老爷子”(家人和身边的工作人员都这样尊称小平同志)的嘴里有几回突然冒出“小康”两个字来，当时家人不知何意。

其实从那个时候起，“小康”便成了中国现代化总设计师心中的一个梦，一个民族复兴的梦。为此，小平同志常常辗转难眠……

时间过去两年多，中国的“小康”梦成了总设计师心中时刻挂念的治国大纲。

“同志们，这次代表大会将是党的第七次全国代表大会以来的一次最重要的会议。这次代表大会要审议和确定党为全面开创社会主义现代化建设新局面而奋斗的纲领……”在1982年9月初召开的中国共产党第十二次全国代表大会上，邓小平一再这样强调。为了他心中的宏伟蓝图，他向全党同志指出：把马克思主义的普遍真理同我国的具体实际结合起来，走自己的道路，建设有中国特色的社会主义，这就是我们总结长期历史经验得出的基本结论。

“建设有中国特色的社会主义”的理论光辉，从此开始普照中华大地。

新一年的春天来了。春风首先吹绿了江南大地。

“我想到江南走一走。”小平同志向身边的工作人员提出。

“太好了，‘老爷子’想到哪儿去？去苏州怎么样？”

“去江南不去苏州去哪儿？”小平反问。

“好，去苏州。”家人和工作人员好不兴奋。

时任苏州地委书记的戴心思对小平同志来苏州视察的行程和活动内容最清楚。戴老，这位1940年参加革命工作的南下老同志，在医院里接受我的采访时已83岁。我们谈起1983年春天小平同志来到苏州的情形时，戴老难抑激动之情，说：“小平同志一生到苏州有据可查的有两次，一次是上世纪60年代，另一次就是改革开放进入特殊阶段的1983年春天。那次小平同志在苏州共三天时间，住在南园宾馆。这个宾馆在市区闹中取静的地方，现今普通百姓只要付钱都能住得进去。”

“小平来之前，省委书记就打电话给我，让我准备苏州地区的情况汇报。当时我们苏州有八个县，除了现在管辖的几个县市外，还有江阴、无锡两县。小平同志来了以后，就对省委书记说，他要了解苏州地区的农村情况，他的工作人员告诉省委书记说要听二十分钟的汇报。于是省委书记就将我准备的农村情况材料向小平汇报。后来汇报时间过了二十分钟，小平说：‘你还有什么继续说嘛！’这样省委书记又汇报了我们苏州地区学习落实党的十二大提出的翻两番的事。对这件事，小平同志似乎一直很关心，在吃饭或其他场合，时不时地问我们对翻两番怎么看。我们告诉他：'在苏州翻两番绝对没问题。'小平问：'为什么？'我们回答：'苏州地区从 1976 年到 1982 年就实现了全地区工农业生产总值翻一番了。'小平对这个格外关注，听得特别认真。'五六年时间就翻了一番，你们把这个情况跟我好好说说。'看得出，小平对我们苏州在那么短的时间里能够实现翻一番，非常在意，或者说感到有些意外惊喜。"

"我们说没问题是有根据的，因为当时苏州的社队企业发展非常迅速，心里有底。"戴老说，"在十二大提出'翻两番'的目标后，当时社会上也有不同看法。有的认为经济底子薄的地方再用近二十年的时间，在世纪末实现翻两番是可能的，因为他们基数低，而像我们苏州地区这样经济总值相对较高的地区有难度。可我们经过讨论和研究的结果是，经济基础较好、基数大的地方反而可能会更好地实现翻两番，理由是：块头大，翻起来更有劲，所以可能更好翻番。后来的事实也证明了这一点。"

小平同志对此似乎格外有兴趣，追问："你们靠什么呢？"

苏州人："我们靠一些小企业。"

"我们当时都不敢说社办企业，因为'文革'遗毒还在，社会上对我们苏州地区搞乡镇企业有不同看法，有人认为这是'资本主义尾巴'。"戴老回忆说。

小平同志好像也是第一次听说，"小企业？"

苏州人："就是公社和生产队办的一些小企业。"

邓小平："噢，这就是社队企业。"

苏州人："对，我们苏州靠近上海，社队办这样的小企业好发展。"

"我们告诉小平同志，在 60 年代，城市有一批下放人员，苏州地区就接收了十万人左右。这些人员与上海、无锡、常州等城市的各个单位都有千丝万缕的关系，靠这些人打通与上海等城市的关系，办些加工企业就比较容易。"戴老说。

小平同志："那这样做你们花钱多不多？"

苏州人："不多。社队企业就是利用这些人的关系，到上海请师傅来当指导，他们也是利用星期天，我们只要给他们一点小钱，有的就干脆不给钱，师傅们临走时给一点农副产品就算回报了，而且上海人还挺高兴。”

小平同志笑了，说：“我在上海住过，上海人喜欢要你们‘乡下人’的农副产品。”

“你们的社队企业现在有多大规模?”小平继而又问。

苏州人：“已经占全地区工业产值50%以上了。”

小平同志顿时双目炯炯有神地说：“半壁江山了嘛!”

苏州人开心地说：“对对，半壁江山了!”

小平同志转而问：“你们发展社队企业对农业有影响吗?”

苏州人：“发展这些企业不但没有影响农业生产，相反还有很大的支持和促进。”

小平同志：“为什么?”

苏州人：“因为一是我们这里农村剩余劳力较多，办社队企业可以分流一部分剩余劳力。二是办小企业后有了一些资金积累，可以搞水利工程和对社队的一些仓库、道路等进行改造。而且我们还提出了进社队企业的每个职工每月拿出十元钱来支援农业。”

“办社队企业积累起来的钱，能够办化肥厂、农具厂。那个时候我们全苏州办了不少这样的厂子，非常有力地支援了农业生产。”戴老说。

小平同志的脸上再次露出笑容，“好事嘛!”

“我们那时有个口号，叫做‘为了农业办工业，办好工业为农业’。办社队企业后，不仅农民获得了多一层的收入，而且农业产量还增加了。平常一般年份，我们全苏州上缴粮食在18亿—20亿斤，那些年我们最高时达到了24亿斤。后来成了中央领导的当时四川省委书记来我们苏州参观，我陪他参观一个农具厂，他看后很震惊，说这就是社队办的农具厂?我说是。这个省委书记回去后，包了一架飞机，将全省的县委书记都拉到我们苏州来参观社队企业。”戴老对那段辉煌历史记忆犹新。

这一天，小平同志兴致特别高，先是游览了苏州园林，对苏州的同志说：“都说现在苏州不怎么样了，我看很好嘛! 你们一定要把这些园林保护好。”随后又到虎丘，小平同志与夫人卓琳等在江苏省和苏州市领导的陪同下，很开心地参观了虎丘。走到有四百年历史的虎丘“雀梅王”前，许多人都在那儿照相，一向不爱照相的小平同志突然提出“给我也来一张”，于是工作人员赶忙“咔嚓”起来……

“来来。”满脸笑容的小平同志照过相后，见戴心思站在一边，便向他招招手。等戴走到他身边后，两人就悄悄说起了一段话——

小平同志：“你说人均 800 美元是不是小康了？”

戴的脸红了，因为当时身为苏州地委书记的他还根本不知道 800 美元到底是多少钱，更不知道小康是个什么概念，“这个……”

小平同志：“就是你们这儿农村的中等水平。”

戴顿时如释重负：“噢，那应该算了。”

小平同志满意地朝苏州地委书记点点头。

次日，苏州人安排小平同志一行游太湖。春天的太湖说多美就有多美。常有人喜欢用“烟波太湖”来形容她，是因为春雾下的湖面仿佛被淡淡的烟覆盖着，姑娘们形容这样的烟波如婚纱一样美，舞文弄墨的小伙子们说这样的烟波是流动的诗章。在小平同志的眼里，太湖的烟波又会是什么呢？

“小康。你们苏州的农民已经住上楼房了，这算是接近小康水平了……”小平同志望着岸边一幢幢白墙青瓦的农民小楼房，目不转睛，嘴里不停地喃喃着。

坐在他身边的是江苏省的年轻女省长顾秀莲。许多年后，我在庄严的人民大会堂采访已任全国人大副委员长的她。关于小平同志在 1983 年春到苏州的那次经历，当年的女省长这样回忆——

“在太湖游船上，小平说，这次到你们江苏以后，我看到老百姓喜气洋洋，你们这儿还盖了那么多新房子。我跟他说，农民一富起来就是盖房子，开始盖平房，再后来就盖楼房了，因为我们江南一带地少人多。小平同志说这非常好，农民有房子住、有楼房住了，非常好。小平说，你们苏州地区的农业是不错的，要进一步搞好。农业是国家的重点。要搞好农业，怎么搞呢？一靠政策，二靠科技。你们江苏就要靠科技，土地少，就要走良种的路子，这样就可以提高生产力。老百姓有饭吃了，以后干活劲就足了。小平还说，你们江苏靠近上海，如何利用这个条件促进生产力的发展是很重要的。生产力发展了，人民生活就好了。平时说话不多的小平同志，那天说得特别多，也特别兴奋。苏州的同志用太湖的鱼虾，为他搞了个鱼宴。吃饭的时候，小平说，今天你们汇报得比较好，我呢也非常高兴，我从北京钓鱼台带来了陈年茅台酒，我给你们每人奖赏一杯。结果这一顿中饭大家吃得非常高兴……”

苏州之行，让中国改革开放总设计师满怀激情。党的十二大，小平同志代表第二代中国共产党领导人提出的要在20世纪末把中国建设成“翻两番”的现代化国家——即后来的小康社会的理想，可以说在苏州找到了印证。

“喂喂，你是苏州戴书记吗？”小平同志离开苏州没几日，有一天戴心思在办公室突然接到一个从北京打来的“保密电话”。那边说：“我是小平同志办公室的，首长要我核实一个数字：你们苏州的农民住房人均超20平米了吗？”

“对的，我们的农民确实多数实现了人均20平方米了。”戴肯定地回答道。

“好的。谢谢戴书记。”电话挂掉不几日，小平同志在北京找来中央分管经济工作的几位领导谈话。

小平同志说：“这次，我经江苏到浙江，再从浙江到上海，一路上看到的情况很好，人们喜气洋洋，新房子盖得很多，市场物资丰富，干部信心很足。看来，实现四个现代化希望很大。到本世纪末实现翻两番，要有全盘的更具体的规划，各个省、自治区、直辖市也都要有自己的具体规划，做到心中有数。落后的地区，如宁夏、青海、甘肃如何搞法，也要做到心中有数。我们要帮助各省、自治区、直辖市解决各自突出的问题，帮他们创造条件，使他们的具体规划能够落到实处。”

“现在，苏州市工农业总产值人均接近800美元。我问江苏的同志，达到这样的水平，社会上是一个什么面貌？发展前景是什么样子？他们说，在这样的水平上，下面这些问题都解决了：第一，人民的吃穿用问题解决了，基本生活有了保障；第二，住房问题解决了，人均达到 20 平方米，因为土地不足，向空中发展，小城镇和农村盖二三层楼房的已经不少；第三，就业问题解决了，城镇基本上没有待业劳动者了；第四，人员不再外流了，农村的人总想往大城市跑的情况已经改变；第五，中小学教育普及了，教育、文化、体育和其他公共福利事业有能力自己安排了；第六，人们的精神面貌变化了，犯罪行为大大减少。”

“江苏从 1977 年到去年六年时间，工农业总产值翻了一番。照这样下去，再过六年，到 1988 年可以再翻一番……”

小平同志的南方之行，特别是苏州给他留下的印象极其深刻。党的十二大确定在 20 世纪末中国要实现翻两番，有不少人对此摇头，认为不大可能，理由是“文革”十年后的中国经济处在全面崩溃状态，要用二十来年时间实现总量翻两番，几乎是不可能的事。“太悲观了！”邓小平、陈云、李先念、薄一波等经济老将认为持这种观念的人太悲观了，可当时确实谁也没有把握用二十来年时间实现翻两番的目标。对此，作为最实事求是的、四个现代化的掌舵人，小平同志内心不能不泛起几分担忧：是啊，二十来年时间，实现翻两番，目标是不是高了些？是不是根本就不太可能？正是怀着这样的探求心理，1983 年春天，小平同志再也待不住了，他要到中国经济一直最活跃的江浙大地看一看，尤其是要看看苏南的同志怎么看待“翻两番”。

第一站苏州之行，小平同志从苏州人肯定而有力的回答中找到了“翻两番”的自信：经济条件好、基数比一般地方要高出许多的苏州能够实现“翻两番”，那么那些基数比较低的地方“翻两番”应该更不成问题！

小平同志为此非常高兴，不仅在苏州用钓鱼台的茅台酒款待陪同他的江苏和苏州领导同志，而且回到北京后几次在有关中央领导同志面前讲：我对“翻两番”已经有充分信心了。这年 6 月 18 日，小平同志在出席北京科技政策讨论会回答几位外籍专家关于“翻两番”的提问时，笑眯眯地说："我们搞的现代化，是中国式的现代化。我们建设的社会主义，是有中国特色的社会主义。我们主要是根据自己的实际情况和自己的条件，以自力更生为主。我们现在的路子走对了，人民高兴，我们也有信心。我们的政策是不会变的。要变的话，只会变得更好。"

小平同志当年到苏州论证"翻两番"和他谋划中国式小康社会的蓝图一事，一直让苏州人记忆犹新，并且成为巨大的精神动力和工作激励。在我采访的几任苏州市领导中，他们几乎无一例外地用这样的口吻告诉我：苏州能在今天远远地走在全国经济和社会发展的前列，应当感谢当年小平同志在苏州留下的殷切期望。苏州人欣慰地告诉我：到 2000 年时，全苏州的工农业总产值其实至少翻了四五番。进入 21 世纪的头十二年，他们又连续实现了两次"翻两番"。

2012 年 11 月中旬，具有历史性意义的中国共产党第十八次全国代表大会召开。以习近平同志为总书记的新一代领导人再次吹响了全面建成小康社会的伟大号角。会议召开不久，习近平同志两次发表了在十三亿中国人心目中产生巨大回响的讲话：

11 月 29 日，习近平同志和其他中央领导人参观《复兴之路》展览时提出了"中国梦"，他说："每个人都有理想和追求，都有自己的梦想。现在，大家都在讨论中国梦，我以为，实现中华民族伟大复兴，就是中华民族近代以来最伟大的梦想。这个梦想，凝聚了几代中国人的夙愿，体现了中华民族和中国人民的整体利益，是每一个中华儿女的共同期盼。历史告诉我们，每个人的前途命运都与国家和民族的前途命运紧密相连。国家好，民族好，大家才会好。实现中华民族复兴是一项光荣而艰巨的事业，需要一代又一代中国人共同为之努力。空谈误国，实干兴邦。"

12 月 8 日，习近平同志轻车简出，来到深圳，在莲花山向小平同志雕像献花圈并三鞠躬。在这里，习近平同志向世人宣示：要沿着小平同志指引的道路继续改革开放，全面建设让人民更满意的小康社会。

中国人今天每发出一个声音，每做一个动作，都会引起世界瞩目。因为中国已经成为世界第二大经济体，中国的发展速度令全球震惊的同时，也让一些西方国家感到不安和害怕，他们甚至弄不明白为什么中国会发展得如此之快。

中国在不断强大的同时需要向世界宣示自己的和平主张和不称霸的决心，更需要把自己如何发展的经验与奥秘告知世人：我们是一个有自己追求和梦想的民族，我们的人民同样有权利和能力通过自己的勤奋和才能创造自己的幸福。而这样的追求与梦想、能力与经验既是中国人民的，也同样属于全世界一切有梦想和追求幸福的人民。

中国是古老而文明的国家，五千多年的辉煌历史里，我们曾经为人类作出过伟大的贡献。然而近代的一百多年里，我们饱受了因落后而被列强奴役与侵略之苦。毛泽东时代完成了民族独立的丰功伟绩，邓小平则指引了一条让十三亿中国人从落后走向全面繁荣昌盛的强国之路。在这条梦想之路上，中国如何走来的历史，其实我们还没有讲得很清楚、很透彻。甚至许多时候连我们自己都没有计算过为此而流淌了多少泪水和经历了多少艰难困苦以及积累了多少可贵的经验……

中国共产党第十八次全国代表大会召开前，我应《人民日报》之邀重回故乡，走访了三十年前苏州地委书记向小平同志汇报时曾经提到的三个乡镇企业搞得比较好的村子，写了一篇《小康社会下的农家乐》——

早晨“空中楼阁”吃自助餐

前年从新闻上就得知江阴华西村欲在田野里建一座70多层高的“世界农村第一楼”。那时社会上有许多说法，甚至连我这样一位熟悉华西村的人都对此事有所怀疑：有人去住吗？“泥腿子”们能进得了这样的摩天大楼？老书记吴仁宝的“不土不洋”是否再次被应验“出生产力”的神话？

“农村第一楼”就在我眼前：十里之外就见其雄伟挺立之躯。走至跟前，只能向上仰望——那高度，在京城也少有此楼，即使在上海外滩亦能称雄群楼；坐电梯，疾驰如飞，好不惬意；立顶端，眺望四周，田庄如画，恰似云阁仙境……

五星级，坪雕场绿，廊庭宽敞，金碧辉煌。智能楼控，出入只需“一卡通”，方便安全，童叟皆可自行。

华西村曾在吴仁宝的领导下，艰苦奋斗半个世纪，将一个贫困小村建设成“天下第一村”，那拓荒牛一直是“华西精神”的形象。想当年，吴仁宝牵着水牛，带领几百名村民依靠一副铁肩、一副犁头，平整洼地，翻新荒田，创下苏南种粮“领头牛”的称号；改革开放，又是吴仁宝以“亦工亦农”、“以商促农”的“老黄牛”精神，一次次在市场经济的搏斗中赢得成功，使华西率先进入小康。近十年，华西在老书记吴仁宝、新书记吴协恩的接力领导下，“老牛”、“新牛”并驾合力，成为全国“首富村”。

“华西能有今天，一靠党的英明政策，二靠牛的拼搏精神。”吴仁宝80岁时，曾深情地对接他班的四儿吴协恩这样说。当时他还对村民许下一个愿：华西村的农民，要不出家门，也能住上世界最高级的宾馆，吃上最丰美的饭菜。于是，盖一座“世界农村第一楼”的想法，便在吴仁宝的脑海中扎下了根。说干就干，1 000多天时间，30多亿元投资，高达328米、拥有800多套房间的现代化智能控制的五星级摩天大楼，在华西那片美丽的田野上拔地而起……如此速度，如此气概，再次体现了吴仁宝和华西人的“牛”劲。身为近邻的我，每当夜晚站在常熟虞山，向华西方向望去，那“天下第一楼”是何等的光芒万丈！何等的风采独傲！

国庆日，我陪80岁家母前去参观华西这座“龙希国际大酒店”，尚未入楼，母亲便一个劲地挥着手对我说要去看“金牛”。

“真有金牛?”我嘻笑。

“我俚全晓得吴仁宝花了几个亿打造了头金牛!”母亲操着吴语，像在显耀自己家里的宝贝一般，兴致勃勃地将我拉进直升云霄的电梯。

在摩天大厦的顶端，“金牛展厅”里果真有一头耀眼的纯金铸制的金牛昂首挺立在那儿。

“金牛！这是真的金牛！”母亲抚摸着通体金光的牛儿，眼里泛满激动的光芒。

“这只金牛，是早些年我们老书记为村上定购的，当时的金价比较低，现在这头金牛按市场价已经翻了一番……”导游小姐在一旁介绍道。据说这头金牛重一吨，按市价升值计算，华西仅在金牛身上就赚了一大笔钱。

摩天大厦里不仅有金牛，更有华西村这几十年来珍藏的包括张大千、徐悲鸿等大师在内的数百件名家书画作品，简直令人目不暇接，叹为观止。驻足墨宝陈列室的竟然有不少是村上的长者和孩童，他们在一旁或观赏，或提笔挥毫，煞是认真。

“大清早，这些老阿姐、小爷叔们干啥事？”母亲见70层的旋转餐厅门口，进进出出的与她年龄相仿的老者，不由好奇地问我。

可不，他们不太像住酒店的宾客呀！可他们为什么都上这儿吃早餐来啦？

我携母亲随人流一起进了那个300多米高的旋转餐厅，试探究竟。

哇，如此巨大的旋转餐厅！连我这样走南闯北、周游过世界的人也是第一次见。“可以同时接待800至1 000人进餐。”穿着淡绿色工作服、现场向我们介绍的服务小姐，竟然是清一色的朝鲜姑娘！

华西真的牛！

看着一群群操着我所熟悉的吴语、托盘排队在自助餐菜盆前的老阿娘、老爷叔的身影，我不由问服务小姐：“他们都是些啥人？”

“他们大多是本村村民。”

“本村村民在这五星级宾馆里吃自助餐？”我惊叹不已，真是不可思议啊。

“是的，他们经常在这儿吃。”美丽的服务员一脸自豪的表情向我诉说道。

“阿娘，侬经常在这儿吃早餐?”我问一位坐在我身边的老阿娘。

“是啊，一个星期总要来两次呀!”老阿娘一边喝着牛奶，一边回答我。

“那——你为啥不在家里自己做着吃?”

“麻烦。花样也没有这儿多。”老阿娘用筷子指指背后的自助餐台，“这里有几十种花样，我在家里最多烧一锅粥、煮几个蛋，哪比得上这儿!”

“你是付现钱还是……”

“刷卡!”老阿娘掏出一张卡，在我面前晃了晃，继续埋头她的美味。

“他们过的真是好日子!”我母亲对华西村的老哥老姐们的生活羡慕不已，数发感慨。

后来从餐厅经理那儿了解到：华西村的村民大多数每家每户都有千儿八百万存款在村上的集体账户上。摩天大厦盖好后，老书记要求这里的所有吃住全部可以面向村民。于是上旋转餐厅吃自助餐成了村民们尤其是老人们每天的习惯：早早起床的他们，晨操和散步结束后，上“空中楼阁”美美地吃顿早餐，再回家抱孙养神……

“老人们多数一周有两次左右在此早餐，他们起得一般都比住酒店的客人早，所以既不影响酒店正常服务，又能为我们营业增加客源流量，里外实惠。”经理道出了华西人的经商之道和幸福生活的奥秘。

近十年华西村的变化较前几十年又更上几层楼。村党委书记、十八大代表吴协恩将在党代会上向中央和全国人民汇报他们的科学发展新历程、新成果。

日游农耕文化园

张家港永联村是个毗邻长江边的小村。它的建村历史才四十来年，是上世纪70年代初期靠人工围积起的一块江滩地。吴栋材接任村领导时，全村人均收入只有68元，集体欠债却有数万元。四十年后的今天，永联村成为苏南地区最富的村子，农民人均收入超25 800元，去年全村上交税收达13亿元。永联村是第一个被命名的“全国生态村”的村落。这里虽然有个年产700多万吨的钢厂，然而这里的生态环境堪称花园一般美丽，富足的农民不缺钱，不缺房，更不缺清新的空气和美好的生态环境，还有他们熟悉的农耕文化……

国庆长假的第三天，我来到永联。参观完富有江南特色的永联小镇后，突然被一队队大人小孩簇拥的人群所吸引，后来听说他们都是去“农耕文化园”游玩的。顿时令我产生兴趣：去看看，那儿真很好玩吗？

太好玩！太有情趣了！进入永联村办的“江南农耕文化园”，我这个江南出生的游子仿佛一下子回到了童年时代：这里有典型的江南小桥流水景观，河溪与湖泊是天然固有的；这里有芦苇茅草搭起的牛棚马圈及风帆水车，这里有推磨石槽和纺纱布机，这里还有耕地的铁犁和插秧的线杆……这一切都是我曾熟悉的农具，今天再一次看到它们时，兴致盎然，跃跃欲试。

“农耕文化园”里还有我并不太熟悉、只知一二的“农耕谚语区”，共172条。它包括了江南民间流传的俚语、谚语，其内容既有天文地理，又有人和等社会方面的知识，每一条都由著名书法家撰写在石柱上，美观又别致，易学易识。占地22 000平方米的“农耕历史区”格外引人注目。分布在花丛、林间的二十多个雕塑，形象展示和说明了江南农耕历史：由石器锄耕、刀耕火种到铁犁牛耕的耕作演变过程；由氏族公社土地公有制到井田制、个体自耕等土地制度的沿革；由初税亩到编户齐民、摊丁入亩等历史赋役制度的演变。区内小径两侧摆放的《齐民要术》、《天工开物》、《农政全书》等我国古代农耕史书，吸引了诸多白须飘垂的老翁和牙牙学语的儿童。其实这些农耕史书连我们这样的文化人也很值得复读几遍。“江南作坊区”、“十二生肖区”、“动物养殖区”是最让游人感兴趣的地方，不仅有七八十岁的老伯伯在铁匠铺里抡铁榔头，更有一群群娃儿拿着穗禾与水鸭嬉戏，还有穿着时尚的少女坐在纺纱车前试着纺线织布的拙劣劲儿……具有现代意义的“土地利用区”、“乡村能源区”、“农户设施区”也围集了大量的农家游客。

午时，主人邀我在“农家休闲区”吃地道的农家菜。一百多元钱一顿，能吃上六菜四汤，有野鸭土鸡、豆腐青菜、红薯玉米、面筋咸肉等小时候熟悉和喜欢的家常佳肴，真是别有一番清爽实惠之感。

如此“农耕文化园”，游乐玩学吃齐备的地方，堪称一绝。永联村党委副书记、原某集团军师政治部主任吴惠芳向我介绍：前年他在父亲吴栋材的影响下，毅然从部队转业回村后，与父亲和村委会商议，决定出资5 000万元，打造一个“缩小比例的江南水乡，功能丰富的休闲农庄，农耕主题的文化走廊”为总体构想，集种植、文化、游乐、美食等功能的“农耕文化园”。让富裕起来的农民尤其是后一代的村民子弟们能够在享受生活样样不愁的条件下，不忘和传承千百年祖辈创造与积累的江南农耕文化，同时也能享受农耕文化中所孕育的劳动与自然带来的快乐。“2010年10月建成至今，已经接待数十万人次到这里参观游览和休闲美食。来得最多的还是本村村民，特别是老人和青少年。许多老人一周要来数次，他们一来这里，就会有浓浓的怀旧情感，时不时愿意露一手过去的农活把式，既锻炼了身体，又重温了往日的情趣。”吴惠芳说，永联村现在的土地一半是工业园区，一半是现代化的农田。扩大了的永联村，如今一万人是工厂工人，另一万人是外地打工者，剩下的一万村民也只有几十个从事现代化的农耕工作，因此基本上很少有人再会拾起农耕活儿。然而传统的农耕文化，是祖祖辈辈留下的文化遗产，继承这份遗产，也是社会主义新农村建设的一份责任。再者，绿水草木相间的农耕文化园也恰到好处地将钢铁厂和农民们的居住地坚固地隔离开来，起到了保护环境和美化生态的作用。

永联村的“农耕文化园”可不是低水准的农家小花园，而是具有高水平的休闲观光和可以参与动手劳动的场所。开园两年来，多次举行过大型富有特色的农耕文化游乐节，连中央电视台都在此进行过专题活动。一到节假日，上海、无锡、张家港等城市的游客都会慕名而来。我来访的10月3日当天，农耕文化园接待游客4 850多人，国庆那天游人超过5 500人。

夕阳西斜时，一位老伯乐滋滋地拎着几条鱼儿从我身边走过，说这是他在农耕园的鱼塘里亲手逮着的。“虽说还要出十来块钱来买一斤，但我感觉活动了半天身板骨儿，舒畅！”

“有了这个农耕园，我三天两头来这里，比整天呆在四室一厅的楼房里更悠哉。”老伯咧着牙齿稀少的嘴，笑弯了腰。

夜晚四世异堂同欢乐

都说“四世同堂”是人间美满之事，其实在农村，几辈同堂并非一定美满幸福。过去日子贫苦时，几代人挤在一起很无奈。后来生活渐渐好起来了，几代人住在一起，由于生活习惯和情趣爱好差异，难免拌嘴吵骂，有的甚至虽有好日子心境反而坏了。常熟蒋巷村党支部书记常德盛带领村民通过几十年艰苦奋斗，创下了一片丰厚产业。家家户户都住进了别墅洋房，三四百平米的新式别墅，才十来万元就可以归为私有，城里人看得眼红又羡慕。

但是常德盛发现，村里虽然成家后的男男女女都有了宽敞的新房子，可也不是每家每户的日子都过得舒畅幸福。有些四世同堂、三代同院之家常常因为生活习惯和情趣爱好不同而弄不到一起。熟谙农家人生活的常德盛把自己的想法讲给了村委会的干部们听：我们应该多为上了年岁的老村民着想，给他们建适合他们生活习惯的老年公寓。

“这个点子好。”村干部都认为常书记的想法对。于是蒋巷村的一座平房小园式的老年公寓很快建好。村委会随即作出决定：男满60岁、女满55岁(夫妇中只要有一个符合者)的村民就可以申请到老年公寓居住。居住者免房租，还可享受一定的粮食补助。老年公寓里有卫生保健室、体育活动室和户外运动场及绿地小公园。面对这样的好事，全村符合年龄的老夫妻们纷纷报名入住。

这一天我在常德盛书记的引领下，来到村老年公寓。见许多年长的老人在这儿生活，他们一个个脸上挂满了幸福的笑容，都说"常书记办事周到"。

"跟孩子在一起住总有些不便，比如我的孙女，她在上高中，平时喜欢唱歌听音乐，有时半夜还在哇哇直叫，我可受不了。多说了，孙女会不高兴；不说吧，我没法安静休息。现在我和老伴搬到了老年公寓，我们晚上9点睡，早晨6点起。白天有空回家帮着孩子们看家，他们也常常做了好吃的给我们送来。这样大家都自在。"姓李的老伯伯指着应有尽有的居室，高兴地对我说。

"祝你生日快乐！祝你生日快乐——"这时，突然听到李伯伯的隔壁传来热闹的声音。我们忙过去一看，原来是村上88岁的孙爷爷一家四代人为老人家过生日。孙爷爷的儿子、媳妇都是村企业的工人，现独住一套别墅，去年他们的女儿结婚后另住一套新房。孙爷爷如今已添重孙。这一天孙家四代人在一起为老寿星祝寿。我问孙爷爷独自住在老年公寓好不好，老人捋着胡须连声说："好！好！"

"年岁大了老毛病多，我住在家里会影响孩子们工作。老年公寓里有专门的服务员，他们24小时为我们守着，按一下电钮就有人过来。"孙爷爷手指床头的一个电钮，专门为我示范道。又说，他住在这儿，儿子儿媳和孙女孙女婿常常轮流来看望他，一有好吃的就送过来。"开心，我想活到100岁。"孙爷爷的话让全屋子的人欢呼起来。谁说"四世同堂"才幸福，蒋巷村的"四世异堂"更显人文关怀。

"全村还有三分之一的老人跟儿女住在一起。我们鼓励和提倡这些老人与子女同居生活，因为这样更有利于增进家人之间的亲情。

村上规定，凡与老人一起生活的家庭，每户每月有几百元的奖励。”党的十八大代表常德盛书记是全国新农村建设的先进典型。他几十年如一日的模范行动不仅创造了一个富强村庄，也让村上的每一位村民过上了实实在在的舒心而幸福的生活。

这是真正的农家乐。这是中国当代社会中农民小康生活的真实写照。

上面这三个村的村支部书记中，华西村和蒋巷村的书记参加了党的十八大。

短文中的华西村，三十年前的人均收入为 1 060 元，现在为88 000 元，超过 1 万美元；三十年前华西村的总资产为 614 万元，现在为 352. 706 4 亿元，以经济总量和人均收入看，华西村现在已经接近发达国家水平。华西村在小平同志到苏州时还隶属苏州地区，后来江阴县和无锡县一起划归为无锡市，华西村从此不再属于苏州市。

三个村中的蒋巷村与我老家同属一镇，为避嫌，本书中不作专叙。不过，你若有时间到那里走一走，会真切地感到那里的百姓为啥说他们过着“幸福又舒心”的生活。有专家实地考察蒋巷村后，说那里的百姓“小康幸福指数”高居全苏州第一。蒋巷村人数少，仅有一两千人，似乎不具代表性。

三个村庄中的永联村与我老家的直线距离约为半个小时的车程。

我老家的人告诉我，在苏州，永联村才是这一带最富裕的村子。是这样吗？我将信将疑，因为今日苏州的富裕村太多，到底谁最富，官方的统计也未必准确，不过有一串数据好像能证明：

2008、2009、2010 年，永联村向国家上交税收均在全国 63 万个行政村中名列前三甲。2011 年永联村上交税收达 13 亿元，超过华西村。

三十多年前，永联村的农民人均收入是 68 元，现在是 25 800 元。听起来，这个数字比华西村的人均水平要少。“不能这么比！”立即有人反驳我，说：这个数字不能代表永联百姓的实际收入水平。

为什么？

因为当年永联村的村民清一色是农民，而今他们多数人早已换成了企业职工身份，他们的实际收入也远不止这个数。另外，通过近些年的并队扩村，永联村民从 800 多人，增加到 10 000 多人，村民的人均收入被摊薄了。

原来如此。

那——永联村到底是多少呢？

得让永联村的人自己说。

我只得去问永联村人。

永联村民们笑而不宣，说：反正零头都比这个数多。

还是村党委副书记吴惠芳的回答让我摸到了一些头绪。有一个数字可以作参考：当年的永联村民，如果他在十年、二十年前就在永联村办企业工作，那么现在他一般情况下都享有了科级干部的待遇。他的年工资收入应该不低于三四十万元。另外一笔比年工资收入还要多得多的是他在企业的股份分红，按照 2011 年永联企业的分红水平，一位科级干部应该还可以拿到四五十万元。

陪我采访的永联企业文化处的小徐，是十几年前独自投奔永联的外来打工仔。现在他拿的是副处级待遇，年工资加上分红，一年的收入他说应在 80 万元左右。

我听后内心好一阵羡慕，因为像我这样一位国家副部长级公务员，一年工资收入也就十来万啊！是永联村一个打工仔的十分之一，嘘，有点心酸，更是羡慕！

农民们住的房子呢？永联村人告诉我，三十多年前他们住的房子基本是清一色的泥草垒起的茅草房，市值 1 000 来元。现在每家每户的住房均为公寓式楼房，人均 60 多平米，市值 40 多万元，与三十多年前的差异在 400 倍左右。三十多年前，全村没有一户在银行有存款，村里则有 6 万多元欠债。而今永联村人在银行共有多少存款？永联村所在的南丰镇金融机构负责人告诉我，仅永联在他们南丰镇各个金融机构的存款达 20 多亿,“这仅是冰山一角,因为最有钱的永联人是把钱存到了张家港市、存到了苏州和上海等大城市的银行……”

三十年前,小平同志来苏州,他看到农民们盖起的小楼,兴奋地说:“那你们就是小康水平了!”如果今天小平同志能够看到永联村人的这些财富和他们聚居在具有江南特色的永联小镇时,他又会说什么呢?

永联村的村民们告诉我,小平同志一定会这样兴奋地感叹道:“那是我心目中真正的小康社会喽!”我笑,心想:该是这样的话。

永联人住的永联小镇,是永联人在自己原先的家园上建起的一座苏南古城建筑风貌的新集镇小区。阳光下,青瓦白墙,小桥流水环绕屋前楼后,宽阔洁净的道路四通八达,琳琅满目的街市和张灯结彩的门店,加之江边吹拂而来的清风白云,置身其中,令人如梦如幻。2012 年国庆期间,我正在永联小镇采访,巧遇一群欧洲记者。他们的眼睛里闪着惊诧的目光,一边忙不迭地照相,一边不停地用英语、法语惊呼着:“太美了! 比克鲁姆洛夫还美!”“胜过波西塔诺小镇!”

我知道,克鲁姆洛夫是伏尔塔瓦河上游的一座小镇,这座被游人称为“美得令人窒息的”小镇在捷克,它的建筑是 14 世纪和 17 世纪间典型的欧洲哥特式和巴洛克式建筑,其风格和环境闻名世界。

洋人嘴里所说的波西塔诺小镇在意大利南部的阿马尔菲海岸。小镇之美是因为那些小巧的房子,沿海边环绕于山腰间,它们都涂着不同颜色,而成片成片的鲜花则点缀在整个山腰,使得那里充满了地中海的典型色彩——芥末黄、暗橘红,暖色的阳光则加深了它的深沉。倘若你走在镇里的一条条小路上,会如进入迷宫一般。信步前行,脚步的清脆回响都是美妙的音乐。假如你向山的相反方向行走,你迟早会看到美丽的沙滩。那是另一种美景:地中海的壮阔海面,天空澄清得容不得一丝杂质的蓝。沙滩上整整齐齐地排列着彩色的小阳伞、沙滩椅和游艇。蔚蓝海面上散落着点点的游艇白帆,犹如一串断了线的珍珠。意大利人有句谚语,“看一眼那不勒斯,然后就去死”,讲的就是波西塔诺小镇之美。

中国人的美通常是含蓄的。中国人把最美的景象视为天堂。中国有两个地方被称为“天堂”，它们是苏州和杭州。

古人把苏州、杭州视为天堂，有其道理。那是农耕社会状态下的江南城市，是人们追求的最美最舒适的居住之地。然而在工业化和现代化形态下的苏杭，已经不再有传统意义上的“天堂”式的那种美而舒适的景象了。一座座横七竖八的摩天大厦早已淹没了庭院式的建筑，街前屋后的小河与湖泊，时不时涌动着工业污水的浊流和漂浮着星星点点的生活垃圾，马路上切不断的车流冒着青烟，比蚂蚁还要多的行人相互间的喘息里透着污浊的气味……

永联人复原了传统里的“天堂”环境，比如说苏杭古城里特有的一排排沿河而建的青瓦白墙居屋，比如说那些迷人的小桥流水景致，比如说错落有致的庭院、别墅，还有紧挨宅前屋后的湖塘月色。永联小镇有着连过去的苏杭也没有的美景，它们是小镇边成片成片的油菜花、成片成片的芦苇塘、成片成片的桃花树和香飘十里的桂花林……这还不是永联小镇的最美处。永联小镇的最美处是因为它紧挨着长江。那一天，我站在永联村的渔业队轮船旁，眺望波涛翻滚、巨轮鸣笛、芦苇摇荡、鸟鸥飞翔的宽阔江面，情不自禁地贪婪地一口口吸着清新而湿润的空气，仿佛五脏六腑得到了彻底的清洗。

“啥叫天堂？这里才是天堂！”这是我由衷发出的一声感叹。

我把目光聚集到永联村是自然而然的事了。

这个小村子里所发生的故事，有我父亲那一代人的影子，也有我姐妹兄弟们走过的足迹，它更是一部中国农民们依靠党的政策和自己的勤劳与智慧所创造的具有人类进步意义的“中国新乡村史记”。它让我一直沉浸在激动和兴奋之中，同时也引发了许多深刻思考——

1

1978年，中国发生了许多事。有一个人来到了长江边，于是“中国故事”便有了另一种新的开篇和新的版本……

还能回忆起这一年我们都在干什么？

这一年我在离开家乡从军三年多后有了第一次探亲的机会。两天两夜的火车，将我从湘西某导弹基地的工程兵部队驻地拉回到了大都市上海。我清楚地记得，从上海回到家共花了十二个小时。先是乘长途汽车，再搭轮船，然后是父亲和姐姐用自行车把我驮回家。

现在这段路程，无论从上海的虹桥机场还是高铁车站出发，到我家只需一个小时，因为现今有两条高速公路可以通到我老家，也不再需要更换几种交通工具，办厂的姐姐和妹妹都有专职司机会将我送回家中。

1978 年末，中央召开了一个十分重要的会议，那就是后来载入史册的中国共产党第十一届三中全会。同时 1978 年的中国发生了太多的事，似乎都值得浓墨重彩地描写——

年初的 1 月 5 日，新中国第一个工业代表团抵达美国华盛顿杜勒斯机场。中国驻美联络处主任、著名外交家韩叙把祖国的代表团接到绍汉姆酒店后，说："大家一路辛苦了，晚上我给你们安排一家中餐馆吃顿饭。"

代表团的成员很惊讶："这里还有咱中国人啊？"

韩叙说："是台湾人开的中餐馆。"

"台湾人？不行不行，我们不能去台湾人开的馆子吃饭！这一吃不知吃出啥毛病！绝对不能去！"团长、副团长皆是工业部的部长、副部长，他们都是"老八路"和"小八路"出身。

"就因为当年我们在西安事变中给国民党送了几次信，结果在'文革'中被造反派揪出来当作'国民党反革命特务'，斗得够呛！我们再不能沾台湾人的边了！"代表团团长没给革命资格不相上下的韩叙面子，坚决拒绝道:“虽然出国前,外交部说到这儿后都听你的。但这件事上我要为全团负责,你得听我的。”

“那……”韩叙十分为难,说:“那我们只能去吃西餐了。”

“西餐都有些啥?”

“汉堡包、奶酪……”

团长突然掏出手绢,转身吐了一地污秽物。“你、你千万别再给我提汉堡包、奶酪了。这飞机上一路都是恶心的汉堡包和奶酪……”

韩叙陷入窘境,说道:“那你们吃什么嘛?”

副团长用脚踢了踢旁边的两只纸箱:“没事,部长让我们带了两箱麦乳精。”

韩叙笑了,说:“好吧。我刚来美国时,也主要靠麦乳精撑着肚子。”

现在的年轻人不会知道麦乳精是啥东西。在1978年,它可是我们全国人民都向往的美味食品。

这个代表团访美时间不短,到1月底才回国。一个多月后,中央专门召开会议,中央主要领导都参加并听取了代表团的汇报。叶剑英在会上发表了一段激情洋溢的讲话。他说,我们搞了多年建设,深感高度现代化的国家势必要解决能源问题。有了能源,机器才能转动起来,物质财富才能生产出来。中国因为“文革”折腾了十年,我们各方面大大落后于西方国家。过去我们落后,现在中央确定了在本世纪要实现四个现代化,就要急起直追,一天要做一个月的事情!

国家落后了,我们必须急起直追。中央领导对此有极其强烈的共识。最着急和最想急起直追的人要算小平同志了。这一年74岁高龄的他,连续访问了缅甸、日本和新加坡等周边国家,尤其对日本和新加坡的访问,让小平深切地感受到中国落后于世界发达国家的距离。

“快!真的很快喔!”在日本的快速干线的火车上,小平看着风驰电掣般的高铁,数次发出一声声感叹。

在听了新加坡人介绍这个东方小国的现代化管理经验后,小平紧紧握着李光耀总理的手,恳切地说:“中国比新加坡落后多了,希望你们帮助我们……”那目光里满是期待。

也是这一年2月的一天傍晚。广东省东莞县虎门公社的沙角海边。

黑色夜幕下，几百人的送行队伍，黑压压地站成一大片。在无数遍离别的叮咛声和哭泣声中，提着包裹的小伙子陆陆续续跨进岸边的一条简陋的机动船上。暗淡的月色斜照在海面，骚动的人群像起伏的海水汹涌着。船就要开了，岸上的女人、孩子和船上的男人们彼此开始呼喊起来，情景凄切而悲壮。

突然，由远而近传来“嘀嘀”的汽车喇叭声，一辆破旧的吉普车驶到岸边猛然停下。公社领导出现在人群面前。

这人社员们都认识，叫黎桂康，是公社书记。

“不要走！大家不要走……你们不能走！”黎桂康的声音跟平时完全不一样了，尖而刺耳。

海边的空气突然凝重起来，又很快出现反弹——短暂的沉寂之后是更大的喧哗与骚动，此起彼伏的人声完全淹没了公社书记的声音。甚至有人又蹦又跳冲着这位干部说：“我们就是要去香港！”“我们要到那边去活命！”

“你们不能走！千万走不得啊！走了你们就是……”黎桂康把“反革命”三个字吞到肚子里，又说，“我们这里也会好起来的，会好起来的！相信我吧！真的会好起来的！”

“谁信！走——”

黎桂康急了，年轻的他一下从车上跳下来，想冲到岸边的船上。但想不到的是那些女人和孩子还有老人们筑起的人墙竟然把他死死地堵住，根本挨不到船边。

黎桂康使尽力气，就是不能动弹一寸。“你们、你们不能走啊……”他哭了，哭得泣不成声。

后来女人们也跟着哭了起来：“书记，我们也是没有办法的呀！我们也不想孩子他爸走啊！可他不走，我们全家还得挨饿嘛！”

驶向香港的船漂走了，越走越远。黎桂康瘫坐在岸头，哭得最后连眼泪都哭不出来了，一个劲地自言自语道："这是为什么？为什么……"

不为什么。走的人都听说去香港能有饭吃，能吃上好饭，能赚钱回来养家糊口，说不准还能发大财。

这一年前后，广东东莞、深圳一带跑到香港的偷渡客据说有几十万人。若干年后，他们中间大多数人又回来了。当年的公社书记黎桂康，后来当上了东莞市市长、广东省副省长。

3月，全国科学大会召开，小平同志在会上第一次提出了"科学技术是第一生产力"的概念，使中国知识界沉浸在"科学的春天"即将到来的喜悦心情之中。

"日出江花红胜火，春来江水绿如蓝。这是革命的春天，这是人民的春天，这是科学的春天！让我们张开双臂，热烈拥抱这个春天吧！"诗人郭沫若这样欢呼道。

在"科学的春天"暖风吹拂下，被骂了十几年的"臭老九"们从此昂首挺胸，以从未有过的激情与干劲，投入到了四化建设之中。一篇《哥德巴赫猜想》将陈景润这样埋头科学工作的知识分子形象推到了全国各行各业的面前。

这一年4月，似乎没有发生什么大事。然而人们在中央媒体上看到了两个很不相同的观点：一是"两个凡是"，二是"必须纠正'文革'留下的一切错误的东西"。前者的话出自当时中央最高领导，后者的话代表着民意，也代表着小平等老一代领导的主张。

5月11日，《光明日报》发表了《实践是检验真理的唯一标准》，由此掀起党内和全国性的一场思想理论战线的大交锋，结果是真理获得了胜利。以小平同志为核心的第二代领导人的地位全面确定，改革开放和思想大解放运动从此一发而不可收。

7月6日，中央为广东、福建两省制定了《对外加工装配和中小企业补偿办法试行条例》(后来广东人称它为"22号文件"，此文件引出一个叫"三来一补"的名词，再后来这名词变成了"引进外资"和"招商引资")。

谁也不会想到，东莞虎门的一个“外逃分子”李玉龙竟然成了“历史性人物”。他凭借在逃往香港期间认识的一位叫张子弥的商人关系，两人合伙在虎门办起了全国第一家“三来一补”企业——太平手袋厂。这个起初只有十几人的小作坊式“来料加工”厂，后来却成了中国改革开放吸收外资搞企业的模式，使得广东等沿海地区在几年之内迅速出现了数以百万计的中外合资企业，并且把整个中国带进了前所未有的经济快车道。

在中国内地，农民在党的政策指引下，也开始与贫困作斗争。8月，安徽省委书记万里按照小平同志“多打粮”的要求，访贫问苦，给种庄稼的农民释放了一连串信息：“学大寨”越学越穷，多打粮才是真正的路子！

农民们开始把脚步停在自己的土地上，将汗水洒在耕耘的庄稼地里。也正是因为这股力量的催发，才有了这一年年底小岗村的18位农民按手印立字据，将全队517亩土地按人头“包干到户”。严宏昌等18位农民的名字从此写入了中国改革发展史。

这一年全国的农民都在以不同方式寻找着自己摆脱贫穷的道路。有一个农民的名字在当时根本没有人注意，因为他仅仅是几亿农民中的一个。如果说他比其他农民稍稍硬气一点的话，那是因为他还是农民的小头目——中国最基层的大队支部书记。

他叫吴栋材。本书的主人公，时年42岁，职务：江苏省沙洲县南丰公社23大队（现为张家港市南丰镇永联村）一把手。

1978年时的吴栋材，实在是个小人物。别说无法与安徽小岗村那18位按手印、开创中国农民分田到户先河的农民英雄们相比，就连我父亲都远远不如。我记得那年我父亲已经在自己的生产大队里办起了两个企业，一是绣花厂，二是眼镜厂。绣花厂有几十个年轻妇女，她们个个心灵手巧，绣的花都是供苏州出口的。能进绣花厂的青年妇女不仅可以不晒太阳、不沾泥巴，穿着“的确凉”衣服，在室内做干干净净的针线活儿，而且还能挣上比插秧、割稻、挑大粪等重劳力活多一倍以上的工分——绣花工是发工资的，但钱不能到自己的手里，由厂里按数发到生产队，折合成工分后记在她们的头上，年底与生产队其他农民再进行分配。绣花女在我心目中是我那一辈年轻男人向往的找对象最佳群体。眼镜厂多数是男性农民工人，他们的收入也不错，可抵一两个绣花女的工资，分配方式与绣花女一样，先折合工分到人头，再参加本生产队的年终分配。眼镜厂和绣花厂的男女工人们最容易走到一起，他们的恋爱和成婚率非常高。父亲曾经也为我物色过他鼻子底下的一名绣花女作对象，父亲的理由非常充分和有力，“人家的爹是苏州大厂子的工程师，居民户口，我们的厂全靠她爹的路子……”但当儿子的我，有些书呆子气，坚决不干，非要跳农门、出去“闯天下”不可。为此事，父亲曾经愤怒过很长时间。虽说“私事”没办成，但父亲办的两个厂子却红火一时，我印象中当时连吴仁宝的华西村都有人去参观学习过。

吴栋材知不知道我父亲，我不清楚。但后来有一件事是清楚的：华西村的吴仁宝因为“偷办”小厂而受到过批评，挨批评之后的吴仁宝心里装着自己那些一心想求富的农民们，结果他的厂子越办越好，最终成了“天下第一村”。

1978年时的吴栋材实在微不足道。他既没有我父亲那么光芒四射、神气活现，也没有吴仁宝那样三头六臂、风光四方。吴仁宝就不用说了，他是当时苏州地区的老典型，他本人的能力和水平是放在那里的：在我父亲和吴栋材当大队干部时，他已经有过五年县委书记的经历。吴栋材比我父亲小两岁，算是有差不多的经历和地位的人，但吴栋材不如我父亲的地方主要是他没有那么好的村子（当时叫生产大队）。我父亲的生产大队在常熟地盘上。常熟在苏州几个县中是最好的地方，历史悠久，自然环境好，自古以来属于旱涝保收的富饶之地，可谓“常熟常熟，十年九熟，剩下一年肯定是更大的丰收年”。故有人言，在常熟，即使没有田没有地，守着河滩湖畔照常能过滋润的生活。

吴栋材就没有我父亲那么运气了。1978年，他要去上任当村支部书记的地方是沙洲县南丰公社的23大队。这个23大队在吴栋材去之前叫“七〇圩”。何谓“圩”？字典上这么说：圩，低洼地区围绕房屋、田地等修建的防水堤岸；又称圩田，用土堤包围能防止外边的水侵入的农田。

从23大队之前的“七〇圩”名称，我们就明白了这是一块新围拢的滩地。翻开永联村史和五十年前的苏州地图，吴栋材今天所在的名扬四方的“永联村”根本不存在，因为永联村的地貌真正形成是在1970年，此前这里还是一片长江水……

说吴栋材与我是真正的老乡是有道理的。现在他所属的市叫张家港，张家港之前叫沙洲县，沙洲县有一小半乡村是从我老家常熟分出去的。吴栋材告诉我，他们永联村原来的名称叫“七〇圩”，就是沙洲人眼看常熟人要把两县交界的那块长江滩地围拢起来变成自己的新地时，突击百天抢先占领和围拢了这么一块滩地，称为“七〇圩”。

常熟当时财大气粗，与沙洲县近邻的福山农场属于国营大单位，区区沙洲人占一块江滩地也就没有把它当回事。当年常熟人就这么谦让，使张家港人从此有了永联村这块如今名扬天下的福地。

谁都没有在意的这块忽现忽隐的江滩地，1970年成了沙洲人划进自己版图的新天地。几年之后的1974年秋末冬初，一场特大的台风将包括“七〇圩”在内的一大片新围江滩地，全部淹没在滔滔江水之中。也正是这场大台风，使得我和永联村有了一层特殊的乡情血脉关系——

“同志们，台风夺走了我们几万劳动力流血流汗换来的‘农业学大寨’成果，怎么办？我们要拿出大寨人战天斗地的革命精神和《沙家浜》中泰山压顶不弯腰的青松精神，守住圩堤，保护农田！”每家每户的广播喇叭中，传来了县领导的战斗动员：“各公社要抽调一个基干民兵营到长江围堤上参加战斗！”

这一年，我17岁，高中刚毕业，作为大队团支部书记，自然被组织到参加长江围堤的基干民兵队伍中去。那是人山人海的战场，我也第一次感受到父亲为什么一提到他带领“民兵营”参加农田水利建设战斗时就特别激动和自豪，因为这种男人们显示自己力量和比试豪气的场面，确实气壮河山！试想：几千、几万人的工地上，每人一副担子，车水马龙般地来回穿梭的战斗队伍，无数双眼睛相互比试着劳动进程和速度，以及男人与男人之间无声的竞争比力，你不被感染才怪！在这种劳动和战斗场面中，越是有力量的人，越是号子叫得响亮，头昂得越高，脚步走得越欢实；相反那些力气小的、担子里装的泥土少的人，越是不会有响亮的号子声，脚步也特别沉重，眼睛只敢看自己的脚尖……那些日子，我以为是我一生中最难堪的时候了。17岁，细得像棵葱，走路都是摇摇晃晃的，那一副担子时不时地从肩上脱落。再看看担子里装的泥块儿，少得实在太可怜。可就是这么一点点的泥块儿，压得我肩疼腰弯……一天下来，累得浑身筋骨"吱吱"直响。长长的堤坝，绵延几十里，可怎么也盛不下几万民工队伍。晚上，只能睡在附近的农民家里。十几个人挤在一间厅堂内，没有床，只有地铺，自带的一条被子下是湿漉漉的稻草。每天要干十三四个小时，雨里、水里、泥里，我只记得自己根本不像个人，而像一条被无数双脚踩疼了的小泥鳅。

"不是人干的活！一定要闯出去！不要再当好汉了！永远当不了好汉！"深夜，枕着草铺，听着台风下的长江汹涌拍岸的涛声，我独自暗暗流泪和发誓。

这是1974年的我，一个挣扎在无望命运的痛苦之中的17岁青年。那样的日子如果再漫长和劳苦些，也许我会跳进滔滔的长江结束生命。那种在冰水刺骨下的守圩战斗绝不是一个双肩还很稚嫩的小男人所能承受的。我们少年时的团干部是保尔·柯察金式的一代。

"别傻干了！那边是沙洲的地了，往回走吧！"我所在的民兵营为了显示战斗能力，一个劲地将前面被江边淹没的旧圩重新填起加固，远远超出了常熟区线，后来被上级发现后才收工。

三十多年后，我才知道，那一段圩堤，其实就是现在吴栋材所在的永联村地段，当时叫"常阴沙农场七〇圩"。外人不知"常阴沙"何意？"常阴沙"是个很怪的名字，其实是常熟、江阴和沙洲三地各取一字而成的称谓，要说明白这个冠名还得了解一下这块土地的形成和变迁。

常熟、江阴和沙洲本是一家人。

远古时代，这里是一片你中有我、我中有你的汪洋泽国。大禹来此治水，慢慢让太湖流域和长江口的淤滩之地成了吴越富饶之地。约一万年前，太湖流域东南的大片海面开始出现一些小山丘，比如大家现在熟悉的苏州名胜虎丘，就是在那个时候被海水冲积而成的一块水成岩。古时的虎丘山叫海涌山，宛如一只猛虎，故后来有了“虎丘”之说。有了虎丘之后，苏州东南的大片海域又呈现一块块海滩淤地。千年过后，这些海滩淤地长满丛草与树木，此时芦塘鸟飞、鱼欢兽奔，开始有了蛮人。再往后，中原周王朝的泰伯与仲雍为禅让王位，千里迢迢避居江南，史上有“奔吴”之说，讲的便是这二位公子的故事。这二位先贤的到来，使得我蛮乡故土从此告别了“断发文身”的生活，进入了文明社会。公元前 514 年，吴国大王阖闾即位后，为抵御北方强敌侵犯，令大将伍子胥建设水城，这就是现在的苏州城池。伍子胥经历七年劳作，动用兵力民工无数，在水网密布的海滩淤地上建起了一座“周四十一里二百一十步二尺，陆门八，水门八”的“阖闾大城”，即姑苏城。“二八城门开道路，五千兵马引旌旗。”苏州从此名扬天下，历经 2 500 余年，一路风光至今。

古苏州往东南望去，那个时候还几乎是水泽之地，后来便有了常熟、江阴、太仓等附属地。那时常熟在苏州算是“老大”，史久物富，尤其是县城虞山，建城时间接近姑苏的阖闾城，吴地祖先之一的仲雍就埋在虞山脚下，孔子唯一的江南学生言子也是常熟人。一两百年前，常熟与江阴之间的长江江面特别宽阔，长期的冲积形成了一片片沙洲之地，随着面积越来越大，围垦工程得到了民间和政府的重视，于是沙洲渐成一个区域。1939 年，国民政府开始将沙洲正式确定为一个区域名称，但仍归常熟县管辖，为“特区”。1941 年，中国共产党为了领导这一带的抗日地下斗争，宣布正式成立了沙洲县抗日民主政府，并建立了中共沙洲县委。1949 年新中国成立后，沙洲区域重新归进常熟县，部分划入江阴县。今天永联村附近的一些新地，也是在解放后由常熟和江阴数次围堤形成的。当时政府以建农场名义逐步向长江江心围囤圈地，那个农场名称就叫“常阴沙”，建于 1951 年，农场场部设在解放圩。解放圩也是一块才两岁的新陆地。

看常熟、江阴和沙洲县志，我才知道自己的家乡古史，其实就是一部波澜壮阔、英雄辈出的围圩史。自古以来长江下游尤其是长江入海口的广阔区域，多数是积沙滩地。宋朝开始，长江下游就有了围圩史，成就最为显著的要算明朝的二百多年了。那时官府和民间共同举旗围囤江滩，史上出现了海门的顾氏，常熟的曾氏、钱氏家族以围田发财的富豪门第。据史料记载，清朝以来，官府与民间在我家乡一带长江口围圩多达上千个，面积超过500平方公里，超过张家港市域总面积的一半。

吴栋材的永联村是1970年才从长江里“拣”起来的一块新地。它在诞生时，我父亲和数千民工为它接生过。而17岁的我，也曾为这块快被一场台风淹没的新生陆地淌过汗、流过泪。

想不到，三四十年过去后的今天，我重新来到这片新陆地时，却发现了一个足以让中国农民们骄傲、令中国其他人羡慕、叫全世界人惊叹的奇迹。

当然，这就是吴栋材和他的村庄王国——永联。

永联婴儿时的名字叫“七〇圩”，后来叫“沙洲县南丰公社23大队”。公社撤销改成村时，吴栋材跟村干部们一起商量村名，起了个“永联”。

“永联有两层含义：一是纪念当年鹿苑、妙桥、大新、南丰等四个公社的民工用了四个多月在江边围成的这块新陆地；二是后来到永联村落户的也都是这些公社的村民，希望他们心永远连在一起。”这是从村民们口中得到的“永联”名称来源。但吴栋材有自己的解释，他用了十个字：“永远联合起来，共同前进！”在村民大会上，吴栋材作了进一步的解释：长江的新滩地上出现了一大批“永”字村名，有叫永东的、永发的、永红的，还有叫永富、永福的，都是好名字。但有一点我们心里都清楚，就是我们脚下踩的这块土地都不太牢固，所以大伙都想让子孙万代踩得牢固一点，“永”字便是吉利的字眼。我们23大队也是这样，但我们比其他的村还更特殊一点。因为我们村的人来自五湖四海，原先都不是一个地方的人，联合、连心、交流、联系，同心同德，心往一处想，劲往一处使，拧成一股绳，在我们这儿就特别重要。只有这样，才符合我们这块面积最小、人口最少、经济发展最落后的村的根本利益！

永联村就这样在中国版图上正式确立，成为当时中国约六七十万个行政村中的普通一个。

一个地名，看起来似乎没有什么名堂，其实都有其深义。翻开以前的《沙洲县志》，还有《南丰镇志》，我发现凡是古时就有的那些陆地，通常以姓氏或当地的河塘命名为多，比如张家村、陈家庄、沈家村、奚家村、翟家宕、高庄巷，或朱家桥、洋荡村、横泾村、袁家墩等。有些旧乡镇的名字也是如此，比如我出生的那个小镇就叫何家市，还有像徐家市、张家市、王家市。这些一个个小“市”镇，古时就是一个个商贾云集的乡间集市。它属于当地某家势力比较大而慢慢形成的，如我们的何家市，据我祖先们说，四五百年前，小镇原来是桂家为王，因为桂家势力大于何家。但后来我祖上很会经营和团结当地民众，慢慢地变为何家势力大了，“何家市”就成了人们习惯的称谓和地名了。我的祖父母那一辈子人经常指着何家老宅基说，当年“长毛”（太平天国起义军）来了，把何家老宅烧了整整三天三夜。由此我知道自己的祖先也曾是富足一方的大户人家。可惜到我祖爷爷那一辈后就渐渐降为小富农了，要不我们何市镇也不会比几十里外的周庄差什么地方。

在江南水乡，类似周庄、同里的小镇现在不多了。但在我童年的时候，这些满是“小桥流水”、“曲径通幽”、“青砖白墙”式的别致风景的小市镇非常多。这得怪“文革”时期的“破四旧、立四新”和改革开放早期那些只顾发展而毁掉旧建筑的风气了。由此我敬佩同行冯骥才先生致力于保护旧村落遗产作出的杰出贡献。

吴栋材所在的永联村这样的新陆地，自然不可能有如此光耀后世的历史。它比起孕育我生命的“何家市”等常熟、江阴、吴江等老陆地至少晚出生两三千年，因此它的名字无法用某家族的姓氏来命名。

每个时代都有每个时代的特征。每个时代留给每块土地的印迹也会很不一样。世界上所有的城市与国家在这一点上基本差不多。

如今世界上最强大的国家美利坚合众国在六百多年前也是如此。如果不是一位叫克里斯托弗·哥伦布的意大利人出现，也许这块美丽富饶的美洲大地会晚几百年没有名字。哥伦布初次见到美洲大陆时,还以为到了东方国家,后来发现弄错了,非常愤怒和气馁地在这块新发现的大陆地图上写下了一行字:毫无价值的土地。哥伦布充满了挫败感,但这并不影响他发现美洲新大陆的贡献。当时处在内部矛盾越发尖锐和经济萧条状况下的欧洲政治家们看中了这块“毫无价值的土地”,并允许一批批冒险家和投机者登上广袤的新大陆,开始了一场场惊心动魄的夺地争斗。“弗吉尼亚”是美国第一块有名有姓的地方,就是因为一个叫罗尔夫的英国冒险家九死一生、带着上好的西班牙烟草种子,踏上美洲,与当地印第安人首领的女儿结婚并很快成为首富。罗尔夫是美国历史上第一个贵族家庭,他的到来也使弗吉尼亚成为了美国的一个州名。后来的美国开国元勋华盛顿、杰弗逊都具有罗尔夫的影子,因为弗吉尼亚州的箴言就是“永远打倒暴君”。革命和战争是弗吉尼亚人惯用的武器,他们以这样的武器确实也改变了一盘散沙的局面,并以超常的政治智慧为美利坚建国奠定了基石。

从 1492 年哥伦布登上美洲这片土地算起,美国有记载的历史至今才五百多年;如果从杰弗逊和富兰克林等五人小组签署的《独立宣言》于 1776 年 7 月 9 日正式公布算起,美国的建国历史也就二百多年。

两百多年对一个国家而言,实在是太年轻。然而就是因为在这么短暂的时间里就在一块处女地上建起世界第一强的伟大国家,美国人为此特别骄傲,也特别自大。这样的骄傲和自大是有资本的,因为他们在世界面前展示着一个巨大的成就。

中国是个历史悠久的国家,其发展史并不存在冒险家的乐园。不过局部地方也有类似的情况,比如那些沿海沿江的地方。这里每一块土地的形成与发展,并不比美利坚合众国缺少精彩,只是比他们少了像“独立战争”和“南北战争”的残酷性。江南水乡的形成是民意、民心和天意、人和的合成,因而我故乡的文化和人文性格是温性与水性的。

现在我们来探讨永联村的历史。

这块 1970 年形成的最新的陆地,显然也要符合它的区域文化和时代特征。那时“文革”和“农业学大寨”运动正热火朝天，永联形成长江边的一块新陆地，应是那个时代的产物。不管是像永联这样最新形成的江边新陆地，还是其他已具有了一二百年历史的陆地，它们由于都是长江冲积形成的滩淤地，其名字都有一种人为的吉祥如意和求和求安的含义。比如晚清时期围积成的地有叫作“洪福”、“天福”、“双福”的，到民国时叫“民生”、“民丰”、“民乐”、“民兴”的比比皆是，解放初期围积开囤出的新地又叫“建丰”、“联丰”、“振丰”、“常丰”，“文革”初期叫“红卫”、“红光”、“红星”、“东林”、“东胜”的居多。

翻开江南水乡的发展史，几乎都可以找到人类在这个地方曾经留下的辉煌围囤史。“上方一带皆临水，浸入青山影漾流。”古时的苏南大地，到处是水，到处因水建桥，到处因桥上行人而有无限风景倒入水中，形成了小桥流水、撑伞的美人在桥上妙步慢走的倩影，被风情万种、妙笔生花的文人一形容，也就成了人间仙境。

苏南水乡由于水、由于这种水域形成的适宜气候和植物生长的自然环境，其景如画如镜，美不胜收。

然而，吴栋材来到的“七〇圩”则完全不是我们印象中的江南水乡。用形象一点的话说，那就是一片烂泥地、沙滩沼泽地。你不穿雨鞋进不去，你穿了雨鞋也没有用——一只脚前行，后脚再想踩进去时，前一只脚根本就拔不出来，这就叫“烂泥地”。烂泥地还有泥，沼泽地连泥都不易见到，见到的都是水浸水没的一片汪洋地，这就是新滩地的特征。

长江新围囤的圩地差不多都是这个样。需要指出的是，吴栋材去赴任的这个“七〇圩”其实比周边的新围囤地要“嫩”得多。因为当时“七〇圩”这块地的成陆条件实际上还不成熟，纯属仓促围垦。可从今天张家港整个市貌看，这一带原来都属于长江淤滩地。现在的南横套河——永南河一线，实际上是长江古流沙道的一个老夹江的低谷河床。受“农业学大寨”和与常熟抢地的影响，“至少还要十年沉积时间”的“七〇圩”像个早产婴儿提前来到了人世。它有诸多先天不足——现今的永联“十里钢城”其实是建在比长江江面低一米多的洼地上……

现在吴栋材站在这块土地上。他来的时候，天空已经晴朗，阳光开始普照，但风与浪还是很大。大的时候可以把人吹走，甚至吹倒在地。倒地后你很难站直，只能在水里成“落汤鸡”。而这种烂泥地里的落汤鸡也是最狼狈的，满身又是水又是泥，水湿身，泥让你面目全非……我这样形容是因为吴栋材来到永联村的前身23大队时的政治环境和社会风气跟“烂泥地”差不多。

他面临的困难和挑战对一个基层干部来说，并不比北京有关“两个凡是”和“真理标准大讨论”的惊涛骇浪弱多少。

“我们家其实并不是23大队的，也就是说我们家的根不在永联村。听起来好像有些不可思议，但这是千真万确的。一直以来，有许多人不相信我父亲一手创业积下几百亿资产的永联村，事实上与我家没有一点儿‘血缘’关系。”吴栋材的二儿子、现任永联村党委副书记的吴惠芳这样告诉我，“我们吴家在距永联村十几里的地方，过去叫‘14大队’的第二生产队。父亲在自己的村里也是队长，因为干得好，大队把他调到第五生产队，大约干了一年多，又从那里调到3大队。这个时候上面对我父亲非常认可。他的长处是，既能抓农业，又能搞副业。许多人并不知道，其实苏州的经济发展有其独特之处，这里的政府和党委在比较早的时候就坚持了因地制宜、实事求是的发展道路。乡镇企业和队办企业一直非常活跃。‘文革’中城市工业由于受‘左’的路线影响，停工停办企业为数不少。这对于国家经济是件坏事，可对于上海、苏州和无锡等一些城市周边的我们家乡那些地方来说，又是好事。好什么？好在一些技术设备转移到了乡村，更重要的是不少技术工人和技术人员流到了乡村小企业。城里的工人和技术员明目张胆到乡村干私活、赚钱是不可以的，但帮帮忙、赚回点农副产品为家人和亲戚改善伙食、换换口味是完全可以的。也就是这种不起眼、小意思的城乡交流，使得苏州地区的广大农村明里暗里、敲敲打打办起了一些小作坊企业，三五个人，十几个人，有的是挂着社队的农机修理厂牌子，有的干脆是啥名字都没有的小加工店。永联村那块江边滩地还半浸在水里时，苏州地区就适时提出了‘围绕农业办工业，办好工业促农业'的要求，那个时候苏州的社办企业已经有了自己的一套'就地取材、就地加工、就地销售'的'三就地'经验。我父亲那个时候在自己的生产队就是在这样的政策和环境下，边搞农业，边搞些副业，所以他每到一个地方任职，用我们土话讲，都比较吃香。根本的原因是，他这个人脑子蛮活络，又肯吃苦，作为共产党员和农村干部，他又以身作则，心里装着百姓，所以农民们喜欢他，爱戴他……"

"脑子活络"，这是我们苏南一带的方言，意思是说这个人脑子聪明、有才智。

如果你要作一番中国农民调查，就会发现：自古以来，那些脑子活络的人，几乎都是农村中的精英分子。他们并不一定都有文化，如果加上有文化，那么他们肯定是农民中最杰出的人物了。当然他们也不一定都是好人。如果心术不正，脑子活络，又有一定的文化，那必然是最最厉害的大坏蛋。过去的乡间恶霸就是这样的人。但如果细细调查和考证，你会发现在那个阶级社会里，那些过去被戴上"地主"、"富农"帽子的人，其实他们中间多数就是这样的"脑子比较活络"的人。按照毛泽东理论，地主富农是农村的剥削阶级，是农民的敌人。事实上，最初的地主、富农，他们也是普通的农民，只是他们思想比较"活络"，也就是说脑子管用，所以他们在同一块土地上，比别的农民更会耕种和治家，因此他们比别人富裕，渐渐就开始买地置房。当他们的土地和房产越来越多以后，就开始雇佣劳动力和出租土地，这时剥削行为就出来了。就像城市的资本家一样，农业生产过程中的"剩余价值"成了他主要的积累和收获，而不是通过自身的劳动获得收成与财富。并且慢慢在思想上和行为上甚至道德上，都与普通农民产生距离，有的最后发展成"我为主，你为奴"的敌对阶层。

以英国和美国为代表的欧美资本主义国家，它们基本上没有经历漫长的封建社会。资本主义社会最初的表现是它的社会分工，并且促进了社会的迅速发展。正如"现代经济学之父"亚当·斯密所言，资本主义社会对"劳动生产力最大的改进，以及劳动时所表现的更多娴熟程度、技巧和判断力，似乎都是分工的结果"。而正是因为这种社会分工，使得全社会(资本主义社会)获得了极大的发展,这是因为“凡是能够分工的工作,一旦使用分工制,就能够相应地增加劳动的生产力。一个国家的产业和劳动生产力如果极高,那么各种行业的分工通常也能达到极高的程度”。这是资本主义社会最初呈现的先进性。

在封建社会初级阶段,地主、富农阶级的出现,其实对社会分工和社会劳动生产力的极大提高同样具有不可思议的促进作用。那时,有钱人把土地归为己有,并且通过自己的聪明才智加以管理,除了自己耕种一部分外,通过雇佣劳动力或出租给佃户,使得原先那些分散式或自由式的耕种方式的生产力得到提高。这就是封建社会比奴隶社会进步的地方。然而由于中国的封建社会太漫长,封建社会积累起来的阶级矛盾——土地拥有者和无土地者之间的雇佣与被雇佣、剥削与被剥削的矛盾上升到了你死我活的地步。本来通过自己“脑子活络”和自身劳动创造出来的财富拥有者,慢慢成了土地“资本家”。他们不仅不劳而获,而且对被雇佣者或土地佃农实行残暴的剥削压迫,农民们无法再在这样的“脑子活络”者的土地上生存。寻求生存和反抗剥削,成了整个封建社会地主阶级统治下的中国农村的主要特征。

“脑子活络”者成了中国几千年封建社会里“坏人”的代名词。其实对部分从普通农民成长为第一代地主的人来说,显然并不公平。在封建社会的初级阶段,地主阶级一直代表着整个社会的先进阶层;封建社会进入腐朽阶段,地主阶级才成为阻碍社会先进生产力的没落的和反动的阶级,因此他们的命运注定要被更先进的革命阶级所代替。

中国人都知道有一出京剧《沙家浜》,讲的就是我家乡的故事。由于“文革”期间江青插手将其改为样板戏,它的名声受到一定的影响。其实《沙家浜》是一出非常具有教育意义的京戏。戏里讲的故事和人物,我都非常熟悉。有些人物和故事原型我都能说清,因为讲的就是我爷爷奶奶和姨妈他们在上世纪三四十年代反抗日本侵略者的革命斗争历史。《沙家浜》叙述的是一群新四军伤病员在阳澄湖沙家浜地区养伤,当地百姓如何帮助他们克服困难,坚持敌后斗争的故事。当时斗争非常残酷,日本鬼子和地方伪军组织力量围剿那些藏在芦苇荡里的新四军伤病员。在如此白色恐怖下，你知道是谁支持伤病员的医药、枪支及日常费用吗？是一位当地的地主。这位地主有名有姓，他叫陈月盘，是我的一个邻居。陈月盘老先生活了93岁，是当地非常有名的开明地主。在上世纪30年代，陈月盘考进了南京的国立师范大学，早年他曾是一位经常与郭沫若等名家共同驰骋文坛的文化人。抗日战争打响后，他回到老家常熟参加地下抵抗力量。新四军伤病员到阳澄湖一带养伤后，他作为受新四军负责人谭震林教育影响的开明人士，积极主动地通过自己和朋友的力量，帮助新四军筹粮筹药和枪支弹药。新四军没有经费，陈月盘就把自己家里的土地一一卖掉换成现钱。如此前后几年，他卖掉了家里两千多亩地。陈的父亲从上辈接手时已经有三千多亩地。陈月盘也是靠了父亲手中的土地才有了读书机会并上了大学，但上大学后他接受了先进的革命思想，所以当日本侵略者进犯中国后，他参加了抗日力量。在沙家浜养伤的新四军缺医少药时，他慷慨卖地捐钱，表现出了一位进步人士的崇高风范。陈月盘家族的富裕史并不长，仅有两代人，主要是他的祖父。上世纪80年代与陈月盘老先生对话时他告诉我：其祖父原来就是一位普通的农民，但因为有初小文化，脑子比较活络，除了种祖上留下的十几亩地外，还能做些小买卖，日积月累，家里便富裕起来，手里的现钱都变成了土地。陈月盘爷爷一生的积蓄都变成了土地，有两千多亩。陈月盘出生时他的爷爷还活着，家里也有佣人和佃户，可是陈的爷爷自己还下地耕种。陈的爷爷临死前一天还在秧地里拔草，可见是位不一般勤劳的农民。陈的爷爷那一代人可以说是创业者，虽然成了地主阶级，也有剥削他人的行为，但主要还是依靠自己的辛勤劳动和才能致富发家的。到了陈月盘父亲这一代，他们自己家人还依然坚持亲自下地劳动。正是因为这样的美德和家风，所以陈家的财产尤其是土地越来越多，一直达到三千多亩，成为我家乡一带有名的大地主。到陈月盘一代时，陈家的财产已经到了家人用不着再亲自下地的境况。陈月盘也在父亲的管教下，上私立学堂，再上大学，成为名副其实的知识分子。但陈月盘接受的是新思想，他长大成人后基本上没有给家庭带来财富上的积累，相反因为参加抗日运动，倒是成了一个实实在在的“败家子”——他把家里的土地基本都换成了新四军伤病员的医药和抵抗运动的枪支。但陈月盘的一生命运并不好。本来在新中国成立之前的抗战时期是可以当常熟县长的，结果因为中共地下党代表谭震林希望他继续以“开明人士”身份支持抗日运动和新四军武装斗争，就没有同意陈月盘竞选伪政府县长。解放时，陈月盘留在家里，等候新中国成立。哪知这位对中国抗日战争和为新四军“沙家浜”伤病员养伤医治作出巨大贡献的进步人士，由于土改时家里还留着近百亩地而被戴上了“地主”帽子。地主分子在新中国成立后的几十年时间里，是作为反动剥削阶级被镇压和斗争的敌对对象。陈月盘因此饱受辛酸与苦难，尤其是“文革”期间，红卫兵造反派对他实施的暴力极其残酷——我在批斗现场就见过他们用细绳子绑住陈月盘的一对大拇指，然后将拇指上的绳子甩到梁上，再将其身子吊上去……那场面刻骨铭心地记忆在我的脑海之中。那时我才十来岁。好在中国共产党十一届三中全会召开后，中国实行改革开放，后来又对所有“地主分子”大平反，摘了他们头上的“反动剥削阶级”帽子。陈月盘后来当了常熟市政协委员。

从陈月盘的家族发迹史可以看出，农民中的那些“脑子活络”者，他们应该是农村中的精英分子。在农业社会里，无论在哪个朝代，他们推动着地区和社会生产力的进步。他们中间相当一部分人也不是坏人，甚至有的受了进步思想的影响，成了中国共产党的坚定追随者和中坚力量。我知道的另一位在重庆“红岩”地下革命斗争故事里被认为是“许云峰”和“江姐”的革命领路人王朴先生，他是江苏徐州人。在重庆地下斗争时，王朴为了把被敌人破坏掉的重庆地下党组织恢复起来和建立革命武装游击队，他动员自己的母亲将自家的三千亩地全部卖掉，并将卖得的钱全部用在了建立中共地下党组织和游击队武装的日常费用上。王朴后来在重庆解放前夕被国民党反动政权屠杀在刑场，死得非常悲壮。解放后，邓小平知道王朴的事迹后，从政府的经费里拨出一万银元作为抚恤金赠还给王朴的母亲（王的父亲在王小时候就去世了）。王朴的母亲饱含泪水对邓小平说：我为了你们的事业把儿子都献出去了，我不要这份抚恤金，你们把它用在新中国的建设上吧。这位大地主的阔太太，在之后的几十年里，继承儿子的革命遗志，自觉改造自己，1984 年在她 84 岁高龄时加入了中国共产党，成了一名无产阶级先进分子。

其实，毛泽东的父亲毛顺生也是韶山冲那个地方农民中的“脑子活络”者，他依靠自己的聪明才智，除了种地还做些小买卖。虽然毛顺生没能成为富足一方的豪绅和惊天动地的人物，但却把儿子培养成为一位改变中国命运的伟大人物。

旧时代农民中的精英大多成了地主富农阶级或“跳出农门”加入了知识分子与产业工人的行列。改朝换代后的这些农村精英们在社会主义社会里，则成了另一种形态的农村精英人物。

吴栋材便是这些精英人物中的一位，并且从并不起眼的一位精英人物渐渐成为光芒耀眼的中国农村新篇章的开创者和缔造者——“永联模式”在我看来可以写入世界史的“中国篇章”部分。

第一次听说吴栋材一家“根本不是永联村人”时，我十分吃惊。因为在我记忆中，在我老家这种事是不可能发生的：一个外乡人想当村里的干部或能够几十年如一日地带领村里的农民走集体富裕道路，自己则甘心情愿把生命和才智甚至一个家族的几代人命运留在这片与自己没有血缘的土地上，那绝对是不可能的事。这种事在明清时代就富足天下的苏南水乡一般不会出现。上世纪 60 年代初三年自然灾害时期，大量的苏北和安徽人逃难时迁移到我们那里，不仅不容易融入当地，更不可能成为执掌一方权力的村干部。

吴栋材是例外的，他的例外也造就了他所缔造的“永联模式”成了今天农民“中国梦”的一个精彩而生动的经典版本。

吴栋材说，虽然不知道祖父是怎样带着一家人从长江北岸的海门逃荒来到了长江南岸的苏南原沙洲县境内的，但吴氏一家迁移落户到的是原沙洲县（现张家港市）的南丰华丰圩，一听这“圩”字，便知是块江边的新滩地。新滩地上的居民十有八九都是外地迁移而来的。旧时和现时，长江南北两地的生活与自然环境差异很大，俗称“苏北”、“苏南”。苏南在古时就有“天堂”之说，苏北则十年九荒，“地狱”也就成了那一带人民苦难生活的形象写照。

我家乡的土著人（其实也就是祖先们比别人早到这儿几百年而已）对外来的人很歧视，尤其称“江北人”叫“野人”，意思是苏北那些穷人穷到还没有开化的地步。一句“野人”——我们小时候大人教训和吓唬人时就是这么说的，会把我家乡一带的小孩吓得屁滚尿流。

吴栋材的父亲叫吴天宝，名字很吉祥。吴天宝有一手从老家传过来的做河豚鱼的本事。长江与大海交汇处的江水里有一种鱼叫河豚，鲜美至极，但河豚本身有毒，如不会处理，吃了河豚就会一命呜呼，历史上演绎过无数“拼死吃河豚”的悲剧故事。现在我们大多数时候吃到的河豚是人工养殖的，虽然也有毒性，但比起野生河豚差很多了。二三十年前，人工河豚鱼还没有，那时人们要想吃河豚就得求助于像吴天宝这样具有高超烹饪技艺的“师傅”出面料理。

吴栋材父亲在南丰一带“吃香”就是因为他有一手高超的做河豚的烹饪技艺。

在中国农村，手艺人员就像城市里的“白领阶层”，他们不太需要像纯粹的种地农民那样长年累月背对太阳面朝黄土。他们是手艺人，可以在屋子里干活，即使家里穷，也能在做工时尝到一些美味佳肴，至少还能填饱肚子。通常情况下，农村的手艺人家庭，也会比一般家庭的生活稍稍好些。所谓的农村手艺人，在我们苏南一带大约有木匠、泥瓦匠、裁缝师、竹艺匠、打铁匠和捕鱼者等。前三种手艺人居多，这与苏南农村实际需要有关。这些人是“吃百家饭”的，因此他们的手艺和脑子相对要灵活些，尤其是木匠和裁缝，一为人家盖房子做家具，一为人家量身裁衣，没有一点儿机灵劲的通常会被淘汰。当然也有干了一辈子木匠和裁缝仍然是穷光蛋的，这些人一般不容易独立成师，只能跟师傅或结帮混饭吃。但相比起来，他们中间那些脑子聪明的人拜师三四年后就能独立工作或带徒弟，这样一来，经济收入便会高些，富裕起来的概率便会高出常人。我爷爷就是这样一个木匠，他年轻时跟着哥哥在上海和常熟一带贩运树木，后来自己给人家盖房子，尤其是有一手修船本事，土改时他已经靠做木匠赚来的钱置下二十几亩地，结果被评上中农。我爷爷解放后一直周游四方，为人家盖房子或修理农用木船，小有名气。我们一家和叔叔一家的生活主要靠他改善。记得小时候逢年过节的压岁钱都是爷爷奶奶给的。我父亲虽然当生产大队长，但无法与我母亲通过正常的挣工分来负担我们全家的支出，到年底一算总是“透支户”（劳动一年还要欠集体一大笔账）。有手艺的爷爷则在平常也能有酒有肉吃喝，还能给我们压岁钱。爷爷在我小时候的心目中是个了不起的人，可惜因为他没有拜过任何师傅，经常受到那些同行的嘲讽。这是他老人家一生的心病，但也由此令人引以为豪——无师自通。

在农村，也不是所有人都能够学手艺或成为手艺人的。不少“脑子活络”的人由于家境穷困不能拜师，因为找个师傅也要出不少钱。比如像学木匠，一般得学三年、跟三年，还要帮助师傅干三年。这九年白干，谁负担得起？当裁缝师傅更不容易，脑子笨一点的人半途而废的也常有。

但是，能够学成出师的手艺人，通常是农村中的佼佼者。新中国成立后，一些思想进步的手艺人当上了农村干部，有的还进了城，成为工业或商业战线的精英。改革开放后，这些手艺人多数成了乡镇企业的骨干。他们凭着自己的聪明才智和勤劳奋发，率先办厂经商，成为第一批先富起来的企业家或大老板。比如国人熟悉的“波司登”、“隆力奇”，他们的创始人就是往日生产队的手艺人。“波司登”创始人高德康，比吴栋材年轻一截，是一位裁缝。改革开放初期他就出来办制衣厂，将自己和生产队几位裁缝师的缝纫机搬到一起，开始了“波司登”王国的最初创业。近三十年过去后，这个“小裁缝”如今已经成为家产数十亿的大企业家，为中国创造了诸多世界品牌。一个昔日的手艺人，带领几万“波司登”人，每年为全世界生产市场份额总量超过 40%的防寒衣。“隆力奇”的老板徐之伟是位木匠，从小手巧脑灵，18 岁时就能独立成师，先后带八名徒弟，并且结帮成团周游各地拉生意。一个偶然的机会听说捕蛇也能赚大钱，于是徐之伟便带领八名徒弟开始了艰辛而曲折的“捕蛇者”道路，结果他们竟然独辟蹊径，成功了。“隆力奇”现在已经成为中国人自己创立的化妆品世界级品牌，享誉全球。

吴栋材和我都非常熟悉“波司登”、“隆力奇”创始人，只不过我与吴栋材差了一辈岁数，可以说他是看着“波司登”的高德康和“隆力奇”的徐之伟这一批年轻后生成长的，或者说“波司登”的高德康和“隆力奇”的徐之伟这些后起之秀是吴栋材他们这一代年龄更大一些、胸怀更宽阔的农村干部培养与放手的结果。可不是，假如高德康和徐之伟在创业初期没有像吴栋材这样的农村干部的支持，他们就无法摆脱传统“农门”对他们的束缚和一次又一次“姓资姓社”思潮的冲击。

吴栋材、我父亲和大名鼎鼎的华西村吴仁宝，他们都是新中国培养起来的第一代农村干部，从小生在旧社会，吃过苦，解放后接受中国共产党的思想教育并加入了党组织，成了信仰坚定的中共党员。这些农村干部对集体富裕的信仰和为人民服务的意识极其强烈，甚至任凭大风大浪都无法改变。他们对挥洒一生热血与汗水的家乡热土充满了感情，对他们的百姓也充满了悲悯，为了他们的百姓他们可以舍弃一切。他们甚至只看好自己家乡的土地和他们所领导的那“一亩三分地”，为了这“一亩三分地”，他们不惜生命的代价。还通常教育自己的子女和后代继承他们的意志，誓言要把家园和乡亲们的生活搞富裕起来，富到“天下第一”。吴仁宝如此，我父亲如此，吴栋材也是如此。

记得二十多年前我在部队获得了全军优秀新闻通讯员和一次全国文学大奖。当我把这个消息告诉我父亲时，他不屑一顾地说，你还不如回来跟我一起把大队的两个厂子办好有前途，“那样全大队的人都可以富起来，都可以扬眉吐气”。他死犟地不让我在京城找对象成家，硬要在他厂子里找个儿媳妇。他的目的非常清楚——那样儿子就可以回老家帮他一起办厂。我没有听他的话，继续留在部队并在京城成家。后来父亲默认了。

吴仁宝则成功了，他不仅把华西村办得超过了我父亲的水平，而且还把他四个儿子和一个女儿全部弄回到了华西村。现在华西村基本上是靠他五个儿女在支撑着。更绝的是，连孙辈的所有“吴氏”家族后代，包括那些有博士学位的“洋外孙”也被他一网打尽收拢到了自己身边。

吴栋材也不例外，他有一招更狠：竟然把眼看着快当将军的中国人民解放军某集团军师政治部主任的二儿子也弄回到永联村，让他在现在的永联村党委副书记岗位上干活。

毛泽东时代培养起来的第一代农村干部十分了得，他们的信仰和意志值得我们有关部门和组织系统认真地研究与总结：吴栋材、吴仁宝和我父亲他们那一代人的革命意志和对党的忠诚程度，以及他们心目中坚定不移地让乡亲“过好日子”的追求，为什么那么强烈？

一切成功者都有特别之处，成功者的信仰和内心的那份崇高，是支撑他们不懈奋斗和始终如一的力量源泉。

吴栋材也是这样走过来的。他的奋斗史里包含着一种执着的追求，这个追求就是源于他内心的一份责任感与使命感。

共产党人的责任感与使命感，就是为人民服务，让天下的百姓富裕起来。在农村的共产党人心目中，他们的责任感和使命感，就是要让自己那块土地上的乡亲们吃饱饭、吃好饭，有好房子住、有钱花，银行里还应该有连孙子辈都不愁的存款，以及子孙满堂，家庭和和美美。当然，这些基本标准后来又不断提升和变化，比如现在的吴栋材心目中的家乡还应该是水清地绿、空气清新，乡亲们的脸上天天挂满笑容，每天的日子都能过得美滋滋的。

吴栋材这一代农村干部之所以有这样的心胸和一生不改的信仰与愿望，十分重要的一点是：他们深知农民的苦难，深知农民期待子子孙孙能过好日子的强烈心愿。他们饱经沧桑，他们甚至吃过比普通农民更大的苦，因此他们也比普通农民更期待自己和子子孙孙们都能过上好日子。

梦想不仅中国农民们有，人类社会每个国家、每个民族的人民都有。

我有一个梦想，有一天这个国家会站起来，讲出这个真理——

“我们相信这一点是不言而喻的：所有的人生而平等”。

我有一个梦想，从前奴隶的后嗣和奴隶主的后嗣，有一天，可以在佐治亚州红色的山峦上，平起平坐，兄弟相称。

我有一个梦想，即如蒸发着热气的密西西比州，蒸发着不平等的热气、蒸发着欺压者的热气，有一天，将会转化为自由正义的绿洲。

我有一个梦想，有一天，再没有人以肤色来评价我的孩子，而单单看重品格内涵，因为他们将活在一个平等的国家，再没有种族歧视。

今日，我有一个梦想。

我有一个梦想，在种族主义者猖獗的阿拉巴马州，在州长仍就仲裁及拒绝执行联邦政府法令大放厥词的阿拉巴马，有一天，黑人男孩女孩，和白人男孩女孩，可以无拘无束地手牵着手，情同手足。

这是一个美国黑人的梦想，里面也包含了美国白人们所期待的“生而平等”的梦想。

现在我们的内心还燃烧着自由之火，
现在我们为了荣誉献身的心还没有死亡，
我的朋友，我们要把我们心灵的
美好的激情，都呈献给我们的祖邦！
同志，相信吧：迷人的幸福的星辰
就要上升，射出光芒，
俄罗斯要从睡梦中苏醒，
在专制暴政的废墟上，
将会写上我们姓名的字样！

这是俄国诗人普希金的梦想。

政治家也有梦想——

1883年3月14日，卡尔·马克思在英国伦敦去世。三天后，他的好友恩格斯在马克思的墓前用英文说出了一位无产阶级革命导师心目中的梦想：

……正像达尔文发现有机界的发展规律一样，马克思发现了人类历史的发展规律，即历来为繁芜丛杂的意识形态所掩盖着的一个简单事实：人们首先必须吃、喝、住、穿，然后才能从事政治、科学、艺术、宗教等等；所以，直接的物质的生活资料的生产，从而一个民族或一个时代的一定的经济发展阶段，便构成基础，人们的国家设施、法律观点、艺术以至宗教观念，就是从这个基础上发展起来的，因而，也必须由这个基础来解释，而不是像过去那样做得相反。

不仅如此。马克思还发现了现代资本主义生产方式和它所产生的资产阶级社会的特殊的运动规律。由于剩余价值的发现，这里豁然开朗了，而先前无论资产阶级经济学家或者社会主义批评家所做的一切研究都只是在黑暗中摸索。

……在马克思看来，科学是一种在历史上起推动作用的、革命的力量。任何一门理论科学中的每一个新发现——它的实际应用也许还根本无法预见——都使马克思感到衷心喜悦，而当他看到那种对工业、对一般历史发展立即产生革命性影响的发现的时候，他的喜悦就非同寻常了……

因为马克思首先是一个革命家。他毕生的真正使命，就是以这种或那种方式参加推翻资本主义社会及其所建立的国家设施的事业，参加现代无产阶级的解放事业，正是他第一次使现代无产阶级意识到自身的地位和需要，意识到自身解放的条件。斗争是他的生命要素。

推翻资本主义社会是马克思的全部梦想。卡尔·马克思是位政治理论家，他的思想里无不荡漾和闪耀着理论光芒及其哲学观念的壮阔波澜。

毛泽东作为农民的儿子，他的梦想是坚决彻底地“推翻压在中国人民头上的三座大山”，让中华民族屹立于世界民族之林。

毛泽东做到了。1949 年他在天安门城楼上的那一声宣布就是一个标志，后来完成的“两弹一星”腾空而起也是一个标志。

邓小平也有一个梦想，他以一个“中国人民的儿子”构建了他的梦想，那就是要在中国全面建设“小康社会”，让全国人民过上好日子。

从 1978 年十一届三中全会开始，邓小平、江泽民、胡锦涛为代表的三代中共领导人，到现在的习近平总书记，都在不懈努力地倡导和引领着全党与全国人民，奋进在建设小康社会的大道上。

在这样的一条大道上，我父亲没有完成使命便积劳成疾而过早告别了人世。吴仁宝走得最成功，他的华西村事实上已经实现甚至远远超过了小平同志心目中构想的小康水平。吴栋材起步晚些，1978 年夏季，他才来到永联村。然而他后来居上，在长江边构建了另一个“中国小康社会”的版本。许多专家和外国政要参观今天的永联村后，认为这个“中国小康社会”版本似乎更富有魅力和耀眼光芒。这是因为永联村的强国梦，更少了些政治色彩，更符合中国实际，更接近人们追求幸福的人性意义，也更容易让广大农村以此为榜样进行推广和效仿。

因为吴栋材和永联村是从一无所有开始的，他们一路走来几乎都是靠了自身的坚持和选择，信仰和意志。这样的梦想，就像普通人走上央视的“星光大道”一样，令人信服和敬佩。因为那些从“星光大道”走过来的人，本来都是平凡的人。

从平凡到伟大之间，就是人的梦想过程。吴栋材所做的事，便是这个过程。

那时生产大队的党支部书记是由县委组织部选定的，一般情况下由县委组织部部长或副部长谈一下话便算完成“组织程序”了。但是，吴栋材的任命却是由当时沙洲县县委书记高德正亲自当面宣布的。

“原因很简单，我今天找你亲自谈一谈，就是因为 23 大队的情况不同于其他生产大队。那个地方县委和南丰乡已经前后派过六个工作组了，但没有从根本上改变 23 大队的面貌，所以县委经过慎重考虑，决定派你再带工作组去，并且由你担任那里的支部书记。你看有啥困难?”高德正的眼睛直盯着吴栋材问。

“我听组织的安排，也一定不辜负组织的信任，把23大队的事办好。办不好，您撤我!”吴栋材其实只比高德正小四岁，但他还是第一次跟这么大的领导面对面谈话。再者吴栋材知道，眼前这位虽然年龄与他相仿的县委书记早已大名鼎鼎。人家28岁就出任公社书记，30岁当了县委副书记，尤其是他当县委书记后，抓农业生产把沙洲县搞得在全国响呱呱。过去沙洲也是全国有名的贫困县，后来在高德正带领下，聘请著名水稻专家陈永康指导，实现了全县“粮食亩产超一吨”的目标。之后高德正又大抓棉花生产，不几年又实现了全县皮棉亩产达百斤的高产目标，受到国家的表扬。进入70年代之后，高德正响应苏州地委号召，一边抓农业，一边积极鼓励农民们搞副业。比如他在后塍公社2大队抓的“冬季杀羊秋种菜，平时有空捞外快”的一套，大受百姓欢迎，农民的生活水平节节攀升。他又抓了泗港公社15大队搞养殖的典型。吴栋材对此早有所闻，并且利用开会之机也专门去参观过那里的农民生活和搞副业的具体做法。

“栋材啊，泗港15大队的情况与你们南丰23大队的情况差不多，都是水滩地多，你不妨去学习学习他们的经验。要让一个地方的百姓不吵吵嚷嚷，你就得把他们的心放在生产和副业上，让他们有事做，有好日子过。另外你那里距妙桥公社的欧桥大队更近，欧桥大队现在的情况用老百姓的话说是过着天堂一样的日子……我相信你吴栋材同志也能干出一番名堂!你当过中国人民志愿军，那更应该能打硬仗了!栋材栋材，我们需要你这样的栋梁之材!”

高德正高大的身材正好与吴栋材不相上下，他有力的手拍拍吴栋材的肩膀，这样称赞和期待。

“我一定努力干好!”吴栋材觉得自己的嘴很笨，第一次见县委书记竟然不知向他提些要求。比如听说23大队的基础特别差，尽是水泽地，台风一来，全大队基本上都淹在汪洋之中，能不能让县里调拨几台抽水机给他们?比如听说23大队的农民大半以上现在连住砖瓦房的都没有，县里能不能在发放困难救济款时多给23大队一点？……但当吴栋材想起这些事时，他发现自己早已离开了县委、离开了县城，独自骑上了自己那辆破自行车，行走在长江边那条高低不平的圩坝上……

呵，这就是长江！再熟悉不过的长江了：它是吴栋材心目中的母亲河，因为这条江连着他的两个家——大江北岸的海门之家和他脚下的江南沙洲新家。长江在吴栋材的两个家之间横亘几十里之遥，中间甚至还有江心小岛。那江面波涛汹涌，一望无际，偶见的巨轮在江心里也像小树叶漂荡；近处的鸥鸟飞翔在芦苇荡上，发出“吱呀呀”的叫声，伴在拍岸的浪涛声中，似乎全是低婉之音……从青藏高原奔流万里而下的长江，在与大海相拥的尽头，变得异常宽阔。

吴栋材爱海一般的长江，正是如海一般的长江练就了他海一般的胸怀——这里虽然也属于苏州，但这里的人绝对不会感受到苏州传统的“小桥流水”的意境，他们每天见的就是大海一般的天地、大海一般的汹涌、大海一般的人生……沙洲——后来的张家港人就是这样的性格，他们的血脉里洋溢的是长江的气度与热度，长江的精神与情操，还有长江的心胸与宽阔。

苏州之所以有今天超过很多省份经济总量的改革成果，无不与这种长江精神的介入和融合有关，苏州人自己没有认真总结和意识到这一点，其实是一种失误。

吴栋材没有在苏州城里呆过。他一出生就在长江边，长江的涛声和江中的汽笛声才是他童年听得最多的歌声。这样的歌声时常带着凄婉与悲怆、壮美与忐忑……

在吴栋材幼时的记忆中，他最怕江上刮台风，那台风大得地动船翻、树倒房塌。尽管父亲吴天宝有一手做河豚的烹饪手艺，但那个时候吃河豚的人毕竟太少，所以父亲无法依靠一点点小钱来让全家人过上温饱生活。但父亲做了一件有远见的事：他坚持让儿子去念书，并且为他起了个名字叫“栋材”。

“栋梁之材”，吴栋材从小就知道父亲寄予他的希望与期待。他因此在学堂里特别刻苦，虽然只读了四年小学，可你无法想象他竟然练就了一手好字。快 80 岁的人了，吴栋材竟然还能拿出一手并不亚于书法家的好字来让我们欣赏！

童年和少年时的吴栋材，除了听到同学和老师对他写的字的赞美外，没有欢乐可言。新中国成立的前两天，他的母亲突然患病去世。凌晨时分，大江似乎知晓人间的悲情，也跟着突然刮起超级台风……跪在雨水中的小栋材，一把抹着雨水，一把抹着泪水，在地主家门口一直等候到天明："我娘她……阿爹让我来借点钱买棺材。"

那是吴栋材记忆中长江里刮的台风最大的一次——其实是他心灵里的一次台风，那台风无情而冷酷，震颤了他一生的情感神经。

由此吴栋材也明白了一个道理：富人是不会紧挨江边建居立业的，只有那些无处归宿的穷人才把自己的家和子孙留在江边。他吴家便是其中之一。

从小，他就理解了他的家乡为什么叫"沙洲"。"我们的家在沙洲，我们就是沙民。""穷奔沙滩富奔城。"这两句话在吴栋材 10 岁前就铭刻在记忆中。身为长子的吴栋材，似乎比同龄的孩子更懂事。12 岁那年，他就拉起弟弟栋良的小手，说，我们去讨饭吧。

讨饭是沙洲人的专长。讨饭是穷人中最无奈的一种生活方式。讨饭对沙洲人来说并不是一种耻辱，因为像我这般年龄的人都知道：在上世纪六七十年代之前的漫长岁月里，大半沙洲人都当过"讨饭人"。

"讨饭人"是我家乡一带乞丐的叫法。在沙洲那片荒芜的土地上，那些能够生存下来的"讨饭人"，他们繁衍的子孙便成了今天的张家港人。我知道许多沙洲出去讨饭的人是悲惨的不归者，因为他们在屈辱与苦难的遥途中选择了跳江自尽的命运，在他们身后留下的只有那滔滔长江的不尽呜咽声……

弱小的吴栋材不是没有面临过跳江的命运。当他拉着弟弟那双冻僵的小手一次次被伸着长舌的大黄狗追赶在江堤上无法逃脱时，有几次他真的想跳进大江里一走了之。然而小小年纪的他知道这不行，留下的小弟怎么办？家中病倒在床头的爷爷和几个弟弟妹妹怎么办？

“快！快逃！逃——”栋材只有一个选择，就是拼命地领着弟弟在江堤上和芦苇丛里飞步奔逃……

“穷，是没有尊严的。”吴栋材很小就明白了这个道理，而这个道理也引领了他一生的道路。

1950年的一天，父亲给他收拾起一个小包袱，说：“你的一个堂哥在上海开铁匠铺，需要有个帮手，你去吧。”

栋材知道，父亲是让他去当学徒了。农村的男孩一般到十六七岁都会遇到这种选择，通常家里条件好一点的会让孩子继续去念中学或大学，条件不好的就只有辍学在家准备去当学徒。如前面所言，手艺人是农村的“白领”，也不是所有家庭都能负担得起的。吴栋材显然有个特殊条件，他的师傅是他的远房堂哥。

“14岁太小了，拉得动风箱吗?”堂哥有些看不上小栋材。

“不就拉个风箱嘛!”小栋材觉得堂哥瞧不起自己。临出门的那天，栋材独自走到大江岸边，昂头迎着扑面打来的风浪，挽起袖子，比试了一下自己的小胳膊，心想：怎么说我也是个男子汉，拉风箱算啥？总比上海小囡有劲吧！

在上海当学徒、拉风箱的日子并不长，六七个月时间，然而这一段经历对吴栋材而言，可谓“一生受用”：当学徒，需要眼快手巧，心领神会；既需要绝对服从师傅，又要善于独立思考，自行处理问题；当学徒，既要把所学的本领掌握好，更多的是需要练就能屈能伸的性格，以及为人处世的能力——与师傅的关系、与师傅家人的关系、与服务对象的关系，还有同行之间的关系等等。

“在当铁匠、拉风箱的日子里，我学到最多的还是如何与火、与铁打交道。比如一块废铁，一经高温熔化后，放在墩面上，师傅和我们几个徒弟帮手，就轮番有序地抡榔槌……这个时候，需要相互协调配合，心想手到，最后一件件想要的东西就有模有样地出来了！”在我采访吴栋材，请他谈谈自己作为一个种地的农民如何办起一个庞大的钢铁厂时，他曾这样评说和总结少年时的这段学徒生涯。

人生经验有时也许在短暂的瞬间和一件并不起眼的事情中获取，而它发酵出的效应将足以影响和整合一个人一生的选择与事业。学徒与打铁，给予了吴栋材的东西实在宝贵，它包括了意志、眼界、能力、个性及其生命中最为重要的精神境界。

1953 年，17 岁的吴栋材离开上海，到了中国东北边境线的另一条大江边。那条江叫鸭绿江，虽然江里的急流也在奔腾翻卷，但与家乡的长江相比，鸭绿江充其量也只能算条小河——吴栋材家乡的那条大江之大，世上绝无仅有，谁听说过江面有十几公里宽的大江？没有。只有吴栋材家旁边的长江才会是这么大。

吴栋材到鸭绿江，是因为“雄赳赳、气昂昂”的中国人民志愿军战歌的影响才来到这里。他在浩浩荡荡的铁军队伍里几乎连个头都不被人瞧得见。“这个江苏兵怎么这么瘦小?”带兵的连长瞅了他几次，就是不信“18 岁的江苏兵”怎么会跟四川兵模样似的。

吴栋材不敢吱声，只能用“我生来就瘦小”的话搪塞连长的盘问。

其实他确实只有 17 岁。听说参军到朝鲜打仗的兵，家里如果有田缺少劳力的话，村里可以派人帮着种这么个好事，吴栋材便报了名，而且稀里糊涂被批准入伍。

“82 斤？你这么瘦小……”称体重时，年轻的女护士打量着站在磅上的吴栋材，满腹狐疑，可又羞于去搜小伙子的身。“没错，我是打铁的，身子结实!”吴栋材甩下一句话，一阵风似的溜之大吉。

出了体检大门，他从衣袋里掏出两片废铁块，笑得直不起腰。那一刻，吴栋材反复抚摸着硬邦邦的铁块，心头泛起一阵阵暖意，冥冥之中，他觉得自己的一生或许跟铁特有缘……

“轰——”一声巨响，吴栋材双眼突然漆黑，在倒下昏迷的那一刻，他感觉腿上、手上被无数铁片一样的东西猛击，然后就什么都不知道了……这是吴栋材当志愿军入朝第七天发生的一幕。

他受伤了，险些将生命留在朝鲜那块白山黑水的异国土地上。醒来时，医生告诉他：双腿被四块弹片击中，右臂被子弹打穿，右手的半边失去运动功能，全身共有近十处伤口。“是炮弹击中的。你的命还算大，只少了右手上一根手指……”医生补充道。

是命大。吴栋材后来才知道，他所在的连队没有几个活着的战友。

“只七天时间，但我看到了太多的生命被战争夺走……”吴栋材曾在一篇文章中回忆起朝鲜战场的经历时这样说：“如果说我们在战场上一点也不怕死，那是假的。我冲上去的时候，心也怦怦乱跳，控制不住，紧张得要命。但我不会当逃兵，其实也很单纯，只想万一牺牲了，我们家就是烈属了，弟弟妹妹可以受到政府照顾，少吃点苦了。牺牲我一个，换来全家幸福，觉得值得、合算。奇怪的是仗一打响，我竟然一点都不害怕了，尤其看到身边的战友一个个倒下后，我心中除了仇恨什么都忘了。参军上战场的那七天七夜里，我们在不断前进中向敌人的阵地冲锋，脚下踩满了敌人的尸体。后来一颗炮弹打来，我倒下了，是战友们把我从死人堆里抬了回来，拣回了一条命。因此后来我经常说我的这条命不属于我自己，它应该是那些牺牲的战友们的生命的延续。这样的生命只能去为更多的人服务，这就是我几十年来做人的宗旨和根本出发点……”

这一回，铁片制成的弹片，成了吴栋材永久的生命印记。直到现在，他的身体里还残留着这样的铁片。这铁片，事实上后来已经成了他生命的一部分，有血流经，变成了有热度的和活动着的生命体。

吴栋材再次回到家乡的大江边，已经是 1958 年了。当他再站在江堤边眺望奔腾翻滚的江面时，神情严峻：他有些不认识大江了……为什么它变得那么浮躁？

明明一亩地只能收四五百斤粮食已经算是丰收了，可为什么偏偏有人要喊出“亩产千斤，甚至几千斤”？

“吴栋材，你是部队复员军人，觉悟高，公社决定让你去任‘万斤大学’校长。”一天，公社干部找吴栋材谈话，这样向他宣布“组织决定”。

“万斤大学”，现在叫人听起来简直会笑歪了嘴，但半个多世纪前的中国它确确实实存在且许多地方都出现过。所谓“万斤大学”，就是当年中国刮起的“大跃进”风潮中农村有人放“卫星”——亩产一万斤而衍生出的一个怪物。

吴栋材任校长的南丰公社“万斤大学”，共有两个班、120 名学员。学校的任务就是把这 120 位“年轻有为青年”培养成收获“万斤粮”的骨干。“阿爹，听说过有人能种出一亩万斤的小麦和稻谷吗？”面对上级下达的“教学任务”，吴栋材觉得不可思议，他回家问父亲。父亲听了直摇头，瓮声瓮气道：“只要你想想凭空靠双脚踩在水面上能不能过得了长江，你就有答案了。”

“我晓得了。”吴栋材绝对相信自己的父亲远比一般农民更有农耕经验。有父亲这句话，他知道自己这个“万斤大学”的校长怎么当了。

1958 年，中国农村在极左思想的影响下，“大跃进”热潮到处风起云涌，尤其是“放卫星”的一出出闹剧更令人啼笑皆非。其实种田人心里最清楚：再肥沃、再精耕的土地上，也不可能一亩产出“万斤粮”。但那个时候产粮多少与政治挂在一起，“亩产”就变成了一个妖艳的妓女，谁都可以去捉弄一把。吴栋材的“万斤大学”原本就是为培养这样的“妓女”而设立的，可他这个校长心思偏了，深耕广种上他不去多花工夫，倒是领着学员忙活着养猪，一养就是八头大肉猪。到了秋季，地里的粮食产量离上级要求少了一大截，学员们则放开肚子，喜笑颜开地杀猪吃肉饱餐一顿，过了一个欢快的国庆节。

“吴栋材，你太了不得啊！我们都在勒紧裤带打万斤粮，你倒好，领着学员吃肉过大年！你想想怎么检查自己的错误吧！”公社书记在电话里像用机枪向吴栋材扫射般说道。

“猪是我们自己养的，杀一只改善大家的生活也是为了革命工作嘛！这有啥错？”吴栋材不理解。

“你没错？那是我错了？”书记的声音都变了调，“你个吴栋材，不要以为你是伤残复员军人就了不得啦！听着，令你明天必须把书面检查交到公社里来！”

吴栋材的心头之火被点着了：“那除非你用直升机来接我！”

摔下电话机一瞬，吴栋材也把自己的“万斤大学”校长一职也摔掉了。不过，那一年多时间里，吴栋材收获的却依然很多，最重要的要数他与一位名叫陆汉琴的姑娘相爱了。这位性格细腻的农村姑娘后来成了他的妻子，为他生下了两男一女。2012 年末我去永联村第三次采访时，吴栋材的二儿子吴惠芳与我谈起自己的母亲时，禁不住热泪横流。他说，从一定意义上讲，父亲的成功和永联村能有今天这个样，与他的母亲有很大关系。“我们的母亲是位普通得不能再普通的乡下女人，但她的为人处世和内心的那份仁爱，对父亲和我们几个子女影响极大，所以母亲在我父亲和我们眼里，是位伟大的女性……”

现在我们来寻觅吴栋材的足迹：这个时间是 1978 年 7 月 28 日。

这是个平常的日子，在苏南地区的 7 月末，应该是个非常炎热的日子。吴栋材对这个日子记得非常清楚，“我是骑自行车到永联村的，那时还叫 23 大队……”三十四年后的吴栋材坐在我面前，脱口能说出当时的情形。永联村的村民中也有人对这个日子有印象，因为他们有些好奇地看到一个与众不同的新面孔来到了他们这块土地——

2

江边的风好大！甩出的汗珠子，落在地上的是金色的谷穗，飞往空中的是七彩的云霞……

永联村民不忘当年的事，是因为他们不太相信有人会把他们的家园建设好，倒是相信这样一句话："干部干部，干一阵就下了阵。'七〇圩'上来了七帮人，谁能把它改天换地算是神！"

现在吴栋材来了，村民们坐在田埂上瞅着他，脸上露出不屑一顾的神色，有的甚至干脆直接问他："吴书记，你能不能把骑的自行车留给刘师傅？他骑这车更有用。"

"刘师傅是谁？为啥要留给他？"吴栋材不解地问。

村民们便哈哈大笑起来，就是不告诉他啥原因。有人后来悄悄告诉他，刘师傅叫刘金华，是公社邮电所的邮递员。打 1970 年永联村成为长江边一块新陆地后，刘金华师傅一直负责给村里送信、送报纸。

"人家刘师傅自从有我们这个生产队后，就骑着自行车，风里来雨里去，几年如一日，从没有歇过腿、掉过链，一直在为我们服务。可你们干部不一样，上面派了一茬又一茬，每一茬干部在我们这儿呆的时间还没有两三茬水稻麦子在地里长的日子长，所以我们建议你的自行车趁着还算半新，留给刘师傅用算了。"

吴栋材脸上有些挂不住了：真的是这样？在县里领导找他谈话时，曾听说过这个 23 大队因为自然条件差、社情复杂，上面派过的几任工作组都没能从根本上改变面貌而自动"缴械"了。当时吴栋材并没有意识到问题真的会严重到让村里的老百姓已经到了对干部彻底失望的地步。

"我的车还是留给我自己用吧！"吴栋材心想，我既然在县领导那里发过誓要把 23 大队的事情做好，就不会轻易离开这块土地，除非长江发大水把我卷走喂鱼吃了。

有关吴栋材前几任工作组的干部为什么最后都没能呆得下去、没能把这块新陆地建设好，说法有几种，但我考察的结果基本是：23 大队的水太深、太大、太混，谁要真掉了进去，不是被呛死，就是被淹得喘不过气。后来我找到了几位曾经到这儿工作过的工作组成员，问他们最后为什么都没能完成上级交付的任务而草草收兵，他们回答得非常简单：我们都没有吴栋材的本事，更没能像他把一辈子的根扎在那里。

我想这几个人说的是实话。在现在的永联村史里，我看到了有关当年几任工作组的情况记录：

1972 年初，南丰公社党委根据 23 大队存在的各种复杂的问题，决定派出工作组进驻 23 大队，帮助或协调开展全大队工作。后来，县革委或有关部门又先后派出工作组，进驻 23 大队，帮助大队开展各项工作，主持解决大队内部一些比较复杂和疑难的问题。从 1972 年起至 1978 年止，前后有七批工作组进驻 23 大队。

第一批工作组，由南丰公社于 1972 年元月派出，负责人为南丰供销社党支部书记杨友生，共一人。主要工作任务是抓生产任务目标落实，积极发动全大队开展抗（涝）灾自救，建立二级核算即全大队统一核算制度，围绕政治中心展开批林批孔运动，整顿大队领导班子增强战斗力，建立正常的革命生产秩序。1972 年 11 月，第一任工作组撤回。

第二批工作组，由沙洲县于杨友生撤回后派出。县公安局干事沈金奇担任组长，副组长卞燕春，共有八人组成。主要工作任务是针对 23 大队革命生产秩序较混乱、小偷小摸现象较严重的现状，重点展开治乱、治偷专项斗争，割“资本主义尾巴”，展开“四清”工作即清理大队财务账目、清理集体储备粮、清理上级救济款、清理偷盗行为者，号召全大队社员开展积肥造肥活动，大积大造自然肥料，提高农业产量。工作组于 1972 年的农历年底撤回，在永联驻扎时间仅三个月左右。

第三批工作组，在 1973 年春节后进驻大队，由南丰公社派出，南丰供销社党支部书记杨友生担任组长，并代理23大队党支部书记，由公社下派干部秦振华协助其工作，组员袁兆生等二人。工作组主要工作任务是帮助大队抓革命促生产，组织展开"农业学大寨"、"工业学大庆"运动，整顿大队领导班子等，该工作组于1973年底撤回。

第四批工作组，在1974年3月进驻，由沙洲县供销社生产资料部棉麻公司派出黄嘉宾担任组长，县团委干部杨升华为副组长，工作组总人数有十二人。主要工作任务，一是针对全大队不少社员因劳动收入太低，难以维持正常生活而进行一些非农业范畴的商贩活动，开展"狠煞投机倒把歪风，狠抓投机倒把分子"的活动。对那些从事芦苇、芦席、芦帘收购贩卖，豆饼、米糠、麦麸、蔬菜及食油贩卖、猪苗贩卖等活动进行打击批斗处罚。另外从严卡劳力外流、狠抓劳动出勤入手，对那些未在生产队正常出勤、去向不明者采取按小手工业者(五匠)标准交钱记工，来杜绝投机倒把活动，以把全大队劳动力牢牢拴在农业生产上。二是针对全大队大多数社员家庭从事芦席、芦帘编织和少数社员家中出现的小作坊式的工副业生产现象，继续开展割"资本主义尾巴"活动，大力扼制资本主义思潮的泛滥和资本主义倾向的抬头。三是利用棉麻公司这个特殊关系，扶持23大队建办一个作坊式的织布厂。织布厂虽仅以老式手工织机织一些粗坯布，但这是"七〇圩"成立以后的第一个工业项目。第四批工作组于1974年8月撤出，在23大队工作时间前后不足半年。

第五批工作组，于1975年2月进驻23大队。工作组由南丰公社派出，组长为南丰公社19大队(现双德村)团支部书记毛志强，共三人组成，南丰粮管所朱秀清等二人为组员。主要工作任务是：在全大队开展批判《水浒传》、批判宋江、批判投降主义等政治运动，掀起抓革命促生产新高潮；并再次针对社员中不安心农业生产、热衷搞家庭副业等倾向，展开割"资本主义尾巴"斗争；同时，分别举办各种学习班，谈认识、促提高，防止资本主义倾向，端正革命思想和革命态度；

加强领导班子建设,积极反右防右。该工作组于1975年9月撤回,历时仅七个多月。

第六批工作组,于1975年10月由南丰公社派驻,原常乐中学校长陈永丰任工作组长兼23大队党支部书记,成员共五人。工作组主要任务是帮助大队抓生产、夺高产,整顿领导班子,搞大批判运动。从1976年初起,在工作组领导下,23大队掀起反击"右倾翻案风"和揭批"三项指示为纲"的政治运动,经过近一年时间,23大队一下子成为南丰乃至全县的农业高产大队。1976年9月,陈永丰调出23大队,由曹志达(此前任南丰公社团委书记)赴任23大队党支部书记,同时,公社派出彭世祖、陶桂林等二人进入23大队帮助工作。从1976年底开始,全面展开揭批"四人帮"篡党夺权阴谋活动,努力恢复社会和生产秩序,抓革命促生产,一直延续至1978年5月。

第七批工作组,于1978年7月由南丰公社抽调时任3大队(今新杰村)工作组长吴栋材、顾德法等四人进驻23大队,吴栋材任工作组长兼大队党支部书记。由于当时正处"文革"后期,"四人帮"已被打倒,国内政治、经济秩序不断好转,因此,该任工作组进入大队后,能从全大队的生产工作的实际出发,注重解决全大队一些迫切问题,设法调动全大队党员群众的革命、生产积极性,采取了因地制宜的方针,着力解决农民生活困难、提高农业生产成效、积极发展副业生产、努力创办村(队)办工业,从而使全大队原来的落后状况有了明显改观。同时,也使工作组的主要领导吴栋材等同志在23大队深深扎根,一直工作至今,成为永联村发展致富的坚强堡垒和辉煌业绩的创造者。

在上面这段《村志》的文字记载中,我看到杨友生曾先后两次进驻23大队(永联村前身)。从介绍中看,杨友生曾是南丰乡供销社党支部书记,说明他是懂经济和商业的。他为什么"两进两出"?而且有一点可以看出,杨友生是组织上比较信任的干部,对23大队的情况相对熟悉,但他没能让组织不再派人进驻这块是非之地。工作组成员中有两位是公众熟知的人，一位叫秦振华，大名鼎鼎的“张家港精神”创始人、后任张家港市委书记多年；另一位叫杨升华，这位张家港人后来到我老家常熟市当了市委书记，也干出了一番事业。秦振华、杨升华都是曾领导过苏州经济“六小虎”（六个县区）并成就辉煌业绩的极富能耐的人，然而他们当年为什么就没能把一个小小的村子建设好，这令我百思不解。

其实，这个问题也并不复杂：现实生活中有的人可以当将军、当司令，但真要让他当一名战士或班长，也未必就能当得好。相比之下，吴栋材把这个“战士”和“班长”的角色当得极其出色并且创造了中华民族新一次伟大复兴中的另一个“中国版本”。这就是我为什么要下些工夫写此书，并期待中国各级干部与全世界所有对中国感兴趣的人阅读此书的原因所在。

关于中国当今社会许多基本问题，其实连我们中国人自己都没有彻底弄明白，尤其是农村基层的问题，我们的盲点太多。而有的问题多少年来我们的政府和各级组织又似乎一直在说，也似乎一直在做，但就是没有做好、没有做到底，为什么？就是因为情况若明若暗，做工作的人或相应的制度与政策，又浮在水面，这是没有解决农村和农民问题的根本所在。

中国是个农业大国，即使在城市化已经接近四成的今天，农民问题和农村问题仍然是中国最重要的事情。如果一旦农民和农村出了问题，已经取得的现代化成果和改革开放以来积累的物质财富，照样会在一夜之间丧失殆尽。自上世纪80年代以来的许多年，中共中央向全党发出的“一号文件”都是关于农村问题，这一点足以说明中共中央是清醒的和务实的，这应该算是中国人民的一大幸事。中国的这一问题解决好了，对世界也是一个巨大的贡献。西方人现在也都认识到了这样的问题。

我非常敬佩毛泽东。当上世纪二三十年代中国革命的星火还处在刚刚点燃时，毛泽东就下工夫进行系统的农村社会调查，写出了如《湖南农民运动考察报告》、《兴国社会调查》等著名的调查报告。毛泽东的优势在于他对中国社会的深刻了解，并且极其重视农村问题。这既源于他是一个农民的儿子，对农民和农村有着浓厚感情，更重要的是他了解中国几千年的历史进程，认识中国的出路在于解决农民和农村问题。而农民和农村的问题，集中在土地制度和劳动生产力解放上。他取得革命政权的法宝就是他的“农村包围城市”的理论与实践；他能让占人口绝大多数的中国人跟着中国共产党走社会主义道路，就是因为他让农民们有了自己支配土地的权利。

毛泽东作为中国共产党的第一代领导人和新中国的缔造者，他完成了在中国建立社会主义制度的任务，把农民带进了翻身作主的社会主义阳光下，然而他没有能完成好如何让农民们在自己的土地上富裕起来的问题。邓小平执政之后，中国推行了诸多农村新政策，包括分田到户、生产承包等措施，极大地鼓舞和解放了农民的劳动生产力，使多数农民大大提高了生活水平，而且有相当一部分人甚至富裕起来。尽管如此，当我们今天重新来审视中国农村和农民的现状时发现，他们面临的问题，其实仍然相当严重和尖锐。除了土地本身并不能让他们真正彻底摆脱贫困实现永久性的富裕外，城市化进程又使他们顾此失彼、不知所措，更像悬在半空的一个阶层，不仅担忧自己这一辈子，更担忧子孙后代如何在城市中立足与生存。从整个社会形态来看，农民们出现的种种问题，这几十年来虽然不断有“一号文件”出台，许多政策和措施看上去也非常“好看”，但农村原有压力与问题的解决并没有获得政策制定者预期的效果。日积月累，似乎政府也很难找出更行之有效的政策与办法，故而当下把解决农村和农民问题的所有希望都寄托在“城市化”的梦想之中。于是我们看到：当今绝大多数的农村组织处在瘫痪状态，自然村落拼合成大村大乡，几个甚至十多个乡镇被统成一个庞大的“中心镇”……农民们没有了过去每天与他们一起生活的村干部了，更不太可能见到镇一级干部，他们日常遇到问题和困难，只能靠自救和自护。年轻一点的人带着衣物和一线希望，远赴城市去打工；年长者只能在家守护那些已经破落与倒塌的家园……田荒了，河流里见不到划动的船影，田埂上没有了劳动的号子声，篱笆前的黄狗也有气无力地伏在地上，懒得直起身子——数天、数月它根本就见不到一个令它兴奋的陌生人。

这是今天中国许多农村的情形。即使在“天下第一村”的华西村旁边，在吴栋材他们永联村的周围，我们也随处可见这样的村庄。这是中国的另一面。而正是因为中国还有许许多多这样的乡村，我们才更加知道吴栋材和他的永联村是何等的可贵。

问题并非深奥莫测。倘若当年吴栋材带领的工作组也像前面六个工作组一样半途而废，倘若吴栋材也像其他干部一样见着难题就退缩，或许他还能做个大官。那么今天的永联村会是什么样呢？我想很难不会是我前面所描述的那种“田荒了，河流里见不到划动的船影，田埂上没有了劳动的号子声，篱笆前的黄狗也有气无力地伏在地上，懒得直起身子……”的村庄。就个体而言，吴栋材是完全有这个能力并且也多次具备这种可能——离开永联，去做真正的官，风光一生。然而，吴栋材没有走，牢牢地将根扎在了这片长江新陆地上，使得永联有了今天，使得这块土地上的百姓成了最幸福的人。

吴栋材并不是一个生来就了不起的伟人。他很平常，很普通，跟我父亲等千千万万乡村干部没什么两样。而他唯一与众不同的是他那种不动声色的内心力量的强大，这其实也是被逼出来的。

中国的农村自然条件差异巨大。即使在我家乡的苏南地区，有时不出半个小时的路程，乡村与乡村之间的自然条件也会有天壤之别。吴栋材现在来到的23大队，没有历史，所有的历史都是在大江的急流之中，连一块像样的奠屋基的石头都得从几里外的地方搬运而来。1970年，动用两千余民工苦干四个多月围起的这片新陆地，在当年长江汛期的洪水来临之时，一连被淹数日，堤坝内汪洋一片，仿佛又回到了原始的泽国天地。为了保住这块新陆地，南丰公社不得不在这一年的冬季把全部的农田水利建设兵力放在了恢复“七〇圩”的回马枪战斗上。第二年，“七〇圩”再战一冬，在南丰公社诸兄弟大队的共同努力下，一条叫“七干河”的泄洪通江干河竣工了。此时已改叫“23大队”的百姓又在第七、第八生产队紧挨七干河旁的低田里开挖了一条接通区域中心河的排水河道，并在交汇处建了一座排放内外水流的闸门。这块只有几岁的新陆地从此在中国江苏沙洲县地图上标明认可了。

永联村在中国版图上真正被认可是从1972年开始的。但长江下游之水并非那么温顺，它从来不畏惧任何阻力，总是以奔腾不已的万钧雷霆之势，实现着自己拥抱大海的理想。只有一个时候它是温顺的，那就是面对巨人的精神力量。

吴栋材身上所拥有的正是这种力量，而这样的力量是需要长期的磨砺与反复聚合才能形成的。摆在吴栋材面前的便是这种力量的聚合过程，它漫长而又艰辛，甚至常常叫人绝望。因为他要面对的是长江，面对的是中国社会有史以来最突出和最困难的、历朝历代几乎都没有根本解决的两个问题：农民与贫困。假如中国解决了这两件事，神州将繁荣万代，世界也将太平许多。

让吴栋材去挑这副担子，后来出任江苏省常务副省长的高德正有一番考虑：前六任工作组不能不说其中有英雄好汉，诸如秦振华、杨升华等，这样的人不能长期扎在深潭里拔不出来，而像永联村这样尽是困难和问题的深潭，只有既有能力又有能耐、愿把性命老本一起埋在那里的人方可担此大任。后来的事实也证明了高德正具有慧眼识大材的能力。吴栋材确实是唯一的人选。

我们把问题和视野延伸一下会发现：在旧时代，中国共产党在毛泽东领导下，浴血奋斗，推翻了三座大山。那个时代，全党万众一心，呈现出的是“为有牺牲多壮志”的壮丽历史。也就是说，所有真正的革命者和共产党人，他们在投身革命时就已经作出了为推翻旧制度献身的决心。但是到了共产党执政以后，不少人的想法就开始发生变化。他们做官从政时往往把自己的升迁和个人的利益放在了首位，渐渐丧失共产党人最原始和最崇高的理想追求，嘴上喊的“为人民服务”，内心却是为自己的利益着想，因此做什么事，无不掺入了私心杂念。他们往往在为民众干工作、做事情时，心底已不再纯粹和宁静了。这是当今中国各级领导层和公务员队伍中的主要弊端，是症结所在。

另外一些人则并非如此，他们应当属于那些忠诚于自己信仰的人，做事也在共产党组织的基本要求和规范之中。然而他们的问题是：工作不扎实，遇难事往后退，不肯下工夫和苦力，流一滴汗就会感觉伤了自己身子，更不用说让他们为了民众和他人的事去流血牺牲。其实根本不是什么牺牲生命的事，即使是精神上和物质上的一些牺牲他们也不愿多付出，这样的人绝对不在少数。共产党一向要求自己队伍成员具备的“先进性”在他们身上基本没有。社会和历史靠这种人很难有大的改观与推进。

看看今天长江边大部分的村庄为什么没有像吴栋材的永联村那么欣欣向荣，其主要原因也在于此。中华民族伟大复兴中最需要改变的正是这种中间力量。西方发达国家的命运是由占大多数的中产阶级主导的。而中国的复兴事业从某种意义上讲，也要靠这个中间力量，因为他们是介于先进和落后之间的巨大人群。作为一个社会和国家来说，中间力量并不可怕，倘若领导与干部中存在如此巨大的“中间层”便大有问题了。原因是，在领导与干部后面是无数民众的福祉与地区的发展和繁荣问题。

毛泽东说过，当政治路线决定之后，干部就是决定因素。一个干部就是一面旗帜，一个方向，一方天地的命运所在。从这个意义上讲，每一个领导干部其实都是广大民众的命运执掌者。他们因此都应当具有改天换地的雄心壮志和实现民族复兴的伟大梦想，绝不允许在困难面前退缩与碌碌无为。否则，无数民众的命运和整个地区的发展将得不到改善与提高。

吴栋材初来永联时想到这些问题了吗？“当时也许并没有想得那么透，但有一点倒是想到的，那就是听说一茬茬工作组像戏子走台似的来了又走、走了又来，老百姓的生活和村子里的发展得不到改变时，我就想自己不能再轻易离开江边的这块新陆地了，要走也得等我实在没有一点儿力气时……”三十多年后的吴栋材这样对我说。

1978 年他到长江边这片新陆地时是 42 岁，正是年富力强的年龄。这个年龄的人，如果他能一心一意做事，肯定会成就一番惊天动地的事。后来的事实证明吴栋材确实成功了。不过，初到永联时，村民们并不相信他，连他自己都有些怀疑能否把这样一块充满是非、时没时现之地建设好。

说是“是非之地”，是这个被外村人称为“老老少少都长毛病”的 23 大队“底子”就“贱”。怎么个“贱”法？你看看他们的来源就知道：

先说“七〇圩”这块地。听一位当年参加过“精卫填海”的老村民讲，围垦“七〇圩”工程，一开始就有些准备不足。“沙洲县的领导听说常熟那边的福山农场准备在这年（1970 年冬）出动大批劳力要将长江边的一片新滩地围垦，就着急起来，于是匆忙决定赶在常熟人围垦之前，‘抢’先占领新滩地。所以在 1970 年刚过春节就大举进军江滩，仅仅用了四个多月时间就把与常熟福山交界的这块未划定地界一下纳进了自己的版图。这叫先下手为强。常熟人性格温顺，加上人家地大物博，历史悠久，才不在乎区区江边一块小地方。可这样的地方对沙洲人来说，就是宝贝。沙洲人有能耐。我记得当时围垦工地上到处红旗飘扬，人人热血沸腾，每人一小时挑四担泥，一天记 30 个工分，等于 2 块 5 毛钱。大家个个精神饱满，斗志昂扬。我们先是在水里打桩，再把芦苇编成网挡上，在大坝两端各挖一个大水塘，挑土往里面填倒。一担土平均要挑上二三十分钟，土也是从其他地方运送来的。挑来的土分三次三层垒至四米左右高，靠人山人海战术往围垦的水塘里填倒……打桩的人不能休息，大概一米一个硬榆木桩。榆木桩是县里和公社拨下来的。用去的榆木桩少说也有几千根。用的芦苇就更不用说了，多数是发动妇女们到沿江的滩头收割过来的。那时上面一声号令，家家户户上阵，有的连工分都不算，靠的是‘农业学大寨’和学雷锋精神。那个时代农民们受毛泽东思想影响深，不计较个人得失，一心想着集体，凭的是社会主义觉悟。现在想想，是不是有点空想社会主义？不完全是，因为我们都是农民，农民知道有田有地的重要性。我们的祖辈都在长江边生根，知道有一块立身之地的意义。再穷，有地就不死人！农民对土地的渴求，绝对不受政治影响。当然，‘文革’时期和‘农业学大寨’时，我们的政治觉悟高于生存意识，这个时候的一些假大空的东西多了些。但围垦沙滩地，对当时的沙洲人和今天的张家港人意义都是巨大的。”

这位老23大队人还说出了当时一个情况：“我们在围垦中怕邻居常熟人与我们争抢这块沙滩地，除了先下手外，还在排兵布阵上颇下了一番心思：工程指挥的设计者在围垦地的西北角和东北角各放了人马，是由五个乡的农民组成的水利队伍。西南角放了三个乡的农民，这里跟常熟边界紧挨，东北角放了两个乡的农民，这里紧靠长江水面。估计指挥员怕常熟方面偷袭，事实上常熟人对我们这边的行动没有采取任何措施。据说只是后来在苏州地区开会时讽刺了几句当时的沙洲县领导，说你们沙洲小弟弟不够意思，明里暗里都跟我老大哥抢地盘。沙洲县领导红着脸回应道，我们本来是一家人，到老大哥那里扒口饭吃算个啥？你们才不在乎手掌大那么一块烂地呢！”

昔日的永联就是这样诞生的。它是个“苦孩子”，光溜溜的来到世上。除了水，就是泥和芦苇草，将这三样东西凝聚到一起的是农民们洒下的滴滴汗珠。

劳动创造历史。人类与我们赖以生存的星球走到一起，走到今天这个样儿，就是依靠一代代人的汗珠累积而成的。

汗珠子其实比金子更可贵。

当“七〇圩”浮出长江水面，成为共和国最新的一个村庄后，就需要有居民在此扎根繁衍。让什么人来此安家落户成了沙洲县有关方面考虑的一件不大不小的事情。

1970年的中国社会是个什么样？1970年我家乡苏南水乡是个什么样？1970年我家乡之外的世界又是个什么样呢？

1970年的世界基本上是由两个超级大国在支撑着，他们是与中国隔一个太平洋的美国和近邻苏联。拥有九亿人口的中国夹在中间，日子非常难过。据后来的世界政治家透露的信息表明，当时的苏联确实已经作好了向中国发动一场“核战争”的准备。他们不时向其他国家的外交人员和政要询问一个问题：假如我们对中国采取行动，你们将怎么看？本来作为共产主义阵营里的两个大国的争斗会让资本主义阵营的美国人兴高采烈，哪想美国人听到苏联人这种口气后的第一个反应竟然是极其紧张。“两个共产党巨人之间的争吵已经上升到战争状态，那么我们不能不管了，因为这直接影响到世界格局和美国利益。”当时的美国副国务卿利奥特·理查森代表美国政府公开表示严重关切。

1970 年的中苏边境上确实已经到了“血洗黑龙江”的地步。美国中央情报局的情报显示，中国在这一边境上屯兵 42 个师，约 100 万兵力。苏联已经开始启动核武库，并从欧洲紧急调集 10 个精锐师开往西伯利亚地区……大规模的战争，一触即发！

战争高手毛泽东已经清醒地意识到这一时刻马上到来，熟谙《三国志》的他，开始寻找另一个大国对付苏联的大兵压境。向美国伸出橄榄枝就是在这样一个特定形势下做出的关键决定。

波兰华沙上演了这场大戏的序幕：一次外交场合，美国驻华沙大使沃尔特·斯托塞尔接到国内指令，可以同中国外交官进行接触。哪知中国外交官尚未接到自己国家的指令，见“美帝国主义”的大使径直过来握手，紧张得拔腿就逃。谁知美国大使就是不甘心失去机会，便紧随其后追赶，两人上演了一出你逃我追的好戏。最后还是美国大使把中国外交官“逮”住了。“我们是美国大使馆的，我们想见你们的大使！”美国大使气喘吁吁地对中国外交官说。中国外交官警惕地瞪大眼睛就是不说话，意思是：你们美帝国主义到底想玩什么名堂！“我们的尼克松总统说想恢复与你们中方的会谈！”美国人迫不及待地说出了他们的目的。

中美之间的接触便正式开始。但华沙会谈并不顺利，原因是中美之间分歧太大，许多重大问题互不相让，小问题也是斤斤计较。最后双方决定换个国家谈判，以便气氛更融洽些。

1970 年 10 月 1 日，中华人民共和国国庆。毛泽东登上天安门城楼，他身边站着一位高鼻子的美国人，叫埃德加·斯诺。斯诺先生是毛泽东的老朋友，但他毕竟是美国人。这一细节其实是毛泽东和周恩来精心设计的，可惜一向标榜情报水平高超的美国人竟然毫无反应。几个月后，美国人得知其中的奥妙后，大呼“悔也”！于是后来有了尼克松总统亲自派国务卿理查德·基辛格博士绕道巴基斯坦，秘密到北京进行的一次伟大的外交对话。这段外交对话现已载入史册。

1970年是中国与美国开启划时代意义交往的年份。1970年，是封闭的新中国开始向世界开放的前奏年。1970年，中国国内正在进行更广泛的“深挖洞、广积粮”的运动。1970年，在我这样一位少年的记忆中，是极其不安宁的年份。好像世界真的要打起来了，每天晚上无论是乡村还是城市，都在放《地道战》、《地雷战》和《南征北战》。这三部电影让我们那一代人都学会了如何自演电影中的剧情和角色了。我记得，我们一些小伙伴，每天晚上赶出去看电影，白天就在知青的屋子里上演我们的“地道战”、我们的“地雷战”，有时夜间还上演我们的“南征北战”……就像背《毛主席语录》一样，我们都能把这三部电影里的台词倒背如流，然后针对各自的特长，进行角色分配，再自编自演，情趣无限。干部的子弟自然演电影中的主角，地富反坏右等“五类分子”的子女，只能演反角坏人。这也是那个年代的铁定法则。

后来，国家层面迎来了美国总统的访问；联合国确认了恢复中华人民共和国的合法席位；日本等国家与我们建交……

再后来，我们的国家开始发生由小到大的变化：老百姓能感受的是可以通过读书考更好的学校了。虽然“白卷先生”出来捣乱了一下，但记得轮到我考高中的时候，教育部门竟然让学校用ABCD考卷来选拔学生，就是前后两个课桌四名考生的卷子完全不一样。这种考法令人生畏，但也是这次考试改变了我的一生命运——那次考试中我的语文成绩在全苏州考生中名列第一。此后我就出名了，作文总是在学校第一，直到1975年底被解放军某部队招收走了。

1976年，中国发生了一连串大事：周恩来、朱德、毛泽东三位伟人先后逝世。尤其是毛泽东的逝世，引发了一场严重的政治危机，好在“四人帮”很快被揪出来。不久邓小平重新恢复工作。真正的中国改革开放年——1978年到来时，中国的形势已经完全是另一番景象了……

1978年与永联村邻近的苏南诸乡村，都沐浴在改革开放的春风中。那时我虽然在部队工作，远离家乡，但由于父亲是“乡镇企业”的办厂先锋，他那会儿在苏州小有名气。“华西村的吴仁宝都派人到我厂里参观学习过。”父亲一次出差到湖南路过我部队时很得意地告诉我。他说他主持的两个厂子现在已经很出效益了，绣花厂有三四十个青年绣娘，一年能为生产大队挣得近百万元收入；眼镜厂有二十多个青年工人，一年也能创造四五十万元收入。这样的收入在当时苏州地区也算是乡镇企业先进单位了。不久我回乡探亲，看到每天清早或者傍晚时的田埂上，一队队姑娘们骑着崭新的自行车，肩上披着彩色的纱巾，随风飘扬，其景好似仙女下凡，煞是好看！这一景象在当时的乡村可以说是最美的画面，既时尚，又优美，令人怦然心动。

当时办乡镇企业之风已经吹遍了苏州的每一个角落，尤其像华西村的吴仁宝，苏州地区已经将其作为穷队办企业的先进典型在苏州地区广为传扬。2005年我采访吴仁宝，请他谈谈当年华西村发迹史。这位农民奇人感慨道：“那时我们华西村就靠一个小五金厂起家的。说厂子其实也就是生产大队仓库的几间空房子，那么十几个人在里面敲敲打打。我们办厂子比较早，1975年开始的。那时政治形势还不明朗，只能白天关着门干，晚上点煤油灯干，所以我们经常停停干干。如果上面的人看到了就会有麻烦的，他们会把厂子当做‘资本主义尾巴’给割了。为了逃避挨批，只要上面一来人，我们就把门关起来，工人们回到自己的生产队干农活去。等检查的人一走，工人们就又回来敲敲打打。这就是我们当时的工厂——‘小五金’。其实也就是给农民们做些生产用具和生活日用品，可就是这个小五金厂，它成就了我们华西村的发展。最初这小五金厂一年能有几十万元利润，我们就靠它慢慢壮大了集体经济。到1978年时，我们华西大队已经一年有五六百万元的工业收入了！”吴仁宝和华西村出名就是从这个时候开始的。

吴栋材与我父亲、吴仁宝是同一代人，当时的年龄也在40岁上下。吴栋材又同样是生产队长出身，对当时苏州地区和他家乡附近的那些有头脑的“活络人”非常关注，也非常熟悉。且不说江阴的吴仁宝，也不说常熟的我父亲，就是吴栋材同乡中也有人在这阶段出名了。像如今仍然红红火火的长江村党委书记郁全和，此人应算是苏州乡镇企业中的一位佼佼者。郁全和原来在苏南地区也是可以跟吴仁宝较劲的风云人物。此人干事不一般，既有农民风范，又有张飞猛将式的虎劲。长江村也是长江边的新滩陆地，只是比吴栋材的永联村早十几年历史。“我是1975年开始当生产大队长的。当时我们长江村有15个生产队，1 147亩地，平均每人只有4分地。4分地上闹革命，怎么个闹法呀?”满身“匪气”的郁全和给我讲述过他的发迹史，“那时我们也提出建设新农村的口号和目标，叫做‘房子两边站，面貌彻底改。腾出土地来，增产再增产’。‘农业学大寨’，可学来学去，全村的人连饭都吃不饱。所以有人说张家港就是苏州的‘苏北’，我们长江村呢就是苏州的‘苏北西伯利亚’。老百姓穷到什么程度，一般人想不出来，特别是那些连4分地都没有的渔民，大冬天孩子不敢上岸，因为他们连一条像样的裤子都没有，只能待在船上钻进芦苇叶编的草被子里……记得是1976年7月15日到8月13日，时任我们沙洲县委书记的高德正同志带领我们一批村干部到邻居的华西村去向吴仁宝取经。那近一个月里，我们从吴仁宝那里学到了两个经验：一是吴仁宝带领群众改天换地的精神，二是通过办乡镇企业改变农村旧面貌。回来后，我就开始仿着吴仁宝干了起来，一直干到现在……”长江村的郁全和现在也是全国闻名的新农村带头人。安徽有名的小岗村虽然成为分田到户的农民英雄村，但并没有苏州那些乡镇富裕。小岗村最早的柏油马路和村民们的电视机都是郁全和的长江村帮助修建与赠送的。

吴栋材就在当时全苏州地区轰轰烈烈、如火如荼地大办乡镇企业的热潮中来到长江边最新的一片滩地。也可以这么说，当时苏州地区已经冒出了一批像华西村、长江村和我父亲的“先锋大队”等依靠办乡镇企业先富起来的农村。而这种一传十、十传百、社办村办企业风起云涌的情况，已经在苏州各县蔚然成风，走在最前面的恰恰是吴栋材所在的沙洲县。

八年后沙洲县改成张家港市，而沙洲县敢为先的改革开放、艰苦创业精神就是后来的“张家港精神”的雏形。首创这一精神的功臣应归时任县委书记的高德正。有人曾用文字记录下了当时高德正如何热情高涨地倡导大办乡镇企业的情形：“我记得那年在县里召开学‘两桥’（欧桥和塘桥）、争富裕的三干会上，高书记从头到尾讲的是思想解放、大胆冒尖的话题，直把与会干部鼓动得个个激情澎湃。而原先好多干部思想僵化，不敢越雷池半步。有一回，港口乡里开大会，我请人在主席台两旁写了两条大红对联：‘聚精会神想富，理直气壮抓钱。’那些村干部一进会场就懵了，有人惊叫起来：‘哎哟，谁写错了！’高书记作报告，时常挥动手臂，气势磅礴，震撼人心。尤其是他那富有思辨、形象和强有力的鼓动性语言，诸如‘政策一落实，小布衫全出湿’、‘穷不会生根，富不是天生’、‘小鸡吃米，粒粒下肚’、‘社队工业不姓资，治穷致富才姓社’、‘时候已到，只欠东风’等，至今仍萦绕在我们耳际，激励我们去开拓新业。可以毫不夸张地讲，后来的张家港人敢为先的精神，就是从那个时候开始的。”

老沙洲人的话里充满了对老书记高德正的敬意。三十多年后，当我带着这份敬意再去拜会已年迈的高德正老书记，向他询问那段激情燃烧的岁月时，老人笑了，并深情地说：“我难忘那几年我们的乡镇企业发展历程，后来所谓的‘苏南模式’、‘半壁江山’就是这么出来的……”

“1978 年，全苏州地区的乡镇企业数量已近 9 000 家，拥有的固定资产 5 亿元。职工人数超过 50 万人，占农村总劳动力的 20%；工业总产值 13 亿元，占农村工农业总产值的 45%左右：俗称‘半壁江山’。”当年一位与我父亲一同搞乡镇企业的原苏州地区老领导如数家珍地报出了这一年苏州地区农村办企业的数据。

那时苏州许多乡村已开始盖楼房、筑柏油马路了。五年后小平同志来苏州视察时看到的景象，比 1978 年时的苏州要好了许多，因为从 1976 年到 1982 年的几年里，全苏州的工农业总产值整整翻了一番。如此迅猛的发展，让中国现代化的总设计师小平同志心潮澎湃，他的美丽“中国梦”——“小康社会”建设也由此产生。

吴栋材就是在他的家乡四周“无村不厂、无村不工”的蒸蒸日上的时刻，被上级调到长江边的23大队的。

这就是“七〇圩”？这也是个生产大队？对，这就是23大队。1978年时的苏州地区沙洲县南丰公社23大队，中国六七十万个生产大队中最年轻的一个大队，拥有五千多年文明历史中最年轻的一片土地。当吴栋材踏上这片后来与他一生命运荣辱紧紧联系在一起的新陆地时，他的双脚很快被泥泞的土和四周涌流过来的稻田水所淹没……

站在长江堤坝上的吴栋材往左看，是奔腾汹涌的大江之水；往右看，是时现时没的稻田水。近处，几队农民在水田里打捞着漂浮的麦秸和刚插播的新秧；远处，一队背着书包、披着塑料布或蓑衣的囡囡们在泞滑的田埂上向邻村走去……“伯伯的自行车真好！能骑骑吗？”孩子们见陌生的吴栋材推着自行车为他们让路，一张张小脸好奇地盯着他和他身边的那辆半新不旧的自行车，不时发出阵阵羡慕与赞叹声。

囡囡们到哪儿去上学呀？为啥不在自己家门口上学？他们没有见过自行车？一连串问号在吴栋材的头脑里打转。旧中国过来的吴栋材并不是不知道农村的那点事，但周边的农民已经纷纷建楼房、装上电灯电话了，23大队为啥穷到这个份上，这是他全然不明白的。

关于23大队的底子，我从另一份材料上看到第一任村支部书记商茂坤老人曾跟一位采访者讲述：

我1950年开始当村支书。1959年调到新建村当书记，当了十一年之后调到南丰医院，当书记、院长。

围圩我没有参加，围好之后得找个临时管事的。本来让乡革委会副主任张跃林来，后来陈俊元副书记说，新围的这块地方比较复杂，我比较熟悉，所以派我来。1944年我随父母亲从德积乡迁到此，整个南丰东部（东沙）是解放前后由从外面迁来的人组成。“西坍东涨”，我小时候来时水汪汪一片是江面，人家没有，吃的干净水没有，树没有，房子没有，住的是“滚箍垒”（草房）、“环筒舍”。从前这儿有个说法，双山是“西伯利亚”，东沙是“东伯利亚”。

围“七〇圩”是1969年冬天开始准备的。为什么围垦？不围，常熟就围去了。乡里表态，这是最后一个圩，错过这个村就没这个店了。张雨林副县长是总指挥，县里还派了三个技术指导，南丰公社副社长张跃林指挥现场。乡上的刁书记、孟振涛、陈俊元都出面参与。因为围得急，实际上还没有沉积好，有些青板沙一脚踩下去会出水。整个圩子西高东低，坡耕地、半高田、龟背田、冷浸田、锅底田占了一半以上。

1970年4月参加围垦的各乡派人来分田，当年抢种了山芋大豆。

我来的任务有两个：一是组织动迁；二是筹建班子。当时计划可耕田一亩迁来一个人，共迁650人，一个生产队只来一户。平均每人1.2亩地，其中宅基地0.2亩。马上要结婚的大小伙子分两份田。各乡名额是我布置下去的。这里一般人都知道新圩的好处是土壤有机质多，都是芦苇、野茭白的烂根，地肥，所以愿意来。搬来的人还有每人30元的搬迁费，每人50—80元不等的公益金，公积金账户还可带来，房子由生产队帮助砌好，搬家的东西也用生产队的水泥船帮助运来。

造房的砖、瓦、木头、洋钉都是我找张县长和计委批了以后，从江阴搞来的。材料很好，乡上想留一点给困难户，我没让。我说这是移民专用物资（计划时代，分配的，买不到），要用的话得让张县长批。物资分配是每户10根拱梁，50根椽子，2 000块砖，500片小瓦。砌了四排房子，每户两间屋，每家间距仅一米。房前屋后有简易的人行道和小排水沟。1970年秋天又开了一条中心河（圩内的排水工程）。因为田是里面高，外面低，西高东低，中间开一条河便于出水。1970年冬天到第二年春天房子大部分盖好，人也开始陆续迁来。

动迁的人有补贴，找大队书记一一落实，这儿新的集体一无所有。各乡来的时候都有一个指定的负责人，各乡的负责人在革委会正式成立之前凑成一个临时班子，办公在麻风医院。借了医院的两间房。1971年4月清明节前后正式成立革命委员会（1979年前都叫革委会)。委员是开大会选举的,筹建的正式领导班子(革委会委员)有七个人:庞金才、朱永祥、戴志和、陆某、陈某、阚菊芳和我。并同时成立了党支部,共有三名党员。庞是副书记,我兼书记,还有一名党员是朱永祥。

地大概 1 022 亩,低洼田 222 亩,800 亩是好地。低洼处比吴淞口低五米左右,水不得干。最东面的一块地干脆是白水滩,一直种走脚田。迁来 200 户人,人口 600 多,不到 700 人。搞三个一级社(一级化),七个组,南丰来的三个,乐余一个,大新一个,兆丰一个。不分地,大队一级核算。远学大寨,近学华西,想搞一个二级核算的典型。

中心河只是圩内的排水工程。七干河是 1971 年开的。七干河是县里兴办的大型水利工程。七干河在我们永联这里拐了个弯,为什么?是我给县里建议的。有了它,灌溉、排涝、运输都方便了。七干河修通之后,涵闸起了大作用,抗击长江洪水,不然江水涨上来便直扑江南一带。

1971 年夏天六七月份新班子正常运转后我走的,回原南丰医院。在"七〇圩"待了整一年光景。我走的时候建议新班子建鱼塘,修鱼池。

搬过来时,造房吃粮,路上吃粮。春天没粮吃了,许多人开始小偷小摸,偷集体的东西吃。主要是饿,被逼的。这种小偷小摸甚至是公开和集体的行为。

我走后,庞金才副书记主持工作,这也是我的意见。庞临时主持,书记缺额,准备从外面派一个来。庞忠厚老实,稳;迁来这里以前是 8 大队的民兵营长。庞金才在外面没有多少熟人,所以也很难打开局面……

商茂坤离开 23 大队后,基本上一直是庞金才在撑着长江边的这艘既不起眼又极破落的"小船"摇摇晃晃地度过了六七个年头,但他一直是副职,实权都在上面派来的工作组组长那里。

极左路线指导下的工作组又能给农民们带来什么呢？村民周付民这样回忆：

我从南丰17大队搬来时，这里是一片荒滩，住茅草房，出门没路，也没有交通工具，一个生产队只有两部自行车。

那时我是2生产队的会计。社员生活很困难，吃粮食救济，晚上点煤油灯，油灯下捡棉花。烧饭要自己去向亲戚借粮，粮、菜买不到，加工粮食也要到别的大队去。1971—1974年有一部分人出去讨饭。

当时乡政府看见我们永联穷，派工作组领导，支持永联。但是都搞了政治运动。搞芦苇头，做建筑帘，割猪草出去卖，做小工，等等，这些事工作组不让搞。搞点钱还要回来交钱记工。最荒唐的是老百姓到河边拔点野茭白，也不行。白天看住你，晚上还看住你，就是不让你出去卖，最后只好吃掉，或烂掉。

常言说，饿死不做小偷，上吊不去闯祸。但那时的永联小偷多，闯祸多。附近一个部队农场有时一天就扭送过来好几批。什么都偷，黄豆、大蒜、鱼，什么能填肚子就偷什么。抓了小偷，示众，跪石头，脖子上挂粪桶，办学习班。啥是学习班？学习班是个小的劳改组织，惩罚人的手段。因为名声在外，别村的人偷东西抓住以后就说是23大队的。在外声誉极差。

“大寨工分”是民主评议，每月评一次。老百姓的素质是谁与我关系好，就评谁高。老实人吃亏。明显的不合理，难评得很，吵架、打架的都有。每次评工分都评到天亮。困难户的救济粮也是评的，买公购粮也是评的。评到的高兴，评不到的不高兴。

曾是“永联一枝花”的由外乡嫁到这儿的赤脚医生苏红妹的回忆则带着某种悲剧色彩：

我的家庭成分不好，我丈夫家住在17大队，弟兄四人，丈夫排行老三。我们只有一间房子，家当是一个小包袱。来 23 大队时两个小孩，一个 7 个月，一个 4 岁。我丈夫原在扬中教书。婆媳关系不好。我是地主家子女，皮肤又白；婆婆认为是个白吃饭的，不会下田。我们搬来，是属于弟兄多、想拿点补贴的那种人。我丈夫 1980 年才调过来，我一个女人家带两个孩子。我不服命，表现好，入了党，学了医生，还评上过“全国优秀乡镇医生”。

想起来也真是不容易。刚来时真是苦，第一年到老队里去分粮。我们 4 队的田比较低，巷里的水比田高一米。吃不饱，白天出工，晚上也出工。收工后回家，两个小孩坐在门口，腿上蚊子爬得满满的。

我清楚地记得我是 1970 年农历 12 月 24 日搬来的，原生产队先盖好了茅草房。因为房子四周都是低地，我就从家后面的沟里挑了泥填在房子四周。26 日生产队的人回来了，我丈夫也回来过年了，我还是一个人挑泥，一直挑到第二年 28 日。那时，我弟来过一次，帮我看小孩。我挑泥挑到夜里一点钟，弟弟不放心，喊我睡觉，喊完听不见我应声。出来看，结果泥冻住了，我滑到沟里了。我弟哭了，拉我回去休息。凌晨 1 点 10 分我给小孩喂完奶，接着又挑，挑到凌晨 3 点钟。

我弟回去把这里的情况告诉了我哥，我哥写信给我，信笺全是湿的。1976 年防地震，大风刮落了顶棚，我娘仨在大雨里淋了一夜。那种日子现在想起来心里都发毛。

永联钢厂第一任厂长陈俊雄是江南人，他从鹿苑迁来，也是这个村的老生产队长、农机员，吴栋材到永联后一直协助吴搞工业。他的讲述更可以看出当时中国农村的诸多问题：

我们村最先搬过来的人，先是分了六个生产队，后分了七个生产队……最后一直扩充到十个生产队。实际上 1971 年以后，陆续又搬过来些，前后三年才搬结束。当时的政策为两级核算，积极性基本上不能发挥。陈永丰来了一年后，有了三级核算，才稍好些。但无论怎样，干一天才两三毛钱，甚至一毛钱也有过。以农业为主，不发展工业，经济还是搞不上去。

生产队内部是大锅饭，差距较小，社员外出不能乱走，要请假，要队长同意。生产队长保证土地的耕种，提高单产，管理“四类分子”等专政对象。他们做什么事都向我汇报，做了好事就记录在案。就生产队与工厂而言，我感觉生产队长的权威很大，厂长没权威，可厂长最大的权威是辞退人，这个权生产队长没有。三级核算要比两级核算困难大一点，压力大一点。因为两级核算可以拉拉平，工资、工分都是大队统一核算的。三级核算，要是产量比邻近生产队报得低，队长就不好当了，就有压力了。

70 年代是极左风盛行，根本不允许私人搞点副业，动不动就要搞批判。大家都靠大块田，要死死在一根绳上。社员出去赚上三块半钱，生产队要收三块钱，那么你在外边就弄不过来了。刚开始大批人往外走，后又大批人往回走。收得太死，规定给队里上缴的太多，外面也动不动就抓流窜犯、“黑人”，在外地做不下去了。回来呆到家里又没什么事，在家积肥，整个屁股工分（人也算积肥的，按每个屁股算，大约三四元钱一月）。人多地少，工作又没什么效率，就又想出去。

社员都是机器人，队长怎么讲，他怎么做。我们生产队干部也是这样。插秧拉线定点，棉花种的深度都有规定，地里种什么都是公社定的。自己积的肥料自留地里不许私自上肥，上了后要罚款。要生产队统一搞。你给我家地里上，我给你家地里上，相互监督。队里规定每家每年要养两头猪，每头猪的肥大约 150 元钱，一年可得 300 元。一年生产队的总收入约 3 万元，扣掉猪肥，每人平均只得七八十元。一个人还不如一头猪，收入上不去。有的生产队每人每天只挣一毛多钱。而且，自然灾害特别多。1974 年发大水，这里都是沙土，我们老家那里是黄土。这里的人对发大水已经习惯了，而我们恐惧。我妻子是上海知青，我家在鹿苑街上，鹿苑有三百多年历史，地势高，从来没见过那么大的水,到处都是水,一片汪洋,所以我的家属又搬了回去……

永联村成立初期的情况,吴栋材后来慢慢也都知道了。可此刻,他的目光停在眼前的这所人去楼空的小学校……

“村里原来有过一个小学,叫跃进小学,1971年时由本大队的民办教师曹和祥受上面教育部门委托兴办。建校初期,校舍借三户农民的三间私人房子作为学校教室。第二年学校才正式招收学生。第三年上半年,公社出资5 000元,由我们大队派劳动力,才兴建了520平方米的正式校舍。曹和祥当了校长,另有六个老师,在校学生共157名。你来之前,公社就已经撤销了我们的跃进小学,把所有孩子都并入到了邻近的永新大队向阳小学。唉,我们23大队人穷志短,好欺负呗!”接应吴栋材来23大队的正是庞金才,当时他的职务是大队“革委会副主任”,庞金才叹着气向吴栋材说。

“到去年年底,全大队亏空6万多元……”在三间破落的旧校舍改成的大队部,庞金才让大队会计拿出账本,向吴栋材介绍说。

“去年全大队人均收入有多少?”吴栋材问。

“68元。”

“透支户占多少比例?”

“80%多一些吧!”

“有没有出去讨饭的?”

“……”庞金才沉默。

“有没有?”吴栋材的语调提高了一倍。

“还有……”庞金才的声音低得几乎听不到,“至少还有十几户。”

吴栋材不说话了。

“大队长,能不能帮帮忙借一借5队李家的那辆自行车用一用?我囡的娘生病了,上趟医院……”这时,一位农民汗淋淋地跑进大队办公室,恳切地看着庞金才。

“得啥病了？要紧吗？”

“可能是盲肠炎，疼半天了！得到公社医院去看看。”

“有没有拖拉机或者机帆船？烂泥路上自行车不好骑呀！”吴栋材觉得这是件大事，便站起身来一边看看那庄稼汉，一边转头问庞金才。

“全大队只有一台拖拉机，可这些天忙着抽涝水呢！机帆船我们想都不敢想了。”庞金才说。

“那就把我的车子推去用吧！”吴栋材对那庄稼汉说。

“那行。老李，你把吴支书的车子借去用吧。用完后推回来啊！”庞金才接过吴栋材递过的自行车钥匙，塞给那农民。

“合适吗？”那农民看着吴栋材，有些不知所措。

“啥合适不合适，救人要紧嘛！”吴栋材性子急起来了。

“对，别啰唆了。这是新来的工作组吴支书。你先去把家里人送医院，快点！”庞金才连说带推地将那农民赶出大队办公室。

“大队还有啥家当？”看着那农民推走自行车后，吴栋材回头问庞金才。

“还有啥？全在这儿了！”庞金才摊摊手，指着皱巴巴的账本，苦笑着说，“把我卖掉，也还欠一屁股债。”

“不是听说队上还有几家小厂子嘛？都亏本？”这是吴栋材很关心的事。

“都是小打小闹，哪像啥厂子！”庞金才有些脸红地说，“上个月县里组织到华西吴仁宝那儿一看，我们的厂就不能提了。”

“走，趁工作组的其他同志还没有报到，我们先去看看大队副业。”吴栋材站起身，与庞金才一起走出了临时大队部。

没用一个时辰，全大队的几家小厂子吴栋材都看了一遍，令他有些失望。

关于永联村 1978 年村办企业的情况，新出的《村史》上这样记载：

从 1974 年起，永联村才先后办起了以简单加工为特征的一些作坊式小工厂,如:柳条编织厂、针织厂、织布厂等。这些作坊式小厂的厂房极其简陋,设备也只是一些简单的加工工具或机械。规模极小,每个小厂的职工仅有10—30人不等,产品自然也就相当粗糙。如1976年根据本地柳条资源丰富而建起的柳条编织厂,就是以手工编织柳条筐,然后将其推销到市场或一些单位做包装箱。人员二十余人。到1978年,由于资源减少,市场需求不旺而停办。针织厂创办于1976年下半年。当初,有手摇针织机十余台,从业人数最多时有二十人,主要加工尼龙衫、羊毛衫等针织品。由于产品质量较低劣,造成产品销售困难,该厂遂于1979年上半年停办。服装厂创办于1976年,是沙洲县帽厂的扶贫项目,当时仅有缝纫机十台。该厂建办后,不但没有经济效益,反而造成了连年亏损,只得于1980年关闭解体。于1974年上半年创办的织布厂,算是永联初期村办工业存续时间最长的一个工业项目。该项目由当时的沙洲县委工作组牵头,县棉麻公司扶持,购置了十台铁制脚踏织布机,主要生产业务是为棉麻公司生产加工包装用黄纱布,赚取加工费。厂址在当时永联桥堍的大队部(现永钢宾馆地段上)。织布厂有职工三十人左右,职工劳动报酬实行定额按劳记工分,即根据定额标准按职工完成的工作量记给工分,参与年终的集体分配。另外,按职工实际出勤天数,给予每天0.5元现金补贴。建厂初期,秦锦秀任厂长,张金涛任会计。1977年,织布厂的年利润是1 200元……

从这段文字可以看出,吴栋材接手的23大队的全部家底除了6万多元的亏空外,不是一些资不抵债的小作坊,就是些基本没有前景的小加工车间。

"老庞,你说说,为啥我们23大队其他的都不咋样,唯独这个小自由市场还挺热闹啊!"第二天早晨,吴栋材起得早,便和庞金才在田埂头溜达。走不久,他们发现在大队"双代店"旁边的桥头那儿聚集了很多人,便过去看热闹。原来这是个农民自发形成的小集市。

“我们这儿距镇上远，有10公里路，距北边的农场红旗镇有6公里，离南边最近的妙桥西阳小镇也有4公里左右，很不方便。也就是前年夏天的一个早晨，二队的黄才林老汉等五位农民和往常一样，手拎肩挑了一些蔬菜、猪草、鸡蛋等农副产品准备去西阳小镇赶集，结果路过‘双代店’时，突然下起倾盆大雨，黄才林他们只好到‘双代店’里避雨歇脚。等到雨过天晴时已8点多钟了，再去西阳赶早市已来不及了，他们干脆就在七干河桥头把随身带的农副产品就地放下，吆喝起来。当时刚刚雨过，一些本想上集市买菜的老百姓也没有走成，他们一见桥堍头有人在叫卖，就凑了过来。你一声‘卖不卖’，我一句‘买啊’的，就做起了买卖。就这样，有了第一次，便有第二次，这桥堍头日后就成了我们大队农民们自己做买卖的小市场……”

“好！这个市场好！”吴栋材看着喧闹的小集市，露出了第一个微笑。但令他没有想到的是，就在这个时候，小集市上突然有两位年龄相仿的社员吵起来，然后就开始大打出手。这还不算，原本两个人的吵闹，结果很快蔓延到了一帮人与另一帮人的群架……一时间，小集市竟然充斥着哭闹、谩骂和厮打声。

“别打了！别打了！看看你们像啥样？”大队长庞金才那声嘶力竭的样子，与其说是在劝架，倒不如说是乞求那些打架者。

吴栋材见状不对，立即冲进厮打中的人群。“你们要干啥？干啥？是吃饱了撑的还是嫌肚子还不饿？”吴栋材身高马大，声音如洪钟，一下就将在场的人镇住了。

23大队的人并没有几个认识他，那些正操着家伙打架的人懵然地看着这位魁梧的陌生人。

“吴栋材是刚被派来的工作组组长。你们自己看看丢不丢脸啊？整天就知道争高低，就不能争争气把大队搞搞好，把各家各户的日子搞搞好？”庞金才哭丧着脸，一声高一声低地责怪自己的乡亲们，但似乎并没有几个人把他放在眼里。

“唉，吴书记啊，我们23大队就是这个样，时间长了你都会晓得的。”

庞金才这话并非是吓唬吴栋材，否则上面也用不着一次又一次派工作组到这里整治。

吴栋材来此之前其实多少有些了解这块新滩地的情况，只是他不曾想到问题的复杂性和严重性远远超出了他的想象而已。这是为什么？

“底子不好呗！”庞金才长叹一声。

原来，这23大队的“人种”有问题。吴栋材不几日就明白了，这23大队的村民来源本身就是个大问题。“好人家是不会来的，来的都是些乌七八糟的。”庞金才说。

“不全是吧？我看你老庞就不是。”吴栋材一边擦拭着自行车上的泥巴，一边笑着反问庞金才。

“我？哼，要是在原来大队吃香的话，我也不会到这块是非之地的！”庞金才倒是个直率的人，说了句实在话。

吴栋材很快了解到23大队的村民来源大约有四种人：

一是宅地没有批，超生户、没地造房子的人；

二是出身不好，即四类分子子女。

三是天灾人祸造成的赤贫户、照顾户、光棍憨头、原生产大队想甩包袱的人。

四是当地的不安定因素，不讲理、头上长刺的“三角石头”的人。

“难怪！这么一堆垃圾放在一起，还不成了烂泥塘？”年岁正好与吴栋材倒了个的顾德法把头摇得像拨浪鼓一般。24岁的小顾是8大队的，与吴栋材老家14大队相距不算远，他们都是老南丰乡的人。这四种人是啥样，他与吴栋材一样清楚。

“这四种人中的第一类人不能说没有好人，这类人思想觉悟并不一定都差。比如超生户，多数是因为农村实行了计划生育，由于受旧思想的影响，这些人家想生男孩，结果他们就犯了‘超生’指标，一超生就会被原来的生产大队批评处罚。这类人一般家庭困难，因为孩子生得多，而且女孩占多数，最后一个可能是男孩。他们在原来的地方既没有宅基造房，又得受罚，子女们的上学等问题也受影响，所以移民到新滩地上就免了政策的惩罚，算是寻到一条活路。第二类人中不乏一些有知识、有头脑的人，但他们因为是‘地富反坏’分子的子女，他们受父辈的影响，长期不能在原来的生产大队像样地生活，移民到新滩地上，更多的是考虑政治上的翻身。这一类人多数在心理上有些问题。第三类人是真正的穷人，穷得没有出路，移民到新滩地想图个出头的日子；这些人啥也没有，就靠政府给的一些新移民的政策，盖了房子、有口饭吃的机会。第四类人应该是最让人头疼的一类，他们不安分守己，处处惹是生非。想想看，这四种人放在一起，就是好端端的一块地方，在他们手里，还不弄成烂泥地？”当年的小顾，如今已是退休在家的60岁老顾了，他坐在我面前如此感慨道。

何谓烂泥地？南方人都知道，天一下雨，南方的土就会变得异常泥泞，不踩动它是平展展的，可当你一踩动它，就可能陷进去后难以自拔。长江边的每一块新滩地一旦搬进新居民后，几乎都可能要经历一段烂泥地的过程。当然也有例外的，比如有的新滩地是按生产大队搬迁过去的，或是集体招工的国营农场，这类情况就会好得多。我听说在我老家常熟与沙洲交界的一片上世纪初建成的新滩地，至今已过百年时间了，但那个地方依然经常发生群殴和族系矛盾，也是因为当初搬迁此地的是三个地方来的人：一批是当地人，一批是江北过来的人，还有一批是各种流散的人。三种不同背景的人聚集在一起，经常一遇到问题就互不买账，青筋勃起，拳脚相加。

吴栋材现在到的这块新滩地，比起上面讲的这些江边新陆地，其人员情况就更复杂得多。

此前的六个工作组进进出出，足以说明了工作之难。“谁怕谁呀？他们根本不相信有人能治理得动23大队。”顾德法形容说，“小吵天天有，大闹不停当，谁都想占上风，谁都不想吃半点亏。”

“要说窝里臭也就捏捏鼻子算了，问题是有一批手脚不干净的小偷小摸专门在外面找麻烦，弄得23大队名声太坏了！”顾德法一说到这里，直摇头。

怎么回事？后来我听说了这样的事：那会儿，23大队有那么一些小偷小摸的人经常越境，到近邻的常熟福山农场去偷东西。福山农场原来也是一块新滩地，但那是国营农场，而且还有军队驻守，是块非常成熟的大国有农场，物产丰富，年年丰收，是当时苏州地区向国家上交粮食的一个重要产区。“常熟常熟，种什么都熟”，这是对我故乡地名的一种赞誉。事实上也是如此。按照当时农村生活的标准看，在福山农场里，要什么有什么，只要你伸手就可“丰衣足食”。这么个好事，又唾手可得，对小偷小摸惯了的23大队部分农民来说，简直就是上帝赐给的良机！于是，今天你去福山农场偷一把，明天我们全家出动去摸一车的事层出不穷……

这还了得！粮仓一样的福山农场不怕一两只老鼠钻洞，可受不了成群结队的狼崽子蜂拥而上的袭击啊！于是，部队出动了，一个个“沙洲贼”被逮住，后来发现都是沙洲23大队的贼……于是，23大队成了远近闻名的“贼大队”。

“‘贼大队’的人又来了！”在福山农场的解放军们开始用吹哨子赶贼，后来提着棍子追贼，再后来不得不端起枪去抓贼。但无论怎么说，也算是“人民内部矛盾”，抓几个贼，关进小黑屋，写完检讨书再放回。但还是堵不住，因为被抓的小贼们根本不怕，甚至今天被抓，明天放了，后天又回来了，且回来的还拖家带口地来偷了。解放军战士端着枪，责问为什么？“小偷”们回答说：“没被你们抓住，我们占了便宜，被你们抓了关起来也比我们回去好。”解放军战士又问为什么？“小偷”们回答说：“你们把我们关起来后也有饭吃，而且吃的比我们家里的饭还好！”嗨，你说这些无赖的“小偷”！解放军同志们气得真没有办法了！

你们是23大队干部吗？既然是，那你们就得把这些小偷给我们管住了！他们过来偷窃粮食，破坏我们的生产，是严肃的阶级斗争！你们必须坚决彻底杜绝这种破坏行为！解放军军官找到了23大队的干部，说要找支部书记。

“抱歉抱歉，我们这里的情况特殊，请多包涵！多包涵！”第一次接待时吴栋材不在大队办公室，顾德法点头哈腰向常熟来的解放军和武装部的人赔不是。“给点面子，我们是新来的工作组。你们把人放了，我们进行教育，严肃教育。教育不好，你们再抓起来当作坏分子判刑了我们也认。”

解放军和常熟人看看一脸真诚的顾德法，说：“那就给你们新来的工作组一次面子吧。不过丑话说在前面，如果再被我们抓住小贼，我们就法办他们！”

“是是！好好！”顾德法毕竟年轻，哪知道怎么处理才是好。

这回几个“小偷”社员被放了回来，但没几天更多的“小偷”又被常熟方面抓了起来。这回抓起来后常熟方面也真的没有放人了。于是那些“小偷”的家里人就哭着喊着来找大队干部。

吴栋材一听，气不打一处来：“不是告诉你们不要再去偷了嘛！怎么手脚又痒痒了？”

我们谁想当小偷呀？你书记如果让我们吃饱，让我们孩子吃饱后去上学，我们就不会出去伸手了呀！老人吼，媳妇哭，孩子嚎。这一个晚上吴栋材被一群村民折腾得连口水都没喝上。

可不是，大伙儿说的是事实。如果他们有吃有喝的，还出去丢人现眼当小偷！

吴栋材的心被乡亲们的这句掏心窝子的话狠狠地震了一下：可不是，谁没脸面？有吃有穿的谁去当小偷？

穷啊，一个“穷”字让一切尊严和脸面变得一文不值。农民就不要脸面了？农民就不是人了？不！农民也是人，农民是更要脸面的人。自古以来，只有农民最忠厚老实。他们生在土地上，从生下的那天起，其人生的命运便与土地连在一起，从他们穿着开裆裤、光着脚在土地上迈出第一步起，土地的冷暖、土地的坎坷、土地的泞滑，便伴着他们生命的每一刻……当他们在土地不能满足最基本的生存条件时，他们无奈，他们痛苦，他们在这样的无奈中选择了不要脸的行为——或去当乞丐，或去当小偷。但是在上世纪 70 年代初的中国江南一带，乞丐现象已经消失。乞丐在新中国的江南一带被视为一种反社会、反制度的行为而受到政府与公众的遣责和批判。在 60 年代初的三年自然灾难中，政府没有办法制止到处出现的全国流浪乞讨的现象。那时坐镇中南海的毛泽东也感到无奈，当他看到河南、安徽等省的农民们因为自然灾难频发，几百万人外出讨饭甚至成千上万的人在乞讨的途中饿死时，泪流满面。1964年后，形势开始好转，这些地方的农民外出讨饭流浪的基本没有了，更何况在历史上一直很富足的苏南一带，乞丐现象自然更少了。1965年以后的中国情况又不一样了，“文化大革命”中，讨饭当乞丐被视为一种有意“挑衅社会主义制度”的“反革命行为”，因此再没有了公开的讨饭和乞丐出现。我记得小时候，偶尔也能见到从安徽、河南来的讨饭者，但他们大多数不再公开了，而且我们当地的公社、大队的民兵们发现后，会将这些“破坏社会主义的坏分子”抓起来，关押在公安派出所的某个地方。事实上，讨饭者很愿意被关押，因为被关押后管吃管住，比自己走东家闯西家要饭吃更简单也不受辱，落得个吃现成饭。但这种人最烦心的事也有，因为一旦被公安部门或民兵们关押后，他们通常要被遣送回老家。被遣送者的命运不会好的，通常他们是被定为“破坏社会主义的坏分子”。戴上这样的帽子，政治上永远不得翻身，而且还会牵连到家庭成员，尤其是子女们也会跟着一辈子不得有好日子过。乞丐在这种情形下慢慢消失了。

小偷的出现，某种程度上也是在这种社会环境下开始形成的。做小偷还有一种侥幸心理，他们认为只要不被人发现，自己的尊严和面子还能保留。这就是小偷为什么也是一群值得同情和可怜的人。除了个别具有天性的偷食者外，多数小偷都是因为生活所迫而不得不撕下脸面去做那些被人瞧不起的事。

在上世纪70年代中后期的中国苏南一带出现农民小偷现象，实属少见。从另一个角度看，也说明吴栋材所在的那片新滩地上的居民们实在是穷到家了。

“茅草盖屋，腌菜搭粥，补丁衣裳，光棍一生。”

“三年两涝是永联，土当茅屋头枕田；年年破袄作新衣，一年到头愁用钱。”

“吃粮靠返销，生产靠贷款，社员靠救济。”

“出门当佣，留家做贼，口袋空空，有女远送……”

这些都是永联村人给我搜罗的描写当年村子穷的俗语，它很形象地说明了当年的穷相。如今在永联村的村民们中还流传着这样一则故事：

村里的老光棍多，他们什么都敢偷，偷东家偷西家，最后偷得断腿断臂又断命。那些幸存的人，只好去偷食。有一天，一个老光棍到常熟的部队农场偷猪，他把偷来的猪放在板车上，用被子盖上后往回拉。那头猪很大，非常重，这个老光棍拉得满头大汗。就在他准备把这头猪送到市镇上去卖掉的途中，两位解放军士兵看到了，见其满头大汗，便热心地上前说：“老乡辛苦了，车上推的啥啊？”小偷顿时惊恐地回答说：“是、是我老阿爹病了，正往镇上的医院送……”解放军战士一听，为人民服务的精神立即体现出来，不由分说地上前一定要帮助把“病人”送往医院：“快快，救人要紧！我们来帮你推！”这两个解放军说着就从小偷的手中接过车把，飞速地往镇上走。等到解放军战士把“病人”送到医院，掀开被子往急救室抱起时，发现竟然是自己部队养的那头大猪，惊愕得不知如何是好，当他们回头找“病人”的家属时，早已杳无人影……

永联村有不少人会讲这个故事，而且讲得绘声绘色，让你笑破肚皮，但笑过后是长长的一阵沉默。这沉默中，我感受到一种深深的伤痛，即使在今天，这份伤痛仍然在经历过那段岁月的人心头留存着，也许直到生命的尽头才会消失。

我知道并且懂得，从某种意义上讲，正是这份内心的深深伤痛成就了永联村的今天。这份伤痛被吴栋材这样的有为者带到了奋发图强的进取道路上，于是它变成了正能量——为自己的幸福生活积聚了动力。

其实，人类的进步在很大程度上，都是因为这种伤痛和伤痛之后的催发，才推动了一次次革命与伟大的变迁。美国的历史难道不是这样吗？下面这份起草于1620年11月11日由41个人共同认可的契约几乎每个美国人都能背诵：

> 以上帝的名义，阿门。
>
> 我们，下面和签名人，作为伟大的詹姆斯一世的忠顺臣民，为了给上帝增光，发扬基督教的信仰和我们祖国和君主的荣誉，特着手在弗吉尼亚北部这片新开拓的海岸建立第一个殖民地。我们在上帝的面前，彼此以庄严的面貌出现，现约定将我们全体组成政治社会，以使我们能更好地生存下来并在我们之间创造良好的秩序。为了殖民地的公众利益，我们将根据这项契约颁布我们应当忠实遵守的公正平等的法律、法令和命令，并视需要而任命我们应当服从的行政官员。

这就是著名的《五月花号公约》，一群沦落到新大陆的英国人集体讨论并签名的契约。他们乘坐的一艘名为“五月花”的大帆船，经过 66 天的漂泊航行之后，终于向美洲的陆地靠近。当时船上共有 102 名乘客，他们中多数是在英国本土被政府或大财主判为背逆者的“坏人”而流放到哥伦布发现的新大陆上的。开始他们的目的地是哈德孙河口，但由于海上风暴，只好在现在的科德角外的普罗文斯顿港抛锚。面对陌生的环境，这些“又坏又聪明”的英国人凝聚在了一起，并且庄严地写下了上述这份伟大的契约。

此后的三百多年历史，便是美国的历史。今天强盛的美国的历史便是在这份“契约”精神下实现和完成的。有人称《五月花号公约》是美国的源头，一点也不过分。1620 年至 1676 年，正是各式各样的危机和战争，塑造了美国的雏形。

众所周知，早期去美洲新大陆的那些英国人，他们绝大多数是在英国本土被歧视和镇压的“坏人”，这些人之所以被押派到遥远的美洲大陆，英国本地的政府和权贵们非常清楚：只有这样做，他们才可能安稳地睡好觉，同时又可以从这些人身上获取源源不断的新财富。在 1620 年至 1676

年的五十多年里，大批英国的这类“坏人”和冒险家们被强制性地押送到这块遥远的新大陆，开始了他们的新人生。这些在英国本土受歧视和压迫的人，其实从某种意义上讲都是一些没有被重视起来的“精英”——他们虽然是小偷，但眼灵手巧；他们虽然是强盗，但刚毅果断；他们虽然是强奸犯，但激情豪放；他们虽然是阴谋家，但聪明至极……总而言之，他们是一群另类的精英。他们来到新大陆后，不再受到歧视，身心获得巨大的解放，其能力便随之极大地调动起来，于是这个新大陆在他们手里很快成为人间新乐园。然而，残暴的贪得无厌的英国政府和权贵们为了增加自己本土的财政收入，不断增加对殖民地的税收和剥削，一次次地颁布殖民地经济发展的法令，例如《航海法》、《印花税条例》、《唐森德税法》，为此还发生了英国东印度公司为垄断茶叶贸易而同北美当地民众大打出手的“波士顿惨案”，这样一下激起了北美殖民地人民为了生存“揭竿而起”的伟大战役。这就是著名的“美国独立战争”。

伟大的政治家、思想家杰弗逊先生充满激情地写就了一份产生旷世影响的文稿——这就是著名的美国《独立宣言》。

> 我们以这些殖民地的善良人民的名义和权利，谨庄严地宣布并昭示：这些联合殖民地从此成为、而且名正言顺地应当成为自由独立的合众国。

这个合众国就是后来成为如今仍是世界第一强的美利坚合众国。

从某种意义上讲，美国强大的历史，就是一部那些被抛弃和歧视的“坏人”们积聚力量、奋发图强的历史。

具有五千年文明史的中国没有经历过这样的事件。但是中国有过被列强侵略占领之后进行反抗压迫而争取民族独立的历史，如鸦片战争后的太平天国、义和团运动，以及一百多年前康有为、梁启超等领导的戊戌变法，还有后来孙中山领导的辛亥革命，以及国共合作的抗日战争，这些都应当是中国的“独立斗争”运动。

在当代，中国还有一次特别的“独立斗争”运动，那就是近三十多年来以邓小平为首的中共领导人带领下的改革开放，这是一场为了民族和国家富强的斗争，是一次十三亿人为了自己幸福和强盛的奋起。在这场波澜壮阔、史无前例的奋起中，有各式各样的方式，其中就包括了吴栋材领导的“永联模式”——

我们的时间回到1978年的那个不平凡的夏天。

吴栋材来到长江边这块新滩地上任时的情形，不仅他自己记忆犹新，就是今天的永联老村民都记得一清二楚。这是因为他的到来使得这个名声极坏的村落有了新景象，而且这个新景象来得极其与众不同：以往上面派来的工作组一到大队，就是嘴上喊着“斗争”和“批判”两词，行动上更加“斗争”和“批判”。在那些从“文革”风暴中走过来的人眼里，这个23大队里有太多的人和事需要用“阶级斗争”的方式去处理，有太多的人和事因为超出了人民内部矛盾范畴，所以批判是必须的，而且还应当是“无情的”。这样一来，一次次工作组的到来，给全大队的村民（那时叫社员）带来的便是一次次高压下痛苦的自我革命和自我批判——这种革命必须从“灵魂深处”挖问题根源，弄得全大队男男女女、老老少少心灰意冷，抬不起头来。于是就形成了“革命”一次，觉悟三天；“批判”一次，自省朝夕。慢慢地，大家得出结论：反正我们23大队的人坏名在外——一窝屎蜣螂蛋，其最后的结果是，好人没有了好人样，坏人变得更会做坏事。但这回来的工作组不一样，先看模样：领头的吴栋材个子高，气宇轩昂，说话不多，走路总推 辆自行车，眼神没盯着那些“小偷小摸”的“坏蛋”，而是专往田地里的庄稼和河道里的水流瞅……他想干啥？这是23大队的人特别好奇的地方。

“同志们，紧张的四夏战斗已打响了。今天抽个时间召开一个动员大会，下面讲三个问题……”新官上任，他的演说开始了。

社员们的耳朵竖了起来。以往工作组来后也总开会，也有干部上来就是三个五个问题地摆了一大堆，听着听着就让社员们嗓子眼发呛，因为火药味太浓。看看这个吴组长说啥名堂——

“第一个问题：认清形势，提高对搞好今年四夏的认识……”“四夏”在当时的农村，是指夏收夏种、夏管夏分。这是农民们最熟悉的话题。看他讲啥？

今年四夏不同往年，有四个方面不同：

“1. 增产指标要求高。今年是实现转移（工作重点转移到搞经济上来）的第一个四夏，结好夏熟尾，开好秋熟头。

“2. 农活集中季节紧。元麦早熟，移栽棉花因阴雨推迟而出现了两个碰头——收割元麦与移栽棉花碰头，莳前季稻与收割小麦碰头。如不认真对待，组织不好，就会打乱仗，顾此失彼——顾收不顾种，顾种不顾管。

“3. 气象多变难度大。今年气候特别恶劣，有烂麦场的可能。可能出现五个危险：三麦高温逼熟，青枯早死危险；有烂麦场危险；早稻缺秧面积落空危险；季节紧农活集中，有放松质量危险；棉花水稻失管危险。

“4. 缺油少电矛盾多……”

真是行家，句句讲到要害和实处。村民们第一次听工作组干部不讲“政治”、不讲“阶级斗争”、不讲“批判”，专讲农业生产上的事儿，于是越听越入迷……

“现在讲第二个问题：明确四夏的新要求，立足抗灾打胜四夏仗。具体做到：收要立足抢，种要立足争，管要紧紧跟。再具体一点，就是要做到‘三抢’：抢晴天收割、上场、脱粒；‘三清’：田里割清、麦穗拾清、路上扫清；‘三净’：柴草脱净、乱草秸头打净、场头扫净；‘三及时’：及时扬、及时分、及时核产；‘三不’：不霉烂一粒粮、不烂掉一根柴、种子品种不混杂……”

是该这么干。做农活就得这般细心。村民们的眼睛都在发亮，都在听吴栋材这个新来的工作组长讲的每一句话，这些话句句都烙在了他们心头。

“要做好上面这些事，干部是关键，责任要到人。大队这一层，我本人挂帅，具体负责有顾德法、杜异明、秦运达、毛士强、陈再兴这五人。”

村民们心里数了数，这五个人中有工作组的干部，也有大队原来的干部。

“生产队由队长、贫农组长、场长组成。”吴栋材又说到大队下一级的负责制。

“我要特别强调，在整个工作中要求：实事求是，不虚报、瞒报产量和农活情况，不七折八扣，核清净产，不……”

真是行家里手！明明白白、清清爽爽！在村民们内心产生巨大反响的是最后这句话，因为这句话里有一串他们久违了的亲切词语：“实事求是”、“不虚报、瞒报产量和农活情况”、“不七折八扣”、“不……”

啥叫实事求是？啥叫不虚报、瞒报产量？中国农村打土改开始，几乎就没有真正讲过实事求是。从1949年成立新中国后的二十多年里，农民们确实翻身当了主人，但这个主人除了土地归集体和政治上翻身外，生活和经济上则并无大的改变。共和国“主人翁”意识随之也变得毫无荣耀感，而且像23大队这样的新滩地条件十分艰苦，百姓不能维持最基本的生存要求，一些人便开始寻求出路。在70年代后期甚至80年代初，凡是有人想从事些买卖生意，就会自然而然地被扣上“资本主义尾巴”的帽子。无奈，23大队的村民们惧怕被戴上“坏分子”的帽子，只得另找生存之道，然而这条道从一开始便充满了崎岖与荆棘……顺手牵羊偷一把、摸一把，其最后的结果是：抓的抓，治罪的治罪，暂时填饱了肚子，却造成了终身失去自由和挨饿的命运。名声更差了——“贼邦队”成了23大队的别名。

“贼邦队”当时总共有800来口人，壮劳力和可以干活作些贡献的占三分之一，另一大半不是穷得打光棍和缺衣少吃的老弱病残，就是还在赤着双脚、背着书包上学的小囡。

穷23大队——永联村的出路何在？

过去一茬接一茬的工作组来到此地，得出的结论八九不离十，什么“路线不正”、“斗争不力”、“批判不狠”等，总之，他们的精力基本都放在“盯人盯事”、“人斗人”上。这是中国农业社会进入共和国时代生产力没有得到根本发展的重要因素。曾经在新中国成立之初，农民获得过空前的解放，生产力随之也飞速提升，那些祖祖辈辈不能主宰土地所有权的农民们在中国共产党的领导下，翻身当主人，成为了土地的主宰者。当他们可以在土地上自由地获得经营权时，生产力的提高便成了真正的可能和现实。然而，没有多久，人民公社成立，农民的土地所有权被收回到集体，这时的生产力再一次受到影响。虽然政府不断用“为社会主义建设多出力流汗”的口号来教育自己的农民，然而出自农民心底的劳动积极性受到了无形的打击。他们多数人靠着觉悟为集体出力流汗，但仅靠这种“思想境界”和“阶级觉悟”其实很难实现执政党和政府所希望的那种“改天换地”的社会主义新面貌。农民们有一种天生的自由意识。千百年来，他们习惯于在自由自在的环境下为自己的土地奉献聪明才智，并在自己的土地上实现自己的梦想——多种多收。一旦土地成为集体所有时，他们就不再那么全心全意了。毛泽东时代的社会主义教育一定程度上是管用的，并且确实培养了一大批有觉悟、甘愿无私奉献给集体和先人后己的好社员、好农民。可是因为另一部分没有教育和培养好的农民们不那么尽心尽力，甚至经常偷工减力，分配时又实行平均主义，从而使得那些原本先进的、自觉自愿为集体奉献的人渐渐减弱了积极性。这样的社会主义和平均主义下的农村，生产力的提升其实是难以达到理想境界的。

自人民公社成立之后，毛泽东和中国共产党曾经以“大跃进”的方式和人民公社的集体组织形式来激励农民们自觉自愿为社会主义农村经济作贡献。但由于其做法本身就违背了农业生产的规律，“放卫星”的结果是农业出现了全面溃败，全面减产，最后导致全面的灾难。

1960、1961、1962年，从南到北、从东到西的中国大地上出现了少有的数以亿计的农民无衣穿、无食吃的惨象，这其中有大批人走上了逃荒之路，还有上千万人死于饥饿与疾病……即使在历朝历代富足的江南水乡，这一幕也同样惨不忍睹。这一幕我经历了，也是我童年留下的唯一的痛苦记忆。有一天我饿得小腿肚子直抽筋，父母都到很远的水利工地上干活去了，我只能哭着找村里的大人管我。后来到了食堂，烧饭师傅叫许大保，他偷偷地塞给我一只烤红薯，说快跑——他是怕人看见。那时偷吃食堂一样东西就可能惹出大麻烦。我算机灵，拿起烤红薯就奔跑，一直跑到稻草堆后面，狼吞虎咽将那只烤红薯吃进肚里……这是我有生以来第一次感受到“好吃”的含义。那个时候，我还看到村上的村民们抢着吃树皮，连我细声细气的奶奶也跟着去抢剥树皮。母亲将奶奶抢剥回来的树皮切碎后用糠皮包成团子。我吃不下去，一个劲地哭。但姐姐吃了两个，说“香香”！

此后很快进入“农业学大寨”和“文革”时期。“农业学大寨”是毛泽东发动的一场用艰苦奋斗创业的农业革命，其本身在很大程度上是有利于改变当时中国落后的农村现状的。比如用大寨的艰苦奋斗精神，去从事一些平时不易克服和完成的水利工程、农田改造工程等。但由于“农业学大寨”与“文革”几乎是同步进行的，极左的政治因素影响了毛泽东用艰苦奋斗精神改变农村落后面貌的初衷，农业生产出现的另一种“大跃进”在当时非常风靡，即不切实际的超产超种。这股违背农业自然规律之风一直到吴栋材上任永联村的工作组组长时仍然持续了相当一些年头。所谓不切实际的超产超种，就是原先像我们江南水乡一带一年种植冬夏两季粮食作物改为种植三茬或四茬农作物。这种现象给农业及农民造成的伤害实在太大。首先是对土地的伤害。为了实现所谓的三季高产，每一轮播种都要“深耕深播”，累得老水牛拉犁拐腿，于是只能靠人工举铁锹耙刨地。那种苦力我干过，从十四五岁一直干到十八九岁从军后才逃出此类苦役。我称这种劳动为苦役绝非夸张，这样的农活你干一天也会累得浑身散架一般。我记得，有一年冬季翻种小麦和油菜地，我整整被分到两亩水稻田的翻耕任务。那是秋末冬初，刚刚收割完不久的水稻田还残存着浅浅的水迹，劳动得穿雨靴。泥泞的稻田地翻耕起来，一耙下去，带水带泥，还有密集的稻根茬茬，没有百斤之力休想翻动。如此一耙一耙，半天下来，筋疲力尽。而这样的苦力翻耕，一个劳动日最多也只能完成半亩的任务。社员们只能“革命加拼命”，因为季节不等人，播麦种油菜的时间只能在一二十天内，否则冰冻一来，苗种芽粒无法存活。冬天之苦，不在寒流，而在寒风中内衣湿淋淋的。但我感觉冬天劳动之苦远比不上夏天的抢收抢种……那才是地狱和奴役般的苦。从 6 月初到 8 月底的三个月左右里，农民们要完成两季庄稼的收割与播种。先是收割小麦、油菜，同时要播种头季稻，播种玉米苗；当小麦油菜和头季稻刚刚收获和播种完，第二季稻的秧苗及棉花苗就要下地。当第一季稻谷还在扬花时，冲天而长的玉米已经成熟，第二季稻种植又在眼前了！“农业学大寨”时参与的一次次“抢收抢种”，才使我真正了解到中国农民的辛苦！

我一直没有忘记这份劳役式的辛苦。在与吴栋材聊起当年的农业生产情形时，这位一生当农民的老人家只是笑，没有回应我的关于这个“辛苦”的描述和体会。

“当时我只想逃命，甚至一次次发誓：一定要离开农村！”我回忆说。我之所以当时有这样强烈的逃避意识，实在是受不了那种苦。夏日骄阳之下，在滚烫的水田地里，你得弓着腰，头离水面仅有半尺距离。你的手要像机器一般地一送一插，将秧苗牢牢地种进水田里。还有任务，一天如果为了挣30个工分，你就得这样弓腰十个小时左右。我可以自豪地告诉诸君：在农村时，我的插秧水平在生产队里是一流的。我好像是受到母亲的遗传，我的插秧速度可以用“机器一样”来形容。我至今仍然可以向你展示我当年的那种动作和姿势。但我不愿把自己的青春和生命流放在这样的劳作之中。太苦，苦到你喘不过气来。不是后背上顶着火辣辣的40多度高温暴晒，就是雨水交加浑身湿透时依然弓着腰一边抹汗一边抹雨地“后退”，“后退”——插秧是往后退的劳作。

我想逃命是因为像上面的这般“抢种”还不是最苦的，最苦的要算收拔玉米了！想起它，我至今仍然有恐惧之感：成片成片正在等待收拔的玉米，在你头顶高高地立着，它们像一个个带着毒刺的壮士，等待你与它们拼杀。我为什么这样形容，是因为这些玉米秆上，通常都长着许许多多刺人的毛虫。这种虫很可怕，一碰到人的皮肤就会肿起一片，几天不消肿，又痛又痒，难忍至极。当时有人说这些虫是“美帝国主义分子恶意散布”到我们中国来的，也有人说是“苏修”干的。总之它非常可怕，又无法躲避。在玉米地就是干一个小时，你也得准备死几回——密不透风下的玉米地里气温高达四五十度，想想，在这种地方你就是不干活，也喘不上气来，而且你还要随时准备遭受毛刺虫的袭击……

上世纪六七十年代至80年代中期的二十多年时间里，中国江南一带的农民就是处于这样的劳动状态。

问题是如此辛苦和繁重的劳动，并没有实现多增产和多收入的目标。我知道，我的家乡原来冬夏种两季农作物。不管是小麦还是水稻，尤其是水稻，谷粒饱满，糯性十足，亩产也十分稳定。但后来改种两季稻后，那米又硬又糠，俗称籼米，其味道无法与原先的单季稻相比。产量其实也多不了多少，常常是“三三得九”，不如过去种两季时的“二五得十”，即三季粮食加起来的产量时常过不了千斤，两季农作物收成倒能超千斤。

中国农业走过了一阵子弯路，直到80年代末，人民公社解体，分田到户之后，农民们重新回到农时种植的老习惯后才走向正常。

吴栋材上任初始正赶上我上面讲述的那种最辛苦的“四夏”农忙时期。在农村土地制度没有改变之前，农民们的注意力和劳动力的投向依然是在“多种地、多产粮”上。从某种意义上讲，中国农民既是一群最听话的人，又是一群最苦命的人。他们汗水流尽，苦难吃尽，却收益无几，贫穷仍旧。

在吴栋材来23大队后不久，有一件事深深地刺痛了他的心。外乡“小知识分子”的大队赤脚医生苏红妹不仅身材好，容貌艳，而且工作积极人缘好……那天她刚流产，偏偏当晚有对老年夫妇赶到她家求其出诊为他们的孙子看病。苏红妹的丈夫不干了，说她的身子骨还是软的，怎么能出门呢？床头的苏红妹得知后，一骨碌从床上坐起，披上衣服就要往屋外走，说：“人家孩子有病要紧！”丈夫拦不住，便赶紧顺手为她撑把伞，因为外面正下着大雨。不知咋的，这天雨特别大，出门才走一条田埂，头顶一声劈雷，苏红妹仰天摔倒在地。“不好啦！苏医生遭雷打啦！”那对求医的老夫妇吓得大喊起来。苏红妹缓缓地从泥泞的田埂边坐起，说：“我没死。你们扶我一下，快去给你们的小囡看病要紧。”三人风雨中摇摇摆摆地走了好一程，一路上衣服湿透的苏红妹直打哆嗦。待她给孩子看完病，自己一下瘫了下来。流产、淋雨、惊吓和出诊的疲劳，回家后的苏红妹开始发烧，越烧越厉害，而且伴着拉肚子。丈夫忙着为她找消炎药，结果药吃完了，高烧仍然不退。怎么办？丈夫找到吴栋材，吴栋材问大队医务室里还有药吗？回答：没了。那就赶紧到镇上去买药吧！吴栋材本想将苏红妹送镇上的医院去，但后来一想小产刚过的苏红妹不能再折腾了，便只好先用药治一下再看情况，哪想药没了。“快让会计拿张支票，好去买药！”吴栋材立即作出决定。180元的支票从大队会计手中开出，苏红妹的丈夫像得了救星似的飞往镇上的信用社准备领钱买药。“23大队的？”信用社的人一见支票，立即把眼珠子睁大了，说：“你们村欠款太多了，这张支票扣下算作抵债！”这回轮到苏红妹丈夫瞪眼珠了：“啥？你们要没收支票？”人家一字一字地回答他：“是，没收了！”“我的天哪——”苏红妹丈夫一听这话，堂堂七尺男儿竟然嚎啕大哭起来。

吴栋材得知此事也大为震惊。作为23大队的父母官，那天一米八二的吴栋材站在镇信用社门口，他有些站不稳：仅仅因为穷，仅仅因为欠账，堂堂一级生产大队，却被人损到这般地步！是屈辱，更是伤痛。

“不要哭！也不要气！让我们一起记住这件事，记住我们不能再穷下去了！”吴栋材在同大队干部一起把苏红妹送往镇医院的路上，面对一直在流泪哭泣的苏红妹夫妇和几位干部，如此说道。

“社会主义革命是个过渡阶段，这阶段的主要任务是发展国民经济，创造丰富的物质财富……”这是吴栋材来到23大队的第一次社员大会上的开场白。

“我国人民的生活，同旧社会比有了很大提高，但是同先进的发达国家，特别是同资本主义国家相比，就显得慢了，差多了！我们现在的农业是美国的30年代水平，日本的40年代水平。全国生活水平只有人均60元，有40%的生产队人均只有40元，加起来全国农村人口中有近一亿人连饭都吃不饱。我们大队去年人均收入68元，虽然听起来不在吃不饱的行列，但我们有6万元的欠账。如果把这6万元摊到大伙儿身上，我们也在挨饿的行列。苏红妹看病，我们拿去的支票被人扣下就是一个很现实、很严酷的例子。这些事说明了啥？说明穷！我们还穷啊！穷到人家可以随便欺负我们！穷到我们没有任何尊严可言！”高音喇叭里，吴栋材的声音有些沙哑。

“中央要求我们实现转移。啥叫转移？就是要求我们解放思想，开动脑筋，千方百计地把农业生产搞上去，使国家、集体、个人尽快富起来。眼下我们就是要争取今年的农业生产大丰收！”

喇叭里的声音响得有些刺耳。停顿片刻又突然响起：“转移转移，如果我们天天喊转移，结果生产发展还是慢吞吞的，人民的生活改善不显著，这就失去了转移的意义了！同志们，今年是实现转移的第一年，我们应该用个大丰收年来回答党向我们提出的转移的号召！”

高音喇叭下，是社员们一双双期盼已久的目光，是一个个久旱逢雨、准备勃发的种子。

“那么今年我们的农业生产的具体指标是：粮食每亩 1 800 斤，棉花是 150 斤，猪圈存每圈 1.5 头……全大队人均分配水平达到 150 元！”

150 元！150 元呀！

150 元在当时的永联村村民心目中，就是眼下的万元数字啊！对这些苦惯了的村民来说，这 150 元，是从未有过的财富。它可以买回 200 斤肉，过上一个好年，甚至能够娶上一门媳妇！

吴栋材提出的目标要求立即在全体村民社员中引起巨大反响，仿佛看到天上要掉金子一般。他们兴奋、激动，但又有些怀疑。村民们很快发现，这个每天推着自行车走遍全大队村村角角的新书记确实与以往的工作组干部不一样，他做事有板有眼，每一件事抓得实实在在。

“有人说我们这里穷，一般人认为这是坏事，这是很自然的。但我认为它也有好的一面，就是穷则思变！

“变要靠啥？我看在我们这儿领导班子是关键，其次是干群关系。

“作为班子，要狠抓三力：领导得力，群众出力，种田要卖力。作为干部，思想要先想一步，出工要先走一步，劳动要先干一步，收工要晚一步，有了利益和好事要让别人一步。

“有了矛盾不回避，不上交，就地解决，及时处理，这样群众才会把你当回事。还有一条，你干部办事一定要公平公正公开……”

社员大会后，吴栋材在大小生产队班子骨干会上的讲话精神，也很快传了出来。

“我们有救了！23大队要过好日子了！”这是当时村民们议论最多、也是农民们怀疑最多的话题。

在旧时代的中国农村，人们的生活方式和生产方式是分散和独立的，那些稍稍富裕的农民，他们有田种，靠家长的权威来维系生产方式和生活方式。那些贫穷的农民，则靠向地主和富农租用农田来维系生产与生活，其行为也是分散和独立的。新中国，农村土地所有制改变后，农民们的生产方式是集体的。能否自觉自愿、全心全意地把精力放在劳动之中，是一个很大的问题。社会主义思想教育是要求农民们依靠对这个社会制度的热爱来自觉自愿为集体贡献劳动能力和智慧。事实上农民们可参照的对象主要还是干部，因为干部是他们新的生产方式的新“家长”。干部做得好不好，能否比他们吃苦先一步，出力多一点，遇困难冲在前一点，有了好处让一点，是在农民们眼中最具说服力和影响力的。中国共产党一向要求他们的干部这样做，然而在许多时候干部们并没有做到，所以极大地挫伤了农民们在集体生产和劳动中的积极性。相反，那些成功地改变了落后面貌的农村，就是因为那里的干部们真正做到了这一点，农民们才有了奋发图强的实干精神。

没有落后的群众，只有无能、懒惰的干部。

“有人说我们23大队坏人多、懒人多、打架的多，我看不是那么回事。相反，我看我们是贫下中农多，而且是清一色的贫下中农，也就是说我们是清一色的农村无产者，是马克思说的最有能力改变这个世界的力量！为什么不是呢？有人说我们这里的人与人关系复杂、户与户之间的矛盾多，那是因为我们过去不是一个村、一个队的，新到一个地方后大家内心有防范，这很正常。可现在我们来到了一起，组成了新的村、新的队，也就是成为一个家、一个大家。既然是一家人，吵几句、闹一下，算不了啥！吵完就完，闹了更亲近。俗话说，好邻居，赛金宝，都是自家人。还有啥过不去的山嘛？”

吴栋材的一番话在村民中引起巨大反响。村民们开始反省，反省自己过去的无谓与鲁莽……

毛泽东曾经说过，教育农民是最难的一件事。其实，只要方法对头，农民也是最容易被教育的群体。他们单纯而实际，看谁真为他们做好事、做实事。

8月，老天作怪，江水泛滥。23大队原本就是一块低于江面的新围洼地，一夜台风席卷，汹涌的江水哗啦啦地往坝内溢……等村民们第二天醒来一看：妈呀，宅前宅后，一片汪洋。

“这么大的水呀！”工作组的年轻队员顾德法，掀开草帘，一脚刚刚迈出临时大队部的门槛，就发现自己的脚脖子已经被水淹没了……

“老吴，这可怎么办？我们大队只有一台抽水机，啥时候才能把这么多水赶走呀?”小顾生来头一回见如此江漫内堤，惊恐间不知如何是好。

此时的吴栋材，眉间也聚满了忧愁。“你去县城求救，我带队上的人排涝……”他说着，转身从屋里拿出一件雨衣披在身上，见顾德法仍愣在原地，吼道：“还不快去?”

“噢！”顾德法回过神来，刚要起步，又问：“他们要是不来人咋弄?”

“谁让他们来人？你去要抽水机！要十台抽水机来！”吴栋材头也不回地踩着一高一低的田埂，风雨中飘回这么一句话。

后来顾德法按照吴栋材的“路线图”，找到县上的高德正书记，死说活说地硬争取到了九台抽水机。吴栋材则领着几个生产队的干部和民兵们，雨里水里摸爬滚打了七天七夜，总算将最低洼的白水滩一带的洪水赶到了长江里去……当千亩新滩地重新回到23大队的农民们怀抱时，大伙儿的热泪挂在了脸颊边。他们尽管没有说什么，但心里都念叨着那个让他们敬佩的瘫坐在大坝上的人——来此就任不到一个月的工作组组长吴栋材。

吴栋材并没有倒下，也没有累垮。他坐在大堤上，面对着身后一片重新露出的洼地，在想一个问题——长江之水奔腾万里，一泻东去，势不可挡，而每年在下游的入海口周边有台风数次，每一次台风所经之处，皆洪潮汹涌,像自己大队的这般新滩地被淹的命运显然是注定的。农民们一年 365 天劳作,就盼眼下这些田地上的收成。倘若无灾无难,刚好糊了一张嘴。可如果遇上一场大灾,比如像眼下的这场台风袭击,将数百亩水稻田淹个精光,辛辛苦苦的劳动,不等于白干了吗?庄稼人不怕流汗吃苦,但不能流干了汗、吃够了苦,到头来却两手空空,欠下一屁股债。怎么办?老天刮台风挡不住,长江滚滚东去,洪流势如破竹,区区一块新滩地的淹没怎能阻止它前行的脚步!

改!要改思路!吴栋材眺望着仍旧水漫一片的三角圩数百亩低洼地,脑子里闪过一个新念头:何不把这些总被淹没的水田干脆改成河塘养鱼?

养鱼?我们又不是没想过、干过!可到头来,鱼是养了,但还是赔了本,年底一算账,欠的债更多!令吴栋材没有想到的是,他的想法一提出,多数干部和群众表示反对。

“为啥?低洼地三年五淹,颗粒无收。养点鱼,搞些副业,至少还能赚点吧!”吴栋材不理解。

“吴书记啊,你可不知。前两年我们也想过这一招,鱼也养了,但到头来,不仅没赚,反而连本带利都一起赔惨了!”有人告诉他。

“这是为啥?鱼没养活?没养好?”吴栋材更不解。

“不是。鱼也养活了,天地良心,也养得肥肥的,但就是卖不出去,结果连本都没有拿回来,队上的欠债反而又多了几万块!老百姓把我们骂得狗都不如……”

是这样!吴栋材心里有了数。

此后的两天时间里,吴栋材把工作组要做的事情告诉了小顾他们几个留守人员,自己骑着那辆自行车朝南丰镇的方向去了,有人还说见他上了县城……总之吴栋材自己也没有说到底干什么去了,回来后他召开了大小队两级干部会,再次提出了要整治三角圩,“那里的两百多亩低洼地不治,将拖累我们全大队的亩产和全体社员的收入,所以我认为与其让那两百多亩地拖全大队的后腿,倒不如让它成为推动全大队生产和收入的试验田——既然水多,我们就养鱼。两百亩水面,可以养上几万斤的鱼……那就是几万元、十几万元的收入!”吴栋材有些慷慨激昂。

一群干部你看我、我看你,就是不敢附和。这时有人嘀咕起来:“是啊,一旦赔了,也是几万、十几万元哩!”“天,几万、十几万元要是赔进去还不让我们连开裆裤都穿不成哪?”

“我知道大伙的心思,怕养了鱼、多养了鱼反而赔大本。不过我今天可以给大家交个底,前两天我上公社和县上跑了一圈,收获有二:一是从县上要了一笔挖鱼塘的补助款,二是跟镇上的一家水产公司谈了一笔生意,我们养的鱼由他们帮助经销,也就是说,这回我们挖鱼塘有人垫底,养了鱼有人帮助卖。你们说说,这两头有了保险,我们还干不干呢?”吴栋材看着正在窃窃私语的众干部,胸有成竹地说道。

“这行。两头有着落就能干。”大伙一听这,心头似乎有了底气。改造三角圩、挖塘养鱼的计划总算得到了多数干部的认可。

整治三角圩、挖塘养鱼的战斗打响了。身高马大的吴栋材带头在工地上挑土刨坑,弄得浑身上下如泥猴一般。但即使如此,仍然有人公然出来挑衅,而且还是几个干部——

“挖得人要死要活的,从来没落个好!不干了!”

“你们这些愚民们都给我举手看看:有谁过去挖了鱼塘吃到过鱼的?”

“快呀,把手举起来我们看看——”

那几个干部当着吴栋材和所有参加挖塘群众的面,十分嚣张地在工地上叫嚷着。显然这是一次公开的叫板。吴栋材当时内心不能说没有点紧张感,他看着工地现场,竟然真的没有人举手。

“还当啥傻瓜嘛!回家吧——别干这等傻事了!”那几个干部得意地将扁担一扔,扬长而去。

“走喽——不干了!”随即有一群人跟在他们后面离开了工地。

“太不像话了!挖塘养鱼是大队支部研究决定的事,他们竟敢违抗,我建议马上开会,对这几个干部的行为作出严肃处理!”大队副书记庞金才火了,跑到吴栋材面前提议道。

吴栋材摇摇头，只说了一句话："愿意留下来的继续干吧！"

留下来的人还是多数，他们跟在吴栋材的后面，挑着重担，继续前行，只是步履显得有些沉闷。

"窝囊！我受不了他们这副嘴脸！我们到这儿来图个啥？还不是为了他们的幸福？他们竟然这样对待我们的好意？太不像话了！"傍晚，与吴栋材床挨床的工作组队员顾德法再也闷不住了，大声向吴栋材嚷嚷。

"那你说怎么办？"一向脾气不小的吴栋材这会儿反倒平静地反问小顾。

"老庞说得对，大队支部应该立即开会，将那几个带队闹事的干部拎出来批判，如果再不改正错误，就把他们的职务抹了！"

吴栋材看着气鼓鼓的小顾，轻轻地拍着他的肩膀，耐心说道："开个会，批判一通容易，开除几个闹事的干部职务也容易。但你想一想，我们23大队为啥来了几批工作组一直没有解决问题，而且每一次新的工作组派来，这里的部分干部和群众就抵触呢？"

"还不是这里的人都是三角石头！"小顾说。

"那为什么他们都是三角石头呢？"吴栋材追问。

"这个……这些人的祖宗就是孬种，到了这儿更好不得！"

吴栋材笑着说："小顾你这个理由说得不对。"

顾德法自个儿笑了，想了想，说："还是这里穷，几任工作组没有让23大队的百姓富裕起来，他们心里有气……"

吴栋材："对了，这回你说到点子上了！"

"可他们也有点太不像话了！"小顾还是摇头，说："公开带领罢工不说，还指着你的鼻子诬蔑人……这样下去我们怎么工作？"

小顾提及这事让吴栋材的脸"噌"地涨红了。看得出，这位志愿军出身的八尺汉子是在强压心头之火。沉默片刻后，吴栋材的气色缓和了下来，像是自言自语地说着："要按我的性子，碰上这么几个不讲理的人，也早该回敬了。可小顾你想想，就这么几年时间里，上面派到这里的工作组像走马灯似的换了一茬又一茬，每一个工作组都没有让这里改变面貌。

现在我们来了，提出些想法，而且我们认为是些好的想法，但你能让百姓轻易相信我们这些好的想法一定能实现吗？肯定不信或者最多半信半疑嘛！换了我也会是这种心态。”

“那我们就由着一些人干扰破坏我们的工作思路？”小顾不无忧虑地说，“如果这样的话，我看我们这个工作组的寿命也长不了……”

“那不一定。我吴栋材是准备长期在这片新滩地上扎根的！”

“你真想永远留在这儿？留在这个破地方？”小顾突然用力揪住比自己年龄大一倍的吴栋材的胳膊，两眼瞪得大大地问。

吴栋材一副十分认真的样儿：“我这么个个头，说话还掺假？”

小顾猛地放下双手，像泄了气的皮球，自个儿嘲笑起来：“我才不信呢！再说也没有听说过有这样的事……”

小顾说的“没听过的事”是，前些日子发大水时，大队中心河闸漏水，为了根治这一顽疾，吴栋材提出把小闸改成涵洞，结果遭到也是那几个闹事干部的指责。他们跳到吴栋材面前，用手指着他的鼻梁骨，气势汹汹道：“你家不在这儿，所以你可以出些馊主意让我们活得不滋润！你姓吴的如果真心为我们大伙儿利益着想，你就真正当一个我们 23 大队的人，别没几个月就像兔子一样溜走了！”

吴栋材面对这样的挑衅，毫不犹豫地严正回答道：“从我来的第一天起，就没有打算离开这块土地！”

“这可是你说的啊！”

“是我吴栋材说的。而且我还要告诉大家，除非长江的大水把这儿淹没了，否则我不会站着身子离开这儿的！”

“有种！”

“当然有种。我是共产党的种，农民的种，说到做到！”吴栋材斩钉截铁道。

“那天——你说的是真的吗？”小顾还是有些不信，悄悄问吴栋材。

“你说呢？”已经上床的吴栋材吹灭煤油灯，在黑暗里说着话。

“嘻嘻，我还是不信。”黑暗中，小顾说：“你我其实也都是农民，又不是吃商品粮的干部，干一阵差不多了，上面又会把我们调走了。不过你是组长，有可能提拔一下，转个吃商品粮的户口。那比当大队支部书记不知实惠多少！农村干部实在没啥当头，天天遭人骂……”

吴栋材没有接话。不多时，小顾便打起了呼噜。但吴栋材没有睡着，黑暗中，他的两只眼睛仍然睁着，他在思考自己在众人面前说过的话怎样让人相信。他想到了自己的妻子和两儿一女……

作为一家之主，其实这当儿的吴栋材是最该着力的时候。儿子女儿都是在上初中、高中的岁数，他们多么需要父亲在身边帮助和引领他们。然而，为了一个并不属于他们吴家祖宗的土地和一群与他们全家不存在任何血缘关系的人的命运，吴栋材放弃了对亲生骨肉的培养和关照，整个泡在泥水之中摔打……这是为什么？为什么？

吴栋材睁着双眼，在黑暗中寻觅答案。

“我想回家……我想回……”这是小顾在说梦话。梦话之间，一条毛巾被从蚊帐边掉到地上。吴栋材轻轻起身捡起后，掀开小顾的蚊帐，给他盖上。在回到自己床边的那一刻，吴栋材的脚步停了下来，一缕月光吸引住了他……

“谁？”突然，他看到门外的田埂上闪出两个形迹可疑的人影。他想喝住他们，但就在这一刻，那两个人影逃得更快了。

“干什么的？”天生警惕性高的吴栋材刚要跃步赶过去的那一瞬——他突然止步。

“为什么不追？”是小顾醒了，他奇怪地问吴栋材。

“别追了。是我们大队的人。”吴栋材有些泄气地转身退回床头，一骨碌躺下，并命令小顾：“睡吧！”

小顾有些不明白：“他们干什么呢？想打我们？”

黑暗中，吴栋材说：“真要有种打我们就好了。他们是出去偷东西的……”

“又当小偷去了？”小顾叫了起来，显然十分生气。

“嚷啥？如果我们能让大家富裕起来，谁还愿意半夜出去当贼伯伯？”

吴栋材提高了嗓门。

小顾不再出声了，此后他辗转难眠。小顾发现，这一夜吴栋材书记也在不停地翻身，似乎他更没有半点睡意……

清早起床时，小顾竟然没有找见吴栋材：怪了，他到哪儿去了？

中午时分，吴栋材骑着他的那辆“凤凰”，丁零当啷回到了村上，脸上早已没了昨晚的那份忧郁，而是满面春风。

“我的书记同志，看上去我们有好事了？”小顾忍不住凑到吴栋材身边，欲探究竟。

“我们的鱼苗款有着落啦！”吴栋材悄悄告诉小顾。

“真的？太好了！哎，谁帮的忙？”

“朋友！”

“哪个朋友？”

“好朋友！”

“哪个好朋友？”

吴栋材笑了，用手指重重地戳了一下顾德法的脑袋：“当然是能跟我们想到一起、做到一起的好朋友了！”

在挖鱼塘和放苗养鱼这件事的前前后后中，顾德法从吴栋材身上学到不少东西。

“第一是干什么事要讲究五湖四海，特别是对一个问题比较多、矛盾非常突出的单位或地方来说，五湖四海尤其重要。也就是说干群关系、群众关系、族群关系，能不能公平、公正，搞好团结，是我们事业能否成功的关键。

“第二，对有利于大多数群众利益的事必须坚持。在实际工作中，有些事由于方方面面的原因，总会引起一些人的反对和阻挠，能不能坚持、要不要坚持是考验我们能力和意志的关键。坚持其实就是党性和人民性的体现，只要出于公心，最后你终究会获得广大干部群众的理解和支持。

“第三，带头苦干实干，比说一千句、一万句空话要来得有效。

“第四，商品社会里，朋友十分重要。有了一个好的朋友，你就多了一条出路……”

顾德法与我讲上面四条体会时，已经59岁了。他说他马上就要办退休手续了。“我这辈子没吴栋材书记有出息，根本原因是我没有他那么有眼光，也没有他那么能坚持……”顾德法长叹一声，自愧弗如。

他说当年他跟吴栋材在永联干了四年，在工作组成员中时间算长的。其中还有一位在1978年底就离开了永联，后来只有一位同志一直跟吴栋材留在村里。顾德法说他是1981年离开永联的，后来他回到自己家乡的那个村子当支部书记。1982年顾德法又被调到镇上当农业助理员，次年当乡党委纪委委员，1986年任南丰镇副乡长，后为副镇长。中间有十年到另一个镇工作，2003年回南丰镇当人大主任。

应该说，顾德法走过的是一位普通农村干部走过的人生轨迹。一个农民出身的生产大队干部，最终能“跳出农门”，吃上商品粮，而且还当上了“八品官”(乡镇级官员)，这已经是对得起祖宗的事了。但坐在今天永联村的办公大楼里，顾德法的嘴里尽是牢骚和自责：“我算个啥？亏大了！如果我现在在永联，至少也是个集团公司的副总啥的！就是当吴书记的副手，做个村里副书记，我一年也有几百万的收入，退休时少说也能有几千万的股金，现在我啥都没有。一个乡镇正科级干部退休能拿几个钱？几千元一个月，几千元跟几百万、几千万咋比？”

原来如此。这个牢骚肯定大了去了！

顾德法后悔莫及。后悔的还不止这个：“现在我们南丰镇上最气派的楼是永钢三栋二十层的新公寓房，这楼是吴书记前两年专为永联村和永钢集团正科级以上干部盖的。老百姓说是我们南丰镇的‘富人楼’，能住进去的都起码是家里有几百万、几千万收入的人，而够条件住进去的人又不用掏啥房款。这都是老书记吴栋材给永联村人谋的福利……”

“听说你也住在里面？”我问。

“是，可我是例外，而且还是要掏一部分钱的。”顾德法对此心里仍然有些不平衡。他说：“那年永联要在镇上盖‘永钢新村’，气派得很，尤其是这三栋高楼，很诱人。这个时候我已经回到镇上工作了，我就跟吴书记说，你这房子卖不卖？吴书记说不卖，是专门给永联村干部的。我有些生气地问他，那卖不卖给我呀？吴书记在电话里没吱声。过了几天，他打电话给我，说，小顾，你们可以来买我们的房子。我问，为啥呀？我又不是你们永联村的人！他说，他们村委研究了，南丰镇上有四个人可以买这房子，一是南丰乡的第一任乡长（公社改为乡镇以后的第一把手），还有是农工商的正、副经理二人，再一个就是我。我一听乐了，心想这个吴栋材呀，他真还是老样子！这四个人中除了我以外，第一任乡长，是鼎力支持他当年办企业、当支书的领导；两位农工商经理是在他最困难时帮助他渡难关的朋友，其中有一位就是当年在我们养鱼时借给我们款的农工商经理蒋万林。那年吴栋材书记为了鱼苗款急得四处团团转时，用凤凰车拖了一条大青鱼找到蒋万林，提出要借三五千元钱。蒋万林说他手里也没有钱，但看吴栋材为了村民的事愁成这个样子，便答应帮忙。腊月二十九日那天，蒋万林就是拎着吴栋材给他的那条大青鱼，找到了另一位朋友，总算解决了吴栋材的鱼苗款。吴栋材一直不忘老朋友蒋万林的救命之恩，他们成了一生的朋友。蒋万林后来也为永联村的发展帮过不少忙，所以他成了永联村永远的朋友。对这样的恩人，吴栋材感到必须报答他们，所以卖房时开了个特例。至于我嘛，大概吴书记觉得我曾经跟过他四年……”

顾德法说当年就没有吴栋材书记有眼力，没有坚定地留在永联村。其实对此顾德法根本用不着自责。谁能想到永联村三十多年后会这么富有和强大！在当时，一个农村干部，如果有机会跳出农门、改变身份，这是天大的好事。在上世纪80年代，吃商品粮和一个农村户口之间的差别，就是一个天、一个地的差异。许多人为了缩小这个差异，甚至不惜一切代价，但常常仍然无法跨越这道鸿沟。这是中国社会特有的现象，它是社会主义制度下的一个特殊产物，在改革开放之前一直根深蒂固地存在于中国社会之中。其实这是最大的城乡差别，由于它的存在，城里人一直有天然的优越感。而农民们为了使自己和自己的子女能够消灭这种差别，几乎倾尽了各种可能，但跨越这道鸿沟的仍然是少数，比如有的是依靠考大学，有的是依靠千分、万分之一的招工，有的是通过各种“关系”换得了一张吃商品粮的城市户口，其中的悲喜剧充斥了中国社会。改革开放之后，这种差别已经有了极大改善，但即使在今天，城乡差别仍然很大，否则像高考、农民工等问题也不会那么严重。

如此说来，当年顾德法的选择也算是“聪明”的了，只是他不曾想到一个一心扎根在农村、扎根在长江边那块新滩地的吴栋材日后会有那么大的出息！不说吴栋材，就说说他手下的那些“科长”、“处长”、“分厂厂长”等人——当年顾德法在永联时，这些人多数还没有在大队挂上名呢！有些还是列在黑名单上的“小偷小摸”，但三十年后的今天，他们个个扬眉吐气，穿着西装跟中外大老板们谈生意的神气劲儿不说，光坐的车、住的房、每月拿的工资、年底的分红，用顾德法的话说：“那能把别人眼睛红出血来！”可不是，如果按照当年顾德法作为吴栋材的副手这个级别，他倘若真的一直留在永联村“任其自然”地升迁、工作，那么他现在光一年可得的股份分红大约就是500多万元！“我知道实际上他们的工资和其他福利比这个数还高！”

如此大的利益不能不让顾德法后悔莫及。但谁能有本事看得清几十年后的事情呢？更何况，当时的永联村仍是一片时淹时现的江边滩地和全苏州有名的穷村，谁能相信在这样的土地上会发生惊天动地的奇迹！

“问题是吴栋材成功了，而且他一坚持就是三十多年，从未离开过永联村一天。而我们没有坚持下来。这一点让我对他特别敬佩，同时又深感惭愧！”顾德法在总结自己的人生经验与教训时这样说。

“吴书记后来按优惠价给我套两百多平方的住房。这些年因为永联村的事业蒸蒸日上，南丰镇的房价飞涨，才两三年时间，现在的房价已经涨到每平米六七千了！我的房子等于坐地涨了十几倍！”顾德法说起这事时脸上顿时泛起亮光。

“我得感谢吴书记！”他说。不过其内心仍然充满了后悔，因为今天的顾德法只是一个普通的退休乡镇干部，而当年与他同住在一个宿舍、肩并肩在23大队工作的吴栋材则是执掌一方天地、名垂史册的中国精英人物。

命运总是无法预料。

然而1978年时的吴栋材和他的永联村却又是何等的普通与艰辛。这一年，他和他的农民兄弟们硬是靠两个肩膀，苦干39天，挑土46 000方，在三角圩那片低洼地上挖出了大约50亩的鱼塘。然后用从南丰供销社贸易公司蒋万林那里借来的钱投放了一批鱼苗，次年鱼塘净盈利8 000多元。

这是吴栋材来到永联后带领村民挖的“第一桶金”。8 000多元在现在看来实在是太不足为奇了。可对当时的永联村来说，不仅是一笔大钱，更重要的是一向被人瞧不起的农民们有了尊严和自豪感，尤其是他们对吴栋材这个新来的工作组组长从此刮目相看。

还有一件事让村民们至今记忆犹新。过年时，吴栋材作出一个决定：“全村人每人可分5斤鱼！”

“那个年我们全村喜气洋洋。不管大人小孩，每人都有5斤鱼在当时可是一件了不起的事了！我家孩子多，分了30多斤鱼。我把一部分鱼送给亲戚朋友，人家收到鱼后都羡慕死我们啦！这一年起，再没有人骂我们是穷队了。”不少村民津津乐道地跟我谈起了当年的这个“鱼”事。

这正是应了中国人的一句谚语：一年有鱼，年年有余。

3

鱼道、人道、心道……工夫一到，金石开道

吴栋材养鱼，让永联村人第一次感受到了啥叫丰收喜悦的滋味。养鱼的成功，对吴栋材的人生和管理农民之道产生的影响，远比农民们感受丰收喜悦的滋味要甘浓得多。

“开始提出挖塘养鱼，一些干部不理解，甚至搞罢工抵制。我这个人有脾气，就是认为对的事一定要坚持，不管谁反对，不管他如何反对，我一定要做下去，而且要做得最好。当时永联村的实际情况是，我们太穷了，穷得啥都没有，除了田里的水，就是水边的芦苇。我想我们就靠这个水和芦苇来改变自己的面貌吧。水是可以养鱼的，靠养鱼来改变村子的面貌是我最先想到的，其实也是唯一可以实践的事。但养鱼没有本钱。过去有人也曾试过，亏了本。一些干部和农民起来反对，搞罢工跟我较劲。他们的行为可以理解，谁愿意做亏本生意？村里那么穷，本来就欠一屁股债，你再去赔一大笔，换我也会抵制。但我们当时没有其他路走，靠水养鱼似乎是最简单、成本最低的，所以我坚持挖塘养鱼的决策。有些干部一闹，倒是在我思想中有了一个搞五湖四海的念头。永联村过去矛盾多、干群不团结，除了底子差以外，就是不搞五湖四海。一个单位、一个集体、一个村庄，如果没有团结，没有五湖四海精神，永远会是一盘散沙，即使它有机会强大也是暂时的。一个国家、一个民族也是如此。”

养鱼之道，让吴栋材有了第一个经验之道。看看今天的永联村聚集的来自全国各地的近四万人口，上下一条心奔小康、共同建设美丽家园，你就知道这个经验对后来吴栋材的成功意义有多大。

但搞团结、搞五湖四海并非是件容易的事，它跟今天中国一直在喊“和平崛起”、“我们永远不称霸”、“愿同世界上一切国家友好相处、公平竞争”一样，人家就是不买你账，处处给你出难题，你怎么办？没有其他办法，唯有自己端正心态，放下脾气，耐着性子，做好自己的事。

国是放大了的家，家是缩小了的国。当时吴栋材遇到的困难和问题并不比今天中国与其他国家相处过程中遇到的少。

排外，是当时永联村干部与工作组吴栋材之间摩擦最多的表现。有村民告诉我，那时有些本村的干部，经常私下开会，他们不让吴栋材知道，甚至把私下议论后的意见在公开场合跟吴栋材叫板。这还不算，有人经常在劳动中拿一些要命的事为难吴栋材。

村民们现在还记得一件事：吴栋材在第 5 生产队蹲点时，那时全大队共有三台柴油机，只能在各生产队之间轮流使用。当时，柴油机在 8 队，后来 5 队要用，可就是没人去抬那三台柴油机。开始吴栋材觉得奇怪，后来终于明白了：有人想“治”他这个支部书记。

“吴书记，听说你是抗美援朝的志愿军，人高马大，力大无比。我俩来作搭档，把柴油机给抬起来？”一位肌肉发达，人称永联“大力士”的汉子，拿着一根粗粗的木棍，站在吴栋材的面前。

“我们俩去扛？”吴栋材一看就明白了，人家是在向他这个“外乡人”的干部示威。

“你就是大力士钱根全？”吴栋材上下打量了对方一眼，说。

“本人就是。吴书记，你给不给我这个 23 大队的人面子？”钱根全用挑衅的口吻说道。

吴栋材轻轻一笑，说：“怎么不给呢？我很荣幸。因为我也是 23 大队的一员，能够同自己村里的大力士同扛一根扁担，难道不是很荣幸的事吗？”说着，他一挥手，“走！”

从 8 队到 5 队有 1 200 多米远，柴油机是 195 型，约 500 来斤分量。一场好戏马上开始，因为对手是吴栋材和本村的大力士，所以立即吸引了无数“观众”。心地善良的村民直骂那几个出馊点子的干部“缺德”，而更多普通“观众”则希望看到真枪真刀下的英雄好汉。事实上这是在考验吴栋材能不能在这片新滩地上挺着腰杆站立的不见血的战斗。

男人之间的较量，常常是勇敢和意志的角力，或者说是真正实力的较量。含糊和犹豫都将可能被视为懦弱的表现。虽然男人之间的角力并非完全是力量上的较量，但体能上的竞争是直接和公平的。身为军人出身的吴栋材自然心里清楚作为一名“外乡人”、一名干部，他别无选择。

这一天，吴栋材改变了许多，他从朝鲜战场的死亡线下来之后的二十多年时间里，还没有面临过如此肉体上的考验，这多少让他有些兴奋和充血。老实说，对于自己到底能扛得起多少斤东西还真没有数，但吴栋材清楚自己一百多斤的身子骨能撑得动那一片天，这片天的分量在他心里、在他血液里、在他每一个细胞里……这片天就是百姓的福祉和一名共产党人的品质。

他的步履走得稳当，走得矫健。

“准备好了吗?”195型柴油机前，大力士钱根全一边吸气，一边半嘲半讽地斜着眼问对手。

“没问题，如果你准备好了，我们就开始……”吴栋材平静地回答，顺手将那根扁担搁在肩上。

“起嗨——”一声响亮的号子下，那台如铁塔一般的柴油机在众目睽睽下稳稳地从水田地浮起并开始移动，随之大家看到扁担两头的两位汉子一前一后地向前挪动着脚步——前面的是钱根全，后面的是吴栋材。

“嗨哟嗨——”

“嗨哟嗨——”

低沉而有节奏的号子声在两人的嗓门中带着阵阵热哄哄的气流迸发而出……

“乖乖！大力士!”

“都是大力士!”

阵阵赞叹的、惊奇的附和声伴着两位力士的脚步此起彼伏……

“嗨哟嗨——”

“嗨哟嗨——”

100米，200米……

“嗨哟嗨——”

“嗨哟嗨——”

300 米，400 米……

“嗨哟——不好，扁担可能吃不消了！”后面的吴栋材发现了肩上的那根桐油扁担在“吱吱嘎嘎”发叫，随之出现裂缝。

“行吗？不、不行就换一换？我、我有点吃不消了……”钱根全的双腿在颤动中挪动着，他哆嗦着提议道。

“真吃不消了？那就换一根扁担，或者再找人，把你换下？”吴栋材说。

“你、你说咋办吧！反正我快吃不消了……”钱根全尿了，站着不动。

“快，快再弄根扁担来！多几个人抬吧！”“观众”们手忙脚乱起来。

又一根扁担来了。吴栋材摆摆手，问前面：“我不想脱肩，把另一根扁担搁在肩上就行。你呢？是换人还是再搁一根扁担？”

“我、我换人……”钱根全的脸涨得像猪肝一般，喘着大气，一屁股瘫在田埂上。吴栋材则动都不动地挺立在那儿，500 斤重的柴油机从未离开过肩膀，并且一直将它扛到 1 200 多米远的目的地。

“太厉害了！这个志愿军真了不得！”

“这样的人当我们的干部硬气！”

“啧啧，这样的人当我们的领导，以后非把我们治死不可……”

一场男人之间的较量最后以吴栋材全胜而宣告结束，但它留下的影响却让全大队的干部群众产生了无限遐想，有人兴奋不已，有人担惊受怕。

“这次较量看起来是件偶发的劳动活儿，但确实也对我产生过一些影响。事后我发现，原来一些天不怕、地不怕的‘三角石头’，打这以后，见了我都很老实，惧怕三分。在几次会上，处理一些小偷小摸和打架斗殴的人后也不再有人起哄滋事了……”吴栋材事后也颇有感触地说。但真正改变他内心的并非是这些事，而是他自己的一次重要的人生选择：“当初群众并不知道我们这个工作组也是有任期的。上级找我谈话时说的是三年，也就是说不管干得好坏，到三年后我们就撤。但是这一次事件后，我内心有了一个想法，就是想留下来，留在 23 大队……”

为什么？因为力敌众人而可以称能称霸？还是其他什么？

“都不是。扛一台柴油机算什么！我吴栋材一个人即使能凭着力气跟天下人较量又能算什么？更何况，那一次是一台柴油机，如果换了一台拖拉机、一台汽车，别人都扛不动，我能扛得动吗？扛不动就不工作了？还是看着农民们出去当小偷、当光棍吗？不是的，都不是的。是我后来被老百姓和干部们诚心诚意希望我带领他们摆脱贫困、走向富裕的真情实意感动了！党的十一届三中全会的方针、政策让我真的从心里觉得自己想干些事的愿望可以实现了……”吴栋材自己说，他的这份心思几十年来并没有真正跟村上的百姓念叨过，直到如今年已古稀，才觉得当年那份并非心血来潮的选择是正确的。

“其实连我自己也没想到我一个外乡人，竟然成了比永联人更永联的人！”吴栋材有过如此感叹。我是从他二儿子那里知道的，吴栋材和他的两个儿子、一个女儿的户口都不在永联，也就是说其实为永联创下天文数字的财富、荣获几十个荣誉称号的吴栋材一家人竟然没有一个是真正的永联人！

谁能想象，一个献身于这个国家并让其成为最强大国家的国王，原来他自己的国籍都不属于这个国家！这是何等的伟大和无私！何等的崇高！

吴栋材就是永联这样的“国王”。

“说过了。”吴栋材不赞成我的这种说法。他说，他只是当初看到党的十一届三中全会精神能让他踏踏实实干实事了，而留在永联是因为永联穷，穷得让他不舍得轻易放弃那些已经同他产生感情的穷兄弟姐妹们；也因为在永联改天换地的过程中他也尝到了成功和干实事能为百姓创造幸福的成就感。

“在到永联村之前，我也曾被派到另一个地方当工作队成员，但那里干不成事。再往前，我在自己家乡的生产队当队长，其实当得非常好，老百姓都拥护我，因为我让他们比别人富一点。可上面的领导并不欣赏我，倒是那些整天拍马屁、不干一点事的人很受赏识，所以我心凉了。”吴栋材解剖自己道："我这个人从部队回家后，走过许多单位，脑子比较活络，性格也直爽，是喜欢说了算、定了就干的人。但这种性格和想干事的人在计划经济条件下，以及风气不好的地方，是站不住脚的，所以我后来走了几个地方，都没有落下根。我不喜欢当时农村中有些干部靠拍马溜须、虚报成绩去获得上级欣赏及提拔的做法。这些人本事不小，但老百姓死活他们并不真正关心，农民们能不能真正富裕起来他们并不关心。倒是自己的事、自己家里的事样样想得周全，升官发财，他们都有了。我看不惯这些，加上自己在部队工作过，在城里也干过，见过世面，喜欢干点实事，但后来发现自己的这种秉性和做法并不被人看中，而且还常常被那些人冷嘲热讽……直到到了永联村、到了 1978 年底党的十一届三中全会召开之后，我才真正看到了自己的价值，看到实实在在干事业对帮助农民脱贫致富、建设国家现代化是多么的重要，那一刻起，我决心留在永联，留在那些理解我、支持我，愿意同我一起同甘共苦，把一个贫困的村庄建设成人人心满意足、家家富裕安康的社会主义家园的百姓之中……"

这是一个中国农民的肺腑之言。它掷地有声，它情真意切，它没有任何粉饰，十分本色。它是一个想干实事又干成事的中国共产党人的心声。

并不华丽，但与习近平同志所言的"实干兴邦"不谋而合。可贵的是，吴栋材在三十多年前就有了这样的思想和境界、追求与行动，因此我们才看到了今天中国有个永联村。

一个村庄因为有了一个想实干、能实干、最后干成了一番伟业的人，才使他的百姓和一方天地富足了起来；倘若我们的国家有几千、几万个这样的人，是不是中国早已"让世界刮目相看"了？

实干的意义多么重要啊！

然而实干又非空喊的一句口号。它可能是制造一艘航空母舰，它可能是探索宇宙的一次实验，它更可能是一次百年、千年的伟大理想的奋斗征程，然而它其实也可能是你一次不迟到的上班，一次你稍稍多流几滴汗水的劳动、一次你不经意间俯下身子为一个智障者捡起一根拐杖。当然对干部和领导者来说，它可能是你的一次身先士卒的行动和你的一次廉洁清正的行为……干实事，从某种意义上讲，它不分大小，它的价值存在于实际之中，存在于民众的感受和体会之中，也存在于一个国家和民族的强盛过程之中。

现在的吴栋材干实事，可能是一次按键就能为几百、几千百姓解决了饭碗和腰包的问题，但在1978年时，他所谓的干实事则就在这次挖鱼塘上。“挖鱼塘虽然减少了一部分粮田，但在挖出的泥土垒成的高地上，我们又见缝插针、因地制宜地种植了薄荷、油菜等经济效益较高的农作物。这样做，不仅没有减少总体收入，而且远远高出了种粮的产出，农民得到了实实在在的收益。”

养鱼之道，为吴栋材创造了第二个经验之道。在这之前，作为一个在计划经济影响下成长起来的农村干部和农业管理者，吴栋材一向也是按照上面的精神要求自己的农民们把精力和能力集中在种粮上，集中在创造粮食高产上。他甚至也不停地制订过指标要求各生产队按照他的要求去奋斗。但很快他发现这条路走不通，因为即使永联村的1 000多亩耕地亩亩实现高产稳产，他的“臣民”们依然到头来连“5斤鱼”的生活水平都达不到。“以粮为纲”在中国农村实行了二十多年，但它一直没有让中国广大农民走向富裕之路，这也说明了这条路基本是失败的。吴栋材是从1978年、1979年养鱼的成功而比较早地认识到了这一问题，所以此后的岁月里，吴栋材不再在村民大会上高喊种粮指标了，而是转向“农工副并举发展”的新提法。需要特别指出的是，吴栋材并不是不重视种粮的意义，相反他对种粮种棉的痴迷程度和创高产能力连有名的农业专家都感到不可思议——上世纪八九十年代，永联村的粮食单产一直位居全南丰镇、全沙洲县前茅，许多时候还都是第一名。“粮食是农民的命根子，再富也不能丢了种粮、种高产粮、种健康环保的优质粮。”这是吴栋材一生都没有丢的一根“法杖”。只是现在为了实现全村的脱贫目标，他要用右手举起另一根“法杖”，这就是“农工副并举发展”之杖。

何谓“农工副”？这里指的是农业、工业和副业三类产业。“农工副并举发展”的思路从某种意义上讲，也是成就永联强盛的根本之道。这一思路的提出和实施，其实不只让像永联这样的农村从此开创了社会主义新农村的建设方向，而且也预示了中国农村向几千年一向遵循的传统方式作彻底的告别。这一进程应该称为中国历史的伟大进步。

然而吴栋材的这份觉醒并不孤独。他只是顺应了当时的潮流，因为在1978年前后的苏州地区，有关“农工副并举发展”的话题，已经深入人心，并且成为整个苏州地区不折不扣的工作重心。后来的“苏南模式”和邓小平讲的“半壁江山”就是在这个阶段形成的。

吴栋材的永联村在当时的苏州地区，还处在比较落后的阶段，或者说离大环境还有相当大的一段距离。比起走在前面的吴仁宝的华西村尚有“十万八千里”之遥，就连与自己沙洲县的一些先进社队相比，也属于不被人记得起名字的“小弟弟”。

可以理解，永联村在吴栋材到任的时候，其历史总共才只有七八年。比起具有三千年文明史的苏州其他“老大哥”，根本算不上什么。但吴栋材和永联村也因为接了苏州的地气，这个“小弟弟”一旦吮吸养分后便迅速成长。

从历史和文化因素看，苏州地区历来是中国人文荟萃之地和经济富庶地区。早自南宋开始，苏南以及杭嘉湖一带便成为中国的经济中心。到了明清两朝，中国最早的资本主义生产和经营方式都在这里开始萌芽、发展，单一的农耕社会里出现了商品经济，比如这里的纺织、手工业、食品工业甚至商贸和金融业都较活跃。与此同时，人们的文化教育也从私塾向洋学堂转变，接受现代科学技术和商务教育在苏州一带十分流行。只要你到我家乡走一趟，就会发现那里的“市”特别多。所有小镇一般都称为“市”，比如我的出生地常熟何市，其实是一个小镇，但它不称镇，却叫“市”。什么“赵市”、“李市”、“王市”等满地都是。这些小市，其历史大多有三五百年，都是民间不断活跃的商贸交易而慢慢形成的中心集市。这些小市里有商店，也有手工作坊加工业，甚至在上世纪初就有了一些比较先进的机械制造工业。

从地理上讲，这些小市，基本都在乡村之间，相距一般在十里路左右，有的更近。与它们相通的有马路、水路。同时又与上海、苏州、无锡、常熟等经济较为发达的城市相近，水陆交通时间都不超过一天。而周边的农民到这些“市”里就更近了。我们那里管这类活动不像北方人叫“赶集”，而是叫“上市”或“上街”。从文字上理解，也就是抬腿即到的意思。密布城乡间的这类集市，既弥补了城乡之间在交通上的不便，也增强了城乡商贸上的相互补充与辐射。更重要的是，这些小市的存在，使得苏南一带的普通农民有了较早接触现代商贸与现代工业的机会。许多人，农忙时在乡下种田，农闲时在市里开小铺摆小店。“亦工亦农”在很早的时候就已经流行于我故乡大地。

从人才形成上看，因为有这些如棋网一样密密麻麻的小市的存在，各种经商人才和三百六十行里的各类师傅大量出现。这些经商人才和师傅，不仅自成一体、各有专长，而且还与上海、苏州、无锡等城里的大商人、大师傅有着千丝万缕的关系，这也使得苏南一带的人们经商意识强，脑子活络，会算账，且善于吸纳新鲜事物，视野开阔。加之苏南人干活精细，种田田熟，做工工细，苏州素有“鱼米之乡”、“状元之都”等美誉；双面苏绣、常熟花边等具有地方特色的物产盛行于古今。

苏州人如此做一行、专一行、冒尖一行的人文内因，决定了这块土地在中国版图上的分量与耀眼光芒。受政治影响，新中国成立之后的苏州人内在的经商能力被很大程度地压抑了。“文革”后期和“文革”之后的几年里，从商、经商之风悄然兴起。到了1978年时，全市各县自发和受到鼓励创办的乡镇企业如雨后春笋般涌现，走在前面的要算吴仁宝的华西村。而当时在常熟、江阴、沙洲等县也有大批能工巧匠开始活跃起来。比如现在一年能创造150多个亿产值的“波司登”、名列中国五大钢铁企业的张家港的“沙钢”等，都是在那个时期率先行动的乡镇企业。

相比之下，吴栋材和他的永联村那时还处在挖鱼塘的原始阶段。但这丝毫没有泯灭吴栋材内心想让百姓致富的火焰——1978年底在北京召开的中国共产党第十一届三中全会，让吴栋材极大地振奋：看来可以放手大干了！

“远学华西，近学欧桥。”从沙洲本县的先进大队欧桥回来，吴栋材就坐不住了。全村的村民大会上，吴栋材抑扬顿挫地在高音喇叭里这样喊道——

“同志们，今天的社员大会，着重讲农副业。首先我要告诉大家一个好消息：我们已经和国营沙洲电机厂挂上了钩，办了申请手续。这是经县上高书记批准的项目，这个厂正式包我们这个穷大队的工业生产。人家说干就干，同我们基本协商先帮助办两个车间。一个是马上投产的白铁冷轧车间，就是用白铁皮箍提水的桶。原料他们支持，据说产品销路好。另一个是矽钢片车间，他们派人来教我们，我们也要派人去他们厂子里学习。这个产品是往大城市里销的，他们负责销售，我们只要负责去卸货就行。两件都是好事，没啥风险，是上级对我们这个穷队的关心和支持。预计年底就要投产，等厂子开起来后，利润也是比较好的。所以我们支部决定要把这两个项目搞好。过去我们办企业走过弯路，造成一些人不相信能搞好。从今以后，我们不走弯路了，要少吃苦头。尤其是要加强领导，对企业的事只准搞好，不准搞坏。今后凡是进厂的工人一定要认真负责，我们一定要选思想好、作风正派、有一定文化水平的人进厂……

“同志们呀，现在好事来了，我们舍得不干吗？这真是好天跑路穿钉鞋，步步着实！大家甩开膀子干吧！”

不干不是社会主义，不干不是马列主义，不干不是我们贫下中农。这三个“不是”在当时很流行。但在吴栋材心里还有一个说法：不干，就不是我吴栋材！

“永联村只有不到一平方公里面积，而且逢洪被淹地，一年四季的低洼地占了一小半，七百多人的一个欠债村，你不干还有活路吗？当时华西村已经是村里村外整天热热闹闹、锣鼓喧天，人均收入六七百元了。而我们永联人还在忙乎着为年底能不能多分几斤鱼东张西望呢！我这个人干啥都不服输。所以在支部会上对干部们说，我们虽穷，但一定要迎头赶上像华西、欧桥那样的先进村，争当亿元村！”吴栋材说。

“千万元村”、“万元户”，在上世纪 80 年代的中国农村，这两顶帽子就像英国女王头上的皇冠一样闪闪发光。吴栋材和永联村民们做梦都想把这顶皇冠戴到自己的头上。

先例就在自己的眼前。与永联背靠背、相距仅两三里的妙桥公社欧桥大队，过去与永联一样是个远近闻名的穷队，曾经在欧桥出现过姐妹俩轮流穿一件新做的衣裳。但欧桥所在妙桥公社又是一个群众纺织十分活跃的地方，包括欧桥在内，农民们土纺土织一向热火。县委书记高德正调查了解到这一情况后，对欧桥大队书记张永来说："人家华西村的吴仁宝一点基础也没有，前些年靠小打小闹在地下办厂，如今全国闻名了！你欧桥基础比华西一点不差，就不能搞出个惊天动地的名堂?"张永来是容易激起情绪的人，当着高德正的面拍胸脯道："你的话说到我心坎里了。搞不出名堂，你就撤我职!"高德正十分中意，亲自带张永来到吴仁宝处接受"真经"。从华西村回来后，张永来发动农民将原来各家各户的土纺土织，联合成小纺织厂。当时，像上海一带的城里人爱穿尼龙衫，张永来看准市场行情，立即组织他的小纺织厂大搞摇纺尼龙衫，并且将货全部销往上海，结果大获成功，供不应求。"钞票赚得哗哗叫。"张永来在朋友面前这么吹嘘。话得说回来，欧桥的张永来确实有资格吹牛，有一个在当时传为美谈的故事为证。沙洲县当时有条件的青年结婚，都要到上海市里去拍一张结婚照，买结婚的套服、皮鞋等时兴之物(当时人们还不兴叫时尚)。一次妙桥乡的一对未婚青年去上海买了两件尼龙衫，回来后兴高采烈地到处宣扬上海货如何如何的漂亮、高档，后来好友一看，发现那尼龙衫竟然是欧桥人生产的！这一下欧桥尼龙衫可就出大名了！十里八里都到欧桥来买尼龙衫，上海、苏州、无锡甚至隔江的南通、扬州和隔省的嘉兴、杭州人也来欧桥买货订货。

欧桥火了！短短几年里，欧桥一跃成为华西式的富裕村，工业收入占了全村的90%，年终分配人均达到六七百元，富裕的农民十有八九都住上了楼房。集体福利和公共事业也彻底获得改观，过去农民们闻所未闻的"文化宫"、"书场"、宾馆、商业楼、灯光球场、邮电所等只有城里人才能享受和看得到的东西，几乎一夜之间布满了欧桥村……这还不算，张永来又让大队拿出钱给所有欧桥的老人发养老补贴，给上学的孩子发学费，给有病的人免费医疗！

“这不是我们念叨了几十年的共产主义生活吗？”周边的老百姓瞧着欧桥人的幸福生活，眼睛都红了。尤其是邻居永联百姓，简直对欧桥羡慕死了。一些年轻人干脆偷着跑到欧桥的亲戚家、朋友家做“帮活”——“那一个月的帮活也比我们自己队上干一年的收入还多！”永联人说。

正在大搞“养鱼”副业和大抓高产粮田的吴栋材，受到了极大的冲击。青壮年劳力的流失是一个问题，最要命的是刚刚凝聚起来的人心又出现严重浮动。欧桥到底怎么了？张永来这小子不就那么点名堂嘛！他咋干出那么大的动静了？吴栋材有些不信邪。他对张永来十分了解，此人脑子灵活，但也不比他吴栋材聪明到哪个地方！咋这回他发了？

吴栋材借故“顺道”到欧桥看了看，我的妈呀！真是不看不知道，一看才明白张永来还真是了得！

欧桥通过搞村办工业所带来的巨变，确实对吴栋材产生了巨大冲击。而更刺激他的是，不几日，高德正书记亲自坐镇欧桥，在那里召开了现场会。会上高书记一面大力宣扬欧桥经验，同时又指名道姓地念了一串长长的落后社队的名单。吴栋材的永联村自然在其中。这还不算，又过几日，高德正又在泗港乡召开现场会。出席现场会的 83 个支部书记都是“穷队领导”，会议主题是“富队学欧桥，穷队学泗港”。参会的吴栋材如同坐蜡一般，因为泗港也是永联的另一个邻居乡镇。那里是个闸上大队，地处偏僻，交通不便，有人戏称它是“世外桃源”，有点像永联。也就是这么个自然环境与永联不相上下的偏僻生产大队，在学习欧桥过程中，他们抓住机会，办了纺织、砖瓦和日用化工品三个厂，结果很快由穷变富。支部书记赵阿盘抓工作有一套，他的支部竟然被中央组织部命名为“全国农村先进党支部”，成为继欧桥后的沙洲县另一面红旗！

一向不服输的吴栋材觉得自己的永联夹在这两面红旗中间，简直无地自容。就在这时，“点子多得跟天上星星一样”的县委高德正书记又弄出一招。针对全县抓工业不平衡的局面，发动和组织县属企事业单位和

1 136家办得较好的社办企业与11个无工业的大队进行“结对子”活动，帮助那些落后的社队迎头赶上。永联的挂钩单位就是吴栋材在村民大会上所说的国营沙洲电机厂，其项目就是帮助办白铁冷轧和矽钢片车间。

“办企业是个方向性问题，也是政治问题。只有搞好，不能搞砸！我们的目标是，为国家创造物质财富，为集体壮大经济力量，为社会增加收入，使整个农村尽快地富裕起来！”高音喇叭里，吴栋材的声音铿锵有力，而且还明显夹杂着某些激动情绪，“欧桥能做到的事，为啥我们就做不到？我不信这个邪！我们要学习欧桥，赶超欧桥！”

有一件事我必须声明：上面诸多引用吴栋材的话，并非是我随意编出来的，也并非是他用现在的语境阐述过去的事。不同时期对同一个问题或者相近的问题作出所处时代的语言表达，就叫“语境”。比如过去毛泽东时代都讲“阶级斗争”、邓小平时代讲“发展是硬道理”，后来又有许多如“和谐社会”、“科学发展”等。三十多年过去了，中国社会的变化可谓翻天覆地，我们所说的话也大不相同。比如我记得小时候在农村，那个时候农民们干活种地，要讲“为国家作贡献”，后来讲“发家致富”，再后来讲“共同致富”，等等。不同时代，社会要求不同，人们的追求也不同。但读者是否意识到，吴栋材作为一名中国社会最基层的农村干部，他在三十多年前强调“为国家创造物质财富”和“为集体壮大经济力量”的同时，特别注意到“为社会增加收入”，尤其是把发动群众同心同德搞现代化与“整个农村尽快富裕起来”的目标，设定得异常紧密而实际。他的这些思想如果放在今天讲，我们可能会不以为然，但他是在三十多年前我国正处在改革开放初期，社会各个方面对未来建设方向并不明确和奋斗的目的到底是什么并不完全清楚的时候，他能把我们党和政府摸索了几十年后才清晰的一些思路与观点早早地在心中形成并明确地告诉他的农民兄弟，这是极不容易的。

在一般人眼里，农民或者农村基层干部是没有啥理论水平或政治远见的，他们的思想最多也就是被上面的某些精神和被反复变化的政治口号所熏陶，他们唯一能做的就是按时代的要求去落实不走样的行动。但在我调查和采访中发现，其实像华西村的吴仁宝等一些优秀农民代表，他们的思想水平和理论鉴别能力绝不比他们的实践能力差多少。相反，有的时候我们的高层决策机构和权威理论家们的某些政治主张、行动纲领、指导思想、奋斗目标，常常不切实际，甚至今天一个主张、明天又另换一套，既无连续性，又与实际相违背，甚至与中国社会的发展本质背道而驰。这是一个国家、一个民族为什么常常走弯路、发展缓慢的根本原因，也是对国家资源浪费最大、对民众利益危害最大的方面。只要看看那些发展迅速、社会稳定、在各种复杂多变的形势与环境下保持独立和不败地位的国家与民族，你就会发现，他们的制度、他们的政治主张、他们的发展理念、他们的人文思想和国家精神，很少出现断断续续和含糊不清，或与国家利益、民生利益相背离。这样的国家和民族是值得我们敬重的。

历史不断在证明，治理国家、管理社会、关注民生的能力，有时并非在政治家和一些权威的专家那里，恰恰是在那些最基层的、最普通的和整天与民众生活在一起的管理者手里。因为他们最了解社会、最了解民众，同时又在这样的社会里最直接和最深切地感受着社会变革进程中的一切问题。

吴栋材属于这样的人。他有一个惊人的与众不同的地方，是他思想和行动的独立性，这在中国社会里尤其难能可贵。他做的一件不是所有人都了解的事，是他到永联村的第一天起，保留了所有他写下的文字材料，比如各种会议的讲话稿、学习体会、工作笔记等。今天在永联村有个省级档案馆，在那里你可以见到自 1978 年夏天吴栋材到永联后第一次在村民大会上的讲话原稿，到 2013 年元旦他向永联村全体村民祝贺新年的贺词原文，浩瀚几柜子的各式各样的文稿、信件等。这是一个农村干部的私人文档，也可以说是一个中国农民三十五年的私人文档，或者换一种说法，这也是一个当代中国农村社会发展的最原生态档案。它没有任何修饰，也没有秘书、专家、机构等介入，是原原本本的历史资料。

如果吴栋材是一个领袖，他这么做，且一直做了几十年，我们可以不足为奇；如果吴栋材是某个领域的专家或学者，他这么做，且一直做了几十年，我们也可以不足为奇。但他不是，他什么都不是，他只是一个农民、一个农村支部书记、一个乡村土地上成长起来的实业家。他把自己所走过的每一个足迹，都清清楚楚地留在了我们可以去寻找、可以去检验、可以去反问的历史的露天晒场上。这份思想、这份远大、这份深刻，是我们无法用文字所能表达的。

对此，我曾问过他为什么这么做？为什么能做得到？他回答得轻描淡写："我喜欢把自己的一些做法和想法所形成的过程用文字的方式留存起来，有时间对照看一看。对的，就坚持往下走；错了，尽快改正。"

朴实，寻常。

然而，真理和正确、高尚和珍贵，常常就在这些朴实和寻常之中。难道不是吗？

我们知道，在任何时代，执政者的思想和路线，总是决定和影响着这个社会和国家的发展方向、民生利益。那么一个正确的思想、清晰的路线，是何等关键。

看看几十年来中国社会的发展历程，我们不难发现一个现象：那些缺乏一以贯之的思想理念和行动方向混浊不清的地方和单位，总是很难实现稳定、持续的发展，反之则不然。虽然人们对吴仁宝的华西村发展模式和管理模式有不同评说，但你不得不承认：中国农村、中国农民，假如都有华西村的水平，那么中国共产党提出的"三步走"目标和全国小康社会，就会早实现二三十年。吴仁宝的"法宝"，用他自己的话说，就是执行上面的方针政策几十年不走样，坚持从华西实际出发的行动和发展目标几十年不动摇。吴仁宝所说的对上"不走样"，其实在他心目中只有一件事是"不走样"的，那就是他相信中国共产党的领导，至于某个阶段上面说的话，制定的一些做法、措施，他才不放在心上呢！他更多的能力和精力是放在他的"华西实际"和他与村民们一起共同制定的奔富裕的发展目标上。对此有人说吴仁宝是"精明的政治家"，也有人说他是"狡猾的老狐狸"，从来都是说一套做一套。以我对他的了解，吴仁宝确实从来都是在上级面前说一套，而自己在华西村又另做一套。这听起来似乎对上面不敬。其实人们都清楚,中国社会几十年来,没有章法的变化太多,一个领导、一届政府的不同主张、废旧立新、各干各的事太多太频,所以如果什么时候都听"领导"、都听"上级"的,结果是:你失去的远比得到的多得多,你工作的错误或许比成绩还多。尤其是在农村实际工作中,只有那些真正了解农民、熟悉和掌握土地温度与阳光雨水的人,才是最有权利说话行动的。方向和方针在他们手中,农村才有希望,农民才有好日子过。

吴仁宝在华西村做到了这样。

从某种意义上讲,吴栋材在永联村做得比吴仁宝还要精到和稳健,有效和有力。吴仁宝和吴栋材都是与我父亲同时代的农村干部,他们的情况也为我所熟悉。我的判断是:吴仁宝是个激情多于理性的农村政治实干家,而吴栋材则是个理性多于激情的农村实干政治家。几个关键词的位置不同,映照了他们不同的人生轨迹。他们都是成功人士,都是中国农民中的豪杰与领袖式人物;他们又各不相同,并且领导和创立了不同的发展模式。

中国社会形态很复杂,即使在改革开放三十年里,它依然像奔腾不息又变化万千的长江水。如果你想成为长江里的一条想长大的鱼,那么你得有特殊本事。因为如果你单凭可爱的热情与激情,顺其滚滚向东的潮流而行,你可能有一时的惬意、放松和自由自在,但临至入海口时,你会突然发现那里漩急涡多,再也无你留身之地,咸腥的海水将吞没你的肌体,你永远不再是长江的淡水鱼了。很少有顺水而行的长江鱼最终还能保住本色。吴仁宝是个例外,这也从另一方面说明了他具有适合于中国政治社会环境的天才本领与特殊能力。

吴栋材属另类。他一直在长江里畅游,时而顺水而行,时而逆流搏击,时而浮面呼吸,时而深水荡漾……最终他成为了长江里的巨鳄。

顺水而行与逆流搏击,都是一种哲学境界。问题的关键是何时顺流,何时顶逆。能道明和深谙这本事的只有水中之鱼。这也是吴栋材当年"挖塘养鱼"带来的第三个收获。

1978年底之后的几年时间里,中国社会正处在一个"文革"结束后的大解放、大变革时期，新鲜的与腐朽的、先进的与落后的角力，呈现拉锯式状态。在苏州地区，可以说是万千新景象，这就是乡镇企业的蓬勃兴起大发展。尤其是像一向穷得丁当响的沙洲县，对一夜之间可以改变面貌、脱贫致富的办工业、搞商贸的劲头，犹如脱缰的野马，一发而不可收。1986年，沙洲县撤县改为张家港市。而形成最初的“张家港精神”其实就是在大兴乡镇企业之初的那些年里。那时人们的思想活跃，说干就干，而且一干就大变样。广大农民们在从事工业和商贸过程中获得的收入刺激着他们的积极性，而这份空前的积极性又使得他们以更大的热情投入到“生意”上。苏州大地原本就是片经商的沃土，沿江又沿海的优势，加之城市与城市之间的近距离和城市与城市之间密布的小市镇，以及这些市镇后面又有广阔农村劳力资源的支撑，故而迅速形成了中国开放之后最具活力的一片“招财进宝”、“创造财富”的热土……吴栋材领导下的永联村适时介入了这场改革洪流，或者说走向致富的征程。

但开始的几年，吴栋材并不算顺利，只处在艰辛的“小打小闹”阶段。然而吴栋材非常看重这些“小打小闹”，因为正是这些“小打小闹”让永联村后来的大发展有了最初的启动资金和最实实在在的办企业经验。

头一年的“挖塘养鱼”，让百姓眼见为实地感受到了什么是收获的喜悦；1979年与县电机厂的挂钩合作中，吴栋材真正获得了“第一桶金”的生意资本和比资本更重要的办企业经验。

资本获取并不复杂。当时吴栋材找到电机厂的赵玉亭书记谈的时候，两人讲明：由永联村派30名男女不限的村民帮助电机厂做些零碎活及绕电机线圈之类的简单工作。去的人每天拿一点伙食补贴，由电机厂给村民们记工分。那时这些进厂的打工者个人还拿不到工资，工分是农村习惯的一种劳动报酬形式。这样30个人干的工作，由电机厂每一年支付给永联村2万至5万元的报酬，既算作对永联30个农民的工作报酬，也算作是电机厂对永联村的挂钩扶贫成果。

“好啊，这种方式好啊！”当时吴栋材向电机厂提出这样的“合作形式”时，厂方连声称好，“你们用多余劳力创造了财富，我们弥补了劳动力不足的问题，还增加了产品数量，双赢！”

“双赢”经验是吴栋材在三十多年前就学会的经商之道，这经商经验让他着实实惠了三十年。

“我有大批剩余劳力，我出劳力；你有技术和市场，你做技术和市场。我们一起发财……”运用这“双赢”之道，吴栋材在最初的办厂与经商中获得了如鱼得水的广阔天地。虽然现在看起来都是些“小打小闹”，但谁能说石油巨富洛克菲勒在1863年和朋友安德鲁斯两人一起用4 000美元积蓄办了一家名为“安德鲁斯—克拉克公司”的企业就是一家小企业？洛克菲勒的石油王国统治了美国经济近半个世纪，他最初就是靠这4 000美元。

吴栋材的“永联王国”最初靠的也是由“合作双赢”中所获取的那几万元资金。如今村民们谈论永联发展史时，都会谈“挖塘养鱼”的传奇，他们却并不太清楚书记吴栋材的真正奥秘是他“鱼道”之外的“人道”——用诚意去寻找理想和合适的合作对象，用诚信去同合作伙伴共同致富。

鱼的学问和本事大了去了！吴栋材说，鱼是长江中最有能耐的物种。在长江里，鱼远比人的能耐大，万里长江奔腾不息，每年挟去无数的黄沙与污泥进入大海，留在江中又能繁衍后代的唯有鱼儿。鱼是长江的真正生命、唯一生灵。吴栋材在生意场上多数时候能左右逢源靠的也是鱼的本事——他找南丰乡供销社的蒋万林借款，手里拎的是条鱼；他跟电机厂赵书记谈合作时，后车架上装的也是鱼；1979年年底，永联村的鱼业大丰收，每亩收成500多斤。除了卖掉和分给村民每人5斤外，还有一堆鱼能做些什么？吴栋材突然想到了1962年自己在无锡第二建筑公司的老领导蒋听根，于是他让顾德法和几位年轻人满满地装了一大麻袋鱼儿。第二天他亲自背着这些鱼，进了久违的无锡市……

“这鱼鲜又肥，太好了！”老领导蒋听根一见吴栋材带来这么多活蹦乱跳的新鲜鱼儿，高兴得眉飞色舞，因为那个时候城里人也是凭票才能买到限量的新鲜鱼。吴栋材的“小意思”让国企大老板深感农民那儿还大有“精彩文章”！

“哈哈，栋材啊，如今改革开放，你的思路很对！我支持你！”蒋听根真是“听话听到根上”，他从吴栋材的口中知道了这位穷队支部书记一心想带领村民致富的雄心壮志，大为感动和感慨，当场承诺：支持你们20吨水泥，2万元启动资金。

“谢谢！谢谢！”吴栋材虽然也算见过世面的人，但老朋友的如此厚礼真的让他又惊又喜。

蒋听根的建筑公司此时已经生意兴隆——苏州一带早富的农民们开始大举建楼房。建得起楼房的人家，自然还有内装饰，这就给建筑和家用用品产业带来了空前的繁荣机会。聪明智慧的吴栋材这回看准如此好的机会，决心搭朋友便车在村里打个脱贫翻身仗。此时他的目标也只能在脱贫上下力气。

做什么呢？与蒋听根商量的结果是做水磨石浴缸。“眼下最吃香的是最时兴的浴缸！我接一套楼房，就基本能配一两只这样的浴缸。乡下人盖楼房用，城里人用的也很多。保证不赔本！”蒋听根给吴栋材吃了定心丸。

“那就干吧！”吴栋材的脸上乐开了花。

用了几百年蹲坐马桶的农民们开始学习城里人的生活方式，在建楼房的同时，让水泥匠们一起安装一个放热水的、可以躺在里面的浴缸。上世纪七八十年代我们常见的那种又沉又笨的浴缸就是蒋听根说的水磨石浴缸。它是先用钢筋铁条框成模型，再用水泥混凝土制坯，在水泥混凝土上面嵌上一层马赛克一样的光滑细石，最后用人工将细石磨光。这样一只水磨石浴缸就成品了。工艺并不复杂，但也算是工业产品了。这种很费时又无需多少技术含量的活儿，很适合农民。吴栋材在无锡与蒋听根经理谈定后，立即回村组织农民办起了浴缸厂。这个由蒋听根公司包销的产品在之后的几年里一直是永联村的“支柱产业”之一，它为村里净挣了20多万元的利润。

盯住一个好关系、好伙伴，吴栋材又与蒋听根谈成另一笔生意。你建筑公司现在到处都是好活，人手忙不过来；我村里有的是干活的劳力，给你送些人，帮你做些顾不过来的活。

好啊，我正为这事发愁呢！要招工吧，涉及的事太多，上面一层一层地批复。你这么一支持我不用动嘴巴就把问题解决了！蒋听根大喜，又说：“账怎么结算？”

吴栋材眼皮都不抬一下：“你蒋老板怎么说都行。”

痛快！蒋听根一拍桌子，说：“我负责你们过来 50 个人的饭碗，另给你村里 5 万块钱纯收入，算作管理费吧。”

“我又赚了！”

哈哈哈……两个老朋友齐乐。

这回吴栋材又为村上 50 位农民找到了金饭碗，同时还为村里挣回几桶金，老朋友那里也卖了个好——帮人家解了劳力紧缺之愁。

1979 年之后的四五年里，吴栋材先后在村里主持创办了大大小小不下十个厂子，最多的用工四五十人，少的甚至不到十来人；一年利润有几千元的，也有几万元的，赔本不赚的也有。用吴栋材的话说，这叫“小鸡吃米，粒粒下肚”。这比喻后来被县上的高德正书记借用去了，还作为永联第一份经验传到了整个沙洲县，后来又被《人民日报》作为经验介绍到全国。当时《人民日报》发了专评——

赞“小鸡吃米”

沙洲县农民亲切地称生产队办的加工业为“小鸡吃米，粒粒下肚”，充分表露了赞誉之情。

生产队办小手工业，产品很小，一个竹哨、一把板刷，赚不到几个钱，但是把点点滴滴的小利积累起来，那就多了。比如，加工玩具气球上的竹哨，每只获利只有几厘钱，但是加工几百万只，就成了一笔可观的收入。这些收入直接分配给社员，很实惠，真是“粒粒下肚”！其次，因其小产品机动灵活，可以随时根据原材料等情况生产或转产，可以迅速生产出群众急需的小商品；也可以根据自己的人力、财力、物力寻“生活”；还可以根据市场信息拾遗补缺，灵活得很。一般来说，这种小加工业，原材料有来源，产品有销路，又主要是手工劳动，很少能源消耗，办起来容易。同时，既可较好地利用农村大量剩余劳动力，吸收农村许多流动资金，又能够增加物质财富，为群众提供丰富多彩的商品，正是一举数得。全国农村的生产队有几百万个，如果这些“小鸡”能主动找“米”吃，虽然吃到的“米”有多有少，集中起来，却是于集体于群众于国家都是有利的事。

生产队办加工业会不会影响农业生产？不少同志有这样的担心。沙洲农民回答说：“劳动一天两元半，农活不愁没人干。”这就是说，农民从集体经济分配的收入多，从事农业生产的积极性就会高，务工务农同样得利，也就同样有积极性。相反，如果集体经济力量单薄，劳动一天所得无几，农民生产积极性不高，农业生产也难搞好。沙洲县现在没有一个生产队因工误农，却有许多生产队由于办了工业促进了农业，是生产队各业全面发展的好典型。当然，把小小的生产队经营得各业全面发展，是很不容易的，这就要求指导思想要明确，安排要得当。

初级阶段，小本生意。积少成多，多多益善。这是吴栋材办企业起步的主体思路。这个时候，农民付出剩余劳动是基本的经营方式。从财富形成的理论看，这条路是对的。西方经济“圣人”亚当·斯密先生也这样认为，用货币买到的或用货物交换到的物品都是以劳动为代价，我们获得的物品和我们自身付出的劳动几乎是相等的。那些用来交换的货币或者货物节省了我们的辛苦，是因为它们包含了特定数量的劳动，所以我们能够交换当时认为包含同等数量劳动的东西。劳动是购买一切东西付出的初始价格，是原始的购买货币。用来购买世界一切财富的，不是金或银，而是劳动。

中国农民是一群最能吃苦耐劳的劳动者，我家乡苏南地区的农民又是中国农民中最具经商头脑、最心灵手巧和最务实求真的劳动者，因此他们在改革开放初期就早早地走在了全国的前面。从点滴做起，从自我做起，从家庭做起——哪怕是一根纺线，哪怕是一块砖瓦、哪怕是一圈铁丝……只要有一分钱可以赚，他们就去做；只要有一种可能，他们就去尝试；只要有一种机会，他们就去争取。苏南乡镇企业，就是在这点点滴滴的汗水与努力之中一步步走过来的。这种经验与方式只要有人的地方就能去仿效，就能同样获得成功。西方的经济学家和亚当·斯密式的“圣人”从没有考察和研究过中国式的这种新型经济和财富创造形态，这是人类社会到了20世纪后期的中国才产生出来的，它既不是资本主义的，也不是苏联式的社会主义的，它是中国特色的社会主义经济模式。中国改革开放三十多年来，从一个贫穷落后的“第三世界”，一跃成为世界第二大经济实体，其强盛之道，有三大形态：一是广东式的依靠吸引外资模式，第二个就是靠独立地创办乡镇企业起家的苏南模式，第三是以私营企业为主的浙江温州模式。

吴栋材的永联之路便是“中国道路”中一个闪耀着独特魅力的亮点，或者也可以说是一道具有划时代意义的强国之光。

这一亮点和光芒，在其初级阶段看起来很粗糙，甚至比较原始。但正是这些农耕式的粗糙经营模式与原始积累的简单进程，孕育了一代奋发图强、眼光长远的当代中国精英以及练就了他们钢铁一般的求胜意志与高超智慧。他们是农民，一旦获得技能和智慧，他们身上所拥有的爆发力是任何一个城市产业者、经济领域里的专业人士都无法与之较量的，因为农民拥有的智慧是精细中带着某些狡黠、聪明里又带着勤劳——经商需要这种天赋与技艺。他们才是世界上一群最令人不可思议的强人。

上世纪80年代初，苏南地区的乡镇企业风起云涌，但多数是纺织和建筑类产业，没有几个是靠其他行业发财的。吴栋材脑子不死，加上他打过仗的背景——死都几回了，还怕啥？他的内心有这样的信仰，谁玩得过他？

他要玩玉了！这话一放，立即让村民们惊愕不已：行吗？玉器厂可不是闹着玩的，我们才有几个钱嘛！赔了咋办？赔一次把我们全村所有的家产押进去都不够呀！

吴栋材？吴栋材玩过玉没有？没有。没有干过这活的人想玩玉？找死不是？

玉为何物？那是世界上最珍贵和价值最高的石头；天上最高的神叫玉帝；天下最美的身体称玉体；传说中最好的房子叫玉宇；人间最壮丽的牺牲叫玉石俱焚。古代，人们就玩玉，连皇帝佩的东西都叫玉佩；古代丝绸之路上外国人能换走中国最好的瓷器和丝绸的是玉石。即使在今天，最有品位的古玩者一定是玉器收藏者。玉代表着高雅和身份、王者与王道。

吴栋材看来是个冒险者。种田也有不测风云，霜打雨淋；做生意没有一点风险那是到银行取钱，可你敢说到银行取钱就不会半路杀出个抢劫者？风险到处都在，关键是要学会和掌握降低风险的能力。

办玉石厂的事在南丰镇已经转了大半年，由于对方要求办厂方必须实行承包经营的方式，这比当时时兴的“来料加工”风险大得多，因而许多单位不敢接。

“我们试试吧！”吴栋材仔细研究了一下玉石市场的盈利模式，觉得要做这生意，于是接了此活。但当时形势对办玉石厂极为不利，因为《新华日报》刚刚发表一篇文章，说无锡玉石厂书记、厂长被捕的事，说这两个人“走私文物”。这是个要判刑的罪名。上世纪80年代初，市场还没有真正开放，尤其文物市场。啥为文物，啥为正常玉类商品市场均模糊不清。无锡玉石厂的两位领导就因为有人检举他们把“国家文物”当做商品卖到市场上去了，这“盗卖文物之罪”成立，一判便是数年，震惊各界。

“疯啦？你吴栋材刚刚有点小能耐就想玩大家伙？找死！”

“说轻的，是你吴栋材蹚涉混水，糊涂！说重一点，你这叫顶风作案，自找苦吃！”

那一阵子，领导、亲友们都来劝说吴栋材。“做啥事没有风险不现实。风险不可怕，可怕的是私欲。只要我们做事不是为自己个人谋利，不去搞违法乱纪的事，风险就不是风险了。”吴栋材回答说。

“既然我们把项目定了下来，那必须约法三章：坚决做到文物不贩、走私不搞、私利不谋!”班子会上,吴栋材要求把这三条写在办企业的章程里,并且贴在厂子的墙头。

玩玉的学问大了去了! 时时有机会,处处有陷阱。掉进其中的吴栋材这回可有些惨。劳作辛苦甭说,四处游荡,八方觅宝,今像小贩,明装富豪。真货假货,有时会搞得精疲力竭,一片雾水。常常是赚钱赚得莫名其妙,赔钱赔得清清楚楚,总之玩玉石让人心惊肉跳。“也只有吴栋材敢干这事!”村里的人暗暗为他担心。

“玩玉就是玩心跳。”这句老话,自古至今仍然经典。上世纪 80 年代初,玩玉时的心跳有些混浊的杂音。有一回一个中间商浙江人,外号大大意意,他说手里拿了块残断的玉镯料,看样子是年头久远的好翡翠。

“啥价?”经过无数回玉场厮杀,吴栋材的眼力已经相当不一般了。他看好这块残断老货。

“8 万。”大大意意出口开价。

“贵了。”吴栋材嘴里这么说,心里却知道对方开的价不算高。但村里没有那么多的本钱,压价是唯一的选择。

“贵? 知道这货啥来路吗?”

“啥地方?”

“过去宫里的货!”

“那不就是文物吗?”吴栋材故作不再感兴趣了,“文物我可不敢碰。你另找买主吧。”

“外行了吧!”大大意意一把拉住吴栋材,说,“宫里货也分几类,一类是现在国家管着的,另一类是散落在民间的;前者是政府的文物,后者在生意场上流通。不妨事的,放心吧。”

吴栋材仍然一副漫不经心的样子:“那也得看价钱合适不合适。”

“你给价吧!”大大意意终于松口。

“5 万。”

“5 万?”大大意意的嘴张大后许久没有合拢,说,“你也太狠了吧!”

“你不知道我们新滩地穷呗,5 万已经是吐血价了。”吴栋材不全是装孙子，他口袋里确实拿不出更多的本钱了。

大大意意看看吴栋材，闷了半天，一横心，说："我们也算老交情了。这样吧，你如果能把我喝醉了，5万块你就把这宝贝拿走。"

"一言为定？"

"一言为定！"

接下去是两人对喝，酒是上海产的"七宝大曲"，高度白酒。开始每人一瓶，分两碗喝。喝完后又开了一瓶。

"书记，你行不行呀？"村里的人从没有见吴栋材喝过这么高的酒，十分担心。有小年轻要帮他喝，被他挡了回去。"你要代喝就代大大意意老兄吧。"吴栋材说完来了个干脆，一大碗酒猛地灌进嗓子里……

"你……行！"重新拿起酒碗的大大意意才喝了一口，就醉成泥似的。"它归你了。"

5万元成交。吴栋材把"喝"回来的这块翡翠交到玉石厂加工后卖给了北京友谊商店，整整赚了近10万元！

如此高价钱，吴栋材还一直耿耿于怀地对人说："队里太穷，要是换了现在，我绝对不会卖，放在村里的展览馆作为镇馆之宝。"

玩玉玩出了几箱子钞票，村上的百姓拿它分红过年，还有人因此找到了媳妇……

这是永联村创业和起步时曾经有过的惊心动魄的传奇故事。在这些光荣与梦想中，有着许多激动，也有着许多辛酸。

4

工起农涌，双轮起舞，钢花飞溅，呈现拍岸惊涛之势的中国特色……

学步的婴儿走起路来歪歪斜斜。吴栋材也并非是天才经济学家，他的永联“起步史”，基本也像一个婴儿走路一样，邓小平的话叫“摸着石头过河”。但吴栋材比“摸着石头过河”好一些，他可以看到前面的人或过河、或淹没了下去。苏州地区的诸多兄弟村庄走在他前面，成功的和失败的例子都摆在那里，但仅仅这是不够的。所有这些都是别人的，要想自己获得成功，完全要看你迈开步子后是否走得稳当，是否走得对路。

跟在别人后面走路，要比走在别人前面更需要智慧和耐心。在财富积聚的道路上，闯在前面的胜利者总比跟在后面的要容易些。当然历史从不记载那些消逝的失败者。

在致富之路上，吴栋材其实只能算是个后来者。比起华西的吴仁宝，甚至比我父亲等诸多苏州地区率先从事社队企业的人而言，我们只能这样评价吴栋材。但若论笑到最后的英雄，那我们的这个评价就不是结论了。

在人类进步的历史上，有许多国家创造了自己的模式。不少国家照此经验成功了，然而更多的国家和民族发现，其实真正行得通的经验和模式只有靠自己去探索与实践，因为任何一个国家和民族的差异哪怕只有千分之一，都无法完全按照同一种理想的模式和所谓的经验去复制它。

一个单位或一个村庄的成长与发展也是如此。

永联人有自己的经验和体会。吴栋材在自己摸索出的“挖塘养鱼”经验与体会中收获了自己的思考。他这样回忆当年的选择：“养鱼曾使我们永联人第一次尝到了赚钱的滋味，这个曾经偏远而被人嫌弃的穷村，也有了与外界打资产牌的资本。面对此情此景，我和村里的干部高兴、激动之余，又开始了一次次新的苦苦思索，开始寻找致富新路。”

“那时有两句很流行的话：‘农是一碗饭，副是一碟菜，工业致富来得最快’，‘无农不稳，无工不富，无商不活’。‘商’就是副业的意思。农、工、副三个方向，三条致富道路，我们算是瞄准它们而一直走到今天……”

这是中国农民们在改革开放后走过的正确道路，这条道路在世界上没有过。苏联农村走的是农业与农庄之路，几乎与工业无关；美国的农业工人和工业化农业是他们的特色。苏南地区的农村之所以超水平发展，他们比苏联模式和美国模式在农业与工业之间还多了一条“商”道。

“商”的意义大极了。“商”即经济学的核心和理论支撑点。“商”又是人类原始的劳动转化为财富的开始。“商”是单纯的劳动社会走向物质与精神并存的物化社会的分水岭。

但一个社会仅有“商”也是不行的。既有农，又有工，还有商，财富聚集和增长才是最快的。然而拥有如此“三位一体”者，并不容易。纯粹的农业地区和农业社会不行，或者说落后的农业地区和农业社会是不行的，必须是以较为先进的农业为依托的地区和社会才有可能入位。纯粹工业化的城市也不行，城市的生产资料和劳力资源不足以持久地生存发展，农业依托下的城市才有可能满足工业化下的生产资料和劳动力的持久性。农和工是强盛社会的两个拳头，但中间如果没有“商”这条胳膊的连接，拳头是无法形成力量的。

吴栋材的永联模式，正是这样的农、工、商（副）三业并举的中国特色农村经济形态和超速发展的中国模式。

从一开始就走定这条发展道路，是吴栋材成功的秘诀。然而要走稳这条路谈何容易！邓小平曾赞赏苏州吴栋材他们一批人是“异军突起”，可有谁知这“异军”的“突起”是多么的艰辛。要我说，在思想领域的这种斗争不仅仅是艰辛，有时还十分严酷和无情，甚至有些血腥……

过去在总结苏州经验时，对背后的坎坷经历阐述很少。在我采访吴栋材和在永联村调查时，他本人和村民们并没有太多谈及这方面的事，然而我知道，苏州乡镇企业的发展并非平平安安、一夜致富，它其实也是一场革命。我认为,苏州乡镇企业这个在中国特色社会主义建设史上具有特别意义和特别地位的“异军突起”,其实也是“杀”出来的。

有两个事例,苏州人知道,吴栋材肯定也知道,但外界并不知道。

第一件事是关于吴仁宝的。现在外界都知道中国社会主义新农村带头人吴仁宝是位“不倒翁”,其实吴仁宝一生中也倒过一次,而且倒得很惨、很严重。这是1980年的事。这年5月,江阴县的县直机关召开党员代表大会,选举出席即将召开的中共江阴县第五届代表大会的代表时,吴仁宝竟然落选了!那时吴仁宝是江阴县委书记兼华西村党支部书记,他这个职务也是在中共历史上很少的一个现象。县委书记与村支部书记之间隔了两级,按照中国共产党的干部制度,一般不可能有这样的事。但吴仁宝特殊,特殊在他一直是位没有改变过农民身份的共产党干部。他自己并不想当县委书记,但是他的先行一步和改天换地的农村革命,使他成为了全国农民的典型。选他当县委书记时,有领导找他谈话。吴仁宝不干,说自己水平有限,再者一个农民哪能当得了这么大的官。但领导拿大寨大队的陈永贵比较,说人家陈永贵也是大队支部书记,人家还当国家的副总理呢!你吴仁宝当县委书记,没问题。吴仁宝就这样被“逼”上县委书记岗位。但他有个条件:华西村的支部书记不卸任,自己的农民身份不改变,也就是说当时亿万农民渴望的“农转非户口”他不要。吴仁宝的这一高风亮节自然再度受到组织好评。1975年至1980年五年间,吴仁宝走马上任,他以领导华西村的作风整治当时在全苏州地区比较落后的江阴县。这位充满革命激情和对农业管理异常精湛的农村干部,而对当时江阴的落后面貌,用他特有的形象语言把县上的几项奋斗目标编成一首顺口溜:“七十万亩田成方,六万山地换新装,五业发展六畜旺,社会人人喜洋洋。”这是多好、多现实的一个农业大县的具体奋斗目标呵!为了“誓改江阴面貌”,他还在县委班子会议上提出:“干社会主义,就要拿出真变化!”这五年里,江阴县在吴仁宝的领导下,各项工作呈现生机勃勃、热火朝天的景象,全县工农业生产总值整整翻了一番。“江阴本先进,昔尚不逮今。今日沸腾谋建大寨县,苟欲描摹语言良难寻。我闻此讯心跃然,不胜欣喜望南天……”这是当时身居京城、与吴仁宝同乡的著名文学家、教育家叶圣陶先生在报纸上看到江阴的欣欣向荣变化时，给吴仁宝写下的诗句。老先生当时感慨万千道：“我乃苏州人，想苏州人当同此兴奋。即非苏州人，亦必欢呼称颂也。”可是，就在官场上悄悄议论吴仁宝可能要出任苏州地区和江苏省领导的时候，吴仁宝竟然在自己县里的一次选举中被人一脚“踢”出了县党代会的代表行列！这可能是中共党史里从未有过的事件。它发生在当时乡镇企业风起云涌的苏州地区！发生在一个一直被视为苏州乡镇企业“领头羊”的吴仁宝身上！这是空前绝后的事件。吴仁宝犯了什么错？吴仁宝没有错。吴仁宝落选就落在他是那个时候全国农村改革的先行者和成功者……所以他跌得最惨。好在吴仁宝是位真正的农村强人，他当初留任村支部书记给了他一条退路。省委组织部找到从县委书记岗位上落选的他，希望他出任苏州地委农委主任一职。这回吴仁宝没有接受，他说他还是回华西村，当一村之长。这回他选对了，正是这个正确选择，吴仁宝才成就了他后来几十年的辉煌和华西村的今天。

第二个例子是我父亲的命运。我的父亲与吴栋材应是同龄人。但他比吴栋材早任农村大队干部，1960 年就是生产大队长了。1964 年他因收受两瓶蜂蜜而被“四清”了下去。70 年代开始，在兴办第一批苏州农村的社队企业的风潮中，他是个与吴仁宝同时代起步的先行者，而且因为我家乡常熟比江阴、沙洲条件更优越些，他一手创办起来的绣花厂、眼镜厂和粮食加工厂，到吴栋材他们搞玉石厂赚 20 万元欢天喜地的 1980 年，已经有百万元利润一年了！在我第一次从部队探亲回乡时，我见父亲每天神采奕奕。可第二年再探亲回乡时，父亲却又一次成了“下台”干部。这回下台比“四清”时更彻底——呆在家里，所有职务一抹到底，成了个纯粹的需要接受“再教育”的农民。父亲从此不再风风火火了，且很少说话。母亲后来告诉我，因为父亲在办厂过程中同苏州合作单位有一笔没有上账的1 000块钱说不清去向而被作为“重点整顿对象”撤了职。三个月后经过查实，父亲没有问题。但当县上派人重新让他出任厂经理时，二度受到打击的父亲再也不愿出山。那时父亲才 48 岁，正值年富力强之时。二十五年后的2005年，父亲患癌症去世。这一年，我接受中宣部指令，到华西村采访全国新农村带头人吴仁宝。因为有感于吴仁宝的成功和父亲的失败，在为吴仁宝文章题名时我用了“我们可以称他是伟人”这样的话。此题曾遭在江苏审稿时一直未通过的命运，不过中央领导和中宣部有关部门则很欣赏对吴仁宝的这一评价。

能在疾风暴雨中挺直而进并建立农民伟业的人，应该可以称为伟人。吴仁宝是这样的人。吴栋材同样也是。我父亲半途失败了，所以他不属于这样的人。

1980年至1983年，对吴栋材的永联村来说，处于经济刚刚上路的起步阶段，与苏州地区其他农村相比，是属于走在后面的村子。这与永联村的基础相关。但是这段时期中国社会有个背景必须交代。自中共十一届三中全会后，全国各行各业大多动了起来，尤其是经济领域呈现空前活跃的局面。然而在这个时候社会上各种势力借助“改革开放”和搞活经济的名义，各式各样的非正常的经济活动甚至是犯罪现象十分猖獗，形形色色的社会怪现象纷至沓来，甚至连军队的不少单位都跟着从事非法经济活动，这些都引起了以邓小平为代表的中共中央的警惕和重视。1982年初，中共中央和国务院联合发布了《关于打击经济领域中严重犯罪活动的决定》。在中央政治局讨论这个决定稿时，邓小平发表了讲话。他的讲话代表了当时中国社会面临的形势和对策：“现在是什么形势？我们自从实行对外开放和对内搞活经济两个方面的政策以来，不过一两年时间，就有相当多的干部被腐蚀了。卷进经济犯罪活动的人不是小量的，而是大量的。犯罪的严重情况，不是过去‘三反’、‘五反’那个时候能比的。那个时候，贪污一千元以上的是‘小老虎’，一万元以上的是‘大老虎’。现在一抓就往往是很大的‘老虎’。报上登的一个从宽处理的，贪污六千元；一个判十五年徒刑的，贪污五六万元。现在的大案子很多，性质都很恶劣，贪污的或者损害国家利益的，都不止是什么‘万字号’。有些是个人犯罪，有些是集体犯罪。中央纪律检查委员会的材料说明，也是在这一两年白银黄金大量走私到香港，单单这一笔，就使国家损失大量外汇。好多钱落到了私人或者某些集体的腰包。如果把盗窃公家的财产等等都算在内,那就更要多得多。要足够估计到这样的形势。这股风来得很猛。如果我们党不严重注意,不坚决刹住这股风,那么,我们的党和国家确实要发生会不会'改变面貌'的问题。这不是危言耸听。"

邓小平所说的"大老虎"、"万字号",是针对当时一些贪污数量达一万元以上的事件。上世纪 80 年代的"万元户"与今天我们称呼的那些"千万富翁"差不离,谁能有一万元可是个了不起的人。自然,在今天假如有人贪污一千万元,那他的命是很难保的。当时已经有人、有单位贪污万元了,对此,社会公愤,政府和党也十分警惕与憎愤。这应该说是改革开放后中国社会出现的第一个贪污等经济犯罪爆发期,邓小平和中央格外重视。对于这样的风气,邓小平说得非常清楚和明确:"现在刹这个风,一定要从快从严从重。"但鉴于中国经济刚刚起步,邓小平又说:"现在看起来,太重也不行,但是对一些情节特别严重的犯罪分子,必须给以最严厉的法律制裁。刹这股风,没有一点气势不行啊!"

显然我们可以看出当时邓小平和中央的决心与担心。中央打击经济犯罪活动的决定一出,习惯了搞"政治运动"的地方各级很快行动起来,于是围绕"打击经济犯罪活动"延伸出的"凡经济活动必有贪污现象"和办企业、做生意就是"走资本主义道路"的说法在基层社会便成了又一种变相的政治运动。特别是在南方的广东一带,这股"刹资本主义复辟"风刮得更厉害。

现在的中国人都知道广东是最先吸引外资到内地办企业的地方,也就是说外国资本家和香港、澳门等地的资本家是最先进入广东沿海一带办企业的。但大多数中国人不知道,中国真正的开放是从海上开始的,即中国的海上石油业是最早对外开放的。1978 年七八月时就有了把我们的海疆划出一片来让外国公司开采石油的计划。我在写另一部书的时候,采访过曾为石油部副部长的秦文彩先生。秦是"老八路"出身,是原石油部余秋里、康世恩指挥大庆油田会战时的得力干将,曾出任国家海洋石油总公司第一任总经理,他是中国对外开放的亲历者。秦文彩参与草拟了当时国家石油部和外贸部、外交部联合向国务院报送的一份具有划时代意义的报告，原文全称是“油外字400号”。报告中有一段是这样写的："我们认为，我国的南海珠江口盆地，面积广、水深、风险大，勘探程度低，如果把从海南岛到香港的14.5万平方公里的南海海域分成48块(每块2 800平方公里)，分散挑出10到20块(约占面积的20%—40%)，和美国等几家外国公司搞风险合作开采石油……”整个文件并不长，但关键性的内容就是上面这些。现在看这样一份文件似乎很平常，但在当时可是惊天动地的事！为什么？因为中国第一次把自己的疆土划出去给外国资本家开采石油、赚大钱！这不是“卖国贼”吗？这不是“卖国行为”吗？秦文彩告诉我，这份文件是经邓小平画圈同意的，“但当时在实施过程中就是行不通、行不动，拖了一年多，我们着急得不行，因为人家外国老板是讲究时间概念的，而我们则在讨论是‘爱国主义’还是‘卖国主义’的问题。为此，康世恩亲自给中央和邓小平写信请求解决有关部门不配合这一对外开放开采石油的大事。小平也先后两次明确批示同意原方案，并批示‘抓紧时间办’。但即使如此，与外国石油公司签约仍然遥遥无期。为啥？阻力大呀！先是有关地方政府有人出来反对，告状信像雪片似的寄到中央，而且写信人都是硬邦邦的老革命家；军方也起来反对，一说是海防会受到破坏，又说是外国公司来了距离我们的军事基地太近。再就是一些所谓的‘爱国’百姓也跟着起来反对。最严重的一件事是我们在与日本签订了一份《中日合作勘探开发渤海石油协议》后不到一个月，就有人在纽约的中文《华侨日报》上发表署名文章。作者说，他出于对‘卖国主义的强烈义愤’，剖析中日这份石油合作开发协议，将使中国在‘15年的合同期内，损失1 000亿美元’。这1 000亿美元在今天来看是个小数，但在当时是每一个中国人听了都会吓破胆的数字。这篇文章出来后，中科院一位女士就写了一篇洋洋万字的檄文，向中央领导反映做这件事的石油部、外交部和外贸部是‘彻头彻尾的卖国主义者’。事情又一次闹到了邓小平那里。怎么办？最后连邓小平也不得不抽起熊猫烟重新思考起来，他给余秋里、康世恩等批示道：请你们约集一批专家，好好论证一下。后来论证这件事具体就落在我的头上。这是一场空前绝后的关于对一个合作项目的论证。说它空前绝后，一是时间之长用了一个多月，二是参加部门和人数之多，近两百人。主持这场论证会的是老外贸杨波和后来当了中共中央总书记的江泽民，他时任国家进出口委员会副主任。论证会其实是一场辩论会，主题就是到底我们与日本和其他外国石油公司签定的协议是爱国主义行为还是卖国主义行为，最后的结论当然还是支持我们的占绝对多数。好笑的是那位自称是'爱国主义'的中科院女士没有多久后，被有关部门抓了起来，罪名是她向外国人出卖情报……"

秦文彩在83岁时，回忆起这段中国对外开放的历程，感慨万千地说了一句令我常常回味的话："人民内部矛盾和各部门、各地区的本位主义，有时也能害死人哟！"

老部长说这话是有所指的。我知道1982年美国著名石油老板、西方石油公司总裁哈默来到北京与我方签约。邓小平亲自出来接见他，称他是"红色资本家"。因为当年哈默在帝国主义封锁红色苏联时，年轻的他冒着极大风险跟列宁签订了贸易生意。哈默的到来，让中国的开放具有标志意义。尽管上层如此支持，但在下面、在一些地方，反对和阻止外国人进入中国领土、领海的事依然不断地涌现，甚至非常极端。诸如湛江市的海军基地官兵为了不让外国公司的雇员挨近他们的电话线，责令外国人必须离他们的电线杆三里路以外走；外国公司的勘探人员乘直升机到海上平台工作，飞机上的窗口必须全部封上，理由是"他们能够从飞机上看到我们的海军舰艇基地"。在渤海湾更有趣，有一天天津的老百姓看到自己家门口的海面上飘扬起了日本人的太阳旗——是日本公司的勘探船在作业，于是一传十、十传百，最后几万人来到海边上，说要像"义和团"一样打小鬼子。

现在想起来，那个时候的对外开放是何等的不易。尤其是中国开放海上石油勘探开发，引发了大海边多少惊涛骇浪！

中国的农村改革似乎没有工业战线的对外开放那么惊心动魄，不过风浪和波折也还是很大的。"姓资还是姓社"的争论和斗争同样有些你死我活的味道。

这股风潮也影响到长江边的小村庄。虽然吴栋材家乡的沙洲县是“苏南的西伯利亚”，可是这样的“政治飓风”丝毫没有一点儿弱化地在这里吹起。一场将办社队企业和搞副业视为“走资本主义道路”的风浪在此刮得同样惨烈，而且有些不可思议。因为当时原本在苏州地区的几个县中，最穷的沙洲县农民人均收入已经不再是“穷小弟”了，甚至超过了无锡县和昆山县(沙洲县农民人均为 427 元、昆山 401 元、无锡 412 元、江阴 442 元、常熟 447 元)，但不知何处刮出来的一场“抓假典型”、“批资本主义”的风暴席卷沙洲每个角落，什么“欧桥是假典型”、“沙洲走的是资本主义道路”等。欧桥首当其冲受非议，原本对外宣传的“人均 600 元”也被说成是“假冒”。上面派去的工作组调查，想在“人均收入”上找突破口。但调查了半天，结果是不仅没有水分，反而公开了欧桥致富不露的秘密。大队书记张永来“交代”:实际上欧桥农民的人均收入已经达到近 800 元，考虑当时省里和全国的典型华西村才 600 元，故欧桥村宁愿自己“落后”才保密了一两百元没宣传。另一位也是吴栋材的熟人、鹿苑 16 大队书记朱永生，他领导下的生产大队是全省闻名的“治穷致富”先进单位。朱永生本人也因为改革有功，被评为全省劳模，出任江苏省人大常委委员。可一时间“朱永生是大贪污犯”的传言四起。省调查组立即到朱永生的村里立案调查，逼朱永生“交代问题”。朱永生感到莫名其妙，拒绝交代。最后工作组七拼八凑，硬说他贪污了一万元钱。这都是些什么钱呢？原来是上一级党委批准给朱永生他们大队干部的报酬工分和补贴。后来调查的人也觉得太离谱，便改为朱永生“贪污”7 800 元。因为这“说不清”的 7 800 元，朱永生被判七年刑。坐在监狱里的朱永生怎能心服？通过积极表现，提前出狱后他以一个共产党员的正义精神，到处申诉，直到后来找到时任市委书记的秦振华，并几经周折，才算平反。然而这已是时隔七年之后的 1988 年了。朱永生整整在监狱呆了六年，最后查实的结果是有一笔 200 元开支“有问题”。这还得感谢已经出任江苏省副省长的老领导高德正亲自过问，才弄明白了朱永生的这 200 元是在与南京军区一位后勤处长的一次业务交往中产生的一笔汽油费。证人证明，与朱永生无关，“他本人没有拿这200元”。

沙洲县在这场“批资本主义”风暴中，受到打击和判刑的还有县物资局局长金勋、长江村书记郁全和等先进典型人物。

吴栋材在永联村，离县中心区偏远，似乎“台风”并没有刮到他那块地盘。不过风言风语已经够多的了：什么玉石厂倒卖玉石，“他吴栋材想开什么价就是什么价，多少钱藏到他私人腰包里了?”、“他那么起劲办厂就没有一点自己的好处?”等，有人甚至公然围着大队会计“要看账”。

“让他们看！看个明白！”吴栋材愤怒了，账本“晒”了好几天，结果“看账”的人都感到“竟然鸡蛋里挑骨头也没挑出毛病来”。

事后吴栋材愤怒地说：“我们一心为了集体和村民们东奔西走、省吃俭用，一分钱一分钱地赚回来，哪想过为自己捞一分钱！回扣一类的事是80年代后期、90年代初才冒出来的怪现象。我们在搞企业的创业阶段根本就没听说过有人拿过什么回扣，至少我们永联村没有过这类事。”

“吴栋材是个硬气的人，这方面我们可以为他拍胸脯!”听说上面有人也想到永联村来给吴栋材“剃头”和“割尾巴”，村上的干部和群众纷纷站出来为他说话。“硬气”是我家乡一带的土话，意思是说吴栋材这人人品正、身子骨直，不会搞偷鸡摸狗的歪门邪道。

在改革开放的三十多年间，中国所走过的路其实非常不容易。尤其是在最先掀起改革浪潮的中国农村，初始时围绕“姓资还是姓社”的斗争几乎渗透了整个70年代末和80年代。这期间，那些改革先锋派们按照邓小平的“摸着石头过河”精神，劈波斩浪，奋勇前进。他们甚至牺牲自己的政治生命和个人利益，为中国式社会主义现代化摸出了很多有益的路子。但一些极左者和“文革”遗留派们一直没有放弃对这些改革派的围剿，像我父亲一样遭受打击与摧残的人倒下无数，他们都十分可惜。然而也有像吴仁宝、吴栋材这些在风浪中依然挺立着的一批好汉，他们后来差不多都成了今天我们建设社会主义新农村的样板式典型。在他们那里的农民生活和现代化程度都接近发达国家水平。

以习近平为总书记的党的新一代领导人在十八大召开不久，就特别强调了党的方针政策和我们社会的方向引导一定要坚持高举中国特色社会主义这面旗帜的意义，就是为了要“少走弯路”、“不走错路”。历史的教训一次次告诫我们：什么时候极左和极右了，我们的发展就会放缓、甚至倒退，无谓的折腾牺牲的是我们民族和人民的根本利益。

中国的改革开放发展史有一点值得我们高度重视，那便是：在评价我们的道路和方向是否正确时，人民的利益和人民的满意程度应当成为我们的主要评判标准；尤其是在农村，农民的利益和农民的满意程度将是决定我们的方向和路线是否正确的根本价值判断。

在风口浪尖时，永联村的人敢于站出来说吴栋材“硬气”，除了他本人作为一名共产党、村干部能以身作则外，更重要的是他所做的一切都能让大多数村民感到满意，让大多数农民获得好处。这个好处就是农民们生活水平的不断提高。

过去的永联村太穷了，穷得老百姓一家人合穿一条裤子，好端端的男人们只能打光棍，男女老少为了填饱肚子和能吃上一次荤菜，不得不出去当小偷。在这种情形下，干部的责任和心思，就应当是全力以赴地为他们多弄口饭吃，多挣回一分钱、一元钱，到年关时让大伙儿有顿香喷喷的肉吃，孩子们上学有个新书包背，老人病了能看得起病……而吴栋材自己说过：“我之所以最后选择了留在永联村，就是想为村民们做些这样的事。”

他做到了。他从一点一滴做起，因而在他每一次遇到困难时，村民们会主动站出来捍卫他、保护他。

他把“挖塘养鱼”的体会延伸到了干部与群众、管理者与被管理者之间的关系上——为官者和人民就是“鱼水关系”。

在到永联村采访和调查之前，曾听到过那些对今天富裕了的永联村和出了名的吴栋材本人说三道四的人说，永联村今天的农民和工人们一年拿几十万、几百万元的收入，住上宽敞和漂亮的别墅与公寓，就是因为“钻了国家政策空子”、“搞独富王国”。他们哪里知道当年住长江边的永联村人竟然全村没有一口能喝干净水的水井，他们更不了解吴栋材为了让村民们能买个牙膏、肥皂竟然要跑断双腿的艰辛岁月！

在吴栋材来永联之前，村民平时喝的都是一条叫七干河的死塘水。村民们平时又经常在这条河里洗拖把、倒脏水，一到夏天，七干河便成了臭气熏人的污水河。吴栋材来村后很快就发现这一问题，便带领村民建了个大蓄水池，用明矾净化水质。但由于水池引的仍然是七干河水，明矾并没有从根本上改变水质。1980 年，村里办厂刚刚有了一点钱，吴栋材力主要先为村民打口优质水井。很快一口 300 米的深井打成。出水那天，村民们欢呼雀跃："有水啦！有干净水喝啦！"但这口水井不够村民们用，吴栋材决定再打一口深井。因为又要动用那几个小厂的钱，这时有人就表示反对。吴栋材力排众议，说："钱没了可以再挣，企业垮了可以再建，还有啥比解决老百姓生命健康更重要的事呢？打！就是再打十口井，我们也要拼出去！"就这样，在大队办小厂的最初阶段，吴栋材先后为全村打了多口深井，共花去 20 多万元，让全村村民都喝上了甘甜的地下水。后来村上的企业更好了，吴栋材又让建了一座小型水厂，率先让村民们用上了自来水。

也是 1980 年的事：村民陈桂娣的大儿子打算结婚，这对永联村来说是件大喜事，因为又将有一位光棍"解放"了。过去村上的光棍太多，故而每次有一人成婚，就会引来众多光棍们的欢呼与羡慕，他们共同赞曰"解放"。可陈家这桩婚事的邻村媳妇家提出了一个条件，要求陈桂娣家在村里范家废弃的宅基地上建两间毛坯房，这样才肯嫁过来。这事让陈桂娣为难死了。为了不失这桩婚事，农历七月十一这天，东方刚露白，陈桂娣便赶到了远在十几里外的吴栋材家（吴自己的家在另一个村）。到吴家后，陈桂娣不好意思进屋，一直在外蹲着，被吴栋材的妻子陆汉琴看到了。她一边招呼着陈桂娣进屋，一边朝屋子里的吴栋材喊："栋材，你永联村人来找你，赶快出来。"吴栋材一看，赶忙接陈桂娣进屋。哪知陈桂娣一个劲儿说："我个老婆子，不好意思进你书记家，就在外面跟你说一说吧。"吴栋材见景，顺手一把请她进了屋，说："我的家跟你家有啥不一样，进来说。"

进屋后，吴栋材听陈桂娣说了原由，觉得事情合情合理，应该想法帮助陈家解决。“但这事得村里其他干部商量一下才能定，我尽量早些把这事到会上说。”不想吴栋材刚说完这话，陈桂娣急得直跺双脚：“吴书记啊，乡下人有个习惯，过了十二再说亲，亲事就要黄的呀！你今天不答应我，我儿子的这门婚事就吹了呀！你一定现在要给我个准话。”这可真让吴栋材为难了，想了想，说：“你等我信吧！”陈桂娣半信半疑，出门时还一直在抹眼泪，因为她心头在想大伙儿平时都说的一句话：干部要应你“开会研究研究”的事儿，准黄。但让陈桂娣没有想到的是，中午时分，吴栋材就找到陈桂娣，说他已经和村干部们商量了，同意把范家的那块旧宅基地划给陈家。“哎呀，吴书记啊，你真是如来佛哩！半天就把这么大的事给我办好了。”陈桂娣刚露开了笑脸，却转身又哭了起来。吴栋材觉得蹊跷，问：“咋回事？还有啥难处？”陈说：“建房得要钱，我至少还差五六百块，实在借不到了。书记你看我家娶个媳妇有多难嘛！”看着陈桂娣的样子，吴栋材心里不是滋味，是啊，谁怪我们永联村穷呢！他马上又一想：不是百姓穷，还要我们当干部的干啥？“这样吧，我给你写个条，明天你去银行贷600元怎么样？”吴栋材想出了个点子。“行吗？”陈桂娣破涕为笑，可又担心道。“行的，我吴栋材为你担保，他们银行买我这个书记的账。”“谢天谢地。吴书记你真是菩萨心。”

似乎都是些鸡毛蒜皮的小事，但对农民来说，对那些仍处在贫困阶段的农民来说，这些事可就是跟天一样大。

有一天，村民陆文托的儿子突然晕倒在地，经医院确诊，是风湿性心脏病，需要到苏州医院就医。这对一个一贫如洗的农民家庭来说，无疑是晴天霹雳。陆文托捏着手里仅有的几十元钱的全部“家底”，堂堂七尺汉子哭了，哭得异常伤心。妻子在一旁跟着抹泪，说：“实在没有法子，我们去找吴书记吧。”第二天，陆文托的妻子来到大队部，见了吴栋材，“扑通”一下跪倒在地：“吴书记，你得救救我们啊！”吴栋材一边扶她起来，一边问清情况后，说：“你们赶紧把孩子送医院，钱的事我来帮你们想办法。”送走病人家属，吴栋材立即找到会计，说看看大队的账上还有多少钱，先帮这户村民救急。“要多少?”会计问。“他们要借500元。”吴栋材说。会计摇头:“我们集体账上总共只剩490元了,要是预支给了他家,那村里一分钱也没有了呀!”吴栋材当时还真愣住了:穷队穷队,真的穷到家了! 又一想:不行,这钱得先拿出来给他们用。你说有什么比人命更要紧的事?“快把钱全部取出来,我给他们送去!”吴栋材对会计说。带着490元钱,吴栋材送到陆文托手里,抱歉道:“老陆啊,现在村里只有这490元钱了,你们都拿去先给孩子看病。再有啥困难我们想法子。”说着,他从自己的口袋里又拿出10元钱,“凑个整数,赶紧送孩子上苏州去!”陆文托夫妇双手颤抖着接过500元钱,老泪纵横:“吴书记,你以后就是我们陆家的亲人、恩人,我们全家人跟着你上刀山、下火海……”

“错了! 我们要一起奔社会主义幸福日子哟!”当村民们每一次向吴栋材表达这样的感激之情时,他总是如此说,并且说得大伙儿心头暖融融、眼睛亮堂堂,干劲百倍。

列宁曾经说过:“生机勃勃的创造性的社会主义是由人民群众自己创立的。”在中国,可以套用列宁的话这样说,生机勃勃的创造性的社会主义事业将由亿万农民自己创立。农民是中国社会的基本力量,当他们的心与你连在一起的时候,农村将是你想创造奇迹的最好地方。

吴栋材在年轻的时候,对马列主义尤其对毛泽东关于农民的一系列论述,研读得非常透彻。他认为只要心里始终装着农民,做事和办事一切从农民的利益出发,时刻关心农民的冷暖,永联村就不会永远是穷村,长江边的新滩地也会坚如磐石。为了这份信仰和目标的实现,他需要踩实每一个足印,流尽每一滴汗水,开动所有的脑筋……

中国的强盛之路,在今天外人看来似乎有些不可思议。其实我们中国人自己知道,这其中所走过的每段路都十分艰难。这艰难并非外在原因,而是社会自身的问题。

到了上世纪80年代,吴仁宝的华西村走在前面些,他的成功是靠最初的“地下工厂”,而吴栋材搞企业时,属于“半地下式”的。有村民给我回忆说:在办轧钢厂之前,永联村的所谓“工业”现象,其实很好笑。它们都被圈在大队部的那个围墙之内，呈U字形，正面开一个大门，里面是四合院，吴栋材和干部们办公的地方就在其中，不熟悉的人进去以为是大队部。其实围着吴栋材他们办公的那一排房子周围的房子都是各类加工车间和所谓的小厂子。那院子与外界隔绝，墙外是蛙声遍地的庄稼地，墙内堆满各式各样的原料、半成品、成品和林林总总、花样繁多的东西，像是个大杂院。但这里发出的声音是“叮叮咚咚”、“嗵嗵哐哐”，很清脆、很响亮。农民们对院子里面的声音特别好奇，年轻的姑娘和小伙子把能进到这里面视为幸运，用现在的话说是“村里的白领”了。那时谁家有人进这里面当工人就是村上很吃香的人物，甚至原来是光棍的也容易找到对象了。

吴栋材则把这个院子称为永联村的“心脏”。这“心脏”跳得好，永联村百姓的日子就能好起来。

为了让这颗“心脏”跳得好，他自己的心脏便一直是激动的、滚烫的。“别看当时我们的小厂子不大，也很杂，但我们基本能做到灵活多变。办得快，转得也快；关得快，开得也快；产品不压库，设备不搁浅，经济无损失；有赔有赚，总体是赚。”吴栋材实在太聪明。他是一个地道的农民，但对做生意、办企业有特殊的感觉，这源于他对市场的嗅觉灵敏异常、准确把握，极少失手。

西方人至今弄不明白一个农业大国的中国人为什么能在短短的几十年里，就把工业化和城市化搞得如此之快、水平如此之高！其实他们不知道，中国的农民具有天然的从商、从工的本领。他们的手特别巧，他们对商业贸易的悟性也特别高。中国具有五千年的农耕文明史，纺织和手工业一直非常发达，手与脑子的结合，使人类摆脱了笨拙，告别了愚昧，变得智慧和聪明，创造出所有人间奇迹。中国人的祖先经历几千年的手与脑的有机结合，从简单分工和简单结合，又上升到精细分工和精细结合。与西方农业社会很大的不同之处是：西方国家的农业社会，人们的作业方式多数为农场式的种植作业，而中国农民一直是各家各户的作业方式，即使在地主压迫的时期，依然是各家各户以分散形式在从事自己的劳动和生产，独立的、个体的劳作方式养成了农民动手能力超乎寻常的精湛。

当以加工业和基础工业为主体的现代化工业第一、第二阶段进入我们的社会时，中国人的本领便得到了尽善尽美的发挥，所以改革开放以来的几十年，中国的经济发展速度，几乎让全世界其他地方都黯然失色。一个民族的、国家的、人民的特点制造了这样的现象，这个道理似乎至今仍然没有被权威的政治经济学家和所有获诺贝尔经济学奖的专家们提及。我来论述这种观点听起来有些可笑，然而事实难道不是这样吗？

吴栋材、吴仁宝等一大批农民们创造的奇迹是最好的说明。

理论学术界研究的成果常常有死角，是因为他们脱离社会现实，或者一知半解，没有融入自己的知识和情感。农民们则不然，他们每天在用自己的劳动和汗水构筑着自己的幸福梦，因而其投入的是他们的全部智慧和劳动的精华。结果是，用这样的精华所浇灌出的鲜花一定是最美丽和最娇艳的。

在经历三五年办小厂、小企业之后，吴栋材尝到了甜头，也发现了他的村民们前所未有的五大变化：小偷小摸少了；打架吵骂的少了；春天闹缺粮的少了；贷款亏债的少了；干部甩乌纱帽的少了。在今天看起来这“五少”似乎并不显眼，可在当时，对一个曾经落后的穷村、矛盾百出的多事之村，实在是巨变！

这是对农民的真正解放和又一次拯救。如果说，永联村在1970年通过几千人的围垦完成了一场诞生的历史过程，那么吴栋材通过“想尽千方百计，吃尽千辛万苦，说尽千言万语，破除千难万险”的不懈努力，使得村民们有了这“五少”，那便是永联村人有了生命进程中的第一声清脆而响亮的啼鸣！

这一声啼鸣不容易。它是在向世人宣示：永联人不是孬种，永联人也有尊严，永联人同样能干惊天动地的大事，永联人还能干天下人干不成的伟业！

具有标志意义的这一天到来了。这一天是1984年8月20日，长江边的一个叫“永联村”的地方出了第一根农民们自己轧出来的钢……这根钢在农民们心头滚烫了几十年，因为正是有了这第一根钢的诞生，“华夏第一钢村”才在这个世界上崛起。

这根钢属于中国农民。这根钢的诞生也只能是在 1984 年的中国农村。因为 1984 年春天的中共中央“一号”文件里第一次正式出现了“乡镇企业”这个名词，这意味着多年被议论为“资本主义产物”的苏州等地广大农村自发而起的诸多“地下工厂”现在有了名正言顺的身份了！此年的“一号”文件里还明确了一条：各地政府部门要积极支持农村乡镇企业的发展。

“大干的机会来了！”吴栋材是个“中央文件”的“学习迷”，他的政治敏感跟他对市场的敏感是一样的。

干什么呢？那天吴栋材双手叉在腰际，站在村委会的院子大门口（此时 23 大队已经正式改名为“永联村”），忽儿迎着春风眺望院外绿油油的麦浪，忽儿转过身子听着院内小厂发出的“丁丁当当”参差不齐、杂乱无章的声响，他心潮起伏、浮想联翩……

他想：国家的政策开放了，乡镇企业有了名分，我们还就干这些小打小闹？如果不，那么我们又干什么呢？吴栋材的目光转向田野，转向远处无尽无边的田野……那里是他熟悉的一个个村落、一丛丛农舍，那些村落和农舍在大江之风的吹拂下，静静地嵌饰在绿油油的田野之中，并与之融为一体，组成了江南水乡的风景画。它很美，很自然，但在吴栋材看来，似乎少了些什么。少了什么呢？

突然，他远远地甚至有些模糊地看到了在那平展的水乡风景画中有几处农舍异乎寻常地高高崛起……喔，那是楼房！那是南丰乡的农家楼房！吴栋材心头悲喜交加，因为当他转过身子往另一个方向——常熟望去，那里的农民楼房已经比比皆是，错叠有序地屹立在田野里……

吴栋材心头猛地被什么东西撞了一下：有了！

“我们干钢铁！”回到村委会办公室，他对同事们说。

“干钢铁？”几个一边甩着腿上的泥土，一边抽着“大前门”的同事，不明白他们的书记在说什么？

与吴栋材一起来永联并留在永联的工作组成员、村委会副主任王明德过来摸摸吴栋材的额头：栋材，没有发烧嘛！

烧啥嘛！我要把火烧到能轧出钢哟！吴栋材将王明德的手一推，豪气冲天地笑道。

“干钢铁哟！吴书记要给我们办轧钢厂啦！”这消息传得非常快，吴栋材想刹都刹不住。

事实上吴栋材想干钢铁的念头，在下一年度工作思考中还没有提及。这也完全可以理解，作为一个小得不能再小的村支部书记，他必须考虑村里的实际情况并量力而行。再者，即使再有能耐的人，包括吴仁宝在内，他们都是农村干部，其面对的是农民，脚踩的也是农民们的那些土地。这样的干部，他们如果不是踩实土地，那么即使有孙悟空的本领，最终也将掉入泥坑。因为农民的一切幸福与发展，离不开土地。换句话说，只有当他们把土地上的事做好、做完美后，才有可能在土地上培育和生长出其他果实，比如农村工业、农村商贸等其他事情。我想这一观点即使在今天和未来的中国新农村建设中仍然是方向和根本点。

吴栋材一生做了几件了不起的事。但从历史学和社会学的角度看，他几十年来保存的工作日记和工作讲话是最宝贵的一份中国农村社会发展的“史料”。我这么认为是因为没有哪一个农村干部做到了这一点。问题的关键是即使在国家档案、中共党史和中国改革史里都没有这样鲜活可触的史料。它比纪录片更有看头、更活生生，自然更比一些专门机构后来补拍和创作出来的镜头不知要珍贵多少倍！

下面这份在村民大会上的讲话稿，几乎可以看到三十年前中国苏南农村的“原生态全景”式画面。吴栋材的讲话时间是1984年3月1日——

同志们：

1984年的新春已过，春耕生产已经开始，大家工作都比较好。今天召开一个村民大会，具体地讲以下几个方面的问题：

第一个问题，学习中共中央84年一号文件。（宣读全文，略）

第二个问题，关于选举县乡人民代表的问题。（略）

第三个问题，去年一年工作的回顾。

1983年，是农业联产承包制全面落实并向农村体制改革纵深发展的一年。一年来，我们村在上级党委的正确领导下，进一步贯彻执行了党的三中全会以来的路线、方针、政策。依靠全村广大干部群众的共同努力，各项工作都闯出了新的水平。全村农副工三业的总产值110万元，净收入379 000.75元，比1982年增长33.7%，是1971年—1977年的七年总和，超出了我们年初的预料，形势十分喜人。具体地体现在十个“新”上。

一、农业获得了新的丰收。1983年，我们村认真贯彻和落实了县委提出的“大打农业翻身仗”精神，使“农业是国民经济的基础”这个思想在广大干部群众的头脑里更加扎根，进一步发挥了农业生产责任制的威力。麦熟因灾减产后，及时发动群众大搞秋熟超产运动。经过全村干部群众的艰苦努力，农业生产夺得了大丰收。粮食生产的产量超过了大包干指标（包括棉花上的奖粮），全村棉花生产一举突破了多年徘徊不前的局面。皮棉亩产超过了189.9斤，又夺得了全乡第一名，比上年增产71.7斤，超过了历史最高水平。有四个生产队亩产超过了200斤。这四个队分别为：2队、7队、9队、10队，其中9队最高达到287.2斤。

二、副业实现了新的增长。去年初我们就进一步认真贯彻“决不放松粮食生产，积极开展多种经营”的方针。利用本村的自然资源和劳力资源，广开生产门路，加强技术指导，使多种经营不断创新，实现了新的增长。去年多种经营纯收入11.25万元，人均36元。副业队由于年初落实了新的责任制，三只鱼池都超产，其中戴雪其负责的一只池夺取了第一名。去年引进的地棚蘑菇，由于大家的努力，种得比较成功。同时各种专业队的重点户也大量出现，如航船、五匠外出、短途长途贩运等，都取得了较好的成果，增加了收入，有不少社员因此富起来了。

三、工业创出了新的水平。在过去的一年里，我们为了使工业跨出更大的步子,年初即提出了“产值50万,净利翻一番,力争超10万”的奋斗指标。由于支部的重视,广大工业战线上的干部职工的共同努力,加上外界有关单位的大力支持,我们完成了产值50万,净利12万元。无论是净利的实现还是增长的速度都夺得了全乡第一,得到了县委陈书记在二次三干会议上的表扬。(读县委表扬的原文,略)

四、社员分配水平有了新的突破。去年我们村的集体分配水平达到了301.52元,比1982年增160.39元,增长113.6%。加上社员家庭自营经济收入,实际生活水平人均达到了500多元。全村普遍出现了“家有余粮,款存银行,备料造楼房”的兴旺景象。

五、对国家贡献有了新的提高。1983年全村实际净收入379 000.75元,上交农业税5 116.63元,工业上交税收为2.7万元。1983年共出售皮棉68 648.8斤,比1982年增加25 954.4斤。

六、计划生育工作有了新的进展。1983年新出生小孩9名,都是一胎,杜绝了二胎,出生率有所下降。

七、村容村貌有了新的改观。由于队办工业的兴旺发达,集体资金增多,1983年新挑公路路基近1 000米,使一条较窄的小路变成了6米宽的汽车大道。综合厂比较分散,去年拿了13亩田开了河,填高了厂基,为今年集中砌厂房打好了基础。社员由于近几年来收入的增加,到1982年底全村已建好新楼房13幢。绝大部分人家把草屋改成了瓦房,使我们村破破烂烂的旧面貌有了新的改观。

八、社会风气和社会治安出现了新的面貌。去年年初,我们首先狠抓移风易俗,婚事新办和乡规民约的贯彻,并且开展了“五讲四美三热爱”活动,全面动员争当“五好家庭”。党的路线、方针、政策更加深入人心,人们的思想觉悟有了较大的提高,家庭和睦,邻里相帮,尊老爱幼,助人为乐的传统美德得到了较好的发扬。出现了不少好媳妇、好婆婆、好妯娌等好人好事。如二队的蒋冬妹,婆媳相处得好,得到了大家的一致好评,去年被评为乡的“五好家庭”。同时,迷信、赌博等歪风也得到了有效的制止，社会秩序明显好转。

九、各项改革迈出了新的步伐。去年我们从制定致富规划入手，狠抓了农副工业责任制的完善工作。一年下来，我们从生产服务的需要和本村的实际出发，大胆地进行生产队体制改革，在保持原有核算单位不变的前提下，队长会计进行了大量的精简，做到了少而精，能带的则带，能兼的则兼。对副业队搞了拆迁建队，使搞副业的人安居定业，解除了后顾之忧，大大减轻了大队的负担。大队干部的精简问题减少了吃空饭的人员，实践证明党中央关于改革的决策是无比英明的。改革出效益，改革出速度，改革出财源，改革是促进两个文明建设的巨大动力。

十、全村干部对认真办工副业的劲头有了新的增长。通过近几年的实践，我们尝到了办工业的甜头，一致认为像我们这个村，由于田低收入差，靠农业生产发不了家的地方，只有把工业搞上去才是唯一的出路。工业能出钱，工业能发财致富，能改变穷面貌，所以广大干部群众都一致要求把工业搞上去，大家的劲头越来越大。

1983 年我们村在两个文明建设上所取得的这些成绩，充分反映了党的政策的威力，改革的威力，科学技术的威力，现代化物质手段的威力，政治思想工作的威力。全村广大干部群众在实践中，看到了这些威力，坚定了前进的方向，保持旺盛的斗志，这是我们巩固和发展大好形势的根本原因。

过去的一年，我们虽然取得了可喜的成绩，但必须看到，还有这样那样的问题。第一，工业指导上还存在某些失误，农村工业生产某些关键性措施尚抓得不紧。如棉花生产，尚有不少的低产田块。第二，各种责任制存在不少毛病，不科学，不能充分调动大家的积极性。第三，对群众的文化生活关心不够等。

第四个问题，1984 年的工作打算。

1984 年，是贯彻执行国家经济“调整、改革、整顿、提高”方针的第五年，是争取实现国家财政经济状况、党风和社会风气根本好转的第三年，是全面整党的第一年，又是建国35周年。在新的一年里，我们的任务非常明确，就是继续坚定不移地贯彻十二大精神，加快全面开创社会主义现代化建设新局面的步伐，使两个文明建设和其他各方面的工作都取得比1983年更加显著的成绩。

我们的口号是：农业稳中求高，副业继续大跳，工业净利再翻一番，分配人均要保350、破400(元)。

第一，农业要确保"稳中求高"。农业是国民经济的基础，这个基础牢不牢，对稳定农民的情绪，对增加农民的收入同样起着举足轻重的作用。所以，对它绝不能有半点马虎，"稳中求高"就是种植面积要稳住，单产要提高。我们要牢记住，人多地少，提高土地生产力应该是第一位的要求。我们的指标是：

1. 三麦水稻：小麦亩产达400斤，水稻1 150斤，大小杂粮单产达到1 600斤，实现大包干指标，力争有所超产。

2. 棉花：号召指标200斤，力争实现全乡第三年第一名。为此，我们要求狠抓当前。首先三麦生产上迅速搞好沟系配套，施肥要控制，要使三麦不倒伏，见黄后再少量施些速效肥。棉花备耕工作要抓紧，特别是要选好备足种子。今年要全部种"861"品种。至于今年的奖励问题，还是要搞，要实现350元分配水平，每人争取要增50元，全村4万多元。这笔钱究竟怎么分，到下半年再定。总之，搞好了不吃亏。

第二，副业继续大跳。速度和效益的增长都要超过农业和工业的增长速度。多种经营大步发展，是农村进一步向较大规模的商品生产转化的战略性措施，是农业实现社会化、专业化的重要前提，也是增加农民收入、改善生活的重要条件。大力发展多种经营。首先要着眼于一个"多"字，要根据市场需要，立足当地资源，坚持立体开放，开展综合经营，实行农林牧副渔、工商运建服全面发展。根据我们村的具体情况，主要抓好以下几个方面：1. 抓好养鱼、副业队。大队打算新投资一万元钱，大力发展青、鳊鱼生产。要求冬天上交大队一万斤青鱼、鳊鱼，以解决社员吃鱼困难和与外单位搞协作的需求。2. 继续搞好蘑菇生产。地蘑菇要继续种好，不得减产。3. 外出人员要求认真交好积累，在本地的交 60 元一年，到外地干活的交 90 元。4. 航好一只船，无论是集体的还是私人买的，都要认真航好，要注意安全。只要在不违法的前提下，可以做各种生意。

第三，工业净利要翻一番。

我们的口号是：产值 150 万(元)，净利翻上番，实现 20 万(元)，力争再转一个弯。分厂定净利指标：玉石厂，6 万；软垫厂，3 万；花砖厂，4 万；水泥制品厂，2.5 万；经理部，3 万；无锡工地，2 万元；合计，20.5 万元。

实现上述指标，我们的有利条件很多：1. 基础好，潜力大，如玉石厂、花砖厂、经理部等。2. 外界影响好，支持的人多，关系越来越广。3. 干部群众办工业的劲头大。比如老杜同志积极支持大搞工业，他有亲戚准备帮我们办个较大的厂。4. 领导重视，党支部主要精力都要集中到工业上，现在把原农技员陈二郎调到工业上当副厂长。中央到地方都大力支持办好社队企业，我们要抓住机会。(读中央有关同志的讲话，略)

当然摆在我们面前的还有不少困难：1. 厂房分散，难管理。2. 底子差，资金比较紧，回转有困难。3. 设备简陋，技术缺乏，一般的都要从头摸起。4. 村小，人力资源少。

我们的打算：1. 认真抓好现有的项目，要在整顿提高上下工夫，要在正规化上做文章。务工社员要以厂为家，要做长期当工人的打算，不得混日子捞钞票。2. 1984 年要新增项目一至三个，首先打算办一个新的大型的预制场，关于水磨石厂积极准备与供销社合办。另外还要争取些加工项目。3. 聘请外地师傅，引进新的技术。4. 认真建立和落实各种责任制。车间干部和供销人员都以净利为中心搞好三定责任制：定指标、定工资、定奖惩的办法。5. 加强各车间的责任心(分厂)，把有些权利下放，做到责权利三者紧密结合。产供销都由各车间自己负责，经营管理也由车间自己抓。包括原材料的采购、产品的质量、成品验收出厂、仓库包干、生产的定额、工人的报酬等，都要认真抓好。

第四，坚持两种生产一起抓，把计划生育工作提高到一个新的水平。

这个工作我们要做到人人抓，人人管，大家动手，发现问题要群起而攻之。不管哪个生产队，凡出现无计划生育的，整个生产队的二级奖金一律扣除，对个人的罚款最起码是3 000元以上。家中除房子外要全部搬光，你状也无处告的。希望大家都要自觉地做好这一个工作。

第五个问题，有关的几件事情：1. 统一对近三年来十个变化的认识：①消灭了走脚田，拆迁了三个生产队（包括副业队）。②拉了高压电。③三年拿了近5万元奖农奖副。④1982年开始对65岁以上老人补40元，今年要增加10元，变成50元；有条件的话，明年请老人上杭州去玩。⑤五年来干部和各种人员分配不要社员负担。⑥做了公路。⑦工业基地搞了规划。⑧工业生产打下了基础，已初具规模。⑨开辟了副业基地，建立了副业专业队。⑩分配水平超过300元，社员生活有了显著的改善。

以上十项变化，主要是靠了工副业的发展、党的政策、外界的支持和大家的努力。但是我们现在仍很穷，大队的收支除办了以上十件大事外，刚刚拉平。目前大队摊子大，调转资金约24万元（其中包括各项往来库存物资等），现在银行贷款20万元，预计还要增加，因为有那么多事情要办。工业净利指标20.5万元，要实现这指标，就要靠我们马上动手大搞。工业厂房要造，先砌厂房12间（玉石厂用），预计2万元。无纹钢架房子13间，修缮出来约1.5万元。闸要敲掉重建，约0.5万元。这样基础建设就要花掉4万多元，另外还要援资副业队1万元。这么多钱都得靠工业上挣得来，靠外界支持我们。

我在近几年来，尤其是1981年以来，每年春天总要空想吹牛皮。1981年说争取要实现全村2万元的纯收入，结果是2.3万元；1982年说的是4万元，结果是4.3万元；1983年喊的口号是10万元，结果是12万元。今年我喊的口号是：保20万，争25万元！不知这牛皮是否能吹中，请村民看看我吴栋材是不是真的吹牛皮。当然更重要的因素是要靠广大干群的共同努力，相信我们今年的指标是能实现的。

2. 关于去年棉花上的奖金问题：经支部研究，决定开还大家收据，作存款，利息按六厘算，比存银行多2.4厘，下半年一律付清。

3. 关于打狗的事情：要求一定要在3月10号前结束，3月10号以后要罚款处理，每只每月罚款10元。

4. 社员挑的河岸、江岸，要求在5号前结束验收好。

5. 关于3月份文明礼貌活动中心要做的几件事……

……

这是吴栋材几十年来的近百份“会议讲话稿”中的普通一份。只要你细细读下去，并且静静品一下他说到的事情，就会像获取了一份宝贵的密码。你可以通过这一密码，将那个时代的中国农村现状分解得一清二楚，你甚至可以十分准确地体味到那个时代那片土地上飘荡着的种种气息；当然你可以极其清晰地看到村民们那一张张颇为兴奋的脸庞，你自然更能听到吴栋材这位一心想让自己的村民过上更好的日子而奋发图强、锐意进取的怦怦心跳……

农民们不爱空谈，他们最讲实际。农民们拥护谁、反对谁，他们的衡量标准就是看你是否让他们过上了好日子，看是不是让他们的口袋里有了更多的钞票，孩子是不是有书读，生病后是不是能进得起医院，老人不能下地后是不是还有依靠……

现在，自从吴栋材来了后，上面这些事件件都有了着落，永联村民们因此笑脸绽开。

但改革开放后的中国农民又不再是那些纯粹看着饭碗的愚昧者，他们已经知道抬起头看前面的路、看未来的日子，他们不再盲目地见到几分眼前的利益和几个小钱就笑眯眯地不知所措，他们已经是非常清楚国家命运将与自己的好日子紧紧地捆绑在一起的新式公民，所以他们懂得如何学会看清形势、分辨前景，他们更加欣赏像吴栋材这样既可把工作干到连一块地里的虫害用多少药水、一片水稻田里如何分类施肥都落实到位，同时又懂得上面的方针政策，还能有自己独到见解和判断能力的致富领头人。

现在社会上其实真正看得起农民和农村干部的人并不多，他们认为自己才是高人一等的“社会精英”，他们甚至把农民和农村干部视为最低级的一类人群。其实在我看来，不少所谓的“社会精英”，他或许今天当了市长厅长、省长部长或者校长教授、知名专家学者，他可能高高在上地指挥着千军万马，给千百万人上课讲演，但如果真的把他放在一个村庄，去领导一两百农民，说不准用不了几个月时间就会被农民们拉下台，连一个种地的基本苦力都没资格做。

能把一个村庄领导和建设好，让所有村民们拥护你的人绝对需要较高综合素质。中国有六七十万个村庄，这些村庄的支部书记背后就是广大中国农民。吴栋材这样的村支书，其实决定和影响着中国农民的命运，也决定和影响着中国的命运。这话一点不为过，你可以仔细想想。

通常他们的工作看起来微不足道，成绩也十分渺小。在阅读上面这份“村民大会上的讲话”时，我还看到了同一个月里，吴栋材向当时的上一级领导的一份汇报讲话，那里面有两段话特别引起我的兴趣：

我们永联村是远近有名的穷大队，有 220 户人家，人口 825 人，可耕地面积 645 亩，平均每人只有 0.76 亩，是一个人多田少的小村。我们在党的三中全会路线的指引下，在上级党委的正确领导下，在有关单位和部门的大力支持下，经过全村干部群众的共同努力，在连续四年丰收的基础上，1983 年又夺得了农副工三业大丰收，创历史最高水平。这个最高水平是我们自己同自己比出来的，同兄弟单位比尚有一定的差距，同先进单位相比是着短裤穿袜——脱空蛮长一截。所以，今日向大家汇报，真像新娘子第一次上婆家，相当难为情……

我们村工副业的发展，有力地促进了农业的大上。1982、1983两年里我们共拿出净利近4万元奖励农业，充分调动了务农社员的积极性，农业生产也迈开了较大的步子。由于农副工三业的发展，使我们这个穷得出名的“七〇圩”，近几年逐步有起色……1983年里，年龄在18岁—50岁的中青年人基本上个个都有手表，村民家家户户都有收音机。由于经济条件的好转和物质生活的丰富，给我们村带来了：尊老爱幼的多了，打架吵骂的少了；好人好事多了，损人利己偷偷摸摸的少了；执行计划生育的多了，无计划生育的没有了；银行存款多了，困难户要救济的少了。

在这两段话中，有两处是我们需要认真注意的。一处是永联村的基本情况，这个“远近有名的穷大队有220户人家，人口825人，可耕地面积645亩，平均每人只有0.76亩”；第二处是1983年农业获得丰收和副业有收入后，全村“中青年人基本上个个都有手表，村民家家户户都有收音机”。

一个小小的村庄，农民们这么一点点儿的生活改善，给后来带来的巨大推动力你无法想象！就这么一群农民，在一二十年后，仅他们向国家上交的税收就等于每年给全国人民每人一块钱！

呵，这就是长江边的中国。你还敢小看这些农民？这样一份贡献，你即使是房地产大鳄也许都做不到，或者能做得到但没有做！

然而，有谁知道吴栋材这些农民们为了创造这一奇迹而付出的代价？就像今天的西方国家一方面对中国崛起后带给他们的巨大市场欣喜若狂，一方面又不断地用有色眼光来看待甚至蔑视中国的成果和进步一样。许多时候，某些中国人对自己国家的成果和进步也采取了同样的态度，这就可悲了。

但吴栋材他们不会去考虑这类事，他们只做自己认为对得起自己那片土地和自己所热爱的这个国家的事。

从吴栋材的讲话中，我们可以看到这个穷村、小村其实在最初的时候与所有落后的中国农村没有什么区别。直到1983年时，永联才有了一条千米长的“公路”。老乡们回忆说那也就是一条两米来宽的土路，因为可以开拖拉机和吉普车，故被称为“公路”。过去全村没有一户人家用得上电灯，连吴栋材办公的村委会也靠小煤油灯过日子。这年第一根电线拉进了村里。村民们多数有了手表和收音机。其实在1983年的苏州农村，多数地方已经从“旧三大件”向“新三大件”过渡了。旧三大件是指手表、收音机、自行车，新三大件是电视、电灯、电冰箱。而在比较富裕的常熟地区，此时的农民们除了基本实现这新三大件外，更突出的一个现象是多数农村已经建起了楼房。80年代初农民们的楼房基本上是两层式的，如果家里有四五口人，那楼房大约是上三间、下三间，面积约150多平方米，这是最典型的第一代农民楼房；如果家里有两个儿子已成家，那可能就是上三间、下三间，外加一个灶间。父母和没有成亲的人一般住楼下，小夫妻就住在楼上。自然这样的家里得通电、有电视机，因为南方天热，有台冰箱就算是小康家庭了。1983年，邓小平来到苏州看到的就是这种农民小楼，故他喜称苏州人已经过上“小康”生活了。农民住楼房是中国农村发展的一个具有特殊标志意义的阶段，因为几千年来农民的居室一直是随地而建的单层建筑。除了热带地区的云南、广东等地的农民住阁楼式的房子外，全中国的农民几乎都是清一色的单层建筑。富饶的苏南农民乘着改革开放之风，在80年代率先住上了楼房。这一变化既有从农村居住的客观实际考虑，比如住楼房会比住单层的房子减少潮湿、更加卫生，另一方面也是农民们受“楼上楼下、电灯电话”的“共产主义社会”梦想的影响而致。

住上楼房使中国农民有了第一次“登高望远”的可能，穿过田野看到了远方的城市和更远处的缤纷世界。这一文明进步，并不亚于人从洞穴迁入茅棚与砖瓦房的过程，因为农民们从此有了离开土地的第一步梦想和未来更多、更灿烂的梦想……

吴栋材的永联村比同一地区的农民们实际上晚了一步。但敏锐的吴栋材则从周边的农民造楼“运动”中发现了一个巨大的商机：建筑钢材前景无限！

一位哲人说过：机会总是给那些细心的人。吴栋材在实现自己的梦想过程中的敏感和心细是超人的。他后来的成功与之有着极其密切的关系。

配合的机会和敏锐的目光，让吴栋材的事业和永联村的命运开始了全新的旅程。

那应该是1983年3月底4月初的事。曾经在苏州钢铁厂工作的一位沙洲南丰乡人在他的老家推销一套浙江湖州锁厂的轧钢设备。那个时候小钢厂在沙洲一带已出现不少，这位“苏钢人”想的是推销一套旧设备既为自己厂子里拿回些资金，同时还能从中间收一笔“好处费”装进自己的口袋，事情就这么简单。但这笔生意到了南丰乡一直没有结果，也就是说生意“搁浅”了。

“永联村的吴栋材胆子大，找他去试试看。”有人给这位“苏钢人”出主意，于是吴栋材才有了与钢接触的第一次机会。

“轧钢机干啥的？就是轧螺纹钢筋，建房子用的那种钢筋！”

“好啊，眼下农村都要造房子，这种钢筋肯定大有市场嘛！”

“就是，要不我咋找你嘛！”

“那行。我要。”

生意就这么谈定的。吴栋材和“苏钢人”均喜出望外。一个赚钱，一个赚机会。

“那套轧钢设备要多少钱？”

“10万元。连配件。”

“贵了点。”

“不贵。如果卖给外乡人，至少我要再加2万。看在同乡人面上，你吴书记要，我就只要一个整数。”

“不能再便宜点？我们可是穷村。”

“真不能便宜了。”

价格是这样谈定的。

吴栋材掂量了一下自己村上的家底，觉得干这件事有些吃力。于是4月16日一清早，他就拉上管村办工业的王明德，两人一起骑上自行车，来到南丰镇供销社信托贸易公司，找到经理蒋万林。

“老蒋，我们想办钢厂，就是轧螺纹钢的那种钢厂……”吴栋材开门见山道：“你支持不支持吧？”

蒋万林笑了：“你肯定又是来找我借钱的。”

一旁的王明德笑了：“猜对了。”吴栋材抹抹嘴，说：“先说你支持不支持嘛！”

蒋万林思忖片刻，说：“常熟那边已经盖楼房的农民很多了，可在我们南丰乡九千多户的农民中才刚出现一些农民楼房……从市场看，螺纹钢筋市场一定很有前景。我支持你办钢厂！”

“太好了！你支持多少？”吴栋材像早已看透蒋万林的心思似的。

“我知道你要购买设备。”蒋万林对“苏钢人”转卖那套设备早有所闻，所以脱口而出，“我支持10万元。少一分拔一根睫毛。”

“到底是老朋友！”吴栋材顺手将两条大青鱼往蒋万林的桌上一扔，“不算不正之风啊！我们是老朋友。”

“办钢厂是大事。沙洲县地面上已经有不少人办了，你得再作些调研。”毕竟是老朋友，蒋万林告诫吴栋材。

“这个自然。明天我就去上海和无锡看看情况。”吴栋材朝王明德一挥手，两人当天就往上海走，第二天又折回无锡。

“老蒋，我们定下干了。我已经从无锡老朋友处又买回六架造厂房用的铁架子，你的款早点给我准备啊！另外，我想约你一起到湖州看看那设备，你老兄有经验，给把把关……”吴栋材当天从无锡打电话给蒋万林。

“没问题。”

随后，吴栋材和蒋万林带上村里的陈俊雄及那位推销设备的“苏钢人”一起坐上乡里的吉普车，去了湖州。设备和配件都没问题，吴栋材吩咐陈俊雄负责把10万元的“宝贝”拉回永联，他自己先赶回村里准备建钢厂……

“建厂之前，你别忘了跟我签个借款协议哟！”回程路上，蒋万林对吴栋材说。

“这肯定。不过，你光借我10万元，仅够设备款。下一步你让我怎么办？把钢轧出来，得有启动资金买原料是不是？”吴栋材眨眨眼，冲老朋友笑。

“你这个狐狸！还想借钱？”蒋万林明白了。

“再借也不是个事。我先问你：轧钢筋的生意是不是值得一做？”

“还用说嘛！”

“是不是大有赚钱机会？”

“一本万利。”

“既然如此，我们一起来办这个厂吧！”

蒋万林用手指直点吴栋材，说：“你家伙早有预谋！”稍后说，“我同意我们合作办厂。上面也鼓励我们支持像你们这样的穷村搞工业……”

“好。前面10万设备款算你借我，你再投10万元算是你的合股。如何？”吴栋材问。

“我已经给你套牢啦！还有啥不行的！”蒋万林有些无奈，但心里还是非常开心，因为他知道把钱投给吴栋材这样能干又精明的人不会亏，只会赚。

“一言为定。明天签协议。”

关于永联村与南丰供销社合办轧钢厂的原始协议还保存在永联村档案馆里。原件如下：

联办轧钢厂协议书

南丰乡永联村　　　　（以下简称甲方）

南丰供销合作社　　　（以下简称乙方）

为了认真贯彻执行中共中央1984年一号文件精神，促进和发展农村商品生产，满足城乡人民生产、生活需要，经甲、乙双方商定，按照“自愿互利，投资各半，利润分成，风险共担”的原则，联办小型轧钢厂。具体协议如下：

一、联营轧钢厂的名称定为“沙洲县永联轧钢厂”。轧钢厂单独建账，独立核算，自负盈亏。

二、厂的规模：以200热轧机车间为主体，建成金工、热轧、冷轧3个车间，预计年轧钢量达2500吨左右。

三、资金来源：根据这个生产规模，需要配置360V发电机组和车床、热(冷)轧机等一整套生产设备，大体共需建设资金60万元。按照“投资各半”的原则，甲、乙双方各投资30万元。流动资金的来源主要向银行贷款解决。土地、厂房由甲方提供，可作为甲方投资(土地，是指土地征用费)。

四、利润分配：利润实行四、六分成，即甲、乙双方在每年终了时结算一次，以税后净利分配，乙方得40%，甲方得60%。按照“风险共担”的原则，如生产发生亏本，甲、乙双方各负一半。

五、组织领导：为加强对联办厂的领导和管理，经甲、乙双方商定：

1. 成立董事会：甲方由吴栋材、王明德、陈金荣(陈俊雄)，乙方由陆杨涛、王文龙、陈龙达共6人组成。董事会是联办厂的决策机构，讨论商定厂的规模、重大设备的添置、资金的筹集，研究决定厂级领导班子人员的任免以及本协议外的重大问题。

2. 成立厂级领导班子：经双方商定，参加厂领导班子的人员，甲方有陈金荣、王明德、陶桂林3人；乙方有陈龙达、周益俊等3人，由陈金荣担任厂长，陈龙达、陶桂林任副厂长，周益俊同志任主办会计。

六、考虑到乙方业务协作和本系统基本建设的需要，经甲、乙双方协商同意，乙方可以有10%的产品处理权。

七、乙方担任厂级领导职务的人员，其基本工资和医疗费用仍由乙方支付，奖金、补差及有关费用由厂内支付。由乙方分配到工厂的人员，其奖金、补差和其他有关费用，均由厂内负担，但其基本工资和按工资总额14.5%提取的福利费用，应事先汇给乙方，由乙方负责发放。

八、联营时间暂定1年。即从1984年4月1日始至1985年3月31日止为本协议的合法有效期。到期是否需要续订，届时经董事会协商再定。

九、本协议一式6份，甲、乙双方各执1份，有关监证单位各1份。

十、上述协议在执行中如有未尽事宜需要补充或确遇特殊情况需要变更时，需由董事会双方成员共同商讨一致修改之。

甲方：南丰乡永联村　　　　乙方：南丰供销合作社

代表：吴栋材　　　　乙方代表：王文龙

监证单位：农业银行沙洲县支行南丰营业所　南丰工商组

沙洲县南丰乡人民政府　沙洲县供销联社

沙洲县公证处

1984年3月31日

附：同意双方意见，但流动资金贷款需根据银行贷收原则和政策尽可能解决。

银行（盖章：中国农业银行沙洲县南丰营业所）

银行作为合作双方的资金担保者。而与此同时，两家合作单位还签了一份资金协议。

办钢厂的事就这样紧锣密鼓地开始了。陈俊雄费了很大的劲，分两次才把设备弄到村里，仅此就花了一个多月时间。原因是当时永联村没有大型装卸车去运，湖州锁厂又是个国营厂，白天上班时不允许任何外人进出装卸东西，陈俊雄他们只得白天在人家的车间里睡觉，晚上才出来拆卸机器零件。当时正值雨季，当陈俊雄他们第二次去运设备时，坐的是一辆敞车，没有带雨具，结果个个淋得像落汤鸡。轧钢机运回当天，刚卸下车子，又一阵大雨，这把吴栋材心疼得要跳起来。他带着民兵们赶到现场，用塑料纸严严实实地将机器包住，生怕雨水泡坏了机器零件。第二天一早，新招来的工人们开始挖河排水，取土垫高厂址，在外围砌墙挡水——建厂的战斗便拉开了……第一锹土是由吴栋材和乡供销社主任王文龙、副主任徐生华一起挖的，显示了合作双方的重视和诚意。

永联村是一块大江边的低洼地，农田和村民居住的地方普遍都比长江水面低出一米左右。在这样的低洼地上挖鱼塘、修公路，甚至盖小楼房还不是什么大问题，可是要说建规模较大的钢厂就成了问题。一旦厂房被水淹，机器泡在水里，就是大损失了！怎么办？吴栋材想一想，对村干部们说：没其他办法，我们还是试着用挖鱼塘的方法建钢厂。

于是，永联村的版图上又多了一条长 300 米、宽 50 米、深 2 米的大河。从河里挖出的泥垫起来就成了新的钢厂厂址。“100 天内，把河挖好、厂基垫好、车间建好！早投产就早有收入。”吴栋材用快耕作、多种地的方法动员和教育他的“农民工人”。

这个效果很快就出来了。原先在别的地方建一座能够轧出钢筋的厂子需要一年半载，吴栋材他们才用了不到四个月。其间吴栋材自己天天滚打在工地，有一次因体力透支，晕倒在地。这中间，他的小儿子吴惠芳到了中国与越南打仗的前线，部队方面不断传来战士牺牲的消息。吴栋材的妻子急得夜不能眠，希望丈夫回家一次。吴栋材却说“工地忙”，一连四十多天没有在家沾过。

在改革开放三十多年里，“中国速度”就是这样出来的，各行各业都是这么干的。现在的西方国家不了解中国人民这几十年的艰辛创业所付出的代价，有时说些风凉话叫人听了很不是滋味。时下欧洲诸国闹债务危机，我一到那里访问，才知他们有的国家一天上班时间就三五个小时，一星期除了两天休息外，一年中还有很多假期，一年没多少时间在上班工作。他们怎么可能不被我们这样一个十三亿人都在拼命工作的国家超越呢？

在非洲的苏丹，我们国家的石油人在那一片荒无人烟的沙漠里帮助这个国家建了一座年产千万吨级的大型炼油厂。按惯例，这样规模的大炼油厂的建设周期一般都需要五年，而我们的石油人仅用了一年半时间。我们的同胞是怎么干出来的？每天24小时三班倒，从不休息！时间就是这么抢出来的。

“中国速度”就这么出来的，就这么简单，就这么令人震惊！吴栋材领导下的永联村几十年来，无时无刻不是这样。他们的成就和幸福靠的是汗水，还有智慧，以及矢志不渝的梦想与追求。

吴栋材他们的轧钢厂算是垒了起来，其实也就是个小庙一样的房子而已，但这对于从没有见过大厂子的农民来说，这钢厂就算是“大家伙”了。

根据与供销社的协议，这个厂应该叫“沙洲县永联轧钢厂”。吴栋材很慎重地向县冶金局申报厂名，可不曾想到碰了一鼻子灰。“无米之炊，不同意。”县冶金局负责人大笔一挥，把吴栋材的“钢铁梦”戳了个底穿。

这可怎么办？吴栋材真想举起拳头往那位一身官气的冶金局负责人脸上抡去，但这又有什么用呢？人家一则有权，二则手里有个更大的钢厂也在红红火火地办着，你吴栋材想跟在后面抢饭吃——没门！

吴栋材一看就明白里面的奥妙，又气又恼。无奈，他跟供销社蒋万林商量，结果还是蒋万林有经验，他说冶金局走不通，我们就走供销系统。最后还是由南丰乡供销社出面向沙洲县供销社打了一份“南丰乡供销社关于创办建筑材料厂”的申请报告，县供销社当日就批复下来同意这一申请。

至此吴栋材的“钢铁梦”才得以名正言顺。这中间，蒋万林立了大功。这位“心气高，爱助人为乐，斗争性强，但又容易得罪人”的供销社干部，在吴栋材创业初期，为永联村出了不少力。吴栋材非常念这份情，他常对属下的人讲：蒋万林能够在永联村还是个穷村时如此以扶贫为己任，体现了一个共产党员对另一个共产党员的真诚帮助，我们啥时都不能忘记这样的人。后来永联村的钢厂搞大了，吴栋材邀请蒋万林到永联工作，担任钢厂的保安负责人，从1988年一直干到退休的1998年。蒋万林很自豪“当初没有看错人”，他一家除了自己落根在永联，三个儿子、三个儿媳妇及大女儿、女婿共八人先后来到了永联工作。

再说轧钢厂建起后，为了让一帮拿惯锄头和铁锹的农民兄弟们能够当好合格的工人，吴栋材继续他的“借术”——借资金、借技术、借人才。

农民与工人的最大区别在于前者基本都是简单劳动，后者大多是技术性劳动。为了让自己的村民尽快学到适合轧钢厂需要的技术，吴栋材除了请一些“星期天工程师”（城里的工程师利用星期天到乡镇企业工作）外，还派出一批村民到附近的钢厂去学习。但这件事并不顺利……

陆汉平，吴栋材的妻弟，现已退休在家。他回忆说：

> 我是1984年6月进厂的。栋材是我姐夫，刚办厂时需要人手，我们一些亲戚愿意到他村里办的厂工作，他很高兴。那时人手缺，尤其是需要一些脑子灵光的人。我去永联村之前也一直在外面跑生意，算是有些见识的人吧。记得永联村刚办钢厂时，困难很多，也有风险。小轧钢厂办起来后，我和另外三个人就被派到附近的南丰钢厂、塘桥钢厂去学习技术，天天一个来回。那时沙洲县已经有不少小钢厂了，可是技术上相互封锁，竞争也十分激烈。我们去人家那里学习取经，对方根本不让我们进厂。我们只得在夜里瞅着有人在厂子里加班，偷偷翻墙进去，先跟对方的工人师傅聊天拉近乎，再递烟敬酒请他们教上一两招技术。就这么着东拼西凑学了一个多月，回来后栋材就要求轧钢厂正式开始试产……

1984年8月20日，在永联村历史上是个大喜的日子。这一天，一缕闪耀着奇彩的钢花在这块不足十五年的新滩地上映红了半边天。这一天，它改写了一部长江边的中国乡村历史。

上午10时许，点火仪式开始。吴栋材作为厂长，介绍了办厂经过，然后请沙洲县供销社副主任及南丰乡党委书记朱良石剪彩。南丰乡供销社王文龙主任等董事会成员和几位当地领导坐在车间前的一张桌子旁，其余的人都是站着的。接着是放鞭炮、敲锣鼓……最后是吴栋材一声“点火——”响彻云霄。

“点火啦——！”永联村民没有见过钢厂是咋回事，于是不管男男女女、老老少少，这一天只要能走得开的，都到厂子里来观看。一句话：永联村前所未有的热闹。

“农民们搞工业，太不容易！他们想挣点钱就更难了！”几十年后，我听王文龙老人家说了如此感慨万千的话。

吴栋材本人没有跟我说当年“点火”后屡次出现熄火的事，这是另一位当事人透露的。当天吴栋材为了答谢前来参加开工仪式的领导和几位“星期天工程师”，便在生产线前面摆了三桌酒席。但点火后的车间不争气，从中午一直折腾到晚上时分，现场的一百多个工人，哼哼哈哈，竟然仅仅轧出了三根歪歪曲曲的像油条一样的钢筋来。一向好面子的吴栋材大丢脸面，酒席几番冷场。吴栋材为以后方便贷款，特地请当地一家银行行长到现场。人家看到这情形，实在憋不住火了，对吴栋材吼道：“像这么个轧钢法，别说轧钢筋，就是轧金条也要赔大本！”

急有什么用？农民搞钢厂，本来就像让猴子拉犁，你能一下子让它走起来吗？有人嘲笑吴栋材。

“我就不信！”吴栋材经过几番周折，终于找到了一位比较“靠谱”的专家，他是何阿根，是上海钢铁厂的退休师傅。何阿根有一段当年参加永联轧钢厂工作的回忆：

> 我去吴栋材那儿帮忙前，他们的轧钢厂里有几个苏州钢铁厂的工程师。这些人理论水平比我高，但不懂工艺，出不了成品，最后自己不好意思走了。我是因为永联村的村主任王明德跟我们上钢厂的一位周师傅认识，周师傅把我介绍到了吴栋材他们的轧钢厂。那时我们的住址对外是保密的，厂里怕我们去别的企业传授技术。因为退休了，自己的厂子里就没法再管我们了，所以我就这么着被周师傅

和王明德主任请到了永联村。我所在上钢二厂是轧钢的老大哥企业，在全国有名，国民党时代就已经能轧出很好的钢筋来了。到永联后我一看，主要是轧机的导位装置和孔型不对，我土法上马改造了一下就行了。可后来发现，虽然钢筋能轧出来了，但产量不高。于是又把烘热炉改大，产量便上去了。当时我压力不小，因为是在农村的厂子里工作，啥都缺；永联村的人又着急，想多生产产品出来，希望多赚钱。但工厂不像他们种地能够旱涝保收，你得技术上和设备上都过关才行。由于他们的设备也不是一流的，所以干着干着就坏了。尤其是轧辊坏了，就得拉到外面去修，最近的地方也得到苏州城里去。那时我记得三天两头往苏州跑，很辛苦。好在吴栋材书记对我们特别照顾，大青鱼、家养鸡、新鲜蔬菜顿顿不缺，这在上海市里是很难吃到的。我老伴当时也跟着来到了永联，她挺喜欢农村的生活，不像城里那么挤、空气不好。我的任务很重，主要是负责轧钢厂能正常生产。偏偏那时不容易做到正常生产，一是设备问题，二是工人技术问题，所以经常半夜被人从床上叫起来。村上也没有动力电，仅靠一台小马力的发电机，电力不稳，生产就时不时地停停开开。开始时用的是燥式炉，后来我提议搞连续炉，坯子一下大了，钢筋的产量随之增加。后来我们生产 ϕ230 钢筋，用的是船用柴油机直接拖动轧机。真的是土法上马。工厂就像一个大的作坊，洋洋土土，啥都有。也没有啥讲究，反正只要能把钢筋轧出来就行，甚至很少看它的产品模样。在正规的钢厂，那样的产品肯定出不了厂，但现在我们是在一个村办的小钢厂里轧出的钢筋，因为市场紧俏，有时轧完后还没有来得及冷却，用冷水一浇，客户就拉走了。生意好啊！吴栋材他搞的这行当对路嘛！所以说，农民有农民的本事，千万别小看了他们。后来我们也重视了质量，产品的质保书也拿到了。螺纹钢许可证是后几年才拿到的。其实吴栋材他们搞轧钢厂，最辛苦的是他们，压力大啊！赚不了钱就得丢乌纱帽，老百姓会跟你拼命。你用了人家的血汗钱。虽说是集体，但农民很实际，一看你赚钱了，能分红，就拥护你；如果赔本了，还不吃掉你？吴栋材不容易，他图啥？还不是为了改变永联这个穷村的面貌。我知道他心底里还有一个自尊心，就是想早点赶超周边的先进乡村，像华西村一样让百姓的日子富裕起来……

钢厂的命运，系着吴栋材与永联村的命运，村民们至今能清晰地回忆起当时吴栋材为了确保钢厂每天的机器转动起来、转得正常，他不知操了多少心。有一天，他骑着自行车正在田埂上检查秧地，嗯，怎么钢厂机器又停了？吴栋材从秧地里光着脚，骑上自行车就往厂子里奔。原来是车间里有个250三联箱烧坏了。“得到常熟去修。”工程师说。

“需要多长时间修好？”吴栋材关心的是这个。

“来回得一个月左右吧！”

“你……不行！生产不能停这么长时间！”吴栋材一听就急了。停产一个多月，损失多少钱嘛！当时钢筋销售太紧俏，轧出一吨，转手卖出去就能赚一两千元。吴栋材太心疼这停产时间了。

“我们自己想法子吧！”吴栋材没有同意把三联箱送到常熟去修。这一夜他没有睡着，一直在联系附近有没有会维修三联箱的师傅。经过一番打听，确认了沙洲县有个人会干此活。

第二天吴栋材骑上自行车就赶到了几十里外的那位老师傅家。一进门他就有些傻眼了，那老师傅满头白发，好一把年岁了！也许换一个人见此情形，便打退堂鼓了。但吴栋材没有，他礼貌地进门坐下后，与老师傅真诚地交谈。果不其然，老师傅虽说年事已高，但对修理三联箱颇有经验，他说出了一个非常关键的环节：先要找到巴氏合金。

巴氏合金是一种金属材料。到哪儿去找呢？吴栋材哪好意思让如此年岁的老者动身！便只得自己花了几天时间到车船厂去寻觅，结果还算顺当，材料买到了。又怎么修理三联箱呢？吴栋材心想：老师傅走不动，我们可以自己到他家学艺嘛！于是接下去的时间里，吴栋材天天晚上往老师傅家跑，后来又把轧钢厂的几位技术员带到老师傅家，如此边学边干，终于有所收获。别说，就是因为吴栋材这般用心和真诚，感动了这位老师傅。竟然有一天他拄着拐杖亲自跟到了永联现场指导起吴栋材他们的修理工作。在大家的努力下，没出十天，三联箱修好，轧钢厂又响起那清脆的“隆隆”机声……

“这个月我们又抢回一大笔生意。大家辛苦了！村里决定拿出1 000元奖励大伙儿！”月底，吴栋材宣布道。

轧钢厂初建时，啥都缺，缺人才是最主要的。

厂里已经开始生产和营销，可还没个出纳会计。进进出出的账没人记、没人算是个大麻烦。吴栋材心里那个着急劲就像蚂蚁贴在热锅上！别小看一个出纳会计，他跟村里的记账会计可不一样，得懂经营和工商税务那一套。但村里就没有这样的专业人才，显然得从外面找。几天后，经朋友介绍，吴栋材找到了当时正在开小卖部的陆文托。到了陆家，吴栋材发现陆文托这人心地善良、老实，很合己意，于是向他说明了情况。

陆文托一听，竟然吓得连声回应：“不行不行，我只是个开小店的，哪会做什么工厂的会计！你赶紧找其他人吧！真的，我不客气。”

“不懂可以学嘛，你有这个基础，学起来应该很快的。”吴栋材劝道。

“真的不行，吴书记，你还是另想办法吧！”陆文托坚持推让。

“那先这样，你再考虑考虑。什么时候考虑好了，尽快给我答复，就到厂里上班。”吴栋材没有勉强。

回头陆文托将这事告诉了自己的老婆。老婆朱秀兰是个急性子的人，想到要去管几十万元的资金，坚决不同意：“这要是哪天出个差错，全家都得赔进去啊，我明天找吴书记说去！”

第二天，朱秀兰来到吴栋材办公室，还没等吴书记开口，她就冲着吴栋材嚷嚷：“我家里连同店面一起才几百块钱财产，你竟然还让我老公管你这几十万块钱。这万一厂子出啥事了，我就是把全家贴进去也不够啊！”

那几日吴栋材因为办厂产生的一件件麻烦事搅得心烦意乱，一听村民当头来句“万一厂子出啥事”，心里很不是滋味，便说：“厂子刚刚办起来，你就说这丧气的话。老百姓都像你这么想，还怎么富起来啊？”

村民朱秀兰也不肯让步，朝吴栋材大吼道："这是你们的事，反正我就是不愿意。"说完转过屁股就走了。

没辙。吴栋材只得生闷气。可工厂的生产和经营还在继续，每天都有进进出出的账目。怎么办呢？吴栋材想了半天，还是觉得陆文托这人老实可靠，会计一职非他莫属。"再跟老陆谈，直到他同意为止！"吴栋材拿定主意，便又亲自找到陆家。陆家这回态度好了些，但依然没有出山。

几天后，吴栋材又托村里的医生苏红妹去陆家邀请。也许是被吴栋材的真诚所打动，也许是明白了村书记办厂为村民求致富路的一片良苦用心，陆文托终于点了头。第二天，他带着老婆朱秀兰亲自上门到村委会向吴栋材道歉，同意来厂里上班。"我们是老实人，啥地方做错了，你书记多担待着。"陆文托老实巴交地说道。

吴栋材感动了，他当着陆氏夫妇，拍了拍自己的胸脯，说："我吴栋材凭天地良心，请你做厂里会计，是为了大家有福同享，有难同当。我知道你是个老实人，只要你把账管好，吃亏的事不会让你担着。"

"吴书记几十年来，确实做到了不让我们这些老实人吃亏。"陆文托后来在永钢一干就是十六年，直到 1999 年才退休，他在接受采访时如此深情地说。

一个小小的记账出纳会计，吴栋材也要三顾茅庐求贤，可见他在办厂创业时有过多少艰辛，费过多少心思！

庄稼地不出钢铁原材料，每一块钢铁材料都得靠外来，原料来源问题成了吴栋材办钢厂的心头之病。当时仅沙洲（后来改称张家港）地区的小钢厂已如雨后春笋般层出不穷。见好赚钱，谁都想试一把。这也是乡镇企业的一大弊端。吴栋材的轧钢厂在 80 年代中后期也只是数以百计的"春笋"中的一只而已，竞争的严酷性他必须接受。

那时还是计划经济时代，尤其是钢铁这样的"国货"物资，国家计划中的原材料是不可能流向吴栋材他们的乡镇企业的。那么吴栋材的轧钢原材料来自何处呢？

废铁和下脚料。这是乡镇钢铁企业的全部来源，也是吴栋材他们厂的全部原材料来源。

有那么多废铁和下脚料吗？有或没有，全凭你的本事。

乡镇企业的存活，本身就是全凭自己的本事。

吴栋材的本事就是比别人强一点。强在他的关系多，强在他比别人工夫下得深和多，强在他比别人机缘更多一些。

强在他是吴栋材。

轧钢厂建起初期，吴栋材已经早早意识到原材料对永联轧钢厂的命运是关键之关键。他在1985年3月4日的村民大会上讲过下面一段话：“小型轧钢要做好找原材料工作，这是根本。我们苏南地区小轧钢厂多，所以原材料肯定十分紧张。因此，我们从年初开始就要把工作的重点放在组织原材料上。尽管产品紧俏吃香，但不解决好原料问题，想要让钢厂在我们这样偏僻的永联村里稳住脚根，生根开花结果，打入市场，那是一句空话！”

美国一位钢铁大亨说过，一位清醒的企业家，比一位智慧的企业家更可以办成功一个企业。吴栋材是个既清醒又智慧的企业家，他对乡镇企业的原材料的认识使他的企业一直超前于别的企业。

永联村诞生于长江边，它的优势和劣势都与水有关。江上和水里能有什么呢？江上有船，水中有鱼。“打开人际和社会关系，我们用了‘鱼’道。那么我们现在办钢厂，就得在船业上动脑筋了！”吴栋材用了一个简单的道理来化解自己厂里最要命的难题：靠山吃山，靠水吃水。

世界经济其实是个循环经济，东边亮了西边暗，西边亮时东边黑。地球是圆的，圆球在太阳系中转动，永远是一明一暗。政治潮流何尝不是如此！有东风压倒西风，也有西风占了上风。上世纪80年代后，世界经济分工格局出现巨变，传统的国际航海运输业进入衰退期，曾经显赫一时的世界船王们纷纷从全球的富翁排行榜上消失，由此带来沿海沿江地区的一个新兴产业出现了，那便是拆船业！

中国拆船总公司及其所属分公司此时应运而生，上海华东拆船分公司和无锡拆船分公司就在长江边，与永联村隔水相望。吴栋材看准时机，派出得力供销员，全力向各拆船公司进行“公关”……成效果然显著。

有过当兵背景的供销员钱永环派上了大用场。他的一名战友就在无锡拆船公司。“你去，一定给我拿下！”吴栋材下了死命令。

“没说的，哥你放心。我的战友在那里当业务科长，我有些把握。”钱永环是吴栋材的妻弟，拍着胸脯向姐夫保证。

“啥有些把握？是绝对有把握！”吴栋材对自己的亲属要求特严，眼珠朝钱永环瞪得老圆。

“是！绝对拿下！”钱永环一生都很怕自己的姐夫。跟着姐夫干了几十年，因一次吃“回扣”，竟然被姐夫吴栋材开除出厂。

钱永环接受任务后，找无锡拆船公司的老战友董浩然，事情就变得有戏剧性了。钱永环回忆：

关于第一批通过关系搞来的船板钢，我还记得这样一件事。张家港海陆锅炉厂业务上的最高领导是中国船舶工业总公司，因为海陆锅炉厂造的锅炉主要供轮船上用。吴书记的大儿子吴耀芳那时还在镇里客车厂工作，他和海陆锅炉厂的一个业务员蒋有能关系熟，老同学。吴耀芳通过蒋有能和中国船舶工业总公司的关系，搞来了400多吨船板。那时是1984年，厂子还没有正式办起来。

准确地说，我是1985年3月份开始和无锡拆船厂发展关系的。因为我是当兵出身，小时在无锡上学，叔叔、舅舅都在无锡。1985年春节到无锡过年和战友说起办钢厂这事，那时不用愁销售，只考虑原料。无锡拆船公司业务科科长董浩然是我战友，他说可以来看看。这个公司的经理是他舅舅，叫周正中，副经理是王庆年。

那时什么都是有计划内、计划外两说。厂子建成后，找来的原料是船板边角料。能与无锡拆船公司攀上这层关系对我们来说太重要了。我马上将此信息告诉吴书记，并热情地邀请无锡方面的人到我们村来。但人家不了解我们，怎么邀请就是不来，其实是看不起我们小村子。

1985年二三月份在我跑了18次之后，王庆年、董浩然终于来了。王、董来时住在吴书记家里，王、吴一谈起来原来他们两人当志愿军时还是一个部队的，这下可就套上近乎了！王又是豪爽和爱交朋友的山东人，跟吴书记就没说的了，两人像亲兄弟似的。

那时又没有什么东西送给人家，也还没有什么回扣的说法，谈得投机，去了后就发货。我们村里没钱，货款是欠不下的。当时有个会议要在烟台召开，王庆年介绍我们和中国拆船总公司华东分公司（国家物资部华东金属回收管理处分出来的，而中国拆船总公司是物资部下属的）马家俊认识。

马家俊手上的废钢船有15条之多，并且可以直接开调单，暂不付款，比市场上便宜将近一半。吴书记听到后马上算了一笔账：钢厂的原材料他们有几个亿呀！吴书记让我盯住他们。从此他们走到哪里我跟到哪里。那时住店凭工作证，他们有工作证，住宾馆；我没工作证，只能住招待所。我和他们的业务科长宋金海（这个人后来提到副总经理，副司级）熟了。1985年9月30日宋科长到我们村里来了。宋这个人很好。吴栋材不知从哪搞了几包骆驼牌香烟来招待客人。宋烟瘾特大，我陪着他抽，陪到后来，我竟然抽醉了，两天吃不下饭。年底，我从宋那里拿到了第一张调单，100吨，江阴长山提货，都是标准的好船板。我太得意了，在永联厂子里我成了很牛的人！

做生意讲信誉，结账日期我们总是比预定时间要提前几天。1986年4月份中国拆船总公司来上海检查工作，先到宝钢。马家俊、宋金海告诉我，中拆总与上海公司要开拆船板生产现场会。他们的屁股后面跟着很多小钢厂，但中国拆船总公司的领导说，我们很想到你们永联去开会，如何？我一听高兴坏了，赶紧说："行！"当时我了解到，一开始中拆总的人并不主张到我们那里去开现场会，他们有看法，认为县办大集体的联营厂也很多。但上海的同志说，别小看了村办厂，管理很行，有特色，值得看看。这样拆船总公司的领导才决定在我们永联开会。

为了赶紧告诉村上，让他们准备好，我就去打长途电话。那时打个长途可费劲呢，不像现在手机掏出来就打。我排队等了一个小时，请示书记，他连声说“可以”，又说这么大的事要向乡里、县里汇报，上面肯定同意的。吴书记对中国拆船公司的这次会议特别重视，从沙洲饭店请了一个一级厨师，饭碗、筷子、桌子、床、床单都是从无锡新买的。我负责接客人，忙得不亦乐乎。会议共开了三天，就是在那次会上制定出全国船板钢制材生产标准的。客人对我们永联的服务非常满意，这样我们同这个原料大老板就有了交情。

记得当时我是从上海友谊公司租了一个面包车接他们来的。他们到我们车间问质量、效益、管理、设备等问题，印象非常好。客人们尤其认为永联村的优点是手工农业齐抓统管，书记底下又有厂长就搞不好了。大家对栋材这个人很欣赏。“他天天都在车间里。”工人们告诉会议代表。同年 5 月份在北京又有一个全国性订货会，中拆的副总经理李纪章亲自在会上表扬永联，推广永联的做法。

1985 年底华东分公司与永联村协议建副食基地。那时还有计划经济的痕迹，上海的大单位，很时兴建副食基地，单位的人都觉得很荣耀，多吃鸡鸭鱼肉。我们供应副食，他们以货款抵销。

1986 年由于市场混乱，销售出现了问题，我们立即派人出去找市场。800 多吨钢材堆在厂子里，大家心里很着急啊。苏北不行，上海也不行。于是我们就在杭州市的浙江省物资贸易中心搞了一个柜台。那个中心的老总是吴书记的战友，很给我们村面子，我们这边派了一个人先去那里踩点。吴栋材书记的大儿子吴耀芳直接抓这一块，成效非常好，这也是永联钢厂在外的第一个业务销售办事处。

后来我们有经验了，自己在村里搞现场订货销售。1989 年第一次直接在永联村里搞了订货会。由于吴书记对会议准备十分重视，订货会出乎预料的成功。那些想要我们钢材的金属公司、物贸公司、建材公司都纷纷先把钱打到我们账上，说是风险抵押，也算高息集资，有点今天的代理制的意思，这一下我们就搞大了。账上的钱哗哗的几百万、几百万地进来！吴书记高兴，我们业务员更高兴。中国拆船公司华东分公司对永联的这一系列做法也很欣赏。

现在回过头看我们与华东公司的合作，我总结了几点：1. 华东公司很精，协作的条件是苛刻的，但对永钢的发展则是决定性的，让我们有了原料供应上的“靠山”；2. 与其说找到了一个合作对象，不如说发现了一个搞企业的人才，他们对吴书记的欣赏和信任是合作的前提；3. 华东拆船公司算账特精，每次给货前他们都先算，问我，先让我答一遍，我答不上来，他们就说不行，一点也不能打马虎眼。他们心中有数，如果你答得马虎，算得不精，便不给货。那些马大哈、不负责任的主儿他们不放心，也不给货。那几年真是锻炼人，在业务上让我们长进特快……

采购与供销人员在乡镇企业里，一向是最吃香的人。在八九十年代，一个乡镇企业的成败，几乎依赖于这些采购供销人员；如何鼓励这些人的积极性，吴栋材很有一套。办厂刚开始时，由于原料紧张，分配政策明显向采购供销人员倾斜。在现在的永联档案馆，我看到1985年2月份出台的《永联轧钢厂与采购员任务和奖励办法的承包合同》文本。内容大体是：

为了更好地实现厂部下达的1985年度35万元净利和3 500吨成材的光荣任务，经厂部再三研究，特与采购人员订立以下合同，以便共同遵照执行。

一、基本任务

每个采购人员1985年度要完成除8%营业税外的净利5万元，即达到标准的船板700吨，时间从1985年1月1日—1985年12月31日止。

二、奖金结算办法

1. 完成净利5万元以内的，按13%奖励作为费用开支，本人安排，领导批准，货（款）到厂结算；超过5万元的按26%计算奖金，货（物）到厂后半月内结清。

2. 利润计算办法：货到厂后，按当时一般销售价格（前后各半个月的范围）计算，扣去营业税8%。

3. 工资与差旅费结算：完成5万元任务或700吨数量的，得月工资120元；完不成利润和任务指标的，工资按比例下降。差旅费按厂部规定结报，凡请客招待送礼等均由个人负责，事前作借款，货或款到厂后结清。

4. 购货时，如因本人失职与不负责任而造成损失的，均由本人负责。

5. 货款汇出后，50天内必须有货进厂，超过60天的，利息的70%以其利润部分扣除，如果30天以内货物进厂的，按20天利息的50%计入其利润指标内；如果之前确有货（凭合同）因无法分批付款而造成合同无效，厂方应负责该数利润指标的50%，并汇入经办人名下。

三、有关事宜

1. 采购人员在进货时，要分批进行，要照顾到厂部资金周转情况。

2. 供销人员在积极完成和超额完成本身任务的同时，平时要尽力完成厂里必要的杂事和零配件的采购工作。

3. 如供方在开票时需要一定奖金的，开票价确实偏低，经厂领导批准，必要时到厂面述；如数额较大，报支时由厂部研究决定，原则上各负担50%，具体协商解决。

4. 完成和超额完成指标及数量的，确实是协作需要的，经领导批准，适当优惠解决少量钢材。

永联厂方代表的签字人是陈俊雄。当时的采购供销人员有陶桂林、黄允福、沈金芳、钱永环、陆跃祥、顾兴娣、黄建兴七人，他们分别在合同上签了字。这种效益与责任相挂钩的做法，说明了永联村办厂初期就严格按照“多劳多得”的分配原则和现代企业的管理办法。吴栋材坚持认为，永联村的钢厂能够走出一条与众不同的成功之路，“朋友帮助”和“找对一个合作方”是关键之关键。他这话没错。问题是，合作不能单方有善意、有诚意，而应当是双方的。有了双方的善意和诚意，才能实现真正的“双赢”。永联与无锡拆船公司和中国拆船公司华东分公司的合作就做到了这一点。当年曾是无锡拆船公司副经理的王庆年有过一段非常生动的回忆——

作为村办的厂子和拆船公司的合作这个步子跨得确实是太大了。

记得是1985年“五一”之前，永联村的钱永环来找董浩然科长，说是邀我们公司的人到永联那儿去。钱是董的战友，钱一来我就有些难为情，因为我知道他是来找我帮忙的，可我是副经理，并没有决定权。当时我们的拆船公司才成立几个月，还不正规。老钱雇了辆面包车，一来是接我们几个，还要接一个从上海退休的工人。

当时他们的厂叫“永联综合加工厂”。车子从西旸河堤（七干河）上开进去，一看他们的厂房是一个大长方形，用平房围成的，大门左边是财务室，右边是经理室。整个是一个大杂院，里面还有电化厂、玉石厂、镜片加工厂、沙发厂、瓷砖厂，活像杜十娘的百宝箱，种类繁多。食堂、招待所在一间房里，中间隔一道板子，有一个小半间房放两张床，既是值班室又是招待所。厂里有两个业务员，一个负责南下，一个负责北上。我们看到当时永联厂的规模，知道他们在张家港甚至在苏南地区已不是一个困难村、落后村了，总之村办工业有点模样了。

我们去的第一天，吴栋材正好在南丰乡党委开会。王明德打电话给吴，吴回话无论如何不让我们走了，第二天会结束后他一定马上回来。老钱的任务是把我们拉过来，留住。我们来后也明显感到他们是要船板，走也没法走。当时往城里走的长途公交车，一天三趟，但只通到南丰18大队，距永联还有好几里路。没辙，我们只好干等。

大概第二天下午2点钟左右，吴栋材回来了。他当时心里也不是很着急，起码表面上看不着急，当然也可能是心里没底。另一个村干部王明德向吴栋材介绍我是山东人，也是从朝鲜战场复员回来。吴问我在哪个部队、哪个地方打仗。我俩就说来说去，最后发现竟然都是60军的。我是181师，他是180师539团，参加过方形山战斗，这场战役就是由我们541团和539团两个团打的。吴栋材告诉我，他就是在这一仗中负伤的。战友情谊一下让我俩拉近了距离。方形山战役的总指挥是我们团的团长。这一仗打得非常漂亮、干脆、利落。我与吴栋材当时就聊了些战场上的情况。“啊，你们进入阵地的那天傍晚，冲到白草滩阵地我们看得非常清楚，战士个个左臂扎一条雪白的毛巾。”“是这样，我也在这支部队中，也是在这次战役中负伤的。”这样就越谈越亲切，后来我对吴栋材说，我很羡慕你，你当了村书记，又到了社会主义建设的最前线，搞得不错。我们东拉西扯，不谈业务，小董插不上嘴。吃饭中间和吃完之后，吴栋材就把他让我们来村里的目的、要求全讲了。“钢材销售很好，但原料供应不足，请你们考虑给组织一些船板。”他说。

那时轧钢厂一般都不要8—10毫米厚度的钢板，不好卖，太薄。他提出要，我说行，我们千方百计给你搞一些。

这次见面，他给我们提了两个要求：一是组织原材料，8—10毫米的统统要，别的更好，他说他们村一定讲信誉；第二个要求，帮他们联系一家我们系统的拆船公司，让永联做定点来料加工厂。这样，原料就可靠了。至于出材率、返材率、速度、加工费，他说请我们放心，都略优于别人，我们对原料吃口粗，包人家满意。

战友之托，不能失信。我回去后就立即着手帮助吴栋材想法子。当时我们公司自主买的一条船正在江阴冲滩，钱永环等两三人住在我们公司，天天往回拖（船板钢）。这条船7 000吨，德国造，材质好，

60%给了永联，最漂亮的500吨厚船板也给了他们。我还从江阴其他厂拉了关系，搞材料给他们，还拉了一些加工任务。1985年吴书记亲自到南京，我也去了。他们想自己买条船冲滩。

我帮他们解决的第二个大问题就是和中国拆船总公司拉上了关系。1985年6月在烟台开会，中国拆船总公司在烟台召开系统内的拆船总务会，这会我去了。通过这次会解决了中拆和永联的关系，我全力宣传永联，让他们做一个加工点。当时中拆公司有一个销售处的科长，姓张，东北人，大学生，他基本有权决定什么厂做他们公司的加工厂。华东分公司有三位经理，马家俊、宋金海、袁志兰，马、宋，还有北京的张科长分别听了我的介绍。

烟台这次会，中拆的总经理也在。我说妥之后先回来了，后面的会还有六七天。我给张科长重点讲到吴的信誉，他们提前打款。张听了以后说，能提前打款，这还不错。我给张灌输的第二个观念是，吴不是普通的大队书记，虽然话不多，定好的事一定设法办。我告诉张，如此有水平、有档次又正派的大队书记我见得极少。张与宋、马商量以后，答应去永联看看。同年七八月份，我们中拆系统又在常州白荡宾馆开会。我去了之后，张突然问我永联来了没有？我说，定了吗？张说，就这次会议定。我赶紧设法通知永联。那时给永联的电话真难打，上午电话终于打通了，他们下午赶到。在楼下的大厅就填表，诸如生产加工能力、设备等。填了表基本上就算定了。我还清楚地记得，这一年的9月27或28号，上海的华东分公司的三位经理、两个业务员到我们公司对账。这时，他们告诉我"后天到永联"。我马上打电话，让永联村人第二天开车过来。吴栋材、钱永环都如约赶来了，同我们这边几个负责人一起在无锡大饭店吃了饭。饭后，宋表态："王庆年介绍你搞得不错，但大队办的厂子来搞定点加工，可没有先例。"吴栋材连声表示感谢。下午一行人就到了永联，大家看了设备，了解了管理、效益等情况后，就把合作要做的事情定下来了。

大约10月份，我们先调了100吨8—10毫米的薄船板，吴硬着头皮要了。后来开始几百吨、上千吨的大批量定点加工。

1986年春节过后,中拆在永联召开华东片的定点加工现场会,张科长和他们的陈处长,还有以前的定点厂宜兴、江阴、青岛等五六个厂代表也来了,但这几个厂,搞得都不如永联。尤其是代表们看到吴栋材管得严,所办十来个厂都有利润,不像其他地方,书记脱产,不闻不问,高高在上。吴可是原料、生产、销售一把抓,不另设分管领导。当时永联三层办公楼新落成,与会代表们感觉不错,中拆公司的领导更是满意,从此吴栋材的永联厂货源就再不愁了。

1986年我到中拆系统开会,张科长一见我就说:“你给我们找了个好对象,吴书记确实有魄力,很讲信誉。”他又问:“你们公司得到了什么好处?”我说没有任何好处。张说“你们大公无私”,我公司业务员小满说:“王经理,你给永联干了一件大好事。”回到无锡后我将从这次会上了解到的情况和张处长对吴的表扬写了一封信告诉他,希望再上台阶。吴也回了一封信,吴很有分寸地表扬了我:“这里有你的一部分功劳。”看他这个不痛不痒的话,我当时就不痛快,但后来也想通了。我为他们帮了忙,当时是起了重要作用,但我是外因。他有实干出来的信誉,如准时甚至提前结算等。

以吴栋材看问题的准确性,以当时的政策背景,没我王庆年,还有李庆年、张庆年。现在你回过头来看,每一个乡镇企业几乎都有这样的经历。直到现在他们对我还是很客气,我对吴和永联很感激。吴当时曾给我讲,你退下来后,帮我们到北京跑跑,上海跑跑。1988年我提前离休后来到永联,从1988—1998年,干了近十年。他在那封信里还讲:“两三年之内我要让这个厂大变样。”我那时就想,吴栋材肯定能成大事,与这样的人合作也使我感到很荣幸。

1987年吴栋材他们所要的拆船板又有些困难。就在这时,我们公司来了1 000吨货,永联人专门来找我。我们公司上下竟然都同意给永联。和拆船公司的这个关系不得了啊!不付现金,几百吨调单拿到某个拆船厂拉货就行了,加工完了,成材后,卖掉再返回货款和其他款项。随着客户增加，质量要求提高，永联轧钢厂开始轧60方钢坯。这些钢坯也是通过中国拆船总公司的关系联系上的。实际上货款有相当部分也没有来得及返还。但华东公司看到永联前景不错，他们又将六七百万元投到吴栋材那里，帮助建了三轧车间。当然，华东拆船公司在这里也就赚得更多。后来，永联的人一到华东分公司，华东公司的人就开玩笑说："村办国营厂来了。"意思是什么呢？他们信誉好，管理正规。吴栋材和永联轧钢厂的名声与信誉从此在行内全有了！

吴栋材开创的永联与几家拆船公司的合作模式，堪称当时乡镇企业与国有企业共赢的经典。但我知道，永联厂能与这些原料供货大户合作，秘诀就是"城乡优势互补"的特殊友情。

"信誉是效益，友情也是效益！"吴栋材本人是个讲义气、讲交情的人，在企业管理和发展农村经济的过程中，同样看重与各个阶层的友情。他把城乡之间各自的优势联结起来并发挥到极致。这是他在办企业中一条非常重要的经验。他曾这样对《人民日报》记者回忆道：

这事主要起源于当时无锡拆船公司副经理王庆年，他是60军的转业干部，山东人，很直爽。由于购买了他们的拆船板，我们才接上了关系。80年代初期与拆船公司建立起合作关系后，由于我们企业讲诚信，在近十年的合作过程中，一直比较愉快。1986年我们的副业基地建起来后，不仅养鱼，还养猪，当时市场上副食品十分紧缺，拆船公司为了帮助员工解决节假日副食供应，还专门与我们签订了副食品供应合作协议。我们投入2万元现金，每年定量供应他们鱼肉等副食品。通过多方合作，我们两家的关系日趋密切。

改革开放十年左右，中国的城乡都在高速运转，城市工业和城市现代化建设的全面启动，加之计划经济下的城市用工制度渐渐开放，大量农村务工人员开始涌入城市，而这时的城市消费也迅速攀升，一时间城市的食品供应成了问题。人民吃喝用尤其是副食品变得异常紧张，什么东西都要凭票供应，黑市猖獗，鱼肉鸡蛋价格飞涨，你还不一定买得到。城市居民很为此伤脑筋。偏偏这个时候，苏南地区的乡镇企业大发展，聪明一些的办厂人像吴栋材用在农村随处可捡的“特产”——鸡鸭鱼肉，作为沟通那些原本很看不起“乡下人”的城市人和水泼不进的国有企业的“特殊武器”，且这方法一试就灵。

“土特产”这名词就是从那个时候开始冒出来的。“土特产”一直沿用到今天，它几乎成了中国经济发展中的一个特色现象。“土特产”后来也有些变了味，在滋长腐败中扮演了重要角色。然而不管怎么说，“土特产”因为其土而特，它产生了一些润滑中国社会关系的特殊作用。人与人、城市与乡村之间的不可磨灭的友情，是社会关系中必不可少的组成部分。

吴栋材在这方面体会更深。他说：“在计划经济年代，一个村办的小钢厂，能源源不断地正常生产，在激烈的市场竞争中立稳脚跟，已十分不容易。直至进入90年代，完全市场化后，我们与中国拆船公司才慢慢结束了合作关系。两家单位的业务中断后，我们与他们的几位领导和办事人员的感情却长期保留了下来，近几年中还有来往。现在我回忆往事，总觉得我们企业的经营者，在与别人的合作过程中，应精诚合作。即使后面买卖不成了，情谊常在。永钢一路走来得以成功，这才是最关键一条。”

上世纪八九十年代城市与乡村之间的合作与友情、互利互惠极其活跃，双方的交往也非常真诚，可谓相互支持、携手共进。一二十年后，中国城乡的情况都发生了深刻变化，然而农民和城市人之间的这种真诚与友情、交流与互利却变得越来越少了，冷漠、计较、陌生渐成主流，有些可悲。这是不是与现在城市与乡村的变迁有关？农民和读了大学的农民子女大量涌入城市，交通方便和农村现代化都给城乡差异带来空前的缩小。然而，城乡差异的缩小反而让城乡人之间的友情与真诚也少了？有些弄不明白。

因为“土特产”引发的特殊的城乡合作现象，在上世纪80年代初，还是当时一大争议的问题。有人说农民们这种“小恩小惠”是“资产阶级和封建主义腐朽思想侵袭社会主义的又一新花招”，后来甚至有人公开在报纸广播里评论说这是“挖社会主义墙脚”的现象。其实是言过其实，但有一点是客观事实：计划经济条件下的国有企业和农村之间几乎没有任何相通的地方，或者说，由于计划经济的严控，城市与乡村之间的正常流动和交易是隔绝的，城市人和乡下人事实上也是隔绝的。如果不是因为彼此之间有某一亲戚或旧的老相识等关系，改革开放前的中国农村与城市其实是隔绝的。搞活农村副业，利用“土特产”这一特殊武器，凿开了中国社会主义条件下以往隔绝式的城乡之间的通道。这条通道一旦建立起来，中国社会的城乡差异的缩小和后来的城市化进程犹如势不可挡的汹涌江涛，奔腾不息地向前迈进，一直到城市不再是单一由城市人生活和工作的城市，而农村也变成了比城市还要城市化的新世界。这是后话，但这社会新形态确实在永联村出现了。

我们还是先回到20世纪80年代的永联村吧——

这期间，也是永联轧钢厂创办初期，那会儿厂子里都是用旧船板做轧钢原料，而这些旧船板在加热轧钢前，需割成相同宽度的长条。然而，因船板钢大多不规则，切割成长条后，长度不一样，重量也不一样，轧出来的钢材长短相差很大，所以切头很多，成材率只有70%左右。这样的事情如果放在其他地方也许根本不会有人在意，因为当时几乎所有的中国轧钢厂都是这么个情况，且已经被视为极正常的生产效率。但在根本不懂钢铁和刚刚经营轧钢的吴栋材看来是不能容忍的。他是农民，父亲小时候告诉他一个道理：种地人要懂得节省，即使吃饭时掉一粒米，也要捡进嘴里。这眼看着费尽力气搞到的钢坯只能轧出七成的成品，吴栋材心疼。真是没有招了？吴栋材不信。

有一天，吴栋材经过生产线后道，看见地上有一大堆钢筋头，长的一米多，短的十来厘米，乱糟糟地堆在一起。这些钢筋头因为太短，客户是不要的，通常只能当废铁卖了。吴栋材把半成品车间主任黄荣保叫了过来，对他说：“你看看，一个班就剪出这么多钢筋头，浪费太严重了。现在船板钢这么难买，我们要省着点用。如果能减少切头，效益肯定会大幅提高的。”

黄荣保是个负责任的人，他摸摸脑袋说：“吴书记，我也知道这样浪费太多，但别的钢厂也都是这样截料的。”

“就没有啥招了？”

“这……还真没想过。”黄荣保支吾了。

“我们一起想想……”吴栋材沉默片刻，说，“不如这样，以后每根切过的船板条都要过磅称重，并按重量分类，将重量相近的放在一批轧。然后再根据每根船板钢的重量，算算轧什么规格的钢筋最合算。轧过以后，还要量一量钢筋长度，再算算切成什么定尺的钢筋。这样切头减少，浪费肯定也少了。”

黄荣保听后眼前一亮，如获至宝，兴奋地说道：“这个办法好，我怎么没有想到呢？”于是立即召集各工段组长开会，将吴栋材的点子落实到每个相关岗位。这时，吴栋材又叫来会计，帮助黄荣保他们一起做测算。

从此永联轧钢厂轧出的钢筋，长度误差果然小了很多，都不到 0.5 米。定重的问题解决了，可定尺问题不好解决，减少切头的目的仍然没有完全达到。

当时，永联轧钢厂的钢筋都是卖往华东沿海地区农村和城郊建房子用的，这些地方的房子大多前后长 7.5 米、窗户高 1.5 米。了解了这一情况，吴栋材决定在钢筋定尺上不遵循 6 米和 12 米的国家标准，而是根据用户的实际需求定 3 米、4.5 米、6 米、7.5 米、9 米和 12 米这六个定尺。这样一来，不仅有利于根据钢筋总长度选择合适的定尺，也便于用户选择合适的定尺，减少剪切上的麻烦。

这个办法一实施，永联轧钢厂的成材率迅速提高至 85%左右，效益提高了 15%以上。不仅如此，由于永钢的钢筋定尺多、选择余地大，产品投放市场后更受客户欢迎。吴栋材的一个“金点子”带来了双重效益。

后来，张家港市冶金局向全市钢厂推广了吴栋材的“金点子”，成为乡镇钢厂甚至一些国营钢厂学习的榜样。效益是所有企业追求的目标。吴栋材的“金点子”可以让一个中型轧钢厂在一年中效益至少增加近千万元，这在上世纪80年代可是件了不得的事。这样的“金点子”谁人不想学？吴栋材和他的永联轧钢厂迅速在华东地区和全国冶金行业名气大增。

吴栋材的腰杆是从办轧钢厂开始硬起来的。他的永联村也是因为有了轧钢厂而在苏南大地上第一次昂起了头颅……

80年代起，苏南农民最起劲的一件事就是扒旧房盖楼房。乡下人住楼房，现在看来是件非常普通的事。可在三十多年前的中国农民心目中绝对是件天大的事，因为这是他们几代人的幸福梦想。吴栋材自然没有超越得了这样的梦想。尤其是当他看到周边的村子一座座楼房拔地而起时，他内心那份向往和责任感便更加强烈。对吴栋材来说，面子是十分重要的事情，没有面子干啥都不畅。农民们最讲究的就是自己的面子、家庭的面子，而家里是否盖了楼房，这个面子是最重要、最直接而且是最有说服力的。富与不富，尽在那一层之上的建筑。男人能不能娶上媳妇，娶啥样的媳妇，看看楼房是啥样，基本上就能定个七八成。因此楼房在当时的永联村农民心目中是件与天一样大的事情。吴栋材十分清楚这一点，所以在轧钢厂和其他几个小企业有些好光景后，他向村民们承诺和下的保证就是要让所有的人住上楼房。

我看到1987年11月6日上午吴栋材在村民大会上的一篇讲话原文。他在这次讲话中第一次讲到了永联村“从无到有，从穷到富”一类的话。在这次讲话中，吴栋材列举了村里办企业以来为村民办的十件好事，其中有大公路修到了各个自然村、老年人有了养老金、学生学费免除、各家各户上了家庭财产保险、村里通了高压电（就是说有了电灯），还有合作医疗费报销等。在这次讲话中，他专门讲到盖楼房的事。他说从次年开始，即1988年起，给建楼房的每户村民补贴10万至15万元。这笔钱有的是直接现金补贴，有的是供给相应价值的砖瓦等建房材料。

“要求三年内全部建好楼。”这是吴栋材向村民提出的要求，也是他向村民的承诺。

多数农民自己积攒了一部分钱，又有村里的补贴，基本上都能盖一座满意和像样的楼房了。也有一部分子女多、家境困难的农户一下子盖不起楼房，吴栋材为此提供了特别的帮助。比如村民毛士祥家就是比较困难的一户，楼板买了几年一直没见房子起来。有一天吴栋材骑自行车看到了，便问毛士祥为啥？毛士祥向书记诉苦说钱不够。吴栋材帮毛士祥掐指一算，确实按村里的补贴标准他造楼房有困难。于是对毛士祥说："你先把今年上班的工资取了，再不够还可以来找我。"毛士祥乐开了怀，说："吴书记你这么通融，我一定尽快把楼房盖好。"造楼房过程中，毛士祥缺砖7万多块。那时各家各户加上附近村子都在盖楼，毛士祥要的砖很难买到。他又找到吴栋材。这事还一下把吴栋材难住了，他甚至叫大儿子吴耀芳出面跟窑厂的人说情都没管用。吴栋材急了，亲自找到乡政府领导，这才解决了毛士祥要的砖。后来毛士祥家的三上三下新房风风光光地盖了起来，毛士祥逢人就夸："吴栋材书记带领我们走的是共同富裕道路，我们心里踏实。"

集体有了钱，做什么事？为谁而做？这在中国的许多地方并没有解决好。尤其是今天中国比较富裕了，这个问题却越来越严重和突出，社会上和民众中反映最多的问题也是这个。当年邓小平在改革开放初期提出的发展是硬道理和让一部分人先富起来，是针对落后的中国打的一剂强心针。几十年过后，不少地方真的富裕起来了。然而一个异常重要的问题——分配问题没有解决好，也是今天诸多社会矛盾不断出现的关键原因，很令政府纠结。吴栋材领导的永联村似乎至今没有这样的问题，关键一点是他坚持了几十年的农民共同富裕之路和合理的分配政策。

如前所述，几千年来中国农民最看重的财富是他们拥有的土地。新中国成立后，农村土地集体化了，他们看重的是集体分配所给予的那部分收入。中国从改革开放后，土地政策出现了变化，分田到户、承包责任制等对土地性质作了某些重要的调整，但在地少人多和工业化发展程度比较高的农村，农民的土地实际拥有量很少时，他们所看重的就是集体分配给他们的收入多少和公平与否。然后，他们所要做的一件大事便是盖房子。

房子是农民们的财富象征和尊严标志。1990年前后，永联村绝大多数农户住上了楼房，在当时苏南地区除了比华西村等一些发展较早的村庄落后些外，跟其他村庄的农民住上楼房时间基本同步。不要小看了这一同步，它对一向低人一等和出了名的穷困滩地的永联人来说，那绝对是垂头丧气和扬眉吐气的分水岭。

吴栋材的威信到这个时候可以说是钉在石板上的钉子——又硬又实。然而在吴栋材看来，他个人的威信对整个村庄的发展进程来说并不是绝对重要的，最重要的是村民们已经通过几年的摸爬滚打，深切地明白了只有走一条什么样的道路才可能改变自己的贫穷命运。

小小永联村，此时正在酝酿一场更加波澜壮阔的伟大革命，尽管长江的惊涛拍岸还常常伴着风浪而来，但比起吴栋材带领的农民奔富裕的铿锵步履声，已经显得很微弱了……

那一年，吴栋材到上海办事。他听说已经很长时间没有出京的邓小平突然也来到了上海，且与以往到上海很不同，邓小平不停地要求“多走走、多看看”……为啥要“多走走”、“多看看”？为啥？

吴栋材那天回村后，独自站在江边的坝基上，眺望汹涌奔腾的长江水，双眉紧锁许久。猛然又见他的双目敞亮发光——“明白了！”他默默自语了一句，甩开大步，流星般地向钢厂走去。

他“明白了”什么？“我们应该做一件更大、更有意义的事！”这一天，班子会上他亮出了自己的“明白”，不想所有的干部听后目瞪口呆……

5

1992 年，邓小平的目光与吴栋材的胆识。机遇、人才、胆识、智慧聚集一起，长江边的翻江倒海之势从此开始……

这一年中国发生了大事。中国长江边的永联小村也发生了大事。

中国的大事是邓小平的“南巡”。“南巡”中邓小平的目光始终放得很远：既看中国，又看世界；既看现在，又看未来；更把目光放到了一百年后的中国和世界。他最最深切和深情的目光放在了自己国家的十几亿人民的福祉上……人民尽快过上幸福生活，中国早日赶上世界发达国家的水平，这是他的全部心愿。为了这个心愿，邓小平把所能表达的情感都凝结和流露在自己的目光里……

邓小平的“南巡”如春风沐浴神州大地，如战斗号角再一次唤醒每一个有责任心和使命感的中国为政者的心。吴栋材是其中的一个。尽管他的官位小得可怜，但他的那颗想让百姓过上好日子、过上真正幸福美满生活的心是与邓小平的心一样的。

1992年，永联村所在的地区已改为张家港了。这一年一开年，张家港就换了一位领导人，他叫秦振华。人称“秦大胆”的秦振华比他的前任高德正更加火气大、干劲足，虽说是苏南人，你见了他样，听他说话口气，整个像是“山东炮筒子”、“东北汉子”。他一上台，就完完全全、彻彻底底地勃发出他秦振华的风格来——

“今年我们张家港的经济指标要高速！我们的方向是：工业超常熟，外贸超吴江，城建超昆山，项项工作争一流！”一个市委书记，敢在大会上向自己的“老大哥们”挑战，也只有他秦振华了。

“老秦，你可真是新官上任三把火。你自己烧还不算，非得烧到我们头上啊？”苏州人一向讲究内敛和面子，一般情况下跟人较劲，从不表面说。秦振华这“三超一争”的大话放出，引来全苏州一片哗然。挖苦的、嘲笑的、讽刺的，一起冲他而来。

“老秦，你可是我们常熟出去的。我们过去一直是自己人，你真把我们比下去了，你让我们常熟人的面子往哪儿搁呀?”老大哥常熟人说。

常熟在苏州地区过去一直是最大的“块头”，底子老，基础厚实，传统手工业历史悠久，想超常熟谈何容易？秦振华瞪大一双“蛙眼”，瞅着老大哥不开口，心里在说：我秦振华要瞄准的就是你常熟这座高峰，我汗流浃背、双脚朝天也得攀过这座高峰！

“老秦，你要超我们吴江外贸，精神实在可贵可嘉呀！不过据我们所知，你张家港除了几条渔船从长江里捡点破鱼烂虾，还有啥可以出口挣外汇的?”吴江人说。

吴江人聪明绝顶，从吴越时代就练就了一套跟异国经商周旋打交道的本领，似乎吴江人的每个细胞里都充满着智慧。秦振华这回把一双“蛙眼”眯成一条线，他心想：对呀，你吴江人从商的灵性与技巧，我要学过来；光学还不行，得明白其中的经验与道道，要为我所用才是！

“老秦，你们张家港城区好像就是原来的杨舍镇吧？这杨舍镇我前些年去过，好像也只有一两条一泡尿可以撒到头的小街道吧！这两年是不是上台阶了？我们昆山向你学习！”昆山人的话里够带刺的了！

昆山城无山，但却敢称昆山，是因为人家身处大上海之邻，能与大上海比高低。这就是心里有山。心里有山的人就是了不起的大山！秦振华这回干脆把一双“蛙眼”紧闭起来，双手往胸前一挽，心里说：你昆山是大山，是身靠上海的大山，那我张家港也要攀登上去，超过你的高度！

“老秦，你知道我们太仓个头小，你超我们算啥本事？你不就是不想当老小吆！这容易，你把双脚绑上两个草轮子，准会赶上我们的！”太仓人也不买账地说。

太仓小，但太仓素有“金太仓”之称。郑和下西洋为啥有五次从太仓出发？因为太仓自古富足，好备物装货。秦振华的“蛙眼”又猛地睁开，看着对方，一眨不眨，心想：咋，你好天好地好物好生，就不许我江滩人吃口好饭？我要吃，我的父老乡亲要吃，我们子孙后代还要吃，一直吃得比你们更好！好一百倍！

秦振华就是这样一个人。我跟秦振华聊时，他已经从市委书记的岗位上退下多年。想起当年的一段辉煌史，那双“蛙眼”依然大放光芒，说：“我当市委书记后，心想，组织上给了我平台，我一要对得起上级，二要对得起百姓，对得起父老乡亲。为了工作，我可以六亲不认。为人硬碰硬是我的作风；干实事，不吹牛也是我对自己的基本要求。但为啥后来有人对我还有不少非议呢？我检讨了一下自己，无非是我秦振华喊的口号、干的事，在当时别人还不敢喊、不敢干的时候喊了、干了，所以有人后来说我是‘秦大胆’、‘秦牛皮’。但事实证明我们按照邓小平‘南巡’讲话中‘胆子再大一点’的精神，把当地改革的事情做得更超前、更大胆一些而已。当时我和张家港的干部群众只有一个心愿，就是要把我们的日子往好里做。做到张家港不再被别人瞧不起，做到人人过上好日子，跟上苏州其他几个县市的水平，甚至超过他们的水平。”

秦振华在实际工作中比他喊出的口号更雷厉风行、更风风火火。他在定下“三超一争”的目标后，对那些工作不力的领导和抓经济的干部立下规矩：干不好活、达不到指标的，换人。为此，张家港从上到下换了一批干部。

1992年年末，张家港的工业总产值、外贸和城市建设等多个方面全面超过了常熟、吴江、昆山等市县，获得大胜。

秦振华威震江南大地！张家港从此扬眉吐气！

吴栋材是张家港的一名村干部，永联村是张家港的一个小村庄，但吴栋材应当是秦振华的“三超一争”中的主力干将之一，永联村也是张家港全面赶超常、吴、昆等市县的一方力量。

吴栋材与秦振华年龄相近，他们的职务却相差一大截，但吴栋材与秦振华都是基层干出来的风云人物。秦振华是在张家港市的杨舍镇上起家的，而吴栋材则一直在永联村这块地方经营自己的人生，他的官位没有动过。秦振华则不一样，他上任张家港市一把手后方显英雄本色而名扬全国。秦振华的功劳是在高德正等一批优秀的领导者基础上把张家港推到了极致地位。吴栋材走的是另一条路，他只在一个村庄上经营，而他的功劳是把永联村建设成美轮美奂的中国村庄。

吴栋材和秦振华是两个性格并不相同的同代人、同乡人。有人把秦振华比作拿破仑式的人物，一旦决定做什么事，所向披靡，不达目的誓不罢休。吴栋材不全如此，虽然他也是一旦定下奋斗目标，必全力以赴，不达目的誓不罢休，但他会在实现目标的过程中随时作出新的决定而改变原有的想法与方案。他的这种果断及时地调整战略战术，对永联这只船能在几十年里乘风破浪、越行前程越光明起到了至关重要的作用。

我曾在不同场合说过这样的话：今天的苏州精神和苏州人的特点，不再仅仅是“小桥流水”、“细声细语”、做事慎之又慎，还有敢作敢为、搏浪弄潮的长江精神。从苏州的自然环境看，有小河小桥的水乡风情，也有大江大湖的惊涛骇浪之势。小桥流水，培育了苏州人的细腻和聪慧，大江大湖，铸冶了苏州人敢作敢为的精神和作风。你只要看一看今天的昆山人、张家港人，你就会理解今日的苏州人是个什么样的风格了。

张家港人从地域的特点上来看，它绝对不是传统的苏州人的那种“小桥流水”、“细声细语”的性格。秦振华属于典型的大江大湖的性格。这与张家港紧靠长江有直接关系，风浪与惊涛铸造了秦振华这样的性格和意志。但相当一部分张家港人原来是常熟和江阴人，他们的性格是比较“苏州化”的，智慧和细腻是他们基因里蕴存着的。但这不是他们的全部，比如吴栋材，他的性格里有智慧和细腻的一面，也有秦振华式的大江大浪的一面。一个人的成功与否，与其性格有相当大的关系。

我们把注意力集中到吴栋材身上，聚焦到永联村——

“团结拼搏，负重奋进，自加压力，敢于争先。”这最早是“秦振华精神”的初级版本，后来成为了名噪一时的“张家港精神”。

“张家港精神”不能不影响吴栋材和属于张家港行政管辖的永联村。而吴栋材所做的一切，事实上也熔炼成“张家港精神”的一部分。

但吴栋材并不是风吹哪个方向人就倒向哪个方向的。他是一个有独立见解和独立思考，也可以说是有独立人格力量的农民领袖。综观他一生，以及和他接触久后，你会感到他最硬气的地方也是这一点。他的思想行为会受一定的环境影响，但绝对不是那种随便就听命于“上面”和“组织”的人，更不会靠一个号召、一句指挥就动的人。他一生中也有很多机会像秦振华一样从庄稼地走到乡镇，再从乡镇走到更高的岗位上，但他没有。在其轧钢厂有所起色，成为“千万元村”后，上面一度要升他官，要把他从永联村调到镇上。中国人都知道，在农村做再大的官，其实跟农民没什么不一样，他的身份还是农民。只有“吃商品粮”后才是真正改变了农民身份。当乡镇干部后可以换掉农民的身份。那一年南丰镇坚持要给吴栋材安个官当，最后是“组织”行为，硬给吴栋材按了个“镇党委副书记”的头衔，甚至也给他弄了个“农转非”即“吃商品粮”的身份。但吴栋材并不领情，他还是不愿离开永联村。我从永联村的档案馆里看到吴栋材当时与找他谈话的乡领导说的一段话：“组织的好意我吴某领了，但我这个人对升迁看得淡，只想活着的时候多为老百姓做点看得见摸得着的事。永联村刚刚有点起色，如果我真走了，别人来接替的话，不是说能耐不如我，恐怕未必能按我预先计划的思路走。这样，我两个方面都交代不过去：一方面，办永钢厂时，朋友们支持钱物，我半途而废对不起朋友；另一方面，永联老百姓刚刚看到希望，毕竟我是带头人，我丢下他们去当个什么官了，很可能自己收入啦、后半辈子生活啦，都有保障了，可村里的老百姓会怎么看、怎么想？这样会冷了永联村民的心，伤了他们的感情。我还是不走为好。”

这一点，吴栋材有些像我行我素的秦振华。所以回过来说“张家港精神”，其实也能比较真实地体现吴栋材的个人精神。不过他的“拼搏”、他的“负重奋进”、他的“自加压力”的动力源都来自他内心想着为自己的“臣民”——百姓服务得更好和想把自己的村庄永联建设得更好。

一个“好”字，其实是无止境的。像小康社会这一概念，在上世纪80年代初是一种理解水准，到了现在又是一种理解水准，再过三五十年肯定又是另一种认识和概念了。人的生活和精神追求无止境，社会的变化和发展水平也是无止境的。马克思在《共产党宣言》中设定的无产者的最美好的境界是我们都能做“自由人的一切自由”，社会也是“自由人结合的自由体”。真正的自由人是什么呢？自由到什么份上才是真正的自由？不同时代的自由内容肯定也会是不同的。而“自由人结合的自由体”又将是什么呢？共产主义？共产主义就一定是所有的人想干什么就干什么、想要什么就能有什么吗？这里有无限的空间需要我们去想象和努力填实。这个想象和填实的过程，便是我们一代又一代人奋斗的目标与方向。

1992 年，邓小平“南巡”讲话传达后，中国的改革又如春风吹拂，到处热气腾腾、生机勃勃。吴栋材自然不会放弃这样的大发展机会。不过，他这次发力比一般农村乡镇企业要厉害得多，劲也大得多，原因是他从 80 年代初咬住“农工副齐发展”这个思路没有动摇过。邓小平批评的那种不干实事、起劲争论的事，那种像小脚女人迈不开步子的事，那种干一阵、犹豫一阵后再干的事，他都没有过。

1989 年中国的经济和各行各业出现严重的衰退，这一年中国政府不得不一次次出手调整、压缩政策，内外部市场极端恶劣和消极。面对这种环境，许多企业或关闭，或减少生产。曾经非常好的经营单位，虽然也还有较大、较好的市场，但人气没有了，甚至他们对中国的前途产生了怀疑。这一年中国社会和中国人都处在危急关头。能在这一年顶得住并且继续埋头干事的、对中国前途充满信心的人，后来都成了大器。我记得在采写昆山经验时，其中有一个印象特别深的事情是：当时的昆山也是位姓吴的当领导，他叫吴克铨。吴克铨是昆山发展的元勋人物，他在 1989 年做了一件别人都没有做也不敢做的事，录用了一万多名一时找不到工作的大学生。“这些大学生后来成了昆山发展派上大用场的人才。”吴克铨对我说的这句话我一直记着。

吴栋材没有吴克铨领导一个昆山市那么大的战场，他只有一个永联村庄，但这并不能说明他的胆识就不够大。

中国的经济出现巨大压力和严重萧条是八九月后真正显露出来的，尤其是像钢铁这样的重工业生产，几乎处在停滞和停产状态。加上国家出台宏观严控政策，银根一次次收紧，基建项目不断压缩，这个时候许多有钱的乡镇企业家卷了钱就往国外跑。当然这时跑到国外的还有另一种人——对中国社会主义丧失信心或干脆是反中国共产党和反社会主义的。

有没有人气，有没有信心，在这一年无论对哪条战线的人，都是一种严峻考验。说吴栋材在这一年的内心没有一点儿动静是不现实和不客观的。但吴栋材很清楚一个基本事实：中国如果不是在中国共产党领导下，那么像永联村将永远只能是被长江水淹来淹去的泡水地，而村民们或背井离乡去乞讨，或跳进滚滚的长江了却性命。

"我相信社会主义，相信中国的社会主义不会像苏联那样崩溃。我不管上面会发生啥事，我要把村里的事做好，让厂子不停，有钱赚、多赚钱，老百姓过上好日子。"那一年，吴栋材跟在部队里当军官的二儿子惠芳谈论最多的几乎都是这些内容。

在村民大会上，吴栋材用高音喇叭一次次跟干部、群众讲："现在摆在我们面前的困难一大堆，但我们如果一直不停地光讲困难，能有啥用？我们是庄稼人，地里的庄稼长得好，日子就有希望，就能过好；如果我们再把厂子坚持办下去、办好它，大家的日子就肯定不会差到哪儿。所以我们面对困难得有勇气和朝气，要继续发扬在困难面前不动摇、不泄气、不等待、不落后的精神。我们要抓调整，攻市场，促联合，重管理，增效益；更要学会服从大宏观，搞活小气候。要紧紧抓住四个能力不放：资金的增值能力不放，产品的创新能力不放，技术的进步能力不放，市场的应变能力不放。"

吴栋材的经营意识强，且头脑异常独特和清醒。看到别人都停的停、歇的歇，他来了个相反的战术。营销人员全面出击，以杭州为中心，辐射上海、江西、福建，同时南向广东、北进河南等地，重点布控整个华东市场。同时改进轧钢产品更适合于民用建筑所用规格，有针对性地生产钢材产品。通过如此一番精心调整生产和营销战术，在全国各行各业都困难的1989年，永联村不仅经济效益和工业生产没有下降，反而提高了近一倍的水平。

说到这里，有一个人不能不提，这个人就是吴栋材的大儿子吴耀芳。

吴耀芳现在是永钢集团总经理，他在这个位子上整二十年。在永联，吴耀芳是除父亲之外权力最大，最有威信的一个，这与他二十年来协助父亲打下永联这片江山所建立的功勋有关。严格意义上讲，据我的观察，大儿子吴耀芳的性格比父亲更适合于“社交”。他的随和与豪放跟他早年在供销社工作有关。吴耀芳作为家中的老大，自然与所有农村成长起来的男孩一样，他除了自己上学读书外，还得帮助父母做家务。吴耀芳下面有一弟一妹，加上父亲虽官不大，但总不太着家，因此大儿子很小就得帮大人做事，这也练就了他从小善于交际和独立自主的能力。16 岁他进了乡里的医疗机械厂当一名抛光工，父子俩接触钢铁的年龄差不多。大凡跟钢铁打交道多的人性格都有些硬朗。“有一天我去厂里看他，竟然没有认出我儿子是哪个！当时抛光工要抛毛坯不锈钢，儿子站在我面前只露两只眼睛眨巴着，浑身上下都是绿粉。耀芳说了一声爸你来了。我当时很心疼，这么小年纪就干重力苦力。但他是农村孩子，在那个年代，耀芳这样的孩子还能有什么可做？进厂对许多农村孩子来说，算是有前途的了。能吃苦耐劳也算耀芳他们这一代人的优良品质。我这孩子聪明、能干、有闯劲，但也很有个性。优点是干事踏实，能独当一面，交代他做的事能干出名堂。”这是吴栋材对大儿子的基本评价。

吴栋材三个子女，开始都不曾在他身边，而且他们的户口和出生地都不在永联村。在吴栋材到永联村当书记时，儿女们其实都已成人，不是已经有了工作，就是正在考学。大儿子吴耀芳在父亲办永联轧钢厂时，已经在南丰乡搞汽车修理，很赚钱了。“1985 年我结婚时，已经是万元户了，比老爸钱多。他的轧钢厂开始不咋样，主要是销售没人。他就找到合作方南丰乡供销社，请求帮助。当时我所在的信托公司是供销社的下属单位。供销社的头头知道我干销售多年，有些经验和路子，就说你到永联帮助你父亲的厂子把销售搞起来。我跟父亲的脾气是一路货，谁都不让谁，就死活不愿去。供销社领导也绝，不让我到原单位上班。当时我妻子刚生孩子、岳父去世，所以就在家里待了三个月。最后领导还是来找我，说永联村的钢厂有我们供销社一半股份，让你去是为了我们单位自己的事，你必须去。这么说我就没有办法了。去了永联村我就得老老实实听父亲指挥了。他交代我的任务是打开市场销路。这我有经验，我先选了两个城市，一是苏州，二是杭州。苏州是本地市场，肯定要重视。杭州是华东市场的重要城市，另一个主要原因是我弟弟在那里当军官。那个时候钢铁产品还受政府贸易部门一定的控制，杭州贸易部门对像我们这些乡村企业根本不放在眼里。村里的销售员告诉我他们连面都不见。我就不信，去了，见了贸易公司的总经理杨总。我一听他口音就知其是四川人，后来我一套几句话，知道了杨总还是志愿军出身。这我就立即有话题了，说我父亲也是志愿军，是60军某某师的。杨总惊呼起来，我也是这个师的呀！我高兴啊，立即给父亲打电话，让他们两个没见过面的老战友叙战斗情谊。这下不得了啦！接下去我在杭州搞销售就一路绿灯了。杨总同意我们在杭州注册了销售公司，并且帮助我打开了不少路子。我们的公司成立后第一个月就在杭州销售得特好。从此，父亲就让我把杭州销售公司作为培养自己企业销售人员的基地。我们培养了一批又一批的骨干，后来他们都能独当一面。所以我一直称杭州销售公司是我们永联厂的黄埔军校……”吴耀芳说。

办企业无非是两个主要战场，厂内的产品生产和外面的市场销售。厂里有老子吴栋材撑着，外面的市场有儿子吴耀芳开拓和管着，父子一唱一和、一里一外，小村子的钢材产品竟然在庞大的中国大市场上独秀一枝，名声显赫。

时至中国经济最萧条的1989年12月初，正当全国冶金行业门庭冷落之时，谁也不曾想到长江边那个小小的永联轧钢厂订销会却热闹非凡，来了100多个客户，订销钢材产品15 920吨。吴栋材后来在办公会议上讲了“五个想不到”：

一是想不到来了那么多客户；

二是想不到用户对永联厂的产品评价那么好；

三是想不到一下订出那么多货（我们原先只打算订销5 000吨就阿弥陀佛了）；

四是没想到协作单位那么看好我们永联，像临海经济协作公司主动给永联投资 100 万元；

五是没想到上级领导这么支持和肯定我们的成绩。

没有想到的事其实也在情理之中，因为吴栋材拥有别人没有的勇气和魄力：面对困境，毫不动摇。

今天我们看这些数字似乎有些不值一谈，而在当时——1989 年的下半年，对中国的所有企业来说，能有如此好的市场景象实属罕见。一位现在已离任的国家商务部副部长曾经对我说过，那一年他负责的外贸业务基本上没有什么客人接待，西方世界几乎一致对华采取了经济制裁和政治上的封锁，没有人敢跟中国做生意。国际环境的恶劣加剧了国内经济的大萧条，许多企业不得不关门和减产，尤其是基本建设行业，更是一片惨象。吴栋材能使自己的企业在这样的困境下保持如此一枝独秀的景象，这与他坚信社会主义事业和保持企业生产优质产品有关联。

“越困难的时候，越要有信心；越在生意难做的时候，越要练成企业自身的硬功夫。”吴栋材经常用这样的话教育和鼓励自己的企业员工和村民们。

1990 年、1991 年两年的永联企业效益都在逆境中获得了快速发展，根基越打越牢固。有一件事不能不提：1989 年下半年至 1990 年初的近一年时间里，正当中国企业包括钢铁企业在内的许多单位还在忙着“找饭吃”的时候，吴栋材和永联厂则忙着“练内功”——即加强企业自身的制度管理和质量管理两项重点工作。

上世纪 90 年代之前，永联所办的企业其实还都是些作坊式的“小打小闹”，即使轧钢厂办起来后，厂里的工人还大多是些种地出身的庄稼汉或绣花女，啥是纪律、啥是规章，对他们来说还是新鲜玩艺。上班能准时到车间就算不错了。在车间里嘻嘻哈哈，干活时打情骂俏是家常事；带孩子上班，牵狗进厂，甚至下班顺手牵羊弄走几块铁条钢坯也不以为然；至于环境卫生、个人卫生更是自由自在；想啥时离开车间就啥时溜之大吉。吴栋材为这些事没少费劲，一次次整顿、处罚。起初开会定下的纪律条例，工人们不当回事。你一批评他，第二天人家就不上班了，用现在的话说是他把你老板炒了。你要扣他工资，他会带着老婆、孩子上你家、上你办公室闹。他偷工偷料，你抓住他，他满不在乎地笑着跟你说：“都是乡里乡亲的，这么认真干啥？再说，我拿的东西反正都是厂里的边角料，别那么认真。”吴栋材办法多，先是教育，再是处罚；教育和处罚不起作用时，就开除你送回家种地去，吵也没有用。在村民大会上公布谁谁因为什么什么被开除了，这一下让要面子的这些农民工人们感到了跌份、破了脸面，于是就收敛起种地人的老毛病。有些人散漫惯了，不接受工厂的严格劳动纪律约束，吴栋材通过办班培训，现场传帮带，渐渐这些庄稼汉和绣花女成了像模像样的工人了。光进厂干活还不是真正的工人，要把活干好、干出质量、干得让客户夸奖和满意才是目的。当然还要厂里的效益出来才行。农民们不笨，你只要有心把他们引到正规道上去，日子一长，身上原有的那些毛病和痼疾就自然而然地消失了。毛泽东说过，教育农民是最艰难的事。要把农民培养和教育成守纪律、懂技术的工人则是难上加难的事。吴栋材通过一次次有针对性的教育和不断地灌输新观点、新思想、新行为方式，让大多数进厂的农民们渐渐变成了适应企业工作的新式工人。这一工程对吴栋材来说其实要比建十个厂、打开一百个市场要艰难得多。但他完成了，并且随着企业的发展和制度的完善，那些过去只会进行简单体力劳动的穷兄弟姐妹们不仅成为了合格的企业职工，而且很多都成为了独当一面的管理者、销售者和工程技术人员。这些人既是吴栋材领导全村农民走向致富道路上的骨干分子，更是永联企业从无到有、从弱到强的支柱。有了他们的成长和进步，永联村和吴栋材的江山才得以巩固。

企业的成功标志，是从不关门、有钱赚，到生机勃勃、日新月异，不断扩张和占有市场，在行业间占有一席之地直至垄断整个行业以及全国乃至全球市场。这其间核心的作用除了员工的素质外，企业产品的质量至关重要。1990 年，作为村办企业，永联钢铁厂拿到了国家颁发的第一个生产三级计量合格企业证书，同年还领到了冶金专家验收核证之后的生产许可证。这是全国村办企业中第一个领到此证者，其意义对永联村来说非同小可。用简单的一句话说，这证明了永联钢铁厂从此跻身于全国钢铁行业的队伍之中。它虽是一个不为人知的长江边的无名小村办的企业，但已经在国字钢铁企业里挂上了名。按吴栋材的话说："从那一天起，我们这个小游击队队员算是被收编到正规军里去了。"正规军就有正规军的打法。那便是质量与产品的正规性。普通的乡镇企业，许多管理者都有一个不成为经验的"经验"：干什么事、产什么产品、营销什么事情，只要不出格（即使出点格也没啥大不了），都可以干；干错了，也只是低下头认个"我们是乡镇企业"便完了。于是许多乡镇企业后来没有成为大企业，没有制造出独立的具有创新意义的产品，没能在市场上有声有色地占有一席之地，其根本原因就是以低级、粗糙、廉价和不知耻辱为代价从事企业生产与管理。多数中国的乡镇企业走的就是这样一条道路。他们因而大多是走了一程甚至是半程路便走不下去了，最终企业倒闭或关门。即使有些企业仍在经营和生产，也是无声无息，有的虽然规模不小，但也始终没有自己的品牌或市场占有率。

吴栋材清醒地意识到这一点，所以他的经营理念和办厂意识里有一点是十分明确的：做生意讲究的是信誉，办企业追求的是产品质量和满足客户的需求。信誉、质量和适合用户需求是三大原则，少一个都不行。谁要在这三个问题上"偷工减料"，吴栋材的脾气就会上来，就会让你丢了饭碗，还要"遗臭万年"。当然他不是那种一眼就把人看死的管理者，但制度和规矩则有钢铁一般的不可动摇性。有一个例子很能说明问题：他的一位妻弟在营销过程中出了差错，吴栋材毫不含糊地将其开除出厂。当时许多人以为他是做做样子而已，因为吴栋材这位妻弟是永联钢厂创业时的"元老级"人物，算是对永联有特殊贡献的创业功臣。但在"犯事"之后，吴栋材铁腕施政，将其妻弟开除也不是仅做做样子而已，直到后来过了近十年时间，等这位妻弟彻底脱胎换骨时，才重新将其安排到厂里工作。

永联钢厂的产品主要是用于建筑的螺纹钢，属于大众类钢铁产品，其技术含量不是很高，大钢铁厂、小企业都生产。但世界上的事情就这么奇怪：都会做的事，都会生产的东西，好坏程度却千差万别。比如说制衣，农家妇女会做，小裁缝会做，有流水线的工业机械厂也会做，可是人们做了几千年的衣服，仍然千差万别。农妇做的衣服只能给自家人穿，小裁缝剪出的衣服只能日常穿，流水线出来的衣服可能卖到超市只有几块、几十块一件，那些有品牌的、世界名牌的衣服一件可以卖到几百、几千甚至上万元，为什么？质量、品牌和销售水平不一样。螺纹钢产品是同样道理。吴栋材教育自己的企业员工就是用做衣服这样的普通道理来认识自己企业的生产及销售问题，重视企业每一个生产流程，这是吴栋材一贯的精神与指导思想。经济学告诉我们，从任何商品的本质来看，企业的大小并不是根本。当然垄断企业会在整个商品市场中占有先天的优势，但就单一产品而言，任何一种商品对买家来说，看重的一是价格、二是质量。价格对一个村办企业这样最微型的工业体而言从来不是根本性的问题，乡镇企业的价格优势也始终高于国有大企业和外国企业。但论产品质量，则是那些具有庞大生产能力和工业化、科技化程度相对高的大企业占优势。吴栋材的永联厂在最初阶段还不具备大型企业的设备、规模和科技含量上的优势(后来他也很快跟了上去)，但这毫不影响和动摇他在产品质量上的苛刻追求。

为了确保产品质量，吴栋材就像妻子要求他日常注意自己的形象一样，在可能的情况下，必须从头到脚弄得干干净净、整整齐齐、有模有样。这一作风，与他在70多岁高龄的今天还能够始终保持气度不凡的形象有直接关系。企业产品对吴栋材来说，就像他个人的面子一样。“但面子好还不行，还得身子骨真硬朗。身子骨硬朗，就得不能有一点儿毛病。”吴栋材教育自己职工的方法，跟他每天骑着摩托车(上世纪80年代后期起，他不再骑自行车了，换了小摩托车)在村头村尾走走看看一样，用的都是种地人一听就明白的语言。身子骨没有毛病并不容易，得日常里注意每一个生活细节才行。钢厂的产品要达到优质，企业就得有一整套完善的生产、检测体系。在企业稍具规模时，吴栋材就在厂里建起了先进的化学、物理设备测试中心，使得原材料进厂和成品出厂的质量有保证。在生产操作上，实现电脑控制钢温，关键岗位全流程电脑监控，并使熟练技工基本固定。“吴书记在技术装备上舍得花钱，那时连一些大企业还靠老设备测试产品和材料时，我们的吴书记就给车间配了电脑。”职工们说。有一天一位乡镇企业同行到永联来拜会吴栋材，当看到永联厂竟然对螺纹钢产品规定了84种质量记录，感慨万千，说：“我们都是差不多大小规模的小钢厂，老实说，我们是把钢坯塞进轧机看它出来一根根钢条，再卖出去就完事了。老吴他竟然那么细致地对待自己企业卖出去的每一根螺纹钢条，我们不输给他才怪。”

吴栋材自然有自己的追求，他要的不仅仅是永联厂能有饭吃，而且这饭必须吃得健康、能飘出香味。为此他一再在员工中强调：至于产品，它既然标的是“联峰”牌，那就是我们永联厂的面子和里子，那就得经得起市场、用户和时间的检验。永钢产品获得国家技术监督局颁发的ISO 10012认证并通过GB/T 9002—ISO 9002质量保证体系和产品质量认证，后来又获得国家免检产品、国家用户首选产品、冶金产品实物质量“金杯奖”、江苏省免检产品、省名牌产品等荣誉。这些荣誉是在上世纪90年代中后期企业大规模生产之时获得的，但抓质量打下的基础则基本是在90年代初的几年里。

“我们的‘联峰’从第一次在市场上露面，到后来风靡市场，仅用了五六年时间。”吴栋材曾十分自豪地对我说。

似乎一切都具备了，邓小平的“南巡”讲话便是拂面的春风，将吴栋材那颗为了百姓福祉而敢为天下第一的雄心壮志激荡万丈。现在他要做一件事，一件与邓小平所期待的那种改革“胆子更大一点”相一致的事——办大厂、办大轧钢厂！

我老家苏州人都说张家港人胆子大，他们的市委书记秦振华就是个“秦大胆”，只要你想的到的事，他都敢干。你想不到的事他也敢干，否则张家港不可能从最落后的一个小市一跃成为全苏州的领头羊。但在张家港干实际工作的人中，吴栋材的胆子其实比秦振华还大。张家港人比我清楚，他们说秦振华在杨舍镇当书记时就没有搞啥大企业，更不用说他敢办钢铁大企业。吴栋材就敢，尽管他管辖的地盘比秦振华管辖的地盘要小得多，但这丝毫不影响吴栋材干大事的雄心壮志。

“邓小平到深圳的讲话就是给我们的底气！邓小平讲的到2000年中国钢铁生产要达到1.2亿吨就是方向，我们要抓住这机遇，不干则已，干就得大干！钢铁事业是国家大事，我们小村子也可以干国家大事，至少可以参与干国家大事。”吴栋材在村民大会上的嗓门调子比过去还要高，因为他已经认准了大干的目标：1993年要实现一亿元以上的收入，这对永联村来说是个历史性的台阶。

吴栋材似乎对此胸有成竹，因为他的心中已有盘算：一是再上一条铸铁管生产线，另一个是从北京科技大学钟廷帧教授手上买来一套高强度短引力半自动连轧生产线。这两个项目一上，永联钢厂不再光靠“联峰”的品牌了，而是可以跻身于那些像宝钢、鞍钢等名声显赫的“国家队”的行列了。吴栋材心里这么想的，而且想的有理有据、头头是道。但他的农民伙计们觉得他是在做梦——做糊梦。

“我的530项目可是个美丽梦、发大财梦！”530是轧钢产品的规格型号，也是吴栋材从北京科大钟教授那里买来的“宝贝疙瘩”。

“好不好，明年就能见分晓！”吴栋材在干部会上统一思想后，就没有再更多地去阐述上这两个大项目的意义了，他关注的是村上的电怎么解决。钢铁大亨要吃饭透气，没有电是绝对不可能的。过去永联村只靠柴油机发电，吴栋材为此曾诉苦道：永联村从上世纪70年代中后期一直到90年代初，拼搏了十几年，靠的都是柴油机发电，每天耗油3吨以上，一年成本增加几十万元。更主要的原因是柴油机发电一年最多只有十个月，其余两个月柴油机要维修，而且发电的柴油机两三年就得更新，成本太大。永联村想大干，没有高压电是不行的。

永联村距中心城市远，又是小村庄，他吴栋材一开口就要在村子里建一条11万伏的变电所。“没有这么个变电所，我无法把两个大项目上马。”吴栋材找到市供电局领导，犟劲地说。当时任张家港供电局局长的张金宝是这样回忆的：

永联村一直很穷，1983年时还没电，靠柴油机发电。1983年成立东沙乡，从兆丰变电所拉线通到东沙。1984年，永联的人来找我，后来就从东沙挂了一条325线路，装了一台315 KVA变压器，从此他们那儿有了电，但不够用。市委领导对永联的新项目非常重视，所以支持他们解决供电问题。我就建议接11万伏，沙洲变电所22万伏，锦丰11万伏供钢厂。从沙锦高压线厂接到永联13.4公里。这件事得到当时市委书记秦振华的大力支持。打了报告，1992年9月份省里批准，10月份我们就开始备料施工。1993年3月8号通电。按常规需6个月，实际只用了86天。我们力量不足，线路上请苏州人来做，变电所由我们自己做。我们的施工队伍吃住在现场，干到春节大年三十下午4点离开工地，初二又投入施工。都是吴栋材书记要求赶时间。他的时间观念太强，真的是“时间就是金钱”。1992年他这样一个农民企业家有这种意识，非常不容易。当时建起来时，是村级第一家11万伏变电所。华西村到了1998年才有。

从供电局长的话里可以看出，当年吴栋材对电的渴求和那种为了办钢厂而拼命抢时间的劲头。

长期在永联钢厂主管生产技术的副总经理陈华斌则给我讲述了当时他们上530项目的整个生产技术革新过程：

我们和吴书记，还有手下的这一千多号人，都是农民出身，之所以能够在乡村土地上建起一座大钢铁厂，关键是大家在技术上下了狠工夫。通常是，他吴书记出点子，给我们壮胆，我们就干。刚开始我们谁都没有见过那么大的机器，好多事也不能按照国营企业办钢铁厂那么一套一套的规范干。纯粹是干中学，学中干。吴书记是学习领会毛泽东思想的高手，他自己也是土农民出身，但可以说现在他是地地道道的钢铁专家。比那些国营大企业的厂长更懂得如何办钢铁厂，甚至比那些专业设计钢铁设备的权威专家还要权威。这绝对不是对他的吹捧。我记得当时是1992年8月份，吴书记通过我厂参加南方冶金会议华东片分会的人知道了几个专业人士手上有我们想要的生产线，其中有一个叫周家锵的教授，还有一个是北科大的钟廷帧教授。周教授手上有一个预应力流水生产线，钟教授当时手里有一个高强度短应力流水线，相比之下，钟教授的流水线更适合我们。我记得当时吴书记对我们说，他马上就要去趟北京，说是要买下钟教授的那套流水线。他是一个人去的，并且带了永钢厂的公章和10万元现金去的。很明显他是一心想把流水线买下来，急切程度可想而知。我们也都很支持他的决策。我后来听吴书记讲，他去北京科技大学找钟教授，上楼后一个年轻人看他一身土气，就阻拦他，问他干什么。吴说我是乡镇企业家，来找钟教授买生产流水线。那年轻人打量了吴书记一番，不屑一顾地说教授忙着呢，没时间见。吴便说，那我就在这儿等吧。于是他就在轧钢研究所门口蹲下身子等啊等，那位年轻人看不下去了，有些感动和无奈地对吴栋材书记说，给你20分钟时间。吴栋材说，你就是给我3分钟时间，我也很感谢你。哪知钟教授见了吴栋材，两人一谈就投机了。教授对我们吴书记在钢铁方面的知识很敬佩，不过一谈起他的生产线买卖，就有些退缩，说，我们这么大的一个生产流水线，一般至少要半年，而且费用很高，很大的投入哟，你一个村办企业行吗？吴栋材书记是个直性子，他呼地站起身，打开身边的皮包，将10捆100元一张的现金倒在钟教授的桌子上，说，这是定金，如果不够，我马上回去再拿！钟教授的脸上露出了惊诧的表情，态度也变了。吴栋材厉害呀，他紧追不舍地对教授说："我知道你以前给山东一钢厂设计过一条基本差不多的生产线，这样你们其实不用再重新弄图纸了，把那一套图纸复制一份给我们不就可以了嘛！费用嘛，50万元行吧？"吴栋材是算账的高手，也是谈判的高手。他这么出招，对方就无话可说了，于是这个项目就用了20分钟谈定。双方都很满意：我们这边知道买这么一套生产流水线的设计费一般在80万元左右，现在用了50万元复制人家一份图纸，既符合实际需要，又便宜了几十万元钱，当然是好事。钟教授那边也是，他没有费多少力气，卖出了一套生产流水线的设计，更主要的是被这么一个干事痛快讲效率的乡镇企业家的精神所折服。几天来回，吴书记把这么个大项目搞定。十天后我们就破土动工，这在任何一个国有企业是根本不可能的事，但我们就做成了，别的不说，光时间上我们至少争取到了一年时间。后来等国内市场需求新的螺纹钢产品时，不少同行也跟着上530生产线，可我们已经投产了一年多。一年多时间给了我们几大好处：一是产品首先占有了市场，二是同类产品中我们的生产质量和数量都居别人之上。这就是我们这样的小企业、村办企业为何最后敢同国有大企业叫板和比拼的原因所在。

吴书记还有一个特别重要的观点，他一直认为所有生产螺纹钢产品的钢铁厂其实完全不一定非得要进口设备。螺纹钢是并不复杂的钢铁产品，要求也不特别高，国内完全有这种设计能力。何必花费高出近一倍甚至几倍的资金求取进口设备。这一点也充分说明吴栋材书记是个非常求实和敢于创新的人。在当时，国内刚刚开放，有些事情在一些人的眼里似乎啥都是外国的东西好，贪洋求洋的风气很盛。我们是乡镇企业办厂：一方面没有渠道、没有外汇去进口设备；另一方面觉得自己是农民办厂，反正都是土法上马，成了最好，不成也没什么丢面子的，结果反而以最低的成本实现了自己的目标。这应该说是我们成功的主要经验，也是许多中国乡镇企业一路走过来的一点共同体会。吴书记到北京，和钟教授谈两个小时就把项目定下来了，并且签了合同。这样的事情如果换成国营企业，估计光洽谈、讨论、再形成计划、方案和申报等，没有一年半载是根本不可能成的事。但我们就简单了，吴书记看中后，与我们几个骨干一说，大家觉得可以干，就几天时间把这么一个大项目定了下来。这才真正叫时间就是效率、时间就是金钱、时间就是生产力。不过当时我们和钟教授谈这个项目时，他基本是不相信我们的，这也难怪。几十年来，他这样的大专家所谈的对象都是清一色的国家大企业，怎么可能一下让他接受一个乡镇企业来做他的大项目呢？但后来钟教授改变了自己的看法。因为他在与我们谈项目时，同时还接触了一家国营大型钢厂。人家那一头也很想要钟教授的设计生产线，可光说不练，纸上谈兵。我们不一样，我们跟他谈定后立即把预订的款打了过去，钟教授这才真正重视起来。后来事实证明钟教授选择我们是对的。因为等我们的生产线建成投产已经一年多了，那家国营厂的基建任务还没有结束呢！回头看看我们是怎么干的——

等吴书记在北京把项目的合同一签，他就打电话到村里，告诉我们厂房的长度、高度等，说动员一部分村民和厂里的工人们，先动手把厂房等基建施工的事情干起来。9月2至4日，吴书记带着我又返回到北京订设备，同时带回了工艺图。村里就开始按图上的工艺要求完成土建工作。这时吴书记又在村里召开会议，布置两批人马，一批是我带头的买设备搞车间，另一批由陆汉平带头的到山东淄博钢厂进行技术培训。有人到我们永联来看到“十里钢城”都很震惊，都说你们农民竟然自己能搞这么大的钢铁企业，十分了不得。连外国朋友来参观后也都竖大拇指。这一点我们永联人真是骄傲，因为按照传统的做法，像我们永联钢厂的规模和现代化程度，只有倾一国之力才能完成得了。当年上海宝钢上马时，国家不是还引发了一场大争论吗？当时就是国力不够嘛！再加上现代化设备都得从西方先进国家去引进，引进了设备能不能符合期望的生产能力和正常运营都是问题。后来几乎是全国上下齐努力才把宝钢搞了起来。我们是一群农民，一群根本没有什么人支持的农民在一没有资金、二没有技术的情况下搞起来的。而且当时是在连冶金部的领导及地方政府的头头脑脑们很不支持的情况下搞起来的，各种阻力、压力大得很。可是吴书记不信鬼，冲着“要发展”这个信仰，自己动手干了起来。这有点像毛泽东主席主张和主导搞中国的原子弹一样，中国当时什么条件都不具备，但搞成功了。我们在吴书记的领导下，也是坚持一个信仰：只要方向对头，凭我们农民的智慧和干劲，不相信干不出名堂。而且后来事实证明，确实只要我们工夫和信心到家，再困难的事也能办成。经济工作其实跟种庄稼有相通之处，那就是你得有自信，你得会钻研，你还得敢于冒失败的风险。我们当时搞530项目，除了主电机和高压控制部件由北科大设计外，其他如500立方米的油罐、加热炉、辊道、升降台，都是我们自制的。除冷床外的其他设备也都是我们自己安装调试的。这在国有企业的建钢厂规范里是绝对不允许和不可能的，但我们都做了，且做得不错，完全符合设计要求。

这也证明了什么东西都不要迷信。所谓科学和专业其实也是在实践中摸索出来的，而科学和专业本身也在不断完善过程之中。比如我们在拿到钟教授的530项目总体设计时，就觉得轧制工艺上还是与实际生产产品之间有一定距离。吴书记多次召集我们开会研究，同时又派人出去参观学习，回来慢慢调整后才完善的。我们自己搞的加热炉也是比较好的，有特色。当初钟教授等设计的吨钢耗油65公斤，我们改进后最低吨钢耗油仅为32公斤，通常情况是吨钢耗油36.37公斤。这个低耗在当时的国有企业中还没有听说，一般都不会跌破40公斤大关。有一次，我去开一个冶金行业的节能降耗会议，参会的基本都是国有企业代表。我去晚了，但当听到会议上有人把他们轧制吨钢耗油42公斤先进经验介绍时，我就听不进去了，因为我们永联钢厂早就达到40公斤以下了……

吴书记力主的530项目投入生产后，我们是全国乡镇钢铁企业中具有如此大生产能力的第一家，这个530轧制生产线能够吃连铸坯、一火成材。著名国有钢铁企业邯钢是1995年才有了与我们同样的生产线。我们的530项目投产第二年，钟教授和我们吴书记几人就因这条国产化、低成本的短引力、半连轧生产线等科技成就获得国家教委科技进步一等奖。这在当时的乡镇企业中也是绝无仅有的。

吴栋材决策和指挥的530项目之战的成功打响，可以视为永联村和永联钢厂历史上具有飞跃意义的一役。永联钢厂的元勋级人物陆汉平有这样一段描述：

永联钢厂在1984年前后是靠拆船业和钢材走俏带动起来的。当时船板很紧张，船板坯料大的我们的机轧吃不了，只有2 cm×5 cm×8 cm规格，大约5、6公斤的货才能消化掉。坯料搞到手后，我们便按大小、薄厚分类剪切，分类轧制，成材率高，并且实行范围定尺，利润还算可以。

1985年赚了150万元。

1986 年搞了一个 230 生产线。1987 年又与华东拆船公司联营搞了一个 250 生产线。

1988 年再在 250 生产线基础上加三组 300 轧机，最大原料可吃 60 方的钢坯，而这时市场上主流的轧钢原料已是钢坯。繁荣一时的拆船业到衰退的时候了。

1992 年 10 月 530 项目上马后，吴栋材安排我的任务是带 18 个人到山东淄博线材厂学轧钢，包括预装、导位、调整、试炉、维修等技术。山东人挺好，是我出门学习中遇到的最热情的人，放手让我们学。我们都是些农民工人，吴栋材现在要办大钢铁厂，选我们出去学习，目的是回来搞大型轧钢生产线。能不能学得会技术，我们压力很大。像预装工、内圈加热 30—40 秒等技术很难掌握，所以我们白天学，晚上还要自己掏钱买包“石林”牌香烟，去走访师傅加“小灶”。那时为了学技术，很苦的。18 个人回来后有 9 个人淘汰了，剩下 9 个现在都是永钢厂的骨干。

1993 年 4 月 8 日 530 生产线正式投产，当初的线速才 6 米。虽说也算出了成品，但生产线不稳定，废品不少。一天下来要赔 5 万多元，急得吴栋材和我们大家都睡不着觉。第二天他带着我们坐下来研究讨论，陈华斌和我都提议到有大回盘的江阴申港轧钢厂、华山轧钢厂等厂家去看看。吴栋材同意了，后来我们学习回来，在自己的生产线上多次对大回盘进行了改进，甚至花了三四年时间才彻底实现了生产线的稳定。尤其是 1997 年我们对加热炉等又进行了改造，把原来的 4 根竖筋管改为 2 根，立管、喷油嘴角度、雾化位置、风量、风压、油压等也进行了一系列配套改造，最后实现了班产达 600 吨的好水平……

很明显，530 生产线的上马，不仅让永联这个村办小钢厂一跃成为跻身中国钢铁行业不可忽视的企业，更重要的是它证明了吴栋材决策的正确。还有一点我认为更重要，那就是吴栋材能够根据自己办企业的实际需要，敢于去想、去干。现在许多工业或科研领域的人都很自负，认为天下除了自己外，别人很难涉足我把控和熟悉的专业，或者是行业定下的规矩不能随便破，破了就是“违反科学”、“不尊重科学”。其实很多时候我们的一些规章制度早已过时了。马克思主义者说，事物是发展的，人类的知识和科学技术也是在不断进步的，一切规章制度甚至是法律也得与时俱进，不断修正和调整及完善才行，否则可能就是落后和倒退的东西，甚至是腐朽了的。吴栋材办企业、办钢厂开始仅仅是为了摆脱永联村的贫困和落后的面貌，后来当他渐渐进入工业生产过程中，摸索到一定经验和规律后，他明白了许多道理，其中最核心和最根本的道理就是人世间凡是他人能做的事，只要你上心和上劲，没有什么好胆怯的。工人和专家可以上的项目、工程，农民为什么就不能？农民难道天生就只能跟黄土打交道、晒太阳？城市的工人没有田种，才建工厂、搞制造业和手工业，而农民的天然本领就是他的动手能力和对如何种好地的专注。这种动手能力和专注精神已经有几千年的锤炼了，他们有时候容易简单化、粗俗化，但更多时候则是勇于冲破传统和习惯的，尤其在需要打破一些墨守成规的落后观念和势力时，农民的这种精气神可以转化为无穷的创造力。

还有一点也很重要，一个国家和一种制度发展到一定阶段后，各式各样的条条框框会越来越严重地束缚人们的思想观念与创造力，成了生产力发展的巨大障碍。同时在制度的长期规范下，人们的思维方式和行为方式也会出现某种消极倒退现象。原本一些富有激情的、创造性的、先进的东西，也变得平庸，人的知识是这样，人的能力也会这样。所以说，在强大的貌似健全的制度和规范下同样存在巨大的不规范和腐朽的东西。吴栋材和他的永联人从一无所有走来，靠的恰恰是没有陈旧的观念，没有任何的条条框框，他们敢想敢干，在敢想敢干中迅速积累和摸索经验，同时又善于吸取别人已有的经验并加以随时随地革新与改造、提升与充实，从而服务于自己的事业。这是吴栋材成功的奥秘所在，也是中国人民为什么能够在短短三十年时间里从一个落后的国家迅速变成世界第二大经济体的奥秘所在。

现在大家往往一谈到国家和社会问题时，常常会用"制度问题"、"体制问题"来言说不足与无奈，这有一定的道理。在机关、工厂、企事业单位、教育和科研机构，人们的行为方式和管理方法都受一定条件和制度的规范。这种规范不能说它全无进步意义和科学作用，相比之下，农村基层组织就不会有太多这类制约氛围。许多中国乡村精英成功的另一个奥秘就在于此。吴仁宝在同我私下交谈时非常明确地说，如果当年他在担任江阴县县委书记落选时接受上级组织安排的苏州地委农工部主任一职，那么他这一辈子就可能永远成为"无名小卒"。"官可能做得很大，做到省长、部长甚至像陈永贵那样当副总理，可我不会有自由的，不会有像我后来当华西村书记那么自由。中国的村官，既是官，又不是官。中国的官，以吃皇粮为标志。可村官是不吃皇粮的，他可以听你上面的，也可以不买你的账。"这是吴仁宝能够成为"不倒翁"的秘密。

吴栋材也不例外。吴栋材亲口跟我讲，上面有几次让他升迁，但他就是不愿去，"去了就不自由了，想干的事干不成"。吴栋材十分清楚中国的国情和几十年国家机器形成的强大而又难以克服的官僚主义作风。为官者一级一级地层叠于一个庞大的体制与制度之中，想完全按照自己的意志和愿望去做一件事情，有时比登天还难。即使是省长、部长，甚至是国家最高领导者，常常会被某种制度或制度的惯性牵着鼻子走。这种痛苦和不自由，在改革开放后使得很多立志于自由发展的人从体制内跳出，成了财富大亨。当然也有很多有为者在跳出体制后又被无情的体制所压制而彻底失去自由，这是因为他可能还在城市的产业或行业中求生存。

三千多年前，底格里斯河与幼发拉底河流域诞生了第一个城市后，建起城市的苏美尔人很得意地说：有了城市，我们"高兴就结婚，转念便离婚"，似乎终于找到了彻底解放人性的自由世界。苏美尔人很快发现，城市的一系列法律、制度、规矩都慢慢地开始约束和妨碍他们的自由，最后到了干什么事都要"依法行事"。于是他们诅咒"城市是自由的坟墓"。进入工业文明后，大批失去土地的农民不再晒太阳、不再被风雨淋湿衣服了，他们吃着干净的面包，喝着纯净的矿泉水，但又发现在城市里连走路和撒尿都受限制，于是痛恨“城市就像囚犯的监狱”。进入后工业社会的信息时代，人们的生活和工作在计算机设计好的程序和各种法律制度的规范下，看起来很有序，但是大家发现自己自由说话、自由发挥的空间越来越小了。所有话语和行为方式必须在一定的规则下进行……于是大家都在想方设法逃离城市，可又无法逃离，因为你的生存已经无法同城市切割，“城市便成为真正的坟墓”。

人活着不是为了死亡，人活着力图挣脱死亡。于是有一批有志者对体制和制度看得非常透彻，他们不愿意受体制和制度以及官位的束缚，他们选择了相对自由的乡村——这是吴栋材和吴仁宝这样的当代中国精英们没有正面说出来的人生经验。这经验对付那些僵化了的官僚主义体制十分管用。中国有句古话叫做“天高皇帝远”，接下来的意思是，在你远离权贵和制度约束的时候，你想干什么都由你自己决定。中国的农村基层组织是社会的最底层，农民又一直是社会地位最低的人群，人数有几个亿；农民问题既复杂又单纯，一般的官本位者是不太愿意把精力放在农村的；所以这就给像吴栋材这样的乡村精英们提供了可以施展才能和实现理想的机会与可能。

中国钢铁事业从上世纪50年代开始，一直被纳入国家规划。而且中国的钢铁产业采用的是苏联模式，一动就是大型和重型产业，小小的个体和农村绝对没有可能从事这样的行当。以往计划经济条件下的国家政策也绝对不允许私人和小集体从事钢铁生产。改革开放后，这个行业的口子开了一丝缝，但仅限于小打小闹之类的作坊式炼铁炼钢厂，因为这样的作坊小厂炼的铁和钢也只能是自产自用，跟铁匠的小火炉无太大差异，垄断的国家钢铁行业是不会惧怕这类小火炉影响他们大火炉的生产和市场的。吴栋材他们开始搞的小轧钢厂就是这样的小火炉，尽管从轧机上轧出的粗粗糙糙的螺纹钢条也能卖出去，但它没有触及国营大钢铁厂的神经，所以在这个时候根本没人瞧得起吴栋材他们，也不会有人去管这类小作坊企业。但后来吴栋材搞一定规模的生产流水线了，这就不一般了，等于渔民要造轮船和军舰出海了，海军部队这就不干了，接下来的干预和管制便是最严厉的。吴栋材在他的永联村搞钢铁产业遇到的阻力和困难，除了自身条件和资金不足外，便是这一类的管制。它可以用行政手段来干预你、来命令你，甚至还可以动用“组织行为”来给你施压，给你难堪。吴栋材在上马小轧钢厂时遇到的是“姓资”还是“姓社”的政治问题。到他搞530生产流水线时，这就不再是“姓资”、“姓社”的问题了，国家和省的冶金部门官员找上门来，那是带着行政的铁棒和高帽子来的。

“你吴栋材搞那么大的生产流水线想干嘛？想挤掉我们国营钢铁企业？想扰乱国家的钢铁市场？想挖空社会主义墙脚？”

“你吴栋材还嘴硬？你说不是，可你一年要生产多少钢材？你的螺纹钢合格吗？你说你合格，可你为啥卖的价格比我们的便宜？你不光便宜，你为啥还为客户搞直销和送货？你这不是算计着跟我们国营钢铁企业对着干吗？”

这样的正面责问和当众指责，吴栋材不知遇到多少回。他吴栋材开始时还给予回应，后来发现回应的结果是更严厉的责问和痛斥，甚至是直接干预生产，于是他对政府和行业部门的训斥来个听之任之，你说你的，我干我的，井水不犯河水。但河水毕竟大于井水，吴栋材的小井常常被倒顶而灌，几乎淹没在洪水之下。这也只能忍，唯一的办法是发展得更强大，把小井改成大井，再把大井挖成河塘，甚至与那些大河大江一样大的河流……吴栋材走的就是这条发展之路。

他最大的劣势是，他是个谁都可以管他、骂他、训他的村官，而他最大的优势也在于他是谁都可能管不住、骂了听不到或装听不到、训了等于白训的村官。天高皇帝远，锤子砸芝麻不一定能够砸到要害，砸不到要害我就不怕你……吴栋材跟那些行业官员和一些官僚政府部门就玩这样的太极拳。

530生产线起来后，指责和训斥吴栋材的官员够排一长队，有的甚至蹲在永联不走，要看着吴栋材下马才甘心。但毕竟永联是江边的小村，那里的条件无法与城里相比。吃饭没个像样的食堂，睡的地方就在工厂的车间旁，整天吵吵闹闹，谁受得了！所以没几天那些想让吴栋材看好戏的人就溜之大吉。吴栋材和永联人只能笑，笑得无比开怀——我还想让你们管，可你们跑了。你们跑了我们就再干。等你们回来时，我们早已干出名堂，干得比谁都好。那个时候，吴栋材一出面，再把自己的企业和市场情况一说，那些本来有脾气的人也没了脾气，不得不从心里佩服起来，最后改口道："吴书记啊，中国改革要都像你就好了！"这不，吴栋材又成了先进和榜样了！

其实，他本来就是中国基层的改革先行者和一切愿意成为改革者的榜样！

你看他的530生产线，到后来不仅能够像模像样地生产出比国营大钢铁厂的螺纹钢还要好的产品，而且产品的规格更符合用户的实际需要，从技术层面上也无可挑剔。经过吴栋材本人的亲自改良，他在钟教授设计的流水线上增加了一个侧回盘、一个长回盘和一个移动盘，结果一条流水线的生产能力从10万吨提高到了16万吨，轧制流水线的出品速度也由原来设计的每秒4.8米，提高到每秒15米。永联村的这套530生产流水线算是跟北京科技大学合作的项目，通过吴栋材这一系列的革新改造，获得了国家教委科技进步一等奖。为此这个大学的好几个专家教授凭借这个奖获得了晋升。项目攻关的主要实践者吴栋材则什么也没有得到，因为他是农民。吴栋材本人也根本不在乎这些虚名，但他同样获得了两项别人无法拿得走的殊荣：一是在钢铁行业中他不是教授专家却胜似教授专家的绝对权威和声誉；二是他的轧钢厂产品大受市场欢迎，为永联村迅速聚集了从没有过的巨大财富。北科大钟教授在与吴栋材的合作中感慨万千地说："只有在生产实践中才敢将轧制线速提高到永联这个程度，像我们在办公室和实验室中连想都不敢想，更不敢改动它。"

吴栋材听了钟教授的话，笑了，心想：可不是，你教授专家会顾虑很多，我是农民，所以我不怕。成功了是我的胜利，失败了我也没有感觉丢什么面子。

530生产线和吴栋材在这条生产线上搞的技术革新产生的效应，震动了整个中国钢铁行业，时任冶金部部长的刘淇也带着专家前来观摩，并要求全行业向永联钢厂学习。刘淇后来出任北京市市长和北京市市委书记，官至中共中央政治局委员。

530生产线对于吴栋材和他的永联村来说，是个历史性的台阶。因为有了530生产线带来的效益和效应，1993年底，江苏永联钢铁集团公司正式被批准为江苏省省级集团企业。这个批准和认可在当时并非小事，除了说明江苏省作为中国改革开放前沿省份的开明度，对于永联村和吴栋材来说更是意义非凡。有了这样的品牌和企业称号，等于说永联的企业不再是那种被人随意踩踏和瞧不起的泥腿子作坊小厂了！江苏永联钢铁集团公司当时管辖下属九家企业，其中最大的自然是钢铁厂。

现在，吴栋材又要在530生产线基础上继续跃上新的台阶——他要上630生产线，一个有更大技术含量、需要更多投入和具有更高风险的项目。

吴栋材要把自己的理想和灵魂一起放进钢铁的熔炼之中，这是1994年春天的事。

老一些的永联人还清楚地记得1994年元旦那一天，他们的村办企业门口贴上了一副二十二个字的长联：表里如一莫图虚名诚为本，知难而进脚踏实地干是真。大家一看便知是吴栋材书记亲自写的对联。

“我父亲能写一手好字，他每逢关键时刻都有自己的独立思考和主张。别看他是一介农民，但在许多人看来，他是一个思想家，至少他是一个农民思想家。他的许多想法非常超前，能把问题想得透彻。这也是我们永联村和永联企业集团为什么能够走得远、走得好的关键所在。他是领头人，他的思想决定了企业和永联村的发展方向。”二儿子吴惠芳这样评价父亲。

关于这份长联其实还有一个特别的原因吴栋材曾经向我透露过：当时张家港一些单位和领导在大好形势下，虚报生产指标，一些形式主义的东西非常盛行，也有几次相关领导找过吴栋材，希望他的厂能够把产值往上多报些。吴栋材开始并没在意，以为是领导对自己企业的关心，希望先进单位更有光彩而已。但后来发现并非如此，他们为的是要让外人特别关注张家港。“多关注张家港本身并不是坏事，但我们不能做假。做假了怎么让人信服?”吴栋材觉得做人、办企业、当先进都得实事求是，不能打肿脸充胖子，尤其是当你成为大家学习的先进时，更不能有半点虚假的东西，否则既害了自己，也害了别人。“这种事我不干！宁可不当先进我也不能搞假的东西。”吴栋材的态度和做法让一些领导很不舒服，甚至公开讲他这个人“能用，但不能重用”。在市场方面也是如此，自邓小平“南巡”讲话后，各个行业呈现出非常活跃的态势。然而在生产数量与质量方面同样存在虚假现象，尤其是以次充好、欺骗用户和消费者的情况越演越烈。“我们卖的是钢铁产品，是人家盖房子、打基桩用的，出现一点问题就是祸害社会、祸害百姓，千万不能有半点次品假货。做事办企业都得讲良心。不讲良心的人活在世上不自在，最后必定遭祸殃。”这是吴栋材的观点，也是他内心的真实想法。我知道有一段时间，吴栋材因为不愿说假话、不愿虚报生产成绩而受到某些领导的指责，甚至明里暗里的贬低与非难。为此他也痛苦挣扎过。这副对联就是在这种心境和背景下写出来的，它表达了两层意思：一是吴栋材声明了自己办事做企业的立场，二是提出对自己的企业员工及全村百姓的要求。这样申明大义，既作为自我监督，又可以抵挡那些企图引诱永联不走正道的人。这一招起了作用，这一招也让吴栋材曾有相当长一段时间在张家港的某些领导眼里不再吃香。“我并不在乎领导怎么看我，我更在乎群众和百姓怎么看我，在乎用户和市场怎么看我们永联。”吴栋材如此说。后来的历史证明了吴栋材是对的。

纵观吴栋材走过的几十年经营中国村庄的历程，应该说他是邓小平一向倡导的求实之人、实干之人，他的心思和激情都实实在在地放在自己的村庄和百姓的福祉上。他没有心思去做一些无趣的虚假东西。“争取”和“赶时间”是一直激荡他前行的根本动力。

在贴出那副对联后的第二天，他在村企干部办公会议上就把新一年、新一轮的方向和目标告诉了他的团队：

一、1994年的经济形势：

1. 今年是大发展的一年，经济建设的总投入是建国以来最多的一年。

2. 今年是全面实行市场经济的第一年，势必会存在不协调、不配套、盲目片面不成熟、易热难冷空子多等问题。预计热的高潮时间也不会过长，幅度易升偏高，最长不超过一年半，主要原因：

① 易热过头，形成失控。国家要干涉调控。

② 1997 年香港回归祖国，中国对全世界要有一个较大的开放，以表接轨，估计在 1996 年的下半年要有一个新的高潮。因此，今年是一个难得的好机遇，要全力拼抢。

③ 今年的生产能力，可望一年超过前十年的总和：220 750.042 吨。只要我们抓得好，完全有可能突破 25 万吨。

④ 原料资源来路广，有港口优势，信誉优势，供销的能量优势（三大优势）。

⑤ 产品覆盖面广，规模企业，产品配套品种多。

二、1994 年度主要工作的总体要求和思路：

1. 首先是指导思想要明确：总的可分为三个打算和设想（一个目的三个层次）：

① 抓牢机遇，集中优势，多产快销，抢时效。

② 借助外力，抢上项目，一步不松，增后劲。

③ 量力而行，一二三产，全面发展，争第一。

2. 具体工作要求：全面分解指导思想的三个层次。

第一层：抓牢机遇。

一年抵前十年的产量。集中优势：设备配套的优势，产品规格全的优势，销售覆盖面广、产销直接见面的优势，原料门路广、主渠道靠进口的优势。

多产快销抢实效：挖好四个方面的潜力。

① 产量上的潜力：分车间条线分析现状，找出潜力所在，提出具体措施。

二轧，现在40—50吨，认真对待可增产5—20吨。

三轧，现在60—70吨，设备全后可产出80—100吨，可增产10—30吨。

五轧，现在平均150吨，认真对待可增产50—80吨。

这样单位三个车间可望实现80—100吨/班、200吨/天、5 000吨/月，全年可望增产5万—6万吨。可抵本市一个相当规模的钢厂，固定资产1 000万元以上。

一轧尽快上马，力争三月底能生产，1994年产型钢3万吨，具体抓牢：

Ⅰ. 基建不要拖后腿。

Ⅱ. 设备要及时到位。

Ⅲ. 技工、操作工培训要及早落实、争主动。

② 质量上的潜力：保证符合国标，是求生存搞竞争，立于不败之地的保证。

③ 各项耗用的潜力：潜力到处都是，关键是还没有全面引起重视，要与方方面面的报酬挂上钩。要做到全民动手（也包括干部在内），大家上阵。

④ 物尽其用、提高“三率”的潜力：出材率上的文章最大，少出不出废料，即使是轧损，也有可利用的一部分，要人人重视，真正做到物尽其用。正品率（符合国标的）、定尺率。

把以上的产量、质量、耗用、物尽其用的潜力挖出来以后，成本就会下降，效益也自然就会出来了。有了较好的效益后，什么事情就好办了……

吴栋材是个实干家，同时又是一个杰出的组织指挥者。他对业务和生产流程及细节都了如指掌，但同时他又是一位宣传鼓动者，他能把员工和村民的干劲引向一个共同的奋斗目标。在团队的骨干办公会之后，他在村民大会上把新一年和未来几年的形势及工作中需要强化的事情讲得

—清二楚——

一、我们整个国家的大气候：

1994年国内生产总值增长10%，工业生产增长17%，固定资产投资增长25%左右。全国钢材需求增长15%，冶金生产能力增10%，供需缺口1 800万—2 000万吨。总量上相差这么大，而具体规格品种上的差距就会更大。

新一年的钢材紧张已经成为定局，预计6—8月份最高价要突破4 000元/吨大关。据我们所知，长江三峡工程包下了几个大钢厂的产品。所以，这是一次相当难得的机遇，我们作为生产企业，绝对不能错过。

二、我们厂的形势和优势：

1. 我们从1984年办厂以来，在十年中轧钢220 750吨。经过十年努力，花了多少人力、精力、财力，也只有这么多的产量，而且在张家港市是数得着的企业。到1993年底，位居本市冶金企业老二，除国有企业沙钢，应该是老大。

2. 1994年我们的生产能力为25万—30万吨，打八折算，也要生产20万—25万吨。一年抵前面的十年，这一年是苦了十年的结果，又遇上国家的大气候好，像这样的好形势、好机遇，可以讲，张家港没有，苏州市没有，就是全省和全国也不会为数太多。

3. 新一年原料十分紧张，但大坯90—120的要松得多，一般的人家要二次成材，而我们的530生产线完全能够一次成材，产量高，成材高，价格上相应的低，各类耗用也低。这就是我们的主要优势。另外，除轧材外还能解决三只小车间的原料(包括一轧)，这样我们的优势更大，形势就越好。

4. 我们的实力大，门路多，支持的多，到目前为止已组织到原料近6万吨，加上合升公司的3万吨，全年50%已组织到手。

5. 我们的广大干部职工，心比较齐，工作认真。报酬合理留得住人，生活环境优美吸引人。全厂能做到上下一致、团结一心、艰苦创业、百战百胜。

总的讲：我们厂目前形势一片大好。优势是：

Ⅰ. 有坚强团结的领导班子。

Ⅱ. 有支坚强的职工队伍，我们这些自身的优势，又遇上国家的大好形势，只要我们认真对待，一定能够结出丰硕的成果，因此1994年我们的目标一定能顺利实现。

Ⅲ. 有充足的动力。

Ⅳ. 有生产能力。

Ⅴ. 有经济实力。

Ⅵ. 有广阔的销售市场。

Ⅶ. 有科学的管理措施。

三、今年的奋斗目标：

1. 轧钢20万—25万吨。

2. 产值：保七争八亿元。

3. 销售：7亿元。

4. 利税：超6 000万元。

5. 净资产增值超8 000万元。

实现以上指标，按现有的生产能力和今年的经济发展形势，是完全有把握的。但我们也不能过分乐观，困难还是有的。我们要认真分析，充分利用大好形势，切实抓牢各种机遇不放，一步一个脚印，千方百计地保证今年的各项指标胜利完成。

四、完成今年指标的具体战略措施：

1. 抓设备配套，保证正常生产。

工厂要生存、兴旺发达，主要靠过硬的产品去占领市场；产品靠设备生产，有了完好的设备才能生产出过硬的产品，才能出产量。工人靠什么吃饭？也要靠设备来生产，才能以产量来计算工资报酬，因此，工人有力气没有用，要有完好的设备才能使我们的工人有用武之地。所以，我们要认真爱护设备，要像爱护自己的眼睛一样。要从长远打算，绝不允许只图一时的高兴，不得开蛮干车，不得开违章车，不得开带病车。从3月份开始，五轧月产在8 000吨以下，超产一吨按30元计算，这样每月要相差好几万元钱。你们说，是盲目蛮干好？还是认真对待，按章办事，科学轧制好？设备有它的自身客观规律，绝不能强求，一旦过火，就要给你颜色看的。所以，要求我们人人来关心设备、看护设备。为了加强对设备的管理，我们在企业管理科专门建立了一套管理设备的班子，要像模像样地去抓、去管。希望大家要服从管理，做好应做的工作，为了强化设备管理，今后断辊要求百分之百的赔款，一分也不能让。最近五轧专门断530辊子，可能辊子自身的质量也有问题，但操作和使用上不等于没有问题，我们要认真检查，吸取教训。为了对设备从严管理，今后凡发现蛮干损坏了的设备，损失应全部由损坏的班组，甚至个人负责，严重的还要追究刑事责任。像这次毁坏一辆桑塔纳车子，可能要追究刑事责任。

2. 抓原材料的供应，保全年生产吃饱开足。钢材形势好，原材料必定偏紧。我们要充分利用自己的优势抓大坯料的采购，一次成材增效益。同时，还要采购各类板坯，只要算得过来。要进足，开足。另外，还要两条腿走路，既在国内抢，又要到国外去抓。从目前情况看，原材料保证供应的关键是资金能否保证。要千方百计组织资金，保证有足够的资金周转，才能保证原材料的不断供应。

3. 抓销售，拓展市场，确保资金加快周转。销售的关键是服务，是产销直接见面，减少中间环节、中间剥皮，提高经济效益。

4. 认真调整好各项劳动定额。永联未来的几年中，全厂干部职工的报酬，不仅要合理，坚决贯彻多劳多得的原则，彻底铲除大锅饭的现象，而且对劳动力，标准要高，要求要严，经常采用淘汰制的办法。权放给车间，对干部弄权可举报。做到认真工作不吃亏，认真劳动高报酬，认真钻研技术、工作有突出贡献的要重奖。我们的劳动定额为什么要调高？调高是为了吸引人，调高为了高产出，调高为了高效益,调高为了严管理,调高为了挖潜力,调高是为了减少投入增产出。降本节支,对无法定额的后勤,二三线人员,采用核定总报酬,评定打分。按分值算到个人,每个季度打分一次。

5. 抓标准质量。强化产品的质量规范意识,树立企业的产品信誉,以便更好地参与市场竞争。

6. 抓好安全生产。强化安全生产第一的观念,平时要重视防范,以防为主,认真做好各类安全防范工作。

7. 抓精神文明建设,人人争当优秀文明职工……

从两次讲话中可以看出:1994 年春天,吴栋材的雄心壮志非常大,特别是在钢产品的生产上,他要实现一个更大的飞跃目标,因此必须上马 630 生产线!如果说 530 生产线使吴栋材和永联村完成了从村庄小企业跃升为省级企业的使命,那么现在再上 630 生产线,是吴栋材心目中一个更高的目标:向中国大钢铁企业进军、攀登!

这个宏伟目标得到了苏州市冶金公司汤阿荣经理的支持,所以吴栋材着手请汤阿荣的公司人员进入项目设计。说干就干是永联人一贯的作风。当生产车间的平面工艺布置图纸一到,吴栋材就下达了施工的指令。但是永联村的施工才开始三个月,汤阿荣辞职下海了,他所在的公司由苏州钢铁厂接管,对方不知出于何种原因通知吴栋材:630 生产线的设计中止。

正在雄心勃勃之时的吴栋材,怎能容忍半途而废的事?吴栋材一时气晕,为什么?了解清楚后方明白:人家苏州钢铁厂与张家港同属一个地区,你上一个大项目、一个大型生产流水线,我们咋办?我们堂堂国营企业咋吃饭?都在改革开放,都在市场经济形势下,人家不能这样明说,于是来了个釜底抽薪——终止设计合同!

吴栋材站在村里那块 630 项目的奠基土堆上,欲哭无泪。多少年来多少事,他吴栋材遇到的这些"乌龙"事可以说同长江里翻卷的旋涡一样多。没有别的辙,只有硬着头皮自己再想办法。有人说你咋不拿起法律武器？吴栋材心想：法律在有些时候是维护更大利益者的武器，你又怎能奈何它？比如在中国，一个国营大型企业要是跟一个个体户、一个乡镇企业打官司，输的基本上是个体户和乡镇企业，因为除了法律，在现实的中国社会里还有一个无形的“国家”牌子成为了一些官办企业和政府企业的合法武器，专门用来对付那些企图超越或已经超越了自己的对手。每逢这个时候，弱小的个体和个人、弱小的乡村企业和农民们只能绕道而行，否则必定会碰得头破血流。这是不规则历史条件下的中国国情，你得遵循这样的非正常法则，你才可能有活路。顶天立地的吴栋材同样在很多时候必须忍气吞声，方可求得一条生路——为了村民、为了农民，他得弯下直挺挺的身板骨。

一气之下，吴栋材请来某省冶金设计院。90 万元的合同签下后，吴栋材以为总算有了个弥补的良计，哪知事与愿违，该付的钱付出了，但却始终不见设计图纸送来。

怎么回事？吴栋材亲自前往这个设计院催了三次，每次和颜悦色地请求对方“能不能快一点”，人家知道他是村办企业老板，爱理不理地告诉他：“我们是大设计院，要干的活比山堆得还高。等着吧……”

那就等吧。又是一两个月，吴栋材没有那么多时间等了，第四次——合同里规定的设计时间已经过了好一阵了，吴栋材仍然耐着性子好言问道：“你们的图纸到底设计到啥阶段了？”

这回人家总算扔过一句实在话了：“你们不订人家的设备，我们怎么设计呀？早着呢！等吧！”

设计图纸跟买不买设备有啥关系呀？吴栋材一时没反应过来。

“没关系？没关系你就干等吧！”

吴栋材恍然大悟：原来人家设计的跟卖设备的早就连在一起成了“一家人”呀！这是明摆着的事，人家设计人员除了要设计费外，还想要介绍卖设备的中介费啊！吴栋材火了：“我订了人家的设备，还要你设计个屁？你包做媒人还包生囡啊？天下真有这等笑话！”吴栋材是个铁骨铮铮的人，哪受得了这等小人的贪婪心理。

“哟哟，老吴你先别走！先别走……你是交了定金的！”

“那定金就算辛苦费吧！”吴栋材气得不想与这类单位的人打交道了！他越来越明白了，中国改革为什么在某些行业和某些部门就那么难推开，他也明白了中国社会的不正之风和行业的“潜规则”何其多、何其滥也！

50万元定金算扔进长江了！我们自己干！吴栋材回到村里，对李廷夫说：“干吧，我相信你！”

李廷夫何许人也？李廷夫此时是永联厂的首席工程师。村办企业也有自己的首席工程师？对，永联厂就有。而且这个叫李廷夫的首席工程师来头还不小，他曾是中国东北某著名国营钢铁厂的分厂厂长，且这个分厂是轧钢专业的设备厂。一个东北著名国有企业厂的厂长怎么到了两千多里外的江南水乡的村办企业？这确实是个谜。然而在永联钢铁集团中这样的谜不止李廷夫一个人。我们先说李廷夫。

“这一天我记得清楚，是1993年7月2日。当时我带着四个技术人员到上海钢铁厂和苏州钢铁厂、无锡钢铁厂等钢制品线材厂考察。南方当时建筑钢铁线材市场大，受邓小平‘南巡’讲话影响，发展比东北地区要快，所以我们东北钢铁行业感到有压力，便跑到南方来看看兄弟钢铁企业是怎么干的，干些什么？”在永联村，我找到了李廷夫，他刚办退休时间不长，接受了我的采访。他回忆到永联和吴栋材一起搞630项目的过程：“到苏南几个城市后，他们都介绍说有个永联村办企业在钢铁线材产品方面做得不错，于是我就带着厂里的几个同事来到永联。我一看，原来是个村办小厂。说实在的当时并没有放在眼里，因为比起我所在的钢铁厂，他们只能算小作坊。但永联的吴栋材书记这个人我是挺佩服的，他胆子大，判断力特强，搞的厂虽然粗糙些，但不含糊。当时给我留下印象最深的是他正在搞一个大变电站，我一听说那个变电站的电容量比我所在的钢厂用的电量还要大，心想这个村支书可是要大干什么了，但当时他跟我主要还是谈的轧钢的事。谈的过程中感觉他对我似乎非常感兴趣，甚至问了一些我在厂里干得开心不开心等问题。我回答他的过程中流露了一些不太满意的情绪，其他的没有深谈。”

“李廷夫第一次到永联来的时候，我们的轧钢厂还算小规模。我从跟他的交谈中，感觉他对国有企业管理和市场经营方面太死有明显的不满。当天他离开永联后，我跟几个骨干就商量，觉得此人是个人才，对轧钢非常专业，如果能把这人留在我们永联，肯定是件好事。所以当天下午 4 点来钟，我问陪他的一位干部：李廷夫走了没有？住在哪儿？他们告诉我，说已经走了，住在无锡。我马上说，去追他回来！当时我有些把握，觉得这人能为我所用……后来果真如此。”吴栋材跟我这样谈起李廷夫。

李廷夫告诉我：“我住在无锡的当天夜里快 12 点了，突然听到有人敲门，一看是永联村的陈华斌和赵振兴。他俩急匆匆地对我说，我们吴老板说要把你留在我们厂。我听后笑了，哪那么容易！我是国营大企业的一个分厂厂长，调到你们村企业，不是我嫌弃你们，而是恐怕实在不容易。他俩一听就有些急了，说你李厂长有啥条件尽管提，户口、工资等待遇都好说。我忙回答说，不是什么条件问题，而且我这次是带着厂里的人出来考察的，怎么好自己半途跑到一个村上工作了，让带出来的人自己回厂，这算啥事嘛！但任凭我怎么讲，陈华斌和赵振兴就死磨硬泡地说，你李廷夫不同意到我们永联来，我们老板肯定会很生我们气，说我们是饭桶，办不成事。并且又跟我讲了一大堆国有企业的毛病和弊端，又说南方发展多快，吴栋材又如何如何重视人才，保证有你李廷夫发挥才能的平台，等等。我记得那一夜他们几乎把我折腾到天亮。老实说，我后来真的被他们的精神所感动。第二天一早，吴栋材书记又亲自给我打电话，足足谈了近一个小时，他的恳切和真诚打动了我。后来我们的考察小组又走了几个地方，但我一路上一直在想着吴栋材的话和到永联的事，思想斗争也挺激烈的。最后是越想越觉得吴栋材是个人物，在他手下干不会有错。于是我把考察组送回黑龙江后，自己又到了大连，那个时候我有些忍不住了，便给吴栋材书记写了一封信，在这封信里我下定了决心要到永联村去工作……”

二十年前的 1993 年，一个国有大企业的分厂厂长、专业人士，要到一个乡村企业工作，这事确实有些不可思议。但李廷夫被吴栋材的真情和永联村的发展前景所征服了，他下了一个比从悬崖上跳海还要难的决定。在永联的档案馆里，我找到了当年李廷夫亲笔写给吴栋材的信，时间是1993年7月24日，共有八页纸，我摘其中几段话：

吴董事长，您好！

我们萍水相逢，难得您的厚爱，相见恨晚。您的气度与为人，令人难以忘怀。赵厂长夜追无锡，说是您的意思，您的好客及求贤若渴的精神，感人肺腑。若能为您和您的永联做点事，实在是我有生之年的荣幸。

……

听赵厂长介绍您的意思是想让我去永联并以月薪1 500元、三室楼房等优惠条件聘用，我想用书面形式和您谈谈。

首先我先肯定地回答您，我准备去，但看中的不是贵厂的外表，薪水及住房当然是生活必有条件，我相中的首先是你们的气魄，多数国有企业是绝做不到的。其次是设备状态及厂的发展趋势对我来说大有用武之地，想在此干一番能发挥本人特长的事业，目标是一年内达到设计能力，2—3年达到15万吨年产量的能力……如果我们有缘分，将跟随您肝胆相照、效力到底！

李廷夫到永联村工作，对李本人来说是件非常难的事。他后来正式调动的时候，原单位也给他出了不少难题，最后李廷夫不得不采取了“下海”的极端做法，才跳出了国有企业。吴栋材也没有失信，他利用张家港市的引进人才的特殊政策，为李廷夫重建和补齐了所有个人档案，使他从“黑人”变成了具有正式身份的张家港人。

吴栋材有了李廷夫这样专业的轧钢设备人才，简直就是如虎添翼。当年10月份，630生产线在吴栋材亲自指挥领导和李廷夫等一批技术骨干和施工人员共同努力下顺利竣工。也就在这个月里，那个省设计院不知什么原因，突然给吴栋材打电话，说630生产线的全套图纸设计好了，你们可以来取，并把设计费的余款 40 万元一起打给他们。碰上这样的单位，换了谁都会上火。吴栋材说：“我们的项目都投产了，你们的图纸根本派不上用场了，不用送来！”年底时，这个设计院的院长亲自给永联村送来一面包车的图纸，弄得吴栋材接也不是，不接也不是，双方僵持了半天。最后那院长乞求吴栋材：“吴书记，是我们有眼不识泰山，当初不该那样对你们。你看，现在我们也算把图纸送来了，如果你连一张图纸都不收，我这个堂堂省级设计院的院长以后还不知怎么被人笑话呢！”吴栋材是个善良人，经不起这番话，恻隐之心油然而生，便让村里的人把图纸收了，放在楼梯间里。几年后，厂子在清理场所时，吴栋材令人一把火将这些无用的废纸全烧了。

“我们农民办企业，就像种地一样，最怕误季误时。这个设计院不把我们村办厂放在眼里，能怪我们不给他面子吗？农民最实诚，出给他们 90 万元设计费也是靠滴滴汗水挣出来的，可他们并不理解我们的苦衷，副技术官僚做法。”吴栋材对这样的事很痛恨。事实上他有足够的理由痛恨这些现象，中国的乡村企业发展过程中，几乎有一定规模的村办企业都会遇到类似的事。衙门的官僚作风在计划经济体制的国家里都比较严重，而过去一般不太批评专业技术部门的弊病，其实中国的专业技术部门和一些所谓的技术权威身上的官僚作风也很浓重。它们对中国社会整个运作和效益是极大的阻碍。吴栋材非常清楚这一点，所以他要想把自己村里的事情办好，就得学会突破这些衙门作风，甚至需要适应这样的衙门作风。他明白只有这样才有可能获得农民和自己村庄的发展空间。时间就是生命，就是效率，其道理也是这么出来的。任何历史或个人的发展与成长，不靠主动的进取，仅靠外力推动终究不会产生质的变化。吴栋材深谙其中的奥妙。这个时候的他，对如何管理农村、从事乡村经济等诸多方面已经有了比较成熟的适合于他那个村庄的发展经验。在 630 生产线点火并开坯时，张家港市委请吴栋材在当地的三级干部会议上作了一个经验介绍。这份经验介绍留在了永联村的档案馆，从文字看，是吴栋材的即兴发言，但却是一份非常珍贵的乡村干部的成功实践“心史”，不妨拿来

—读—

各位领导、同志们：

党委要我在这个会上谈谈我几年来工作中的体会。实在抱歉得很，就这么点水平，粗粗糙糙做做可以，但要写要讲，这就难住我了。因此，只能粗略地把几年来所做过的一些工作向各位汇报一下，肯定有不少不当之处，万望各位谅解。我要汇报的是：八要、八不要。

首先八个"要"：

一、要执行党的各项政策法令，抓好党的支部建设，这是我们做好工作的首要方向。

党的十一届三中全会以来，我们认认真真地执行了党的各项改革开放搞活的政策，并十分注重抓党支部的各项建设工作，历年来一贯坚持党支部的三会一课制度。每年的党支部会议要开到20次以上，党小组会每月一次。党员由十几名扩大到现在的49名（有部分是转来的），全村党员在各自工作岗位上充分发挥自己的先锋模范作用，党支部确实为永联的发展起到了战斗堡垒作用。

二、要认真履行自己的职责，办事果断，树立绝对权威。这是没有异议的：事情办好了成绩是你的；办不好，你吃不了兜着走。有这样的思想准备，事情就好办了。你会想尽一切办法来办好的。要树立绝对权威，主要在三个高度集中上做文章：

1. 决策权要高度集中。凡遇到重大的问题，如新办副业项目或增办大型设备等都要集体研究定案。但如果遇到立等结论的重大问题，一时不可能研究后有结论的，可以个人先下结论。但一定要慎重，然后再补研究。结论一定要派用场，不然对外要失去威信，这方面一般都能做到。

2. 人事权要高度集中。凡是本单位吸收工人，人员调动和提升职权范围内的干部等都应该集体研究。但是在特殊情况下，如处罚和开除工人、干部降职等以个人说了算数，事后再听听大家的意见，论证一下自己结论的正确程度。我们在这问题上也是有过深刻教训的。曾记得1990年下放一批工人，把权放到了车间。结果出了问题，有个别车间主任从个人恩怨出发，他的角度不可能站得这么高、这么远，结果该放的不放，不该放的几个骨干却放掉了，致使一段时间生产上受了很大的影响。

3. 财务权要高度集中。财经大事要集中研究，权不能分散，更不能平分，所有的财务和物资处理要一支笔审批，在这两个方面我们的教训也不少。

① 物资审批上的两次教训：ⅰ. 我记得在1980年冬天处理副业队提供的鱼，当时考虑到开鱼池大家吃了苦，主要大队干部对外也都有一定的关系户，为了方便和摆摆平，大队干部和支委每人有150斤的审批权(当时是不出钱的)。结果各自外界的关系户没有认真安排好，大部分都弄到亲戚朋友家里去了，他们认为不弄白不弄。ⅱ. 办钢厂初期，副厂长也可审批优惠钢材，结果在短时间内就弄得乱七八糟，很多不该出现的问题也都出现了。这两次教训后，这些权全部集中到书记厂长手中，不管什么关系，都按正常的手续办，现在已成了习惯。

② 财务审批上也出过一次比较大的漏子。记得是办钢厂的头三年，财务由主管经营的副厂长审批。结果是一路绿灯，从来没有打回票的发票，不仅增加企业的开支而且对经办人员的思想是一种腐蚀剂，还容易促使具体办事人员去违法犯罪。当我们发现这个漏洞后，立即采取了措施，把50元以下的单据由主办会计先审核，差旅费由专门做台账的会计先审，然后由厂长统一签报。这样既堵塞了漏洞，又严格执行了财务制度，使财务管理上了新的台阶。

三、要胆大心细，敢于负责。凡是有利于集体事业发展的要大胆地去闯去干，但在具体过程中，要细、要慎重、要全面权衡，即使出了问题，也不要推卸责任。如我们从1987年就和华东公司搞联营，当时自己十分困难，去求人家。在上海谈，对方提出的条件和要求，不可能回来研究后再答复下结论，要当场下结论，让人家感到你这个领导办事果断，有胆量，对人家来讲也是一种信心。回来后，大家重新补研究讨论。有人算小账，有一定的议论，认为我们吃了亏。但结论已下定了，合同已签，只得照办。通过几年的实践，证明当时的结论是完全对的。如果当时不下结论，研究研究再定，就不一定能成功。所以当断一定要断，绝不能怕这怕那。如果与怕字搭上界，就办不成事情了。当然也有不正确的结论，如去年春天定的弹簧钢板生产问题，通过一段时间实践，失败了，马上刹车调头，基本上没有损失。我们当主要领导的，在得失方面要能正确对待，特别是错的事情，要敢于负责。不要怨东怨西，要使具体办的人没有思想包袱，放得开手脚，以便更大胆地做好工作。另外，最近碰到一件事情，虽然成功，但值得提出来供大家参考。据说上海有家银行，有3 000万元可借用两年，除年息7.8%外，还要4%—5%中介费，一次性付120万—150万元现金。不少人都感到怕，我们认为一点也不用怕的。他拿来3 000万元，你拿去150万元，只占总数的1/20，怕什么，有钱就好办事情嘛。

四、要熟悉工业经济，从严抓好各项管理工作。

实践证明，工业生产的确是一门科学，不懂绝对不能装懂，要虚心学习，认真钻进去。俗话讲熟能生巧，能正确指挥，能抓住要害制订有力措施，促使工业经济正常发展。管理是能做出效益的。近几年来，我们狠抓了原材料的管理，制定了开料的标准，验收的措施，做到物尽其用。今年上半年同去年同期比，单成材率增加31%左右，增产钢材210吨以上，折合人民币50万元。再如我们抓煤耗的管理，从1988年就进入全市节能先进行列，几年来单煤耗就节支150余万元。目前我厂的煤耗与市钢铁厂持平。

五、要善于交朋友，把外协关系牢牢掌握在自己手中。这是一个企业主要领导必须做到的，也是企业兴旺发达的关键。因此，对重要关系户要亲自跑，新建关系要亲自去。做到外协人员随时可以调换，但业务关系不受任何影响。如我们杭办的负责人，基本上一二年换一个，但业务的覆盖面越来越广，办事处越办越上水平。记得1990年秋天，一个业务员要帮太仓钢厂在杭州建销售点。我们发觉后，只去了一个电话，就把他们的原定计划取消了。

六、要广招人才，善于用人，充分发挥各自专长，调动大家的积极性，为钢厂的兴旺发达共同努力。永联是小村，人才资源少，靠村发展不起来。我们厂目前人才比较齐全，除供销社的一批骨干外，主要是面向社会的结果。实践告诉我们：我们要的是人才，而不是全才。因此，对每个人来讲都不能求全责备，要用其之长，制其之短，扬长避短，实行专才专用，充分发挥各自的长处和优势，这样就能使你这个单位变成了全才，战斗力、生命力就强了。永联近来的兴旺发达，主要是充分发挥了大家的作用。

七、要讲话算数，树立信誉。我们当基层领导的，主要是靠嘴巴吃饭。因此，话要多讲，但一定要算数。讲时要慎重，讲后要负责，办不到的事不要讲。我认为在以下三个方面要特别注意：①外协上，是与外单位打交道，对人家如何讲就要如何做，不打算做和不可能做的事情，千万不要答应人家，更不能吹牛，因为你是代表一个单位的领导的，要维护自己的形象。②对下属的得失，讲话要算数，一定要说一不二。凡是不能兑现的不要许愿，许了愿不兑现，你今后讲话就无人听了。③对工作中碰到的不良现象，要旗帜鲜明地进行处罚，讲话一定也要算数，办不到就不要讲，讲了你一定要办到，不然你就没有威信。

八、要以身作则，严以律己。你作为一个单位的主要领导，你的一举一动，都是人家的表率。因此，处处都要严格要求自己，尤其是人、钱、物，这是最敏感的三个问题，你在那里做，人家几百双几千双眼睛盯牢你。因此要站得正、立得稳，不然的话，人家就会抓牢你的小辫子，横里竖里向你进攻，工作就无法推开。我记得办钢厂初期，我的一个妹夫，他吃里扒外，我发觉后开除了他，弄得一些长辈也不高兴，认为我太正了。实事证明正对了，在以后的几年中吃里扒外的事就基本上没有了。再如，我们村的上下班制度，我们始终都能以身作则带头执行，多年来养成了一种好的风气，并逐步形成了习惯。

其次 八个“不”：

一、金钱面前不动心。俗话讲，人为财死，鸟为食亡。我们共产党人认为这是资产阶级唯利是图的表现，对我们共产党人来讲是不中用的，因为我们所做的工作绝不可能代表某一个人，而是代表一个集体和党的利益。所以，我们在以往的经济交往中始终坚持了送礼不收，回扣不要，全厂上下养成了一种良好的风气。今年春天，厂里为扩大厂房上新项目，碰到了一家教师的三间平房(他全家户口已迁出两年了)，作价 5 700 元卖给厂里。这位教师认为占了便宜，为了感谢我，他买了一只金戒指(约 400—500 元)送给我。我好言谢绝，他很感动。再如我们的船队是几十个个体船户组成的，有的从办钢厂一直至今，运费比市场上要低 2—5 元/吨，今年进出 10 万吨以上，节约支出最起码 20 万元以上。他们为什么能几年都肯走，其关键是我们厂从上至下不敲人家竹杠，船户讲永联钢厂是硬碰硬，不要去烧香磕头，就是运费低一点也定心。总之，上梁正，下梁就不歪，企业就能兴旺发达。

二、困难面前不低头。在任何一个单位里，前进的道路上不可能没有困难。我们在近几年的实践中深深体会到，困难随处都有，而且它们是欺软怕硬的，只要我们认真对待，没有克服不了的困难，反之就寸步难行。所以困难能锻炼人的意志，困难能开发人的智力和毅力，困难更是考验一个单位是否有凝聚力和向心力的试金石。我们所走过来的一条路，就是围绕困难转，在困字上做文章，在难字上下工夫，充分发挥了广大干群的智慧力量，所以困难是怕我们永联的硬工夫的。当前，我们永联的形势的确很好，全年至少能完成 1.2 亿元的产值销售，利税可望突破 1 200 万元，力争超 1 500 万元以上。但目前困难很多，也很大。如目前是高温季节，按常规要减少劳动时间，中午要避高温，但目前钢材行情好、任务重，原材料又不足，不仅不能减少劳动时间，还要加班加点。气温高，我们的产量比气温还要高。从8月份开始，月月要超5 500吨，力争五个月完成3万吨，这是当前最大的困难。我们发动群众，上下齐动员，战高温夺高产，困难面前不低头，群策群力，想了不少办法：

1. 加强对战高温夺高产的领导，除专门抓基建和外勤之外，所有领导全部投入到战高温运动中，跟班奋战，随时解决各种新的问题。

2. 增购降温设备，冰库15立方3万元，大型冷饮机6 500元，5台排风扇1万元，20台吊扇2 200元，前后共花5万元左右。

3. 增加替补工人，做到息人不息机，已增16人。

4. 增加冷饮费用，每人每天增加0.1元，每月增支1.5万元左右。

到现在为止，高温难高产的常规已被打破。我们的日产已突破200吨，月产超5 500吨不成问题，150万元利润不成问题，所以说困难是不可怕的。

三、人情面前不放弃原则。人是感情动物，我们当干部的在办事过程中，难免要通过各种关系去求人家，也有人家来求我们的。在这些牵牵绊绊的关系中，凡属于正常范围的都可以办，但脱离原则的，甚至是违法的就绝对不能办了，更不要去害人家。所以我厂的外交面这么广，上至部一级的领导，下至供销技术人员，都认为我们心诚，办事实在，与我们长期交往放心。

四、亲戚朋友不搞特殊化，要一视同仁。我们做领导工作的，不可能没有亲戚朋友来找你捞好处，这种现象到处可见。问题是你如何处理好，处理得当是动力，反之就变成了阻力。我有三个舅子和一个妹夫，一个叔伯兄弟在厂里工作。按照他们的实际工作能力安排在不同的工作岗位上，对他们的要求特别严，一定要起带头作用，工作只准做好，不准做坏。有问题请他们如实反映，往往人家不敢讲的，他们敢讲，对一些反面的东西往往从他们那里先听到，这样对做好工作，只有好处没有坏处。但也有借用亲戚关系去干一些不正常的私事的，一旦发现，从严处理，而且要比一般人员处理得重些，促使他自己吸取教训，旁人看了也心服口服。记得1988年秋天，我一个阿舅家造房，木材装船借用了厂里的吊车。我知道后罚他30元钱（比吊装费贵2/3），既教育了他，也教育了大家。

五、任何情况下，不拉帮结派。我们做基层单位领导的周围要有一批骨干力量，不然很难做好你的工作。我们对骨干的培养有一个标准，那就是：有文化、有能力、办事有魄力、工作肯出力，为集体事业过关斩将成绩显著者，能做什么就安排什么，下至科员，上至副厂长，放手让他们有用武之地。而对那些靠拍马奉承，专在嘴上下工夫的，不干实事的，尤其对那两面三刀、阳奉阴违的人，一旦发现，就要弄得他无立脚之地，只有这样才不会存在派别。正气上升，歪风邪气就没有市场。

六、工作中产生的各种矛盾，尽量不上交。我们在实际工作中碰到的各种矛盾是不少，有的甚至相当棘手。我认为我们作为一个基层领导，在自己所管的范围内产生的各种矛盾，应该尽量自己处理解决好，不要轻易上交。在处理矛盾的过程中可以不断提高自己对问题的认识水平，充分发挥自己的创造力，解决好了也能更好地树立自己的威信，同时也减轻了上级领导和有关部门的麻烦。

七、假话空话不讲。我们做基层领导的，要讲实话，办实事，千万不能讲假话、大话、空话，应该能做啥就讲啥。广大群众是喜欢看得见摸得着的，上级领导是要了解实际情况，听实实在在汇报的。如果这些基本的东西都做不到，那你这个领导也要当不下去了，即使当下去也当不好。我们一些亏损严重的企业，问题就在于在“假”字上文章做得太多了。

八、办事不大手大脚，坚持“进三出二”的原则，注意勤俭节约。什么是大手大脚？我认为有两点：1. 办小事花大钱——不值得。2. 不办事也花钱——不应该。这点完全脱离了“进三出二”的原则，也脱离了自己的实际，是一种不负责任的态度。在我们办钢厂以来的实际工作中，正是坚持了勤俭办一切事业，坚持了“进三出二”的原则，事事处处从领导做起，从每件事做起，逐步养成了加强核算、勤俭节约的习惯，使我们的企业，从无到有，从小到大，年年有发展，逐步上台阶……

吴栋材的这次讲话距今二十年，其中的一些数据在今天看来也不足为奇，但就在这样一篇当时看来也许并不重要的汇报讲话稿中，我们已经可以非常清晰地看出他所涉及的政治经济学思想和中国农村及农村工业化中的诸多实践与理论问题上的独到见解与经验，尤其是作为一名基层管理者的思想、作风、工作技巧等方面所体现的能力与意识。这是十分难能可贵的。这也是吴栋材为什么能够在自己那块没有任何根基的贫瘠土地上培育出了富饶的、现代的农工副齐发展的新型农村奇葩。他的“八要”、“八不要”的多数内容，在今天仍然可以作为许多行政和企业领导管理者的学习范本。吴栋材当年所讲的“八要”，也都是今天中国共产党重新向全党干部提出的基本要求。

搞经济、办企业，钱的问题和利益问题成为人们每天都要面对和接触的。如何在这个物质诱惑面前摆正关系，三十多年中国改革开放进程中许多人其实并没有完成这一任务。也可以用另一种语言来表达，凡是没有在这个钱的问题上处理和摆正关系的人或者单位，都不太可能最终成为成功者，他们或许一时风光和辉煌，但绝对很难像吴栋材一样走到今天并越来越强健。金钱是穷了很长时间的中国人特别渴望的东西，中国改革开放也创造出了巨大的物质财富，而金钱又使得许多人迷失了方向，膨胀了私欲。今天社会上存在的诸多矛盾与对立情绪，究其根本原因，很大程度上是因为贫富差异越来越大造成的，而巨大的贫富差异是因为形形色色的个人与集体的腐败行为和分配不公等制度性问题造成的，特别是领导者和企业管理者本身在钱的事情上没有摆正态度。所以吴栋材得出的结论是：“上梁正，下梁就不歪，企业就能兴旺发达。”

他所说的“困难面前不低头”，其实是一个信仰和意志的问题。毛泽东曾经说过：人是一切事物的决定因素。一个国家、一个地区的社会发展，总会受那个时代的环境影响。中国近三十年走的是一条中国特色社会主义发展道路，这中间谁走得快，谁一路往高处攀，一名领导者和管理者几乎起决定作用。今天中国成功了，是因为中国有了一个改革开放的总设计师邓小平；永联村是全国几十万个小村庄之一，它今天远远走在其他乡村前面，难道不是因为它有吴栋材吗？答案是显然的。吴栋材的成功全在于他心中有一个崇高的信仰——做一个真正的共产党人，像一个真正的顶天立地的男子汉，把永联这片江滩地建设得比谁都好，让村里的农民富裕和幸福起来！这就是他的信仰。为了这个信仰，他需要在一穷二白的江边这块滩地上努力奋斗、流血流汗。天上不会掉馅饼，所有的希望，所有美好的梦想，必须靠干出来。干又有多种结果，有的干了等于白干，因为你方向不对；有的干的过程中你无法继续干，因为种种困难阻挠你前进的路；有的你干了又没有任何意义，因为你干的事没有多少成效，等等。所有这些，都需要一个决策者、领航者有足够的耐力和意志，还有方法和思路。吴栋材的体会是：面对困难，“就要围绕困难转，在困字上做文章，在难字上下工夫，充分发挥广大干群的智慧力量”。文章和工夫下在“困难”上，总结得多好呵！许多人的失败和半途而废，就是因为面对困难一没办法，二不下力，其结果肯定可想而知。尤其是一个贫弱的乡村，欲让其强壮起来，没有超人的克服困难的意志和智慧，几乎没有可能。而吴栋材的“八要”中后面几个“要”，其实都是为了实现第一、第二个“要”的方法和技巧。农民和农村是复杂的，他们相互之间有着千丝万缕的血缘、辈分的关系。人情、亲情、友情是中国社会特有的又是最难处理的事。农民是最底层的平民百姓，村干部其实也是最底层的平民百姓，平民与平民之间没有绝对的权威和领导与被领导的关系。你正确了可以拥护你，你不对了可以反对你。你即使并没有错，但你行使权力时，对方可以听，也可以不听，这些时候，一名领导者和管理者的能力和心胸便成了突出的问题。不讲人情、不分辈分在乡村是行不通的，但什么时候都讲人情和辈分你也什么都干不成。干得成与干不成之间的分水岭，就看你的原则性和灵活性的把握分寸。真诚、无私、大公、能力，就是把握这些人情和辈分的“分寸”。

吴栋材的成功显然来自于他在较早的岁月里就能总结出如此精到的管理乡村和企业的经验。

630生产线又一次给吴栋材的企业和永联村插上了腾飞的翅膀。但吴栋材并不满足。那个时候他每天骑的自行车已换成“八零”小摩托车了——在完成每天必定的“村巡”后，有一天吴栋材又转到630生产线车间，像往常一样，他走到生产平台东瞧瞧、西瞅瞅，或跟车间员工聊一聊。630生产线和530生产线此刻就像他吴栋材的两个宝贝儿子，他格外珍惜与看重。但这一天吴栋材站在生产平台上竟然一动不动地凝视着不停转动着的开坯线和轧制线——那两条金色的火龙如两束光，打在他的脸颊上，并在他的双目中飞旋、飞旋……一直汇拢成一条美丽无比、光芒四射的彩锦。“廷夫，你来！快来！”突然，吴栋材招手叫来正在一旁与技术人员观察生产线的李廷夫。

“老板，啥事？又有新灵感了？”李廷夫现在已经是厂里主管设备和工程技术的主力，在短短的一年多时间里，钢铁专业技术出身的他在与吴栋材同事的过程中，深切感受到这位农民企业家在“玩钢铁”方面的知识和能力上“简直是超人、奇人”。李廷夫在接受我采访时说：“吴栋材书记一介农民出身，没有进大学学过钢铁专业知识，但他对钢铁企业的设备和生产方面的知识与实际经验，专业的钢铁专家也未必比得上。这应当归功于他的钻研。”

“廷夫、华斌，最近市场的螺纹钢产品价格不太好，我们的这些设备又要经过几道生产工序，切割断材比较浪费。所以我在想：如果将开坯线和轧制线合而为一，将钢锭直接轧成螺纹钢，那样的话不仅可以避免多次切头切尾造成的原材料和时间上的浪费，还能省去二次加热所带来的烧损和燃料消耗，这样不就可以大大降低生产成本了吗？你看我的这个思路对不对？”吴栋材眼睛盯着那两条彩虹般的钢铁生产线说道。

"啊？好啊——太好啦！"李廷夫和陈华斌两人几乎异口同声地惊叫道。他们不敢相信老板会向他们提出如此大胆的问题。

"怎么，是我异想天开？"吴栋材这回把目光先聚焦到陈华斌脸上。

"嘿嘿，是个奇想！"陈华斌红着脸，回答道。

吴栋材又把目光集中到李廷夫脸上。

李廷夫的脸涨得红红的。"当时我是兴奋的。没有想到吴书记他能想出这么一个轧钢办法来！我是学轧钢设备专业的，了解其生产螺纹钢的原理。他所说的后来被全国钢铁行业推广的一火成材生产线，从技术和原理上来说完全是可行的。但我们专业人员或者说自钢铁行业有了轧制技术到现在为止，竟然没有一个人能像他一样敢于去想这个问题。我真的太激动和振奋了。从专业角度，我当时非常明确地告诉他，他的想法完全有可能。"李廷夫在我采访时这么说。

"那你们就赶紧去试试！成功了是你们的功劳，失败了我承担责任！"吴栋材当场下指令给陈华斌和李廷夫。

"记得是1996年的大年初六那一天，我们几个技术骨干开了个会，决定按照吴书记的想法试一试，但真干起来也不是太容易。"李廷夫回忆说，"因为当时开坯生产线实际上已搞好了，现在要搞一个新的工艺车间，就得把刚建好的后一段开坯线的钢冷床炸掉。那么个庞然大物，我们请了部队上的爆破专家炸了半个月才了结。经过我们后来一次次改造、调试，最后终于将开坯后直接轧螺纹钢搞成功了！当天吴书记和我们在现场看到新的生产线竟然在自己手里成功了，一个个高兴得都要跳起来。吴书记后来请我们喝酒，说是庆功酒。确实我们也很自豪，能在一个农村的轧钢厂里完全依靠自己的力量，搞成功了国内第一条650一火成材生产线。我们的这项成果全名叫《650轧机机组一火成材节能新工艺研制分析——圆钢50机组生产螺纹钢技改》，获得华东地区金属学会颁发的科研发明成果一等奖。吴栋材书记的名字列在第一位上。值得强调的是：该生产线工艺设计、机械电器设计、液压传动、变频调速光电检测、程序自动控制，全部由公司内部完成，特别是高速倍尺分段剪、120米锯齿冷床及短引力轴承轧机的设计、制造、配装、调试都达到了国内最好水平，成品线速每秒15.1米。用650生产线轧制小规格螺纹钢的成功引起全国钢铁业界的轰动。广东韶关钢厂的老总听说了我们这条生产线，总经理亲自带了公司十几个高级技术主管来我们永联取经，之后又派第二批中层管理人员和第三批车间工程技术人员来学习。他们回去后把自己的650生产线后半段炸了，成品整理、收集、包装都按我们的式样改造过来，使他们那套用4.6亿元人民币引进的洋设备发挥了真正的效益。650生产线研制改造的成功，可以说使永联钢厂进入了历史性的阶段……"

那个曾经的苏州钢铁厂，此时出笼了一份"特别的报告"。这份"特别的报告"其实是苏州钢铁厂内部电视台拍摄的一部电视专题片，它的题目是《危机的警钟已向我们敲响》。电视片的图像在此无法展现，摘录其中的部分解说词一读——

1995年，永钢的年利润9 000多万元，这与1995年利润才1 000多万元的苏钢拉开了差距；而1996年，永钢计划产钢材50万吨，利润超过1.5个亿，这又将庞大的苏钢集团远远抛在了后面！

是什么导致地理位置、技术力量远远比不上苏钢集团的永联发展成这一番喜人景象？苏钢集团的职工是他们的八倍多，苏钢有铁路、运河、312国道过境，有雄厚的技术力量，可从产量和利润上看，苏钢的八个人还抵不上永联一个人。无论是苏钢的职工，还是苏钢的干部，一谈到苏钢就是管理不行。一时间，管理不行，似乎成了万事搞不好的搪塞敷衍之词。管理不行，到底不行在哪里呢？

（画面上永联厂一维修工正在车间看守设备）

记者：你们在巡逻吗？

职工：是的，我们规定必须每时每刻在外面巡逻。

记者：你们有没有休息室？

职工：我们没有休息室，必须每时每刻在外面巡逻。

记者：请问，上班的时间必须在现场吗？

职工：必须在现场。

……

和我们苏钢比照一下，您又看出什么不同呢？

这是我们苏钢的一个维修工段的休息室，当我们的记者问他们，上班在休息室干什么，他们回答很坦然：值班，等电话，有事故就出去维修。

（采访苏钢职工）

一位苏钢的工段长跟我们讲，检修工不一定叫得动，说有面子、有交情的方可出来检修。

这是我们从永联轧钢车间采集的一段场景，不是悠悠地踱步，而是像冲锋打仗。人们都说，在医院时间就是生命，在工厂时间就是效益，在永联时间就是产值，就是工人们的待遇。

记者：你是搞电工工作的，刚才你们在忙些什么呢？

职工：刚才我们在抢修。

记者：看你们跑来跑去，是不是有时间规定，还是有什么？

职工：当然是有时间规定的，超过规定时间，我们都要受惩罚的。

记者：像你们干维修工作，必须在多长时间内完成呢？

职工：我们每月维修用时允许比规定时间超过十分钟，超过了十分钟就要被扣分。

……

永联人的要求和标准，是认真，是贡献，贡献的多少就是待遇的高低，不管你今天是18岁，还是已过50岁。他们和领导已形成了相互理解、相互支持、相互信任，同甘苦、共命运的良好氛围。他们充分理解和认识到了贡献就是待遇的永联风格。

记者：请问你这个岗位有几个人？

职工：我一个人。

记者：你一天工作多长时间？

职工：12 个小时。

记者：就这样一直不停地搬，是不是？

职工：是，一个月收入平均 1 000 多块。

……

和这面锦旗一起在永联人的生产生活中起着举足轻重作用的还有三方面，这就是永联设置的四面红旗流动赛。红旗采用流动方式，并不新鲜，苏钢也有。然而，永联人的方法是，冠军只有一个，不在矮子中选将军。他们每月评比一次，获奖者可获得一万元的奖金。一切语言文字，此时都显得苍白无力。一件最为普通的事件他们似乎作为一种艺术，在习惯中一天一天地重复着。谈工人素质，他们绝大多数都是当地的农民，谈技术力量，他们的工程师仅有一名，而且还是土生土长的，可他们成功的法宝是认真、是实干。

……

切割机上有这样一块牌子：60 方切头标准，坏头子后面不超过 5 公分，发现一个不坏部位超 5 公分的，罚款 5 元。永联的 650 轧机和苏钢 650 轧机是一样的。1995 年，他们的 650 轧机开坯、轧钢、一火成材能力已达 33 万吨，而我们的 650 轧机仅开坯又怎么样呢？

强烈的质量意识也是他们成功的保证。他们的定尺率已达到 100%。170 吨也就是 1 500 多根的钢材中只挑出 17 根稍短。这就是他们的质量意识。新的历史时期，我们一度引以为豪的领导队伍的庞大、技术力量的雄厚、工人素质的优越，此时已让人难以启齿。

……

也让我们站到苏钢的门口去看一看。（现在是早上 8：00）我们的上班工人正如潮水般涌进大门，他们有的仅仅迟到了几分钟。一滴水可以折射出太阳的光辉，一分钟又能反映出多少问题？永联人从实际出发，政令畅通，他们说一就是一，没有半点水分，他们心细胆大。

……

观众朋友们，由于时间仓促，我们的报道还显得十分肤浅。然而，在现场采访时我们的震惊难以抑制，我们的心在颤抖。一群庄稼汉在荒无人烟的芦苇沙滩上竟能掀起如此的辉煌，留给我们的是永恒的深思。

我们的产量要突破，我们的质量要提高，我们的成本要降低。自下而上的危机一步步向我们袭来，危机的警钟已经向我们敲响，苏钢的朋友们，我们该怎么办？刀光剑影的市场竞争下，生生不息的改革发展中，苏钢的朋友们，我们该走哪一条轨道？

市场经济是残酷的，竞争的结果总是胜者为王。正如苏钢人所感叹的：我们的心在颤抖。一群庄稼汉在荒无人烟的芦苇沙滩上竟能掀起如此的辉煌，留给我们的是永恒的深思。

吴栋材和他所带领的一群永联人带给整个中国龙头行业——钢铁界的震撼确实值得人们深思。到 1997、1998 年，永联钢铁厂的轧钢产量和质量已经在华东乃至全国市场上像一匹黑马脱颖而出。这里有一份当时的国家冶金工业局、中国钢铁工业协会发布的国冶体[1999]174 号文件中公布的 1998 年全国冶金行业 80 多家钢铁企业的部分技术经济指标，其中吴栋材的永钢集团相关指标排名为：

产品销售率居第 1 名，大于 100%；
流动资产周转率居第 1 名，为 4.077 8 次；
污染物综合排放合格率居第 1 名，为 100%；
千人死亡率居第 1 名，为 0.000%；
轧钢综合成材率居第 3 名，为 98.203%；
总资产贡献率居第 3 名，为 13.334%；
非钢铁收入比率居第 6 名，为 31.6466%；
全员劳动生产率居第 9 名，为 8.513%；
资本保值增值率居第 15 名，为 119.741%；

销售利润率居第 29 名，为 8.513%；

成本费用利润率居第 29 名，为 1.859 8%；

资产负债率居第 31 名，为 58.096%。

这个国家权威排行榜，对永钢集团的知名度和影响力是绝对的无可争辩的一次大展现。这里包括了上海宝山钢铁厂、首都钢铁厂、武汉钢铁厂、太原钢铁厂、鞍山钢铁厂、攀枝花钢铁厂等曾经一直是中国工业宠儿的大型国家钢铁企业。我清楚地记得：当年国家为了建设鞍山钢铁厂、攀枝花钢铁厂时，几乎是倾举国之力才建起的，这些“钢铁巨人”是几万、几十万人流血流汗建起的，它们所呈现出的是巍然壮丽的十里、甚至百里的钢城！上海宝钢建设时，正值上世纪 70 年代，几度因为国家缺钱而差一点儿下马……建设一个大型钢铁厂，它几乎都需要经过漫长的国家议事过程，几乎都会让一个国家的主席和总理操透了心。然而现在的永联钢铁厂，则是由一个种地的农民在脑海里闪出的一点儿“想让自己的村子富起来，想让农民兄弟们过上好日子”的想法，便在几乎没有任何议事日程、没有资金准备的情况下，靠他的几百号“土包子”们蚂蚁搬家式地一点点积累和齐心协力，流血流汗地将它弄成了一个钢铁巨人——江苏永钢集团！

这绝对是一部史诗，一部堪比建国大业的史诗——对一个村庄而言；

这绝对是一个奇迹，一个堪比掌握了原子弹、航空母舰的军队所具有的实力——对一群乡村农民而言；

这绝对是一首奋进之歌，一首堪比国歌那样壮丽催人的战鼓——对一个乡村干部而言。

世上有许多事值得大家思考：一个庄园主没有建国治国的实际经验，但他缔造的一个新兴国家可以从一盘散沙成长为当今世界第一强，这个人是华盛顿；一个农民的儿子，看上去也就是一介书生，他没有读过兵书，没有上过军校，但他在 20 世纪中叶指挥了世界上著名的三次战役——平津、辽沈和淮海战役，这个人是毛泽东。

吴栋材，一个农民，没读几年书，给他的是当地条件最差的一个乡村、一块最贫瘠的土地、一群知识贫乏的农民，但他并没有失去信心，从小打小闹开始，又靠这小打小闹赚来的20万元钱，一步一步滚雪球似的又用了十余年时间，竟然一跃进入全中国几十大钢铁巨人之列，并且多项经济指标名列前茅！这难道不是中国的奇迹？一个中国特色社会主义典型的特色吗？

他让权威们哑然失色；

他让懒惰者目瞪口呆；

他让官僚衙门沉默无语；

他让中国农民扬眉吐气；

他让世界为之一震！

他告诉了我们一个简单而不朽的道理：世上所有的奇迹都是人创造的，只要你能走一条实事求是的道路，比别人更认真、更精心，你就能成功，就能战胜所有的艰难与困苦，就能实现自己美好的梦想。

从邓小平“南巡”讲话到此后的整个90年代，吴栋材和永联村其实不只是成功地建起了一个让全国钢铁同行吃惊万分的轧钢企业，而且还带来了锐意创新精神和大胆吸纳人才、细腻精致的管理模式。

在永联采访调查时，我遇到的许多骨干分子，几乎都是在这个时期来到永联、来到吴栋材身边的。

张先轶，现任永钢集团总经理助理，高层主管。张说：我是1983年考上马鞍山钢铁学院，毕业后分配到张家港港区工作的，当时因为自己的女朋友在张家港市的南丰镇上。1992年快结婚时，我来到南丰镇。这是一个很普通的江南小镇，我也没有想到后来会与永联村发生命运的相联。当时的南丰镇上还有几个钢厂，甚至比永联厂规模大些。可我岳父说，永联的吴栋材和他大儿子吴耀芳的厂最有前途，原因是他父子俩更实在。结婚了，人就会发生一些变化，当时我的家已经在南丰镇上，自己的专业又是学钢铁的，所以选择了永联厂。我是正式到永联的第一个外地来的本科大学生，而且还是钢铁专业的。但当时我对长江边的这块麦田和水稻田很陌生，第一份工作被分配到车间，两班倒，比较辛苦。虽然我是一个钢铁专业的大学毕业生，但老实说厂里也没有把我当做钢铁专业的大学生，同时跟吴栋材书记也不熟悉，所以一直在下面的车间工作。车间里都是农民出身的普通工人和普通干部，但他们给了我实践的机会。他们一碰到问题时就来问我，其实学校学的东西也未必在生产实践上能用到，而生产实践中的东西在书本上更没有，所以我也不是特别懂。因此每遇到一个我一时回答不上的生产问题，我就赶紧去寻找各种书，并加以对照，慢慢地我学会了解答一些实践中的问题。一次又一次的这样下来，车间里的工人和干部们就把我当做“小工程师”。我在校学的是冶金机械专业，后来我们厂里搞530、630项目，我所学的知识就可以直接用上了。吴书记在那个时候要求我们这些厂里的技术人员动手干，我就成了在陈华斌、李廷夫领导下的技术骨干了，跟他们没日没夜地在电脑上一遍遍设计，直到搞出名堂来。二十年来，我是跟着永联钢铁厂的发展而成长的，这种成长在国有大型钢铁厂几乎是不可能的。因为在那样的厂里，你一个专业人员，也许终身只能在一个固定的狭窄的岗位上从事一项工作，你不可能接触到整个钢铁厂的所有环节和专业。但在永联我们可以，可以有这样的实践和机会，这是我一生的受用之处。为这，我得感谢永钢，感谢吴栋材董事长，是他给了我们这种机会，是他给了我们一个专业技术人员一生感到不吃亏的事业。回头看，我的许多同学毕业后所在的单位和岗位看起来似乎比我光彩些，但后来越发远离专业技术了。钱不用说，我现在每年工资加股份收入至少在两百万元，这个数字在同学中绝对是第一位的，关键和更主要的是我的综合知识面和实践能力远比他们要强了。我们永钢厂曾经为了一些技术项目聘请过马鞍山钢铁厂的工程师，其中有我的同学。他们到这后，我发现他们的知识面和专业能力比我差很多。他们后来都无功而归。我现在在永联觉得很光彩，孩子都上大学二年级了，我们一家人彻底是永联人了。我并没有感觉在长江边的那块乡村土地上有什么不好的。因为我在此成家立业了，专业上自己有七八个技术属于国内同行中的首创，饭碗也是金的，一家人很幸福。当时到永联来，纯粹是为了饭碗。我自己也是农村出身的，家境不好，父亲生病，家贫，把宅基地也扔了，唯一一条出路是想到张家港找口饭吃。哪想到了永联后不仅有了饭吃，而且吃得好，连后代的生活都有了保障，自己的事业蒸蒸日上。我真得感谢永联，感谢吴栋材董事长。我的体会是：你只要做好了，他和永联一定不会亏待你。这对一个外乡人来说，多么重要！

杜显峰，黑龙江人，现任永联钢铁厂轧钢总厂厂长。轧钢厂是永联的支柱厂，一个外乡人能当这个岗位的一把手，显然是个特别重要的角色。现在永钢轧钢厂一年的轧钢量为 800 多万吨，其中出口达 100 万吨。可见杜显峰此人在永联的分量。他介绍说：我是 1992 年北京钢铁学院的毕业生。1998 年到永联来的，原来在东北的一个大型钢铁厂工作，1998 年金融风波，我原来的企业大滑坡，在朋友介绍下我来到了永联村。那时永钢的轧钢是整个企业集团的主要产业，我学的就是轧钢，过去干的也是轧钢。如今一晃十四年了，我这十四年的体会是：在永联干一年，是原来单位十年都干不了的！我们永联轧钢厂技术能力方面虽然比不上一些大型企业，但我们的专业技术能力一点也不比别人差。我们都是在生产一线上边干边实践创造的，这也是永钢的经验和突破常规的地方。如吴栋材董事长所言：轧钢产品虽然市场巨大，但它的技术含量并非高不可攀。对这样的技术专业，并非一定要麻雀虽小却五脏齐全的机构和一项项、一道道的漫长设计过程来实现和完成。实践是我们最大的课堂和研究场所。开始我是永钢的普通工人，后来当了技术人员，再后来因为参与不同的技术项目的设计，就成了技术管理人员，成了技术科长，一直到后来集团成立钢铁研究所时我当了所长。一年半后，我又出任轧钢厂副厂长，去年又当了轧钢总厂厂长。到永联十四年，相比我原来在黑龙江的那个大型国有钢厂，我自己深切感受到：若在原来的单位，不可能有今天的发展，因为原来的那个企业一年只有 400 万吨的产量，后来还渐渐萎缩了。永联这里是一路向上攀，现在都快 1 000 万吨的产量了。而且留在原来的厂，我不可能当到厂长的位子，那里没有发展空间。永联不同，永联有无限的空间让我们去发挥。只要你把心留在此，把干工作的劲头留在此，你的事业和一切幸福与自由也就会自然而然地降临到你的身上。1999年,我把家人和孩子一起搬到了永联村来。当时来的人比较多,一时没有安排好我家的住处,我向吴董事长反映后,他让我不要着急。在我还没有到办公室的很短时间里,就有人来找我,说我的事落实了。当我一家人搬进140平米的新房子时,全家人眼里湿乎乎的,因为这样的事只有在永联才会发生……后来我知道,在永联,吴董事长对所有的人都一样。我现在管的轧钢总厂有两千多人。我经常对下面的人讲,我们在永联工作和生活,应当学会感恩。如果我们这一辈子没有在永联,那么我们此生就不可能会有像在永联的待遇。我们还有什么理由不在这里好好干呢?”

张刘瑜,1971年生,安徽安庆人。现任永钢集团副总经理。他说:我是1994年到永联的,是永钢集团对外正式招聘来的大学生。1994年是中国大学毕业生第一次实行“双轨制”的年份,也就是我们这些大学生第一次自由选择毕业后的人生方向。我是北方重型机械学院的毕业生。当时我们学院有个系主任到江苏苏州一带转了一圈后回去对我们说,永联钢厂如何如何的好,尤其提到吴栋材董事长如何如何的能干,特别说到别看现在永联钢厂不大,但这个老板好,所以以后一定有大的发展前景。系主任一再对我们说,我不是骗子,不会骗你们的。我们就信了他,毕业后直奔永联。我清楚记得自己是这一年的8月4日来到永联的,一起来的连我六人,都是同一个学校毕业生。当时我感觉厂子和老师介绍的还有点落差,主要是看到永钢厂被稻田包围着,是一个真正的农村企业。那天中午我们想吃点东西,但午饭时间又过了,结果东找西找就是找不到吃饭的地方,后来总算找到一户农民家。他家有个小店,专门为厂里人买小日用品。主人为我们临时做了一顿饭。第一次到农民家吃饭,苍蝇很多,大家都有些受不了,尤其是我女朋友,她简直就要哭鼻子了。来的六个同学,有四人前后走了。他们确实不看好吴栋材他们这个厂,主要认为是一个乡村钢厂,早晚会完蛋。即使企业还能办下去,但农村的生活与城市里实在无法比,安家落户一辈子在此受不了。留下来的只有我和我的女朋友。我的女朋友因为是我才勉强留下来的。而我适应能力强,因为我从小也在农村，比永联村还要苦、条件更差。你问我后悔不后悔留下来？我不后悔，真的，因为当我进入吴栋材董事长的这个企业团队后，发现这里确实能有我发挥才能和干事业的平台和环境。吴栋材这个人了不起，虽说一介农民，但真的非同寻常。他是一个能干大事、干得成大事的人。跟他一起干，你能感受到特别的愉快和舒心。他从不排斥外地人，会把你当做亲人一样关怀你、爱护你。只要你有能耐、有贡献，他不会埋没你。即使你犯了错，他也不会轻易放弃对你的重视。我一开始到永联时，在车间实习，后来再做技术员。当时印象中，厂里技术改造的活特别多，我主要是参与。时间一长，获得的经验就多了。这个时候，吴栋材董事长就会把我们这些技术人员统统放到岗位上和项目上发挥作用，大胆使用你，直到你出成果。出了成果后又让你干更大的项目和工程。他是在挖掘和培养人才的同时发展和壮大企业的。我记得自己在刚上大学时体重是 108 斤，后来体重增加了，但是到了永联厂后，多次参加技术改造大战役，结果发现自己的体重又是 108 斤——实际是因为工作太辛苦而掉了 20 斤肉。但我很高兴，没有半点后悔和叫苦，因为吴栋材董事长都看在眼里，是他让我这样的一个外地大学毕业生，在如今名震中国的永钢集团里成长为公司的副总经理。一年的年薪加股份收入四五百万元不说，作为一个大型钢铁厂的厂级领导身份就很让同行羡慕和敬仰。这种名利双收的事，在我们那一批同学中绝无仅有。过去有人嘲笑我堂堂大学毕业生，到了一个乡村小地方。现在他们见了我都会羡慕，都想让我介绍到永联来。这种变化说明了永联和吴栋材确实有无穷的魅力。”

吴栋材的魅力不是天生的，但却是特别的。有人告诉我，当初他引进一批批外地来的大学生时，村上的人不是没有话。尤其是在提拔和分配股份时，村上人就说：我们绝对不能把厂里重要的岗位给外地人掌握，绝对不能把股份分给外地人；要是那样的话，永联村早晚会被外地人吞掉的。吴栋材坚决顶住，说：能甘心情愿留在永联工作的人就是永联人，对他们就该像对我们土生土长的永联村人一样，如果他们真有一天把所有重要的岗位掌握了，那就只能证明两点：一是我们永联人真的需要自省，二是永联企业真的进入了现代化良性进程。谁都知道,农民的意识比较顽固和落后,即使是先进和发达地区的农民,他们仍然有不少传统的观念和意识。当初一批批大学生来到永联厂后,他们除了白天工作外,没有任何业余生活。永联村离最近的南丰小镇,还有十几里路,如此环境怎能留得住知识青年?于是吴栋材做了几件事让人难忘。一是开通一条直通南丰镇的"永钢大道"——这条大道现在已经是第五六次扩容了,今天的永钢大道是双向六车道的现代化快速道。二是开通永联到张家港市区的公交线。村里的一些娱乐场所也建了起来。"但这是不够的,我们要让所有到永联来工作的年轻人能够享受在城市里一样的业余生活和家庭生活。永联村不仅要有钢厂,还要有文化广场……"这是 1995 年吴栋材在村民大会上说的话。他是一个农民,但他懂得要在永联把钢厂办好,办成百年老厂,光靠农民那点小聪明是完不成的。为这,他费尽了心思,甚至穷尽了自己的能力和耐心。起初,村里连个起码的娱乐场所都没有,他就把一个旧仓库改造成舞厅。农民们怎能适应男男女女搂在一起跳舞?吴栋材每天晚上不得不亲自到舞场给参加跳舞的年轻人鼓劲,最后舞池里不再光是城里来的大学生了,连村上的农民老哥老姐也跟着扭了起来……一座千人文化礼堂很快也建起来,每周一次的免费电影大片让大学生们和村民们有了比城市人更多的观赏与享受机会。

孔子曰:"志于道,据于德,依于仁,游于艺。"(《论语·述而》)他又说:"兴于诗,立于礼,成于乐。"(《论语·泰伯》)。这两句话讲的基本是一个道理,即人除了有志向和道德外,还有自己的兴趣和生活情趣。自古以来的经验和教训都告诉我们,不管是何种阶层的人群,当他解决了衣食住行等基本生存问题后,文化娱乐和生活情趣便成了他的必需品了。过度的单调生活和毫无文化情趣的环境,即使志向多么远大和道德多么高尚的人也会感到消沉,一个坚强有力的战斗集体也会最终涣散和沉沦。

吴栋材虽一介农民,但他却是个十分好学之人,并能写得一手好字,尤其是毛笔字,达到了相当的书法水平。他爱看戏看电影,而这些爱好,对他重视周围的文化起了特别的作用。一个知识分子聚集的地方,没有丰富多彩的业余文化，知识分子们终将离你而去，即使有很丰厚的物质条件牵锁着，也无济于事。田野里的独特文化氛围，同样是农民劳作和耕种过程中不可缺少的“空气”。没有了这份“空气”，田野里也不会飘出稻谷和麦穗之香。吴栋材常常会在繁忙的工作之余，随时萌发一份浓重的文化兴致，或者说他的精神深处总有追求完美的意识，而正是他的这份意识，使得永联村在日趋富裕之后，农民们的精神世界和文化生活变得异常丰富多彩。现在我们把笔锋依然收回到吴栋材和永联村在上世纪90年代走过的那段激荡大潮的历史篇章上——

永联不再孤独，永联的钢铁集团公司的辉煌如日中天，甚至到了谁想恶意诋毁和企图抹煞都已经很难的地步了。

我们从1999年冶金行业颁布的中国88家大型钢铁企业的经济指标排名表中可以看到，永联有好几个主要指标是名列第一的，比如：产品销售率居第一名，大于100%。这个数据的意思是：永联的产品有多少销多少，而且市场所销售的数量和预销的数量已经超过了实际生产的数量，即市场上要买永联的产品比永联厂里能生产的数量还大。一句话，永联的货，好销！

“好销”——只有两个字，但要实现这两个字的效果却非一日之功。吴栋材的高明和精到之处就是紧紧抓住了三个环节：市场流通中的服务；生产要素中的质量；产品品种的对路。

“服务”的概念似乎现在所有从事商业的人都很明白。其实仅“服务”也要分高中低几个档次，普遍的、大众意识里的服务就是一种态度和周到的问题，中级水准的服务里就应当包含了尽可能地满足需求者的心理，而真正高端的服务水准，它则体现了销售方或服务方的那种超越于消费者一般需求及一般满足的心理，从而完成对产品和商业活动的终极服务。终极服务是一种没有止境的、甚至超越了产品本身的服务活动，它把商品的交换和交易上升为“完美自我”的行为。吴栋材把大儿子吴耀芳从“吃国家饭”的供销社弄回到自己身边一起跟他干乡下的农村小厂，他所看中的就是儿子有“跑腿”的功夫，即有搞供销的能力。儿子对父亲最初对他说的话一直记在心头：我们的厂在田头，但活路在外头。

“父亲说这话的意思非常清楚：他在永联村办厂办得再出色，如果产品卖不出去，永联人永远只能是死路一条。”吴耀芳把父亲的话刻在心坎上。

哈佛商学院教授、“竞争力”研究鼻祖迈克尔·波特有过这样一个论断：企业要想有发展，就要学会用两只眼睛看世界。一只眼睛向外看，看市场，保持对市场环境的敏感，预测可能发生的变化，从而抢先占据有利地位；一只眼睛向内看，看企业机制、管理等等，深挖潜能，夯实竞争力。永联的吴栋材就有这样的两只眼睛，他把向内看的眼睛留给了自己，把向外的那只眼睛交给了儿子吴耀芳。

早年的吴耀芳，怀揣一张地图，穿梭于长江三角洲的苏沪杭三地。为了打开局面和稳固这一阵地，他选择了杭州作为支点，并以此为原点，用双脚开始探步左右前后，渐渐再辐射长江三角洲；到后来以长江三角洲为原点，向中国版图的南北中西撒开，一直到基本覆盖国内市场，并进军国际市场。他步步为营，步步成功。他成功的原因就在于他坚定不移、始终如一地举着一面甘为人下的旗帜：我是农民，我们是乡村小厂，但我们的产品会做得最好，我们绝不会让你失望和伤心，卖你货就像我自己买货一样，所以我知道应该卖什么货给你、让你最放心。“销售在我们厂只有到了总公司的账本上才有这个名目。所有外销人员要做的事仅有一件，即为客户服务，或用我们常说的话就叫交真心朋友。”吴耀芳解释这话的意思是：你要想把厂里的东西卖出去，你就得先把用户所想所求全部摸透，然后一一为其解决并求得满意。“商道上谁都想自己得利，但我们追求的是尽量把一定的利让给对方。我方求取的最大利益是对方的满意，这是永联人的商业经。”曾在杭州办事处的一位老永联人告诉我，他说我们永联厂的产品刚进杭州市场时，没人瞧得起。于是我们就走到盖房子的用户家，让他们比着别的厂家的产品来试用永联产品。后来人家跟永联人熟悉了，也相信永联的产品了，再后来确实感觉永联的螺纹钢就是比别的厂的产品更实用、价格更合理。这样一传十、十传百，最后全杭州、全浙江都要买“联峰”牌螺纹钢。浙江是私营企业发展最快的地方。私营业主发展快的地方，造房子的也多，造的房子比一般楼房、别墅要高级些。而永联厂生产的产品紧紧跟着用户实际需要去及时、随时地改进，甚至赶在下一拨用户需求之前设计和生产新产品。后来我们又把市场销售点放到全国最大的上海宝山钢铁交易市场上，因为那里有上海宝钢，所以交易市场特别大。这个市场很讲信誉度，每年要对销售好的单位发奖牌，我们 1991 年进去以后，连续十多年都获得了销售金牌。这可不是件容易的事，因为全国那么多大钢铁企业、著名企业都在那里，我们靠什么？靠质量，靠服务意识。大厂的销售人员往往对客户低不下头，而我们是农民出身的农民销售员，我们很容易低下头来为人家服务，而且我们是甘心情愿地低下头为人家服务，这种低下头的姿态是积极的、健康的，诚心诚意的，所以我们的销售总让客户心满意足。客户有困难愿意找我们，我们可以做到百分之百地为客户所要的螺纹钢材定尺寸、全包装，且夜间照常送货，大小规格齐全，有特殊要求，几吨、几十吨我们也出批量产品，可一般钢厂一个品种几个月不换。你说我们这样的“农民精神”可贵吗？

中国是个农业大国，几千年的农耕文化养育了我们一代代中华儿女，涌现出一个个杰出人物。但许多中国人骨子里又看不起农民，这是很可悲的。其实，中华民族的五千年文明史，清一色几乎都是农民创造的，即使在今天，也基本如此。

与吴栋材面对面坐着的时候，我在想一个问题：中国共产党在新民主主义革命时期中的重大战役，几乎都是一个没有进过军事学校的农民在指挥，他就是毛泽东。而与毛泽东同时代的那些革命家，他们许多人都是正规军事学校出来的，包括敌方的指挥者，然而他们没有一个可以与农民身份的毛泽东的战略思想和精湛战术相比的。毛泽东的军事艺术连同他解放中华民族的政治思想，都带有浓重的中国农民色彩。正是这种浓重的中国农民色彩，成就了他伟大的一生和光辉事业。他是革命战争里的成功者和共和国的缔造者。20 世纪至今的一百多年中国历史里，没有哪一个人超过毛泽东的卓越与贡献。

毛泽东是“农民精神”最杰出的表现者和成功体现者。吴栋材在自己的那块沙滩地上如鱼得水地创建了一个大钢铁企业，并且在庞大的比钢铁本身还要坚固的中国钢铁体系中左冲右突，前进后退，独建奇功，直到稳坐江山，俯瞰天下……他是在他那个战场上最杰出的“农民精神”的成功表现者。

他的“农民精神”里包含了农民最纯朴和最原始的低微与低贱；包含了农民最本质的勤劳与勤思——像耕作农田里的秧苗与麦穗，浇灌菜根与育花；还包含了独有的感觉与行动，以及不断收获、不断创造的求高追新的心态……

把外表貌似低微的农民看成是一种“弱势”和“低能”，是许多城里人及国有大企业工作者的一种偏见和战略上的重大失策。智慧的农民恰恰非常巧妙地利用了别人对他们的这种看轻而发起强有力的进攻战术，使得他们在同一竞争环境中成为常胜将军。比如吴栋材为了取得牢固和稳定的产品市场，他一手研究和实施出的“移库直销”、“大户代理”模式，便颇能说明问题。早在1989年时，永钢公司就与一些钢材代理单位建立了“风险抵押金”制度。这种制度虽然有些集资味道，但对当时资金尚不厚实的永钢来说，起到了很重要的资金缓压作用。到十年后的1998年，这种“风险抵押金”制度已经非常成熟了。此项创造性的“你中有我、我中有你”的“一根绳上跳舞”经验，用现在的话说，这叫“抱团取暖”——就是吴栋材把农民的孩子在放学之后、劳动之余经常开展的“跳绳”原理移植到了他与客户之间的商业关系上。后来他在杭州物资中心租用柜台式的铺面销售永联厂的产品，再后来他干脆直接在杭州茯家港码头上自己建站扎营。“因为当我们有一定客户和产品声誉后，我们看中了茯家港这块地处杭州最南端，又是运河、钱塘江的交汇之处，水运、陆运十分方便。没几年工夫，由于我们的出色经营，此处成了全浙江的最大钢材交易市场。浙江市场一站稳、一做大，我们就迅速又占据了江苏和上海两个更大的市场，随后又向华东其他地方拓展，于是很快在华东市场占据绝对优势。而华东市场的钢铁建材销售量占全国钢铁建材销量的很大比重，我们在华东的市场优势和地位，其实也就决定了我们在整个中国的钢材市场的地位了。”吴耀芳一直把他一手开创的杭州市场比喻为永钢销售人员的“黄埔军校”，其意味便在于此。

“移库直销”和“大户代理”两项创造型的销售模式，如拉纤式的劳作，看似顶水逆行，实则通过一定的力量将所有的阻力化为乌有，任凭曲曲折折，最后以万钧雷霆的摧枯拉朽之势，将一切不利的因素全部扫除，达到胜利的彼岸。永钢就是这样从小到大、从弱到强地一步步占据了全国钢材市场。他们是纤夫，他们又是执掌纤夫方向和命运的指挥者。当貌似苦力的纤夫出现在别人面前也可能还惹得他人歧视和笑话时，他们其实已经一步一个脚印地迈向前方，将别人远远地甩在了后面。与此同时，一群更高明的纤夫指挥者——吴栋材等，又向这些流淌着汗水的纤夫们发出新的指令，于是一场场没有硝烟的商界大战便开始了……最后的胜利者肯定是这些弓着腰、貌不起眼、看似弱者的纤夫们。吴栋材和他的一批永联农民兄弟就是这些聪明智慧的“纤夫”。后来的所有结果都证明，只要永联人进驻哪里，哪里的钢材交易市场很快便成了永联人的天下。南京建材码头大又乱，一直让业主和客户头疼，又因为它的独特地理位置无法丢弃。后来永联人去了，他们的螺纹钢一进场，码得整整齐齐，像一拨正规军开进了游击区，其阵其势，迅速威震四方，南京交易市场由此引发了一场“仓库革命”。

翻开永联创业史，有一个市场销售经验很耀眼，叫做“零库存”。这是吴栋材与吴耀芳父子俩创造的一大奇迹。中国的钢铁市场在计划经济时，库存概念并不存在，国家需要你炼多少钢，你就炼。但到了改革开放年代，谁都在办钢厂时，这种局面迅速被打破，钢材产品如潮水一般“漫灌”中国市场的每一个角落——我用了“漫灌”这个词，是“很农业”的专用语，“漫灌”就是铺天盖地的意思。中国的钢铁市场这些年就是这样的“漫灌”现状，货太多。当然也有一些时候缺货，但整体市场超饱和。在如此“漫灌”的情形下，永联厂保持了长时间的零库存，可见其管理水平之精。

所谓零库存可追溯到 20 世纪的六七十年代，当时的日本丰田汽车实行准时制生产，在管理手段上采用了看板管理，以单元化生产等技术实行拉式生产，以实现在生产过程中基本没有积压的原材料和半成品。这种前者按后者需求生产的制造流程不但大大降低了生产过程中库存和资金的积压，而且在实现准时制的这个过程中，也相应地提高了相当于生产活动的管理效率。而生产零库存在操作层面上的意义，则是指物料（包括原材料、半成品和产成品）在采购、生产、销售等一个或几个经营环节中，不以仓库储存的形式存在，而均是处于周转的状态。也就是说零库存的关键不在于适当不适当，这和是否拥有库存没有关系，问题的关键在于产品的存储和周转的状态。如此看来零库存的好处是显而易见的。

《中国乡镇企业报》1998年底刊登一篇文章，题为《吴耀芳谈他的"零库存"》。文中有这样一段话：

1998年10月的一天，去江苏永钢集团的路上，司机告诉记者，这几天拉钢材的车时不时就排出去几百米；水运的船只每天从60艘增加到90艘，还是忙不过来。

同样都是建筑用钢材，别人的产品长期积压，这里却常常是产品下了生产线刚捆好就被拉走。客户缘何如此青睐"永钢"？

"真诚对待每一位朋友，这是感情投资。"吴耀芳要求每个提货点给客户供应冷热饮料和热毛巾；他在厂部为客户专设食堂，让客户吃得干净、便宜又实惠。

来了客户，只要提出来要见他，不管多忙也会放下手头的活跟"朋友"聊会儿……

对这些琐碎事，吴总说，你给人家面子，人家也会给你面子的。

一次南京有位客户需要八根螺纹钢，跑了好几家都不单卖，后来到了永钢南京办事处，办事处向吴总请求能否拆件卖，吴总回复：只要客户需要你就拆八根卖给他。第二天客户特意打电话向吴总致谢。

吴总说，客户得到的不仅是产品，还有你的形象。

许多国有大企业或已经自认为“大企业”的私营企业，他们很难放下架子，当他们的产品盛销时，一般都很傲气，不把客户当回事，其结果是：在他们的企业产品下滑时，即使你再拿出笑脸、低头哈腰，人家也不会再理你了。永联人不同，他们的心态始终如一，他们淡定地端正自己的位置——我们是农民，我们虚心真诚地为你服务到底，只要你满意，我们可以做好一切。这种谦卑里包含着巨大的高尚的光芒，难道不是特别的珍贵吗？

俗话说，信誉不是靠自家说出来的，而是靠实际干出来的。永联人做的事其实比他们说的还要好得多。像下面一类的事可以独立写成篇章：

苏州一位钢材经销商没听永钢总经理吴耀芳的劝告，买了一批钢材，结果赔了五万元，考虑到该经销商刚做钢材生意，永钢倒贴三万元，帮此人经受住了市场考验；

一位客户在永钢废钢库连续“监视”多日，最终确定永钢废钢收购定价标准是“质”而非“人”，他十分满意，从此卖废钢都选择到永钢；

1998年，苏州一项重点工程招标，开出的八个标全都使用永钢产品……

永联一直如此走来，走得稳稳当当，铿锵有力。

1999年春的某一日，一位年迈的知名社会学者来到永联村，他参观完吴栋材的钢厂后，抚摸着簇拥在身边的金色油菜花，眺望着滚滚麦浪，写下了六个大字：华夏第一钢村。

捧着油墨飘香的题辞，吴栋材的眼里闪着泪花：“谢谢，谢谢费老！”

费老，即费孝通，著名社会学家。六十年前，费孝通先生在英国伦敦大学获哲学博士学位，其博士论文为《江村经济》，又译《中国农民的生活》。他是中国社会学的奠基人，其农村研究成果影响了中国20世纪大半个时代。他笔下的“江村”距吴栋材的永联村并不远，同属我故乡的苏州市。不过江村是在太湖畔，永联村在长江边。因此，吴栋材的永联，其实是真正的“江村”——长江之村。

长江之村，必定汹涌潮起，锐不可挡。

6

进入 2000 年,索罗斯跑了,吴栋材来了,田野上的"十里钢城"将长江岸头燃得绯红绯红……本来农民就不该缠足走路、困守沙滩!

如果以为吴栋材就是圣人，就是幸运儿，那就大错特错了。因为吴栋材后来也慢慢明白了这样一件事：如果仅带着几百号永联农民在长江边的那块沙滩地上种地养鱼，他或许可以全胜，永远不必心惊肉跳地经历失败和挫折的酸苦。但现在不同，他已经不再是一个普通的农村支部书记了。

1994 年 1 月 31 日永联村经张家港市委批准，由原来的党总支部升级为村党委。在这一天召开的永联村全体党员大会上，吴栋材被选为党委书记，杨玉飞为副书记。此时的永联村，已不再仅有几十个清一色的种地的农民共产党员了，而是有一批来自不同地方、不同身份的共产党员落户到了这个江边村庄。他们中有过去的机关公务员，也有知识分子，还有年轻的大学生，他们都是新的永联人中的骨干分子。他们在吴栋材的统率下，形成了新的战斗堡垒。

永联村也不再是过去的那个只有几百口人的自然村了。1995 年 9 月 15 日，经市、镇两级政府批复，与永联紧挨的永南、永新两个行政村归并到吴栋材的永联村，一下使永联的"体积"壮大了两倍。但这还不是主要的，更主要的是此时的永联因为它的"联峰"钢材和"永联钢铁集团"早已名扬四方，尤其在中国冶金行业，作为一匹"黑马"，它已经把中国的钢铁市场搅得天翻地覆了。用陈华斌的话说：到 90 年代末，我们的钢材价格已经影响到螺纹钢的全国定价了！这样的效应不再是吴栋材这一个人在田头和高音喇叭里"哇啦"几声便可以左右的！肯定不是。

正如欧盟贸易司司长、著名经济学家桑德拉女士所言，经济全球化的实质是资本、技术、劳动力、自然资源和市场在全球范围内按照更优方式的重新配置。它对穷国和富国都将是一种机遇和挑战。你或许在其中赢得更大的持续发展，你或许在这种激烈的竞争中沉沦。这是同坐一条船过海的必然命运。

时至上世纪90年代末、21世纪临近时，吴栋材所领导的永联村和永钢企业已经不再是封闭的世外桃源了，它是一个实实在在的、具有相当规模的经济实体。我相信吴栋材当年办小轧钢厂时绝对不曾想到自己的村办厂子会受到别人和外在形势的控制。不过随着轧钢厂越来越大，企业的市场份额也越来越大，他渐渐明白了：一旦成为经济实体和有重要影响的集团企业，其命运便不再是自己可以执掌的了。实体越大，企业自身的控制能力越弱，这是市场经济的特点。如果你的实体融入了全球经济的大市场体系中，你的自控能力会更低。

需要作一些补充：自选择村里办轧钢厂后，伴随着企业的发展和经济实力的增强，那些年里，吴栋材和他的企业团队及永联村还有不少出彩的事，还有不少大手笔。

1995年11月2日，国家农业部批准其集团公司为首批“全国乡镇企业集团”。

1996年初，英国《南华早报》、荷兰《新鹿特丹报》等欧洲记者到永联采访考察，洋记者们参观考察后，预言：中国的部分新农村将会在二十年后赶上或超过欧洲发达国家的著名小城镇。这一年的年底，吴栋材他们的“联峰”牌钢材被中国保护消费者基金会授予“消费者信得过产品”称号。这个荣誉不那么好得，它意味着永联的钢材产品在全国获得特殊的信誉。

1997年，永联村被江苏省评为“省级卫生村”。同年11月，投资1 500万元的“永钢大道”正式通车。这条气势磅礴的乡村大道，全长十里。它是吴栋材心头搭建的永联通向世界的康庄大道、幸福大道、光明大道。

1998年，永钢集团荣获江苏省“明星企业”称号。

1999年初，已任永钢集团总经理的吴栋材大儿子吴耀芳，荣获“中国乡镇企业十大新闻人物”殊荣，显然这份荣誉是父亲让给儿子的。6月，国家农业部又授予永钢集团“全国乡镇企业管理先进单位”称号。10月16日，吴栋材赴北京出席“全国乡镇企业发展座谈会”，作了题为《认真实施四大战略，企业持续高效发展》的专题发言。这是吴栋材第一次作为全国乡村典型形象走上中国政治舞台。

时隔半年的2000年5月9日，可以说是吴栋材从一个农民走向国家舞台的又一次重要亮相。这一天他与中共中央总书记、国家主席江泽民坐在了一起。也是在这次见面中，江泽民听取了吴栋材讲他永联村的事，听着听着，江泽民笑了，说：老吴这人胆子最大，敢讲真话，精神可嘉。江泽民笑言吴栋材胆子大、讲真话，是因为听了吴栋材毫无顾忌地谈了自己对当时基层干部理解“三个代表重要思想”的一些看法和体会。吴栋材说，发展农村生产力，不是为了做“官样文章”或是为了捞取某种资本的“面子工程”，它应以发展、维护农民利益为基本出发点，让农民生活随着生产力的发展而改善。民生重于泰山，只要是真正以群众利益为重，带领群众坚持不懈地发展生产力，并让群众过上幸福文明生活的共产党干部，就是群众身边最生动具体的“三个代表”活教材。当时吴栋材见江泽民聚精会神地边听边记，便更加大胆地说：作为基层干部，必须心系群众，关心群众疾苦，切实解决好群众的实际困难。要深入群众，揣摩群众心声、倾听群众呼声、理解群众怨声，了解群众“难”在何处，“忧”在何事，从而思群众之所思，急群众之所急，真正为群众办实事。这样才可能让人民群众感受到“三个代表”就在自己的身边。有些同志总说现在的农民难管了，不听话了。这或许是实情，但它正反映了随着农村法制建设的不断深入、社会开放程度和文明程度的提高，农民的民主意识、自由意识、独立意识都增强了。面对这样的农民，我们当干部的不能像过去那样简单地用高音喇叭强行灌输一些思想和方法了，要下些真功夫，学点新本事，这样农民们才有可能重新听你领导和指挥，农民发展的文章才会做好。

江泽民在上海长期工作过，对近邻苏州和吴栋材等一批农村干部的情况颇为熟悉，也对这一带的农村情况很清楚。此前江泽民去过华西村，与另一位农村杰出人物吴仁宝也很熟。所以当他再听依靠另一种方式，在短短的十几年时间里，把一个落后的村庄建设成全国闻名的富裕农村的事时，特别高兴。国家主席称一位村干部为“老吴”，显然有一种特殊的乡情在里面。

时势造就英雄。时势磨难俊杰。

在上面，我列出了1995年至1999年发生在永联村的几件大事，可以看出这个江边小村在吴栋材的带领下一路创造着辉煌。这里还有一组数字是他们的轧钢生产量：

1995年　钢材产量27万吨；

1996年　钢材产量56万吨；

1997年　钢材产量83万吨；

1998年　钢材产量115万吨；

1999年　钢材产量124万吨。

钢材产量对一个国家和地区来说，就像GDP一样，每年都有官方统计数字。1997年曾经出现过一个让人吃惊的事：国家相关部门和省里的统计数据竟然差了80多万吨。一核查，原来有个叫“永钢”的企业生产量没有统计进去。江苏省有关部门很紧张，赶紧派人到张家港查核，果真还有这么一家大钢厂的产量漏掉了！

吴栋材和永钢再一次让官方机构打上了印象分。100多万吨钢材的产量在普通人的心目中没有什么概念。不过对照一下你就会清楚了：1949年新中国成立时，我们全国的钢产量是15.8万吨；到1951年时，才达到了100万吨水平。不到五十年后的长江边的一个小村子干出了100多万吨钢材，如果毛泽东活在世上，肯定会大加赞赏。又过十年后，这个小村子一年轧钢和炼钢合起来达到了1 000万吨。假如毛泽东知道这样的事后是否会再度感叹：数风流人物，还看今朝？

中国的变化太快，快得连整个世界都弄不明白其奥妙何在。显然，习惯于世界统治地位的西方国家不甘心了，他们从“羡慕妒忌恨”到全面发起进攻和狙击……手段毒辣狡诈，隐蔽又虚伪。他们甚至先不从正面下手，采取绕道而行，先从那些受益于中国发展的东南亚小国开始——而且这回没有用枪炮，用的是另一种更加锐利的武器——货币。

总头目是一个臭名昭著的国际金融大亨索罗斯。

索罗斯，美国籍犹太人，横行霸道于世界各地。这回他的矛头直指中国，但袭击的线路最初是从马来西亚开始的。索罗斯有一双贼眼，早在20世纪90年代初期他就看到，当西方发达国家正处于经济衰退期时，以中国为代表的东南亚国家的经济却出现奇迹般的增长，经济实力日益增强，经济前景一片灿烂，中国和东南亚诸国的经济发展模式被各发展中国家纷纷仿效。那些身在中国周边的东南亚国家借势于中国的强劲，对本国的经济非常乐观。为了进一步加快自己国家的经济增长步伐，他们又纷纷放宽金融管制，推行金融自由化，以求成为新的世界金融中心。然而他们在如此经济繁荣的光环闪烁中却忽视了一个很重要的东西，那就是东南亚各国的经济增长不是基于单位投入产出的增长，而主要依赖于外延投入的增加。在此基础上的放宽金融管制，无异于沙滩上起高楼，将各自的货币无任何保护地暴露在国际游资面前……“由于经济的快速增长，东南亚各国普遍出现了过度投资房地产、高估企业规模以及市场需求等，发生经济危机的危险逐渐增加。”1996年，国际货币基金组织的经济学家莫里斯·戈尔茨坦就预言：“在东南亚诸国，各国货币正经受着四面八方的冲击，有可能爆发金融危机。尤其是泰国，危险的因素更多，更易受到国际游资的冲击，发生金融动荡。”然而戈尔茨坦的预言并未引起正处于欣欣向荣的东南亚各国的重视，有些国家的政要反而对戈尔茨坦的观点非常反感，称之为“一派胡言”。

年轻而自大的东南亚各国的经济出现如此巨大的金融漏洞，让老谋深算的索罗斯喜出望外。“英格兰式的机会又来了！”当年在英格兰的一赌，使索罗斯赚了足足几百个亿，也使他从此声名大振。现在他把贼眼盯到了东南亚，尤其是那个黄金遍地的庞然大物——中国。

“英格兰的体量是中国的十分之一还不到，把中国弄下来，何止是几百亿的事。是几千亿！几万万亿！哈哈……”索罗斯对自己的得力助手、东南亚的第一操盘手琼斯说。

“是的，老板，我们发大财的机会到啦！”琼斯十分自信，洋洋得意。

“OK。我们先从马来西亚开始……”1993年，索罗斯认为马来西亚货币林吉特被低估，决定拿林吉特作为突破口。于是索罗斯联合了一些套利基金经理，开始围剿林吉特。但是马来西亚总理马哈蒂尔却决心维持低币值的林吉特，政府采取了一系列强有力的措施，加强了对本国资本市场的控制，索罗斯及一些套利基金经理狼狈不堪，落荒而逃。然而初试小败的索罗斯对东南亚的贪婪并没有消失，相反继续在寻找机会。

机会终于来了——这回他盯住了泰国。

随着时间的推移，东南亚各国经济过热的现象更加突出。各国中央银行采取不断提高银行利率的方法来降低通货膨胀率，但这种方法也提供了很多投机的机会。连银行业本身也在大肆借入美元、日元、马克等外币，炒作外币，加入投机者的行列。金融自由化市场的大门已经开放，狼进来也无法抵挡了……

“泰国！把泰国的泰铢搞死！”索罗斯的眼睛发红了。

泰铢紧盯美元，资本进出自由。这个紧挨中国的国家经济泡沫已经快破裂了，然而他们的银行则还在将外国流入的大量美元贷款移入到房地产业，造成更大的供求严重失衡，从而导致金融系统大量的呆账、坏账，资产质量严重恶化。1997 年上半年，泰国银行业的坏账据估计高达 9 000亿泰铢（约合 310 亿—350 亿美元）。加之借款结构的不合理，更让泰国银行业雪上加霜。泰国银行业的海外借款 95%，又属于不到一年的短期借款。

“泰国必死。”索罗斯欣喜若狂。他要出手了——

1997 年 3 月，当泰国中央银行宣布国内九家财务公司和一家房贷公司存在资产质量不高以及流动资金不足的问题时，索罗斯及其他套利基金经理立即开始大量抛售泰铢，当月的泰国外汇市场上便立即波涛汹涌、动荡不宁。泰铢一路下滑，5 月份最低跌至 1 美元兑 26.70 铢。

泰国中央银行在紧急关头采取各种应急措施，如动用 120 亿美元外汇买入泰铢，提高隔夜拆借利率，限制本国银行的拆借行为等。这些强有力的措施使得索罗斯交易成本骤增，一下损失 3 亿美元。

“猪！泰国猪太可恨了！”索罗斯气得眼珠子都要掉出来了。

“还干吗?”琼斯胆颤心惊地问自己的老板。

“干!怎么不干呢?3亿算什么?我要让他们还我300亿!3 000亿!”索罗斯不愧是金融赌场上的老手,他才不甘心一个回合的小输呢。

但是,只要索罗斯对他原有的理论抱有信心,坚持他的观点正确,他不仅不会平掉原来的头寸,甚至还会增加头寸。3亿美元的损失根本无法吓退索罗斯,他认为泰国即使使出浑身解数,也抵挡不了他的冲击。这回在泰国,他是怀着志在必得之心的。

1997年6月下旬,索罗斯筹集了更加庞大的资金,再次向泰铢发起了猛烈进攻,各大交易所一片混乱,泰铢狂跌不止,交易商疯狂卖出泰铢。泰国政府又一次动用300亿美元的外汇储备和150亿美元的国际贷款企图力挽狂澜。然而这一次泰国人没有成功。面对如潮水涌来的国际资金,泰国人的这区区450亿美元犹如杯水车薪,根本无济于事。7月2日,泰国政府由于再也无力与索罗斯抗衡,不得已实行浮动汇率制。泰铢更是狂跌不止,7月24日,泰铢已跌至1美元兑32.63铢的历史最低水平。泰国政府被国际投机家一下子卷走了40亿美元,许多泰国人的腰包也被掏个精光……

“撤,可以从大象背上撤了!”满载而归的索罗斯对助手说。

贪得无厌的索罗斯并不以此为满足,他决定席卷整个东南亚,再狠捞一把。金融赌徒索罗斯的飓风很快又扫荡到了印度尼西亚、菲律宾、缅甸、马来西亚等国家。印尼盾、菲律宾比索、缅元、马来西亚林吉特犹如秋风扫落叶般地纷纷大幅贬值,以致这些国家的大量工厂倒闭,银行破产,物价比潮水涨得还快,其情其景,惨不忍睹。

索罗斯则一举赢了100多亿美元。东南亚金融风暴由此形成,它像一股罪恶之风,吹到了世界各国,影响了整个世界经济的历史进程。

在这种情形下,索罗斯并没有停手,他的目标是中国,他要赌取更多的美元。赌赢中国,先得搞垮香港,因为中国的金融体制是以人民币为核算单位的,并没有与国际金融体系对接,这让索罗斯很难直接突破这道铜墙铁壁。香港经济连着中国大陆,搞垮香港便是进犯中国的唯一通道。

于是索罗斯的眼珠子又睁大了……但这回他的贼眼不灵了。时任中国总理的朱镕基的眼睛更锐利，一眼就看出索罗斯的张狂意图，于是当索罗斯刚刚想伸手香港金融体系时，他就严正声明：中国政府将全力协助香港挺过金融危机，支持特区政府采取措施。意思是：谁愿意把钱放在香港赌，那么中国政府将调动国库里浩浩荡荡的金钱放至赌台上，跟他搏一回……

索罗斯吓坏了，他知道自己的那几百亿小钱要想跟中国国库较量，肯定是血本无回。于是他收场了，老老实实地回到自己的老窝去点他那些从东南亚诸多小国赢来的几百亿钞票。

索罗斯刮起的这场亚洲金融风暴将整个东南亚国家陷入了严重的经济衰退的泥潭里。当亚洲人民愤怒地谩骂索罗斯“这只假寐的老狼”时，这位金融怪才却说：“在金融运作方面，说不上有道德还是无道德，这只是一种操作。金融市场是不属于道德范畴的，道德根本不存在于这里，因为它有自己的游戏规则。我是金融市场的参与者，我会按照已定的规则来玩这个游戏，我不会违反这些规则，所以我不觉得内疚或要负责任。从亚洲金融风暴这个事情来讲，我是否炒作对金融事件的发生不会起任何作用。我不炒作它照样会发生。我并不觉得炒外币、投机有什么不道德。另一方面我遵守运作规则。我尊重那些规则，关心这些规则。作为一个有道德和关心它们的人，我希望确保这些规则，是有利于建立一个良好的社会的。我认为一些规则需要改进。如果改进和改良影响到我自己的利益，我还是会支持它，因为需要改良的这个规则也许正是事件发生的原因。”

索罗斯的观点未必被人接受，但他的话从经济学的角度理解，有一定的合理成分，值得人们思考。我们现在关注的不是这一问题，而是索罗斯带给欣欣向荣蒸蒸日上的中国经济、带给吴栋材的永联经济的，同样是一场生死大考验。

为这，吴栋材和永联人也该骂一声：索罗斯，你这个老贼，可把我们害苦了！

创业之苦、发展之苦、奋斗之苦，对有追求的人来说，那是真正的苦，是那种脸上还必须挂着微笑心头却在流血的苦。

亚洲金融风暴对吴栋材和永联人来说，他们在一段时间里就饱受了这般酸苦。

吴栋材和永联村之苦，在索罗斯引发的亚洲金融风暴之前就已经“有苦难言”了，因为中国的国情决定了国家对国有大型钢铁厂采取的是保护政策。这也难怪，所有国有大型钢铁厂都是国家几十年前掏国库的钱建起来的，培养了多少年才形成规模，加上这些企业确实一直在支撑着国家基本建设项目的钢铁材料供应。乡镇企业崛起后，它们受到巨大冲击，甚至有些厂难以生存，大量企业职工的下岗，也造成了企业的不稳定，由此也带来政府的诸多压力。每当这些国有大企业日子不好过的时候，政府的决策者就会采取相应的措施，一次又一次地进行市场调整与银根紧缩，结果最受挤压的首先是乡镇企业，永联也身在其中。吴栋材他们的钢厂还遇上了这样的事：一段时间里，由于国家进口税降低了 30%，大量进口钢材往国内市场倾销，导致钢材市场越来越难做。“哪里有市场就往哪里挤，竞争越来越激烈。现在绝大部分企业开不了门，开不足门。”这是吴栋材在 1996 年 3 月 23 日召开的办公会上说的话。

但永联企业在这个时候凭借着 530、630 等生产线的生产能力和质量过硬的巨大优势，产品销售仍然供不应求。但这样的一枝独秀形势并没有维持很长时间。这是因为亚洲金融风暴虽没有直接影响中国的金融体系，却对中国经济发展带来了直接的冲击。其结果是国内市场严重萎缩，表现为钢材市场上的混乱和低价倾销。这样的局面从 1998 年初一直延续到 1999 年、2000 年。看一看吴栋材在 1999 年 6 月份召开的一次生产会议上的讲话就知道当时的严峻情况了：

“近来钢材市场极不景气，价格一跌再跌，现在已跌至每吨 2 100 元左右，中间的差价只有 200—250 元，实在无利可图。究其原因，关键是生产过剩，进口量过大，社会用量基本没有增加。导致市场价格一降再降，销售十分困难。到目前为止，我们厂的整个库存有 13 万吨，这是建厂以来从未有过的。一方面螺纹钢价格一降再降，降完后还是卖不出去。另一方面钢坯价格却不降，仍保持在 1 880 元左右一吨，而且资源十分紧张，各厂家还在抢原材料。目前原材料的价格看不出下降趋势，原材料与我们生产出的产品价格之间的差价微乎其微，仅剩 160 元左右，利润已不存在……”

“我们已经到了生死存亡的时刻!”不久，国内钢材市场又出现一股怪风：北方钢铁企业大举南下以低价倾销钢材产品，给南方钢铁企业又一次雪上加霜。这种形势令处变从不惊恐的吴栋材也不得不在村头唱起悲壮的国歌了。

怎么办?

“勒紧裤带渡难关!”1999 年下半年开始，吴栋材提出了这个口号。“我们是农民办厂，农民的本事就是再苦的日子也能扛得住。永联自改革开放以来的近二十年时间里，能够从一无所有走到今天，靠的就是一切从实际出发，说了算，定了干，动作迅速不拖拉，今天的事情绝对不拖到明天去。”吴栋材在村民大会上这样说。

现在，大家碰到了这么大的困难，吴栋材到底想要怎么干呢？我们是大村，几千号人，除了工厂还有土地，所以要避免一些国有企业的常规性调整做法。厂子肯定要调整，这是万不得已。但我们还有一条路没有充分地利用，没有全力地加速发展，这就是我们的农业这一块……”吴栋材提出了两个完全不同的应对策略：工业压缩调整，农业开足马力。

然而吴栋材并没有想到的是：在当时的形势下，这两个应对策略实施起来并不轻松，甚至难度超出了想象——

2000 年新世纪的洪钟敲响。世界各国人民怀着各种不同心情迎来历史的新纪元。中国北京世纪坛举行了隆重的奠基仪式。但是在浩浩万里的长江岸边的永联村的江堤上，并没有以往的热闹沸腾和鞭炮声。新年刚过，吴栋材立即召开了第一次办公会议。参加会议的除了厂方干部外，还有村委会的干部。吴栋材作主讲。在传达中央领导的经济工作精神后，吴栋材转到自己企业的问题和所要作出的相应决策……一百多名与会者的表情异常严峻，他们一个个伸长了脖子，想听清吴栋材到底要说什么话。

“根据当前的形势，我们企业怎么办呢？”吴栋材说到这儿，停顿了下来，向会场上的每一位他所熟悉的人扫了一眼，在目光交流中他们彼此看到了少有的忧虑。吴栋材不想回避，他继续说：“预估从二三月份开始，我们每月只能组织到钢坯9万—10万吨，每月减2万—3万吨钢材，这样全厂每月生产只有20天—22天，势必要打乱仗，顾此失彼……”

过去农民们不知道钢铁是怎么炼出来的、钢材是怎样轧出来的，现在他们知道了，是靠每天烧得红红的高炉烧出来、轧出来的。这些炉子一旦起火后，是一年烧到头的，365天必须不断火。一旦断火，要重新起火，损失的可不是几个钱，是几万、几十万，甚至几百万呀！

每月生产量只够干20天—22天，这可怎么干嘛！大伙的心悬了起来。他们都想知道吴栋材书记是怎么决策的。

“为了减少浪费，不打乱仗，吃饱开足，经党委研究，采取如下果断措施——”吴栋材抬起头，再一次看了看他的爱将们。“当时虽然表面上我很平静，其实内心跟长江的水一样翻腾，不是滋味呀。”吴栋材在接受采访时对我说。

“一、主动停开两个车间：250生产线和530生产线两个车间，从会后即停止生产，两个车间的定员数量全部精简下放。具体做法：1.生产线的一线职工女工超40岁的、男工超42岁的，全部精简下来，不分本地外地；2.所有生产线优胜劣汰，人的品质、工作态度、智能等不合标准的精简下放；3.按以上标准剩下的人员，充实到一、三、六轧车间，如果再有余额人员，统一采取优胜劣汰的办法精简，核定的人员定额一个也不得突破；4.干部全厂统一调动安排，这次没有安排公布的待精简调整结束后再定公布；5.调整后的生产一线人员为：五轧196人、二轧48人、一轧245人、三轧178人、六轧377人，全厂共1 044人。这次共精简下放人数为254人，占生产一线总人数25%……”

天呐！会场上一片寂静，但看得出，大家心里却像砸了锅一样闹开了：一下子精简下放这么多人，而且都是年富力强的年龄呀！

“二、其他辅助部门包括二线、三线人员按20%左右的比例精简下放，约100人，总精简下放人员为350人以上，这包括金工、预装、装卸、计量、化验等岗位。

“三、男女退休年龄标准：女55岁，男60岁，以周岁为准。这是对全厂所有其他岗位的人员而言的……属于正常退休。

“四、凡到退休年龄的干部和工作人员，除极个别外其余全部退休，退休留用人员和即将退休的人员工资一律算到1月20日。生产一线工人工资按各自所做工作一次结清，工龄一律按退休标准算。二三线人员要求在1月10日前定好，工资结算不超过1月10日。

“五、关停四个办事处：深圳、衢州、盐城、厦门……”

“这个会我记得清清楚楚，印象极深，因为这次会关系到永联村有史以来最大的一次人员压缩精简。过去我们一直是往前冲、往前赶，而且几乎都是来者不拒，只要看看可以就收留了。吴书记也是这么个好人，企业发展十多年来一直蒸蒸日上，没有碰到后退下滑的风浪。大伙儿心气也一直足足的，可这一次不是，是一次后退、一次收缩。要开掉那么多人，感情上接受不了。40多岁就要动员走人，有的才来工作，有的已经在永联干了相当长一段时间了，现在要扔他们的饭碗，我们都感到十分难过，可又没有办法。我相信老吴书记也不愿意这样做。但为了永联，为了永钢，当时必须这么干……说实在的，大家都很痛苦。最痛苦的要算吴栋材书记了。他是当家人，等于要让350多个子女丢饭碗。”一位老永联人如此对我说。

永联村的农民们哪受过如此风浪的冲击？农民们讲究面子，面子有时对他们来说比里子还要重要。好端端的我在上班，你让我下岗了，你让我面子往哪儿搁？我下岗了，你吴栋材下不下岗？村党委的决定一下，长江边的这个小村子咆哮起来了，有人开骂，有人砸门，有人干脆上厂部和村委会闹……一时间热闹异常，犹如山雨欲来风满楼，大浪冲堤堤欲垮。

“我没有怕。我心里清楚，因为只要把道理讲清楚，村民们是会明白过来的。他们都明白，永联人如果要长久地富裕和幸福下去，就得靠永钢厂。永钢厂现在遇上了暂时的困难，这个困难必须克服。我们当干部的作出任何决策和决定，只要出于公心，老百姓最终会支持和理解你的。”吴栋材说。

半个月后，吴栋材又是召开党员会，又是召开村民会，他向大家反复讲明道理和情况。他说，我们中国搞社会主义，从毛泽东时代开始，大家靠的是什么？对我们农民来说，靠天、靠地、靠政府和集体、靠他人帮助，这些都很重要，但最根本的还是要靠自己，靠我们自己想办法，勤劳动，出智慧，拼干劲。共产主义远大前景当然好，但不是一步就能实现得了的。干事业搞企业，不会一帆风顺，顺利的时候、倒霉的时候都会有。关键是我们要坚定一个信仰，就是走中国特色的社会主义道路，干适合我们永联村发展的事业。我们要转变观念，靠集体靠政府是需要的，比如大灾大难时；但更多时候我们要自己想办法、找出路。这些年永联人生活水平、富裕程度，不是一般村子能比的。我们靠了党的政策、大家的努力，靠了永钢厂子发达。但现在形势变了，我们出现了暂时的困难，永钢厂出现了暂时的困难，所以我们不能死在一根绳子上。

我们是农民，农民的最大优势在于我们的生命牢牢地扎在土地上。外面的世界再乱、再动荡，我们只要有信心、有意志，再大的风浪也摧垮不了我们。过去十几年我们发展了，靠的也是我们独特的乡村优势。今天我们干事也同样可以重新审视和利用土地对我们发展的作用。吴栋材进而说道：轧钢卖钢我们可以发财致富，种地搞副业同样也有金山银山聚宝盆。这次企业调整，有一部分人要回到村里，这并不说明就没饭吃了。你们还年轻，有的是事干，有的是发财机会。你们看看 40 组的村民许才明，他不在永钢厂，可他现在净资产超过 800 多万元。他一年能赚利润 120 万元左右，我都很羡慕他。最近他又买了 8 亩地，还要大发展。38 组村民杜建生，也很了不起，自有资产 250 万元以上，年利润 50 万元左右，目前业务非常正常。他们两位有没有退休年龄的限制？没有嘛！这就是我们当农民的好处、长处。他们有没有缺钱和无工作的后顾之忧？他们的子女和家属的生活有没有问题？都没有嘛！

村民们一个个听得仔仔细细，一个个低下的头又重新抬了起来，那些忧虑的目光也渐渐变得开朗起来。

吴栋材又说，我再来给大伙列举村民搞农业生产的人：9组村民徐云海，养生猪763头全部上市卖了，年产值38万元，净利七八万元；14组的江东青养猪数量跟徐云海不相上下，收入也差不多；19组的翟东良养的生猪还多些，年收益在八九万元；36组村民王照根养鸡水平不差，去年上市鸡6 500只，净收入不下2万元；25组村民陈正兴种花卉一年收入超过2万多元……这些人的情况大家都看在眼里，他们的经验和成功告诉了我们什么？那就是，他们都是极普通的农民，关键是他们都具备观念新、目光尖及脑子活，都能在市场经济条件下寻找到自己的位置。他们为我们永联村民树立了榜样。所以说，我们永联村的农民不怕风浪，当年我们一无所有，靠养鱼挣来的小钱一步步发展到今天，当初我们谁也不会相信永联村的穷沙滩地上能建起闻名全国的村庄第一大钢厂！

冷却的热血又在永联村民们的体内沸腾了。一双双曾经有些灰暗的眼睛又重新亮堂和闪烁光芒……

吴栋材又说，我还告诉大家：村里准备借企业调整的机会，大搞花样农业和养殖业。我们已经通过调研，准备引进东北梅花鹿，要养到2 000头。与此配套的还要建一个投资5 000万元的制药厂。我们还要引进日本的秋田兔，初定50只，五年能繁殖30万只，规模养殖后出口能赚大钱。相关的种植业、养殖业都要搞起来。我们村是江苏省的农村示范园，国家有一定投入，我们也要把它搞出个名堂来。所有这些，都是为了一个共同的目标：把永联村建设成真正富裕起来、经得起任何风浪考验的社会主义现代化新农村，让我们全村人都能过上好日子！吴栋材说到此处，又重重地加了一句：永远过上好日子！

是的，我们就是要永远过好日子！对农民们用不着讲高深的道理，只要让他们明白和让他们真正能够过上好日子，这比什么都强。

“村里准备每年拿出100万—120万元奖金，奖励那些搞家庭副业、养殖业和种粮的大户！”向来不说空话的吴栋材为了鼓励村民发展农业和开拓致富新门道，他又提出这一新建议，得到村干部和村民们热烈响应。

新世纪曙光从长江东岸徐徐升起时，吴栋材再一次特意跑到波涛汹涌的江边眺望身前身后的那片他熟悉的江水与陆地，然后他深深地呼吸了几口清新的空气，他的目光里明显流露出一种深沉和远思……他准备要走一程远路，去看看外面的世界。

他选择了毗邻的日本和较远的新西兰。

日本比中国小很多，同是东方国家，但人家发展速度和发展水平远远高于中国。奥妙在何处？

几天访问和旅游，吴栋材大开眼界。当他回到村里，有人问他“小日本”咋样时，吴栋材马上阻止道：噢，别小日本小日本的，人家的社会发展许多方面都比我们强。

强得过我们永联村？有乡亲不信。

吴栋材就说，人家不仅工业发展比我们国家强，而且农民特富，平均水平都比我们村最富的人家至少要富出三五倍。

了不得啊！你吴书记是中共党员，出访一次，没中毒吧？

我中啥毒？我要真中毒了就不回来了！吴栋材笑道，我还要告诉你们，日本的社会风气比我们强，开放程度比我们高，社会环保意识更高出我们好几倍。至于交通就更了不得，高速公路连到所有村镇。人家村镇工作人员全是公务员，办公条件都实现了现代化。公民福利特好，医疗、教育基本全免费……

那他们是资本主义还是社会主义呀？村民们惊奇地问。

你们问这话什么意思？这回吴栋材有些不明白了。

是你说的，人家要啥有啥，而且基本都不要钱，比我们社会主义还好，这不是共产主义是什么？

哈哈……你、你说的也不是没有一点道理。吴栋材的眼泪都快笑出来了，说，马克思写《资本论》时就说过，社会主义本身就是从资本主义社会脱胎出来的，所以说，像日本这样发达的资本主义社会里，它本身也包含了一定的社会主义生产力和生产关系因素。不过他们国家存在的问题不是没有，而且还相当严重，比如他们的发展潜力已经到了濒临点，高消费造成整个社会的收支失衡，多数日本人不像我们对国家和未来充满信心，特别是他们的年轻人不像我们的孩子们有活力、充满朝气，等等。

几个月后，吴栋材又从新西兰回国，这回他的感受更深。“新西兰人少地多，他们也是个农业国，遍地都是牛羊。我们中国地大人多，牛羊总数却不及新西兰，所以我们选择养殖是大有前途、一本万利的事。”吴栋材从新西兰那里收获最大的就是更加坚定了他选择养殖的信心。

“明年——也就是 2001 年，我们养殖要达到 2 500 头，同时要鼓励农民们私人养殖，并且向周边扩养。

“第二件是种兔场，春节前要建好可以安置 5 000 头的种兔场，明年下半年应当达到 5 500 头兔。如果每户再养兔 50 头，那么全村应当达到五六万头，两年后全村养种兔应为 200 万头。

“养鸡场、养鱼塘、花卉园……全部都要跟上去！……”

这是吴栋材在 2000 年年底村民大会上的讲话摘要。可以看出，此时此刻的他，已经沉浸在他的那些养殖和种植的农事上——他仿佛又回到了当农民的那种自由自在、痛快潇洒的状态之中。许多年后，吴栋材在总结自己的人生轨迹时说过一句非常深刻的话：农民的成功或许会比任何一个阶层更具稳定性，因为只要他不离开乡村这块土地，什么样的风浪都无法彻底摧毁他的事业。农村是个有根的阵地，不易被搬动。

吴栋材是个农民，然而他是个具有特殊经济头脑和商业意识及战略思维的农民。就像毛泽东是个农民一样，当他掌握了马克思主义基本原理后，他在进行中国革命的伟大实践时清晰地把握着中国社会的特点，从而摸索出一套适合这个农业大国的革命道路的规律，从此指挥任何政治斗争和军事斗争时，始终得心应手，从胜利走向胜利。

受亚洲金融风暴冲击、国内钢材市场严重萎缩的世纪之交的两年多时间里，吴栋材一方面不断争取钢材市场的各种商机，同时腾出精力着手抓农副业项目，使得永联村这趟已经驶上快速道的“农村专列”不仅没有停顿和减速，相反依然保持持续稳定的增长，尤其农业建设和农村社区建设，以及永联村的各种文化设施、交通和商业基础设施获得了空前的发展。

2001 年，世界头号政治、经济强国美国发生了“9・11”事件，其影响波及全球。经济形势再次出现危机，其影响力并不比亚洲金融风暴弱，然而吴栋材的永联企业和永联村民的各项经济指标、收入指数都没有减少，生产和销售钢材创造了历史最高水平 133 万吨。逆流而上，逆境驶快船，这绝非易事，但吴栋材做到了，成功了。这一年年底，吴栋材在企业的大中专学生会议上总结了三条“永联经验”：

“一是我们始终以经济建设为中心，实际上是调动一切积极因素推动生产力发展；二是产品讲质量，企业讲信誉，在诚实诚信经商上做文章；三是用人上大搞五湖四海，切切实实落实按劳分配原则，按市场经济规律规范企业行为，彻底打破大锅饭、铁饭碗……”

“永联三条经验”后来在吴栋材的许多讲话中都体现出来，用他自己的话说，这是永联成功的根本。关于永联以经济建设为中心和抓产品质量、讲企业诚信的事我们已经叙述了不少。翻开永联创业史和成功史，吴栋材在用人问题上花的心思其实是最多、最费心的。记得前文中曾引用过毛泽东的一句话：“在中国，严重的问题是教育农民。”毫无疑问，中国是个农业大国，农民的进步与落后显然是这个国家的发展根本。也可以这么说，谁重视和把握了农民的思想与积极性，谁就主宰了这个国家的命运。毛泽东之所以树立了在党内的威望，就是因为毛泽东第一个成功地把马克思主义理论同中国革命实践紧密地联系在了一起。这个中国革命的实践其实就是中国农业大国的具体情况，毛泽东后来总结出的“农村包围城市”、“枪杆子里面出政权”等经典理论，都与他始终清楚地掌握中国革命的主要问题和中国社会主要矛盾的规律有直接的关系。

在和平时期的建设过程中，农民仍然是中国根本性的问题。教育农民、调动农民积极性，调动“新型农民”　　乡村企业工人、到农村来的青年知识分子们的积极性和能动性，是一个现代化村庄发展的根本。可以说，吴栋材的所有成功之道，就在于他教育和引领他的农民兄弟、教育和引领那些来到永联村的“半农民半市民”的混杂型企业职工的工夫上。

重视人才，重视教育农民工作，重视搞五湖四海，可以说是吴栋材执掌永联这艘航母乘风破浪的根本所在。

在与多数来自外地的青年知识分子们一起开会时，吴栋材又深情地讲起了“永联”这个村名的来意：“当初这里的村名是‘23 大队’，地名叫‘七〇圩’。1980 年前后，全张家港市区所有村名要求不再用数字而用文字来表述时，我们几个村干部和村民代表们花了近一天时间，从‘永新’、‘永乐’、‘永胜’、‘永安’、‘永明’、‘永芳、’‘永联’等十几个永字开头的名字中选一个村名。为啥这里的人都喜欢用‘永’字，是因为我们这一带都是长江沙滩地，大家觉得我们身处的这块土地不够坚固，所以希望有个永固的家园，因此‘永’字对江边的百姓来说是个吉利的字。最后我们选了‘永联’作为自己的村名，这是有深义的。它象征着我们永联村民要永远联合，永远团结奋斗，除此我们还有一个意思在里面，到永联来的人都是移民，我们应该搞五湖四海，任何时候都要牢记这一点。因为这块土地上的事业是所有在这土地上流过血、出过汗的人的共同家园、千秋家业。这么多年来，永联迅速崛起，脱贫致富，变成全苏州最大最富裕的村庄，我们靠的就是搞五湖四海，搞团结创业，做好人的文章和情的文章……”

“但现在我们进行的又是市场经济，搞的是企业，进行的是一项过去任何年代的农民们都没有进行过的伟大的社会主义新型农村的建设事业，仅凭搞五湖四海还不行。坚持按劳分配，发挥经济杠杆的作用，进行企业股份制改造，是遵循市场经济规律、更好地调动人的积极性的基本原则，也是防止企业家长制、家族化的有效措施。这话的意思是：永联是永联村民的，也是所有参与永联建设和工作的永联人的。让永联企业稳定持续地健康发展，让所有永联人过上好日子，是我们每一天工作的根本出发点……”

“永联是永联村民的”，“永联是所有参与永联建设和工作的永联人的”,“让所有永联人过上好日子”。可以说,这三句话加上吴栋材前面总结的三条“永联经验”,组成了他创业奋斗的全部思想基础和精神支柱。

到2001年底,永联村的企业经济活动中有过两次股份制改造。这看起来是现代企业制度的一些基本活动,但对永联村来说,它的意义远远超越一般企业股份制改造带来的意义和影响。它的革命性意义对永联的农民来说,并不亚于当年新中国成立后进行的土地改革运动带来的冲击力和生命力。这也是吴栋材精心加苦心的一项良心、党性工程。言之“良心”是因为永联企业从无到有,作为企业的法人和主要创业者,吴栋材在第一次股份制改造时,完全可以按照上面的要求和企业改制的常规做法,理所当然地稳拿20%至30%的企业股份。到2001年底,永联企业的全部资产已达30亿元人民币,然而吴栋材实际拥有的股份金额至今仍不到企业总股本的8%。十几年前,永联村企分开,但村民们至今却一直享有永钢等企业的25%股份。永联农民今天有如此美好的生活,根本的原因就是这25%的股份让他们有了幸福生活和美好家园的经济保障。这是永联村的一条突出的经验和做法。

我们已经说过,中国的农民是最诚实、最勤劳的一个群体,但中国农民又是最讲究实惠和实际的人群。如何处理好他们与村办企业的长远关系,切实有效地关照到他们的根本利益——这份利益还必须既符合现代企业制度,同时又要符合企业所依赖的这块土地上的诸多实际情况,这需要巨大的智慧和胸怀才能做得到、做得好。

吴栋材能够成大器,执掌天下独一无二的乡村“十里钢城”上的千军万马指挥权,其科学、合理加党性、良心是他的全部秘密。

我一再提到党性和良心的问题,是因为中国社会的特殊性是个客观现实。这在中国农村尤其突出。党性是体现一个领导干部执政的出发点和目的性,中国共产党人所做的一切,在《中国共产党章程》里讲得非常明确,一百多年前马克思在《共产党宣言》里也早已清楚规定,他们不是为自己的利益着想,他们的奋斗目标,是为了他人——劳苦大众,在执政后的今天就是他们领导的人民大众,让自己领导的人民大众过上幸福生活、共同走向富裕。但仅凭党性在社会主义初级阶段又很难实行，因为社会主义初级阶段的社会发展和建设中，包含着许多资本因素和市场经济必须遵守的基本规律，尤其是办企业、从事经济活动，离不开资本和报酬。一个共产党员、一个有企业管理者和经营者身份的共产党员，无法绕过资本和报酬两大问题——尤其是股份制企业的有共产党员身份的法人代表更不可能绕过这类问题。吴栋材便是这种身份的典型形象。他既是企业的法人，又是村行政最高管理者，还是这里的党组织的书记、一把手。多重身份决定了他既要有履行企业法人和管理者的责任与义务，同时又要担当起村行政领导人的责任和义务，还要履行这里的党组织负责人的责任和义务。三重身份叠在一起，绕不开报酬与股份。他的特殊权力和特殊地位，按照正常情况下的股份与报酬指数，怎么做也许对他来说都合理合法、光明正大。然而这种合理合法、光明正大到底以什么标准来衡量，成了当今中国社会在许多地方和许多单位都没有得到解决的问题。今天社会上贫富差异、行业差异、官与官之间的不平衡、民众与掌权者之间的种种矛盾与对立，包括腐败等问题的产生，几乎都与此有关。

不说全国，仅在我故乡的千百个当年曾经与吴栋材名气不相上下、甚至企业做得更早、更大的农民企业家，他们一个个或不见其影，或身败名裂，原因是什么？恐怕一个突出的问题就是他们没有处理好这层要命的关系。我称其为要命，是因为它既关系到企业家本人的命运，也关系到他所在的村庄百姓的命运。处理成功者，他本人和所在的村庄百姓的命运一样好；处理失败者，他本人或许还拥有财富，百姓却回到了贫穷老路上；更坏的是两败俱伤，一切回到原位——今天多数农村就处在这种情形下。否则吴栋材的永联村和吴仁宝的华西村也不会在我故乡如此让人羡慕和敬佩。改革开放以来同吴栋材、吴仁宝一起走过来的千百个苏州乡镇企业家为什么今天没有了任何声响，难道不值得我们思考吗？整个中国的情况其实也是如此。

吴栋材也不是开始就处理得很好。随着企业发展和村庄一步步扩大，财富也不断增加，他必须拿出智慧和精力来正视这些问题，要求他能够既按经济规律办事，又能站在一个共产党员的立场和广大百姓的长远利益上制定政策、推行改革。这说起来容易，做起来却遇到了太多复杂而麻烦的事。

永联村企业在吴栋材初到那里的 1978 年至 1988 年的十年里，他和村干部们基本上还是与普通村民一样拿“工分”，一年的收入仅在几十元至两三百元，那时的企业发展也是小打小闹，尽管永联算是比较早的“千万元村”，然而集体经济的年纯收入也就百万元左右。到 2000 年，永联的发展势如破竹，突飞猛进，一跃成为中国村庄里少有的富裕户，尤其是它的钢材产量和销售量及利润达到了与著名国有大钢厂不相上下的水平。检索这十年中两个中间年份的利润指标，我们便可见永联的经济效益：1994 年为 3 494 万元；2000 年为 9 590 万元。我们再看看永联集体资产的两组数字：1994 年为 3. 34 亿元；2000 年为 14 亿元。如果再往后推移十年，到 2011 年的永联经济更是一个“大块头”：2011 年永联共生产和销售钢材及炼钢 1 025 万吨，全年销售收入达 479 亿元（本年度的财务报表将炼钢厂销售与钢材销售收入合并统计）。这时的永联总资产已达 374 亿元。如何来分配和管理好这笔庞大的利益与资产，显然对吴栋材是一个涉及灵魂与现实的考验，同时也影响到永联能否既保持蒸蒸日上的发展趋势，又能真正地实现人心、人脉、人情。

这是一个天一样大的事情——对农民和企业员工来说。如上所述，农民最讲实惠，最看重利益。当年吴栋材带领他们挖河塘，年底奖给大伙每人五斤鱼时，他们多么地欢天喜地。后来成了“千万元村”，家家户户盖起了瓦房和小楼房，他们又高兴得晚上睡觉时在被窝里笑出声。此后永钢越办越大后，多数家庭有人进了这个大厂，月收入都在几百、几千甚至几万后，他们腰杆子硬了起来，出去旅游时也不再因为自己是农民而低三下四，那一张张脸上是做中国人、做中国农民的骄傲与荣耀。但后来情况有些变化，并且随着“十里钢城”在自己家门前巍然屹立、每天浩浩荡荡的几千辆货车在村头进进出出、成千上万的外地人进了自己村里的厂子，他们开始担心，开始晚上睡不着觉：永联村还是不是我们的了？我们还能不能过上更好的日子了？我们老了后有没有人管我们？永联这块土地是不是还属于我们永联人？我们的孩子们能不能永远幸福地生活在这块土地上……越来越多的问号和怀疑揣在村民们的心坎上，尽管他们住的房子越来越大、越来越新、越来越宽敞，存折上的钱越来越多。见一次吴栋材也不再那么方便了，即使见了也不再像过去那么随便喊一声“老吴”或者“老支书”了。一切都在变化中渐渐陌生和生硬起来。

这种感觉吴栋材体会更深。在企业没有改制成股份制公司时，他和他的团队里所有人，拿的都是基本工资加一些奖金，并且他和中层干部一年的收入也差不了几个钱。从财务的原始记录里我看到以下数据：1988年，吴栋材的总收入为 8 793 元；他的副手们基本都在七八千元。1989、1990、1991、1992 年的情况基本差不多。1993 年的总收入表上出现了变化：吴栋材为 45 160 元，而我看到赵振兴、黄均时、蔡岳才、陈俊云、陈华斌等五个人的收入超过了他，达 51 129 元。一问，方知这几个人或是销售人员，或是主管销售的副厂长。显然这个时候吴栋材已经注意通过经济收入杠杆在调动企业相关重要岗位如销售人员的积极性。这一年年底，永联企业进行了第一次股份制改造，但总体来说是一次简单的初级阶段的股份制改造，因为管理者和村民们只要有钱，按村委会要求统一配置一定数量的股额便算是入股了。股东的责任和权益显然还受传统的“集体主义”概念影响。这与当时中国的区域经济形态有关。从上世纪 70 年代开始的以中国乡镇企业为代表的发展模式——苏南模式，一直是强调集体经济的发展。相比浙江、广东等地的私营经济发展模式，苏南经济仍然在集体经济的轨道上奔驰。所以这一次永联的企业改制，实际上还是沿用了传统的社会主义集体经济概念，即考虑“平均”。由于像永联村这样的一批企业已经体量很大了，高层管理人员的薪金成了当时江苏的党政组织一件头痛的事：既要鼓励这些乡镇有头脑的领头羊继续积极带领农民们致富创业，同时又不能出现新的“暴富分子”，怎么办？于是这样的一个怪胎出现了：像吴栋材这样的村干部和企业领导双重身份的人的年收入将由上一级政府核定——当然是要按企业发展情况和对村里集体经济的贡献来定。吴栋材告诉我，他在那些年里，每年由镇里核定的年收入在10万元左右，与企业中层干部差不多。这个现象最后导致了2000年美国《福布斯》杂志公布的年度世界富豪排行榜上所批露的中国大陆最富有的50人中，竟然没有一位是中国大陆经济最发达地区的江苏人。

“江苏经济最富，企业也办得最好，但江苏企业家的收入最少。”这样的话在当时很盛行。据说江苏省特别是苏南地区的苏州等市的领导们曾在一段时间里压力巨大，原因是“人比人气死人”的苏南企业家们开始闹情绪，后来公开跟政府领导们叫板，甚至扬言不纠正分配制度将甩手不干了！好家伙，那时浙江、广东两匹经济黑马在全国各省市自治区中一路遥遥领先，江苏本来已经在前些年过于强调集体经济模式使改革步伐落在了这两个省的后面而受到中央的批评，现在势头刚刚有所改变，企业家们如果这么一闹，苏南经济不又面临倒退吗？江苏省政府和相关部门紧急研究采取措施，于是在1999年时，又大举推出了把乡镇企业全面改成真正的股份制，并且“限期限时”、“不得有假”、“一改到底”。这意味着什么？意味着像吴栋材这样的一直想保持集体利益、村民人人有份的公平利益思想将被彻底粉碎。

“你是共产党员，党委书记，你就得首先带头把企业改了，而且你要带头买进股份，占股比例越大越好！”那个时候，吴栋材最苦恼的是上面不断有人这样命令和指示他，而且告诉他：如果不是这样，那就说明你们对改革、对上面精神执行不力，思想保守。这是“改革”所不能容忍的。

有些中国人是制造各种政治帽子的行家，这一回又有机会发挥本行了。可悲的是这种喜欢给别人戴帽子的人，明明历史证明他们做的事情并非实事求是，却坚持认为他们是正确的。邓小平在世的时候，一再警告在改革开放、解放思想的过程中，要防止右，更主要是防止“左”，但现实中有的地方总会自觉不自觉地举起“左”的大棒让你执行那些脱离实际的做法。在推行乡镇企业改制时，不顾农村实际情况，按统一的硬指标、硬比例要求所有企业一视同仁地改制，即从集体所有制改为以经营者、管理者控制资本主体的股份制企业。

在现代企业管理的一方良药中，股份制一直被西方经济学家视为可以给企业永远生命力的根本。其实中国人对股份制的来源和历史并不太了解。那么我们来认识一下这一在公元10世纪就出现的东西到底是怎么回事呢？公元10世纪相当于中国的宋朝，当时的英国有了第一个股份制公司。一千多年前的欧洲是个神权社会，那时的欧洲人对上帝的崇拜到了无以复加的地步。他们有种说法：人犯了罪，死后就要进地狱。于是人们为了避免死后下地狱，只得在死前把自己的土地、房屋都捐给教会。到公元10世纪中叶，英国差不多有58%的土地属于教会。这个时候问题就出现了，教会是干什么的？教会不是公司，神父等人更不可能经营企业，怎么办呢？且教职人员一般不能结婚，所以就没有人成为他们的合法继承人，于是他们的财产便成了问题。教会找不到继承人，可是他们拥有那么多土地和房屋，谁来经营便成了问题。最后教父们想出了一个主意：找职业经理人。但教父们又不甘心把利益和权利都交给这些职业经理人，所以又想出了一个招数：把股份制企业定为有限责任公司，即他们聘用的职业经理的权力和权利都是有限的，这就是现代企业经济学中一直奉为经典的“管理权与所有权分离”的最原始也是最本质的东西。中国改革开放后，引进了不少西方的经济管理学概念，股份制即是其中之一，而且它已经几乎风靡到中国所有的企业之中。毫无疑问，现代企业需要股份制这样的机制，它确实对企业增加活力和延续生命力产生特别重要的作用，但它绝非是一剂万能药。一千多年前的英国教会以为聘用职业经理人就能万事大吉地既保护了自己的财产永不落入他人之手，又同时让它不断增值。事实也证明这一招让教父们大获其利。但后来又发现了问题：那些职业经理人不那么有良心，他们的有限责任，往往或被无边际地扩大，或根本不使用，“有限”成了埋葬许多教会财产的掘墓工具。这时教会又苦苦地想出了一个通过宗教的力量，硬性规定所有被聘用的职业经理人必须在上帝面前具有“信托责任”，用我们的话来解释就是你得有良心，这份良心还必须在上帝面前保证。然而良心能靠得住吗？在神权社会里它靠不住，在世俗社会里它更靠不住，因此所谓的股份制其实也非万能之药，它只是西方资本主义世界里产生的一种无奈的经济形式而已。

中国人对西方的东西并不太了解，但有人特别迷信它。当然我们得承认，作为现代企业管理学的股份制形式，它对企业合理合法的良性运营与发展，确实起到重要作用，尤其是新型的股份制形式中对职业经理人的要求通过契约形式又从制度和责任上予以完备，它已经比一千多年前的英国教会时代的股份制进步多了。但不能不指出的是：毕竟股份制是企业管理形式的一种而非全部，尤其是这种洋玩艺发明于欧洲，对中国企业到底是否一定有用，尤其是从一点一滴依靠人民的辛勤劳动积累起来的集体所有制企业，是不是该不加区别地改成经营者、管理者占资本和资产主体的股份制企业，是个值得严肃思考的问题。

吴栋材当时遇到的问题实质上也是如此。尽管自己是一村之长，并且企业所有的经营管理和决策来自自己的判断与果断，自己是这个村庄的领导者和掌舵人，但毕竟我们是共产党人，从我们入党的那一天起就已经向组织和人民申明自己的全部所作所为是“为人民服务”和“为人民谋幸福”的。我们创造了财富，也自然是人民的。可现在，股份制改造即硬要把企业财富划归给我们自己了，这行吗？这该吗？百姓以后的日子怎么过？我一个人和几个企业负责人要占那么大的股份比例，那么多百姓以后怎么办？我一夜之间成了千万富翁、亿万富翁，我的那些曾经与我一起流血流汗的父老乡亲们却失去了更多的未来发展的希望？

不行。我无法接受！我不能接受！那些日子里，吴栋材内心非常痛苦和矛盾：不转吧，上面不同意，而且天天有人逼着、盯着，你必须改制，且得按要求、规定改；改吧，吴栋材又觉得放不下自己的乡亲们。如果让他选择，他宁愿自己放弃全部，却不愿让百姓受苦、受损失。自1978年到永联村后，他也是一直这样做的。

“现在你不行。你是企业老板、董事长、法人，你就得带头改制，带头买进股份。你不买、不占股，就是对改制工作的抵制，就是对组织的方针政策的违抗！你想想，这样做你还算是一个共产党员吗？你可是永联这个大企业、先进村的党委书记啊！你能这样做吗？”一个个责问让吴栋材无所适从。

就在这时，有人给他出了个主意：都说浙江温州的企业股份制转得早而彻底，去看看那里的情况也许有启发。吴栋材去了，同行的还有张家港市领导。温州模式曾在上世纪八九十年代风靡神州大地，被许多地方仿效。吴栋材通过考察，发现这里的经济确实发展势头很猛，但温州市区和乡镇的公共设施、公共环境并不好，道路坑坑洼洼，桥梁年久失修，许多企业的厂房前后垃圾堆成山。这里有钱的人不少，但似乎都在只管清扫自家门前雪而不管他人路头脏。再一问百姓，多数人对现实生活的评价是摇头……吴栋材心想：永联企业真要彻底改制后，难道也让百姓天天骂我们吗？难道我们辛苦干了一二十年、积累了那么多财富后又要让百姓过上不踏实的生活吗？

“我看‘彻底转’、‘转彻底’是有问题的！我们永联不走这样的路。”从温州回来的路上，吴栋材就对市里领导这么说，他的理由充分而现实：“永联的企业自始至终用的是永联村的土地，企业的每一步发展都离不开村民的支持。如果按照现在上面的精神，把企业的资产全部转到私人手里、转到我们几个管理者手里，全村的百姓怎么看我们？怎么看我们共产党？这样的事我不干！也干不出来！”

“温州模式确实值得推敲，但上面让我们苏南地区的所有乡镇企业转制也不是没有道理，大量的企业现在由于三资企业和私营企业上来后，形成内外夹攻之势，优势已丧失殆尽。像你们永联村这样好的情况不多，所以从全局看，转彻底、彻底转不是没有道理。不过你们永联村特殊，老吴说说你意思……”市领导试探着问。

“转制也可以，但我想把比例换一换：村里应该留 75％，企业管理者和大大小小的股东占 25％。”吴栋材说。

“那不行，永钢未来全靠我们这些人，都给了村里，我们还能有啥干头？”吴栋材的意见刚传出，永钢企业的干部们便闹开了。后来大大小小的股东跟着闹开了。

原有的股东利益确实也应当考虑，而且一些股东也是村民。考虑这一部分人的利益其实也是考虑了村民的利益，这一点吴栋材同意。但按照转制的基本要求，他和几个主要管理人员的股比占总股本的近一半显然大了。但这一块持股者又都是企业中、高层干部，他们多为永联企业的关键人物和永钢的创业者，本来他们多持股份也是理所应当、合情合理的。然而吴栋材站出来对他们说："你们的事由你们自己决定。但我吴栋材不仅仅是永联企业的董事长，更是永联村的党委书记，我要对全村的村民负责到底，尤其是以后企业成为股份制后，村民们的长远利益我要对他们有个交代，所以我考虑再三，决定把我的一半股份拿出来留给村里……"

"这……"干部们不曾想到吴栋材会作出这样的决定。一时间，各种议论都有。

但最后令吴栋材也十分感动的是，与他多年来并肩创业和经营永钢的几位副总经理纷纷响应他的举动："永钢是在你吴书记带领下搞出来的，永联村也是我们大家的，我们也拿出一半股份给村里！"

"我同意！"

"算我一个！"

吴栋材极少流泪，但这一回他满眼泪水："谢谢，谢谢你们。我代表永联村民感谢你们的大仁大义！"他弯下腰，深深地向几位企业主要干部鞠躬致意。

永钢集团在此次改制中，由吴栋材和几位主要企业负责人主动让出的25%股份留给了村集体，这在整个苏州市乡镇企业大改制工作中是少有的事。永钢是个特大型优质企业，这25%的股份，等于给永联村每年大约8 000万元的可支配收入。

有这每年的8 000万元的滚滚财源，对一个乡间小村的村民来说，就等于抱稳了一棵摇钱树，他们的好日子自然不用发愁了。这也是吴栋材最放在心上的事。

现在我们还是回到新世纪初的那段激情澎湃的岁月吧——

亚洲金融风暴之后的三四年时间里，吴栋材和他的永联团队夙夜在公,呕心沥血,千方百计让这艘已经奔驰在发展快速道上的乡间航母继续保持着平稳又高速的态势。2001 年,永钢的轧钢产品创造了 133 万吨的历史最高水平,而这时的许多同行则深陷减产停产的淤泥中。永联这一年的总收入也创历史最好水平,达 26 亿元。村里的经营路子也比以前宽了许多,特别是农副这一块,宠物基地和宠物食品厂、梅花鹿场、养兔场等都已建起并初见成效。村民除了养兔养猪外,蘑菇生产更具规模。村里的公共设施焕然一新,如新的永联学校、永联医院、集贸市场、社区公园和广场等也均建设完成。影响到全村长远生存环境的七干河大桥、永南排涝站、新六干河排涝站等也都全部完工。全村柏油水泥路通至每家每户。除了给村民原有的养老保险等福利外,家家户户安装了卡式电表、秸秆气化燃具等。到龄老年人每年可获 1 200 元补贴,并且为那些缺少子女照顾的建“老年房子”74 套。吴栋材还出了特别的一招:凡到退休年龄的老共产党员,每人每年多补贴 1 200 元。“为什么要这样做呢?因为他们是我们永联村有今天好日子的奠基者、大功臣,他们理当享受这份特别待遇!这不仅是对老党员们的补偿,更重要的是我们提倡弘扬共产党人的品德,为人民服务的精神。我们这样做,也包含了先进文化的发展因素。”吴栋材在村民大会上理直气壮地说。

“只有栋材书记才会想得起这样的事。”许多老党员听说此事后,热泪盈眶。

在 2001 年最后一天召开的全村党员大会上,吴栋材作了一番动情的长篇讲话。最后有这样一段话:“我们永联村党支部、到后来的党委这前后二十多年来,确实想群众所想,急群众所急,做了大量实事好事。先后共为村里投入近三亿元人民币改善群众的生活和村庄建设,占企业净资产的三分之一强。为什么这样做?因为我们一直牢记着我们是代表着广大人民群众根本利益的,我们的责任就是为人民服务。我们现在是掌着权,但这个权是人民给的,所以要为人民掌好权、用好权。只有这样,我们的村民百姓才会支持、拥护我们。我们才能集中精力搞企业、搞发展!否则,想干事也干不成!”

为谁掌权，权是谁给的——这两个问题在中国共产党内的几千万公务员和干部中并没有彻底解决，所以有不少让人民群众不满意的地方。而真要解决好这两个问题其实也非易事，吴栋材要求自己和自己的干部们始终如一地把这两个问题处理好、解决好，这也是他的信仰和干所有事的出发点与终结点。永联百姓最幸运的地方也在于此。

现在我们一起与吴栋材及永联人步入2002年吧！

2002年是什么年？2002年对中国有特别的意义，这一年中国共产党召开了第十六次全国代表大会，其意义不同于普通代表大会，因为这又是一次承上启下的重要换届大会。以胡锦涛为总书记的新一任党中央将从江泽民等领导者手中接过权力，继续开创中国特色社会主义现代化的新局面。在这次继往开来的党代会上，提出了要把中国全面建设成小康社会的奋斗目标。尤其是新任总书记胡锦涛在会见中外记者会上说的那句"聚精会神搞建设，一心一意谋发展"的话，如冲锋的战斗号角，令国人热血沸腾，让世界为之一振。

"机会来了！大发展的好时机到来了！"吴栋材属于头脑特别敏锐、思维反应快捷的那种人。他对形势的独特判断总比一般人要快、准、巧。

"真是千载难逢的大发展机会，我们不抓住就是失职。抓住了，我们是历史的功臣。有一件事已经积在我心头至少三五年了，现在我该把它说出来，而且想做成功它！"突然有一天他跟陈华斌和大儿子吴耀芳等几个副手这么说。

吴耀芳对父亲的奇思妙想常措手不及，他不敢妄言，笑着用胳膊捅捅陈华斌，让他问清老头子到底有啥话。

"吴书记，你赶紧说嘛，我们听着呢！"陈华斌笑着问吴栋材。

"这事憋了好几年了，现在该动手干了。"吴栋材好像在自言自语道，"我们要建自己的炼钢厂！一定要建！没有炼钢厂，早晚我们要死掉！"

"啊？"陈华斌和吴耀芳惊诧地瞪大眼珠，对视了一下，四目顿时放光。"想好了？真想上炼钢厂？"陈华斌探过头，凑在吴栋材的耳边。

"想！已经想得我一天也不想再等了！"吴栋材很少说这种夸张话。

但这回他说得如此肯定和坚决。

“估计他在搞轧钢的第一年就有这种想法，尤其是近几年我们的轧钢产量在全国市场上占的份额越来越大时，他的这个心思越发迫切了。”吴耀芳说得不错。他父亲算账方面精得出奇。从轧钢卖螺纹钢起，吴栋材一直在算账，这账他越算越生气，越算越觉得做轧钢这件事亏死了。

“现在算是轧钢市场比较好的时候，我们把坯钢进厂，再轧好螺纹产品后卖给市场，一吨的中间差价在100—200元，人家一直在挤着我们，就是凭着他们自己炼钢，他们自己从自己的厂里进钢坯到出产品，横竖也比我们多近一倍的差价。要是碰上亚洲金融风暴等倒霉时候，我们就基本上是给冶坯的炼钢厂当卖手。前些年大家看到螺纹钢市场好，就一拥而上，好像是个人、办个厂就能轧出钢条条来卖，而且一卖就赚钱。话说过来，这些年还真是这种情况。但我们是大厂，我们的螺纹钢已经卖到全国数一数二的水平了。如今国内市场又乱成这个样，再靠规模取胜不是发展方向，尤其像我们周边钢厂成心跟我们比拼，价格上总低我们每吨20元，销售市场又跟着我们走，我们走到哪儿，他们就跟到哪儿。这种竞争的结果肯定我们会吃大亏，死路一条。原因很简单，人家自己炼钢。我们要靠进别人的货，甚至要到国外去进口。不能总这样下去了！不能！”吴栋材心头窝的这口气不是一天两天了，而是三年五年……也快十年了！

同行的竞争，对吴栋材来说，已经习以为常。而所有这些并非根本问题。吴栋材要建炼钢厂，除了办轧钢厂吃的明亏外，他更主要的是看清了中国大发展的好时机。

发展时机比什么都重要。谁抓住了，谁就是真正的胜者、王者。本来嘛，轧钢的事也不是他吴栋材和永联村的事，但你吴栋材不也是抢了人家大钢厂的生意嘛！国家大发展，只要你有能耐，只要你不违反国家政策和法律，你该干什么是你自己拿主意的事，故而与同行和“邻居”之间的那点小摩擦，吴栋材才不放在心头呢！他看中的是国家的发展前景，这前景太诱人——

种种迹象表明，中国将出现建国后、改革开放以来最兴盛的经济建设和社会建设发展时期……

1. 2008 年北京奥运会，基础设施总投入为 1 800 亿元人民币。

2. 2010 年上海世博会，总投入约 3 200 亿元人民币。

3. 南水北调工程，工期 8 年，一、二期总投入约为 2 160 亿元人民币。

4. 西部大开发虽没有总的具体投资数字公布，但已公布的几个项目，可以初算出来，总数应该不低于 3 万亿元人民币。

……

所以说，我们遇上了又一个更大的发展期。这样的大好形势放在我们面前，我们只有进一步加深认识，紧跟形势，牢牢抓住这个难得的机遇，全力以赴，再创新辉煌！

干部会上、村民会上、党员会上、青年知识分子会上，吴栋材一次又一次把这样的预测告诉大家，告诉永联人。

“我们除了干好现有的轧钢厂，干好现有的大大小小企业，干好农业，干好副业，还要干更大的事业！我们要建炼钢厂！建大炼钢厂——！”吴栋材的话，让长江水跟着咆哮起来，让永联人心潮澎湃。但咆哮的江水、呼啸的波涛及澎湃的心潮下，也有逆流暗礁。

办钢厂要多少投资？

听说建一座年产 100 万吨的炼钢厂至少得投资 10 个亿呀！

天呐，我们是农民，那炼钢厂国家才办得起。永联要建炼钢厂，非把这些年大伙花血本赚来的钱全都扔进长江喂青鱼了……

我看吴书记是老了，人一老就容易糊涂，他都六十四五岁了，折腾个啥？

可不，永联的摊子够大了，再大非把牛皮吹爆不可！

二十年光景，一夜间又回到当年的堆沙地哟！等着看好戏吧……

一时间，办炼钢厂成了永联人议论纷纷的话题。难怪，这么大的事，毕竟它牵涉所有永联人眼前和未来的命运。

多少成功与失败的案例远近都有，吴栋材不是不清楚。

“那个时候我爸的压力不小。其实当时我压力也很大，因为最初的主意还是我在他面前嘀咕的。”大儿子吴耀芳告诉我，“2002 年前我们搞轧钢的时候，就有想法建炼钢厂。可建炼钢厂比建轧钢厂要复杂得多，不仅投入大，国家和地方都有统筹安排。张家港已有庞然大物——沙钢，市里领导的态度很明确，你们永联不能再搞炼钢厂了。至于再上面的政府部门更不会向我们点头。怎么办？到底能不能建？国家相关部门的态度如何？我们得了解清楚呀！父亲说这叫摸摸脉。于是借一次机会，我带了几个人到北京，想跟国家发改委的有关同志打听打听到底上面让不让搞百万吨的炼钢厂。我记得非常清楚，我们住在北京饭店，请了发改委的同志吃饭，我们想在桌上套人家的口风，可人家根本滴水不漏信息。我们可是急得团团转，但又不能拿人家咋的。饭也吃了，啥也没套出来。第二天我们正垂头丧气准备打道回府时，那个发改委的同志一早就跑到了北京饭店我们的住处，说我看你们真是干事的人，又说，如果你们要干，就抓紧干！当时我们几个听了激动得真要掉眼泪……我回村里后赶紧把这信息告诉了父亲。他老人家也很兴奋，说那你牵头准备吧！”

“10 多亿元的投入，方方面面的反对声又很大。吴书记在各种会议上把要建炼钢厂的事吹风后，真到决定时，干部会和董事会一直通不过。最后我们有投票权的三十多个企业负责人连续开了几次会，大家对国家的形势、钢铁产业的形势和钢材市场的情况以及村里的现状和以后的发展都进行了深入反复的讨论。吴书记一遍又一遍地跟大伙儿解释各种各样的问题，最后终于多数人投了赞成票，同意在村里建炼钢厂。”陈华斌回忆说：“那个当口，我们一个个真有点大决战前夕那种惊心动魄的味道。因为永联的成与败、大与小的事业就看这步走得如何。吴书记当时确实好多天睡不着觉。他是决策者，最后的主意他得拿，而以后所有的责任主要由他一个人扛。尽管我们也要担一部分责任，但那是百斤跟千斤、万斤的关系，完全不在一个层面上……”

“建炼钢厂谈何容易，可不是垒个鸡窝，也不是筑条永钢大道，就是修条高速公路也难比建炼钢厂这么大的事。建国初期，国家要建座百万吨的炼钢厂，都得经过毛主席点头画圈，周总理得亲自实地考察定案，财政部长要一笔笔算细账……为啥？那是太大的事了！国家建炼钢厂都这个样，我们小小村庄要建大炼钢厂，你说不是吓死人吗？可我们就相信吴书记，他到永联村后啥事都干成功了！他是干大事的人，我们相信他，因为我们首先相信他心里装着大伙儿，装着让咱农民过好日子的信仰，所以他干不邪、方向不会错，我们因此就信他！支持他！”一位老村民在我采访现场非得插这段话不可。

吴栋材简直吃了豹子胆！永联村搞轧钢厂轧出了个先进，再搞炼钢厂，那是死定！说这话的既有市里、省里的人，也有同行、朋友。说吴栋材一上来就满有把握，那是假话。这样的话在当时听得多了，有一次又有人来说“死”了，吴栋材实在听得烦了，回敬道：“永联干到今天这个样不容易，我心里最清楚。但现在这个形势，光搞轧钢早晚也是一个死。上炼钢是我找死，可不上炼钢就是等死。与其都是死，不如放手一搏，或许能有一条活路。你们总不能看着我们永联百姓死光吧？”

话说得这么绝就没有人再敢在吴栋材面前说三道四了。看得出他的决心比钢铁还坚硬，认准的事没人能动摇得了。

“炼钢就得有货，你先去把炼钢的原料来路打通了！”要做的事很多，吴栋材自然把最重要、最根本的难题交给了大儿子。

吴耀芳对供销熟门熟路，但办炼钢厂可不是那些拎着小皮包、住着小宾馆、吃碗排骨面的小供销员能干得了、干得成的事。吴耀芳这回先到了宝山钢铁厂，人家是炼钢大户，明白路源。果不其然，与宝钢屡次交往，吴耀芳经那里的朋友介绍订了一批炼钢用的铁矿石原料。但炼钢厂一旦开炉，一年 365 天，天天不停地烧，甚至三年五年不停地烧，烧就是给比虎嘴还要大几倍、几十倍的大高炉填料，那是火车、轮船浩浩荡荡地开来开去才能解决的量！于是吴耀芳跑到了澳大利亚，那里出铁矿。但仅澳大利亚一个国家还不行，得多找几个货源，以免一家供货而受制约。

原料来路有了，建厂的 10 多亿资金哪儿来？国家办厂，财政部国库负责。省里市里搞项目，省长市长动用财政厅财政局的预算经费。这村里办厂、办国家级的大炼钢厂，钱从哪儿来？没人给。就连银行一听吴栋材要办炼钢厂，吓得躲了起来：你想真要借他钱，弄不好炼钢厂成了一摊废物，永联村赔得起吗？永联村有啥可抵押的？就农民那点儿瓶瓶罐罐、锅碗瓢盆？傻，给这种项目贷款，不是傻就是疯！

喊，吴栋材心想：你这个银行不贷我，还有其他银行贷我呢！等着以后叫你后悔吧！吴栋材才不怕这些。既然要干，他心里的账早算好了：

钱的事，我们用四个一点解决。一、自己在流动资金中抽出一点，大约 2 个亿。二、外商投资一点。这回我们办炼钢厂先跟一个港商合资起家，人家可以给我们投资一点，符合国家政策。三、银行再贷一点，2 亿元左右。四、承建单位拖欠一点，1 亿元左右……吴栋材设想的炼钢厂，2002 年启动，2003 年“七一”出钢，以后的年产在 100 万—200 万吨钢，约总投资 11 亿元。有这“四个一点”，基本可以动工了。

“从现在开始，我们全体党员要认真对待这个项目，要集中人力、财力、物力，全力以赴把炼钢项目上好。村里的党员，不仅自己要以身作则带好头，做好样子，还要加强宣传的力度，向村民们做好宣传动员工作，因为这里面涉及拆迁问题。劳力的安排也十分重要，农业生产不能受影响，已经搞起来的副业不能耽误，轧钢产量不能比以往落后了。等炼钢厂项目上来后，大家还得把全村和全永钢集团的力量用在建炼钢项目上，争取高效高速优质完成炼钢厂建设……”党员大会上，吴栋材的动员内容讲究的是精神和作风，“干部干部，一旦干起事来，就得按组织确定的大政方针办，就得拿出雷厉风行的作风来，就得拿出让百姓信服的劲头来，就得拿出大公无私的精神境界来。”

建大项目，拆迁征地是最要命和最复杂的事。但在永联村、在吴栋材的手上，又是那样的顺当而平稳。“我们永联办企业二三十年中，大规模的拆迁征地不下三四次，但没有一次不是顺顺当当的。原因是父亲把农民的利益考虑得细而又细，他总把每一次拆迁征地中村民们可能出现的利益，当做是自己被拆迁一样思考问题，提出措施。所以永联村前后有数千户次拆迁搬家，村民都很支持。老实说，在这一点上，我很佩服父亲。”二儿子吴惠芳说。

不是没有难题，而是吴栋材在难题出现之前就把它化解在方案之内。炼钢厂的用地得数千亩，此前他与村委会一起提前把 4 000 亩土地征用成工业用地了，农民们每亩地可以获得每年 1 200 元的贴补收益。这等坐地来钱的事谁不喜欢？至于拆迁后搬进啥样的房子，吴栋材已经考虑周全。

“所有拆迁户，可以按以下几种户型的房子选择：

“安居房：四层高，公寓式的，每户面积在 50—60 平米，老年的安排在底层，年轻人喜欢上楼就上高层。一家两代人的，可以两套合在一起，想打通就打通，想各有私密空间就各住一个单元。

“小别墅：在村的老中心河两侧，西至学校往东，第一期建 70 套左右。第二期再随街道东西侧往北延伸。二期工程主要为炼钢厂建成后周边两三百农户拆迁准备的。别墅有三个档次：一类的拆迁户出 12 万元；二类的拆迁户出 10 万元；三类的拆迁户出 8 万元。这三种别墅，集体每幢投入不下二三十万元，所以凡购这类房的都占了不小便宜。一些有钱的想盖大一些别墅，也是可以的，面积统一报村里批准后再建，不过村里补贴跟其他拆迁户一样……”

住新房、住洋房、住电影电视里看到的外国有钱人才能住得起的别墅、庄园式的房子，而且自己基本上只掏很少一部分钱，村民们个个乐都来不及，还有啥意见、啥上访的事嘛！

“村民挑啥房子、住啥房子是他自个儿的事，但村里在建房子时要考虑在新农村城市化、城乡一体化、农村现代化上做足文章。全村目前分成三块：1. 老永联一块；2. 永南桥头一块；3. 六干河以西一块。要按照统一规划实施，绿化面积和园区文化设施一并考虑。特别是农民的住房，既可中式，也可欧式、日式……大家不是很羡慕吴仁宝的华西村吗？那我们就要通过几年的努力，通过炼钢厂的建设，一起把农村城市化带动起来，要超过华西、替代华西，创造永联自己的新型农村。”吴栋材说。

现在剩下的事就是建炼钢厂——

怎么建？吴栋材和他的团队谁都不知道，也不懂。他们到宝钢、鞍钢大炼钢厂参观，结果当这些农民兄弟站在高入云端、钢花飞扬的高炉前，只感觉眼花缭乱，两个字：震撼！甚至有人胆颤心惊地悄声问吴栋材：我们干得了这吗？

吴栋材笑了，答：咋干不了？我们就要在长江边的小村子里干一样大的炼钢厂！话虽这么说，可吴栋材心里也是忐忑不安的。他想起了年轻时候“大跃进”时的全民炼钢运动……那时全中国只有几百万吨钢。1957年时，毛泽东就因为嫌自己的国家太穷，一年才炼400多万吨钢，便问冶金部部长：到底能不能在明年炼1 000万吨？冶金部长憋了半天，对游泳池边抽着烟卷的统帅说：我们马上组织人下去调研一下，争取按主席的意思办。1958年“大跃进”时，毛泽东再次把争取年炼钢1 000万吨的事提了出来，并且说：手中没有把米，叫鸡也不来。我们处在被动地位，就是钢铁不够！人家美国1亿吨钢，我们才几百万吨！他们才一亿多人，我们比他们多两三倍人，地盘也不比他们小，不是说还有一个社会主义优越性嘛，那应该炼上两亿三亿吨钢才是。毛泽东的话说得冶金部长、国家总理、副总理们无话可说。后来到了1958年8月份，全国才炼了600万吨，比毛泽东要求的1 000万吨还差400万吨，怎么办？于是发动了全民炼钢运动，吴栋材第一次见炼钢就是那个时候。那个时候永联村仍处在时现时没的长江之中。最后，倾举国之力的1958年，中国全年完成炼钢1 100万吨，据说真正有用的钢也就800万吨。

弹指一挥间，四十五年过去后，吴栋材一个小小村庄的头目，竟然要办一个炼钢厂，办一个大钢厂！如果毛泽东还在世的话，我想他肯定要请吴栋材进中南海一起聊聊“山海经”。

“……江山如此多娇，引无数英雄竞折腰。惜秦皇汉武，略输文采；唐宗宋祖，稍逊风骚。一代天骄，成吉思汗，只识弯弓射大雕。俱往矣，数风流人物，还看今朝。”吴栋材在乡村田野上建大炼钢厂的动作，肯定会受到毛泽东的格外欣赏。

“父亲把技术活给了我。可在这之前我连炼钢的钢炉是啥样都没见过。我到马鞍山钢铁厂才第一次见到了高炉，看到沸腾的钢水，很激动。那一刻真觉得父亲很伟大，他带领着我们一批农民要干惊天动地的事。我这一次去马鞍山钢厂是想请他们的设计院帮我们设计炼钢厂。一谈设计费，我就吓了回来，人家开价 1 200 万元，根据是我们总投资为 12 亿元，1%的设计费，行规。我说太贵，他们研究了半天答应降到 800 万元。我说还是不行，他们就不降了。我垂头丧气回来后，让李廷夫到北京冶金总院问问什么价。我和父亲对李廷夫说，炼钢厂在中国已经有好几个大厂了，我们又不是建什么新式炼厂，有现成的旧图纸给我们就行。结果李廷夫去后一谈，5 万元就弄回了一套图纸，整整装了一卡车拉回到村里……”吴耀芳讲完这个故事后哈哈大笑，说：“咱农民虽笨，但不傻。”

不是不傻，而是太精明了！也是，他吴栋材等如果不靠这股精明劲儿，办轧钢厂、办炼钢厂、修路修桥、建房子等，不知要多花多少钱嘛！他们当做自家的事来做，处处精打细算，紧抠硬挤，才把别人想都不敢想的事做成了。

但吴栋材绝对不是气度小的人，得分什么事。钢厂正在紧张地建设一期、二期时，吴栋材在与上海一家外贸公司合作中发现了一位名叫余加军的年轻人。当时永联特别需要外向型贸易人才，吴栋材觉得小余非常合适，便向他伸出橄榄枝。几次交往后，小余被吴栋材的真诚感动，答应到永联工作。29 岁的小余被厂里定为副科级干部。两年后，小余因工作突出又提升为正科级，这样的进步在永钢集团里不算多。这一年小余要结婚，想在上海买套房子，但由于钱不够，买房的事搁了下来。吴栋材得知后，急匆匆地找到财务，伸手道：“赶紧给我准备 300 万元，我有急用！”负责永联财务的人感到很蹊跷，因为打永联办企业以来，吴栋材从没有这样直接向财务要求支出这么一大笔钱：“吴书记，你这……”吴栋材摆摆手，说：“先别问，算我向公司借用的，记在我头上。”财务负责人听罢才放心地为他准备了这笔钱。第二天吴栋材把 300 万元亲自送到了小余手里，让正在发愁的小余欣喜若狂，一时不知如何说是好。“什么都不用说，赶快把房子买了，再把婚结了。”这事传出后，引起村里不小风波：“300 万元可不是个小数，借给一个外人，值吗？要是他把钱卷走了咋办？”吴栋材后来专门在会上向大家说明：“人家一个外地大学生能从上海到永联小村来工作，说明他对永联是诚心诚意的。那我们为什么不能更诚心诚意地帮助人家解决一次困难呢？永联现在搞炼钢厂，最缺的是人才和技术。我觉得300万元能换回一批像小余这样真心实意为永联工作的人才，不仅值，而且太值了！”吴栋材又补了一句：“这300万元要是出了啥事，账算在我吴栋材头上。”小余后来有了房子，很幸福地结了婚，不久家里又添了小宝宝。到永联第三年，小余又因贡献突出被提升为永钢集团外经贸处处长，后来又担任了永钢外贸公司的总经理，为永联企业发展上台阶开拓了一片新天地。打这以后，吴栋材多次问大家：“你们觉得我当初借给他300万元值不值？”“值！”永联人齐声回应道。

“当然值。”身为永钢集团总经理的吴耀芳说，“我父亲就是靠这份真情换回了一批又一批真才实干的各路人才，为我们永联村在田野上建起了气吞山河的炼钢厂。这何止是值不值的问题，而是太赚了！”

吴耀芳跟我讲起建炼钢厂后期的一件事：“厂和高炉建起了，但能不能把钢炼出来又是一回事。别说我和父亲这些靠种庄稼出身的人不知怎么办才好，就是李廷夫他们几个学钢铁专业的人也对炼钢知之甚少。怎么办？我就对父亲说，去找那些老炼钢厂的老师傅。父亲说，蛮好，你就去吧。于是找来几个老师傅。他们说，要把钢炼出来，再把技术教给你们，怎么着也得百把万元报酬。我向父亲说了这事。父亲说，把他们的技术学到手，这个报酬不算贵，我们给。后来在这些老师傅的亲自操作下，2003年7月28日，我们炼出了第一炉钢，而且还培养了一批自己的炼钢工人和技术人员。不到半年时间，我们就炼了30万吨，整整赚了3亿多元，你说我们是不是值大了？”

农民办炼钢厂，而且是在自己的那一亩三分地上完全依靠自己的能耐办起一座大型炼钢厂，这在旧的计划经济时代简直就是天方夜谭的事，即使在世界钢铁发展史上也是极其罕见的。但吴栋材却把这样的事稳稳当当地都办成了，这能不是中国式奇迹？

从2002年8月16日建造炼钢厂的第一根桩基打下，到2003年7月28日炼出第一炉钢水，前后不到350天。这样的建设速度在中国钢铁史上没有，即使缔造世界钢铁传奇大业的钢铁大王安德鲁·卡内基也不曾创造过这等奇迹。我以为，在精神和可能性方面，吴栋材超过了卡内基的才能。因为卡内基是在美国独立和自由的经济大潮中建立起钢铁王国，虽然他的才华和经商能力同样值得人们赞赏，但卡内基受到了诸多财团的支持，而且有两万余从业大军帮助他撑起了“卡内基钢铁帝国”。白纸上画画的优势是可以任意发挥。一百年后的世界钢铁产业已经不像卡内基时代那么受人疯狂追捧，即使在中国这样新兴的改革开放国家，钢铁厂和钢铁产业其实一直被国家和政府控制着，原因只有两个：钢铁业事关国家经济基础，不宜随意介入；中国的钢铁厂已经够多了，不能再扩张和扩产了。吴栋材的永联钢铁厂即使在只有轧钢产业时就一直被人不断挤压，更何况现在要凭空建一个与国家著名炼钢厂平起平坐的新的大炼钢厂！吴栋材的梦想一开始就注定需要付出特别的代价。

我查阅了一下中国几个著名钢铁企业的建厂史，基本上都是由国家出面经过三至五年认证后，再经过三至五年才建设起来的。投入的资金一般都在几十亿元人民币（上世纪五六十年代的货币量），由五万至十万人的建设大军才完成。相比之下，吴栋材在永联村建大型炼钢厂实在可怜极了！然而又是伟大极了！

“建炼钢厂的每一天工作情景，比电影《南征北战》还激烈，至今仍历历在目。”陈华斌是大实在人，平时说话问一句答一句，但说到建炼钢厂时，他的话像扫机枪似的：“当时吴书记安排我为建设炼钢厂施工现场的总指挥，负责整个项目的工艺设计、承建制作单位的监督落实，可以说事情千头万绪。后来我干脆把铺盖搬到了工地上，每天连轴转，夜里两三点钟睡觉是平常事……”我从别人的口里知道，陈华斌在指挥这场“生死搏斗”的会战中，两次动手术，每一次都是动完手术就拎着吊瓶上了工地。他因此深得吴栋材和永联人上上下下的赞赏，称他为“永钢的王成”——中国人熟悉的电影《英雄儿女》中的人物。

现在已经退居二线的杨玉飞当时被吴栋材任命为副总指挥，负责拆迁工作。杨玉飞回忆说："我没有当过兵，但在那场建设中，我像一个指挥千军万马的将军，干得很过瘾。我们几乎没有耽误过一天工夫，样样都赶在时间前面。"

都说中国人勤劳勇敢，都说中国的农民忠厚老实，其实那些真正优秀的农民不仅勤劳勇敢、忠厚老实，而且还是猛打猛冲的战斗员、建设者。他们身上的优势一旦被充分挖掘和调动，什么人间奇迹都能创造出来。其中有一个重要原因是，在他们身上只有无穷无尽的潜力，没有条条框框的束缚——这一点特别关键。人是具有极大潜力的智能与体能的动物，思想的潜能与体魄的潜能，在一定的空间与环境下，可以获得无限的创造力。而通常情形下，人们的潜能没有完全发挥是由于种种束缚。吴栋材以他特有的领导才能，让他的团队和农民兄弟们在建设自己美好与幸福家园中的积极性得到了最大限度的发挥，这本身就是一种宝贵的领导艺术。吴栋材后来在接受《人民日报》采访时说过这样的话："炼钢项目我们是抢出来的，当时许多企业在国家的宏观调控中死掉了，但我们不仅没有死掉，而且上了一个大项目，用三百多天时间建起了一座百万吨炼钢厂。这一年别的钢铁厂赔得一塌糊涂，而我们赚了 3 亿多……所以说，一个企业和一个人的命运一样，只有把主动权掌握在自己手里，才能有所作为。"

"干活吃足苦头，生意赚足甜头。"永联村农民这样评价他们在建炼钢厂的那些日日夜夜。

其实我知道，真正"吃足苦头"的是吴栋材本人。

2003 年，生活在北京的我开始没有觉得这一年同以往相比有什么不同：迟来的春风里，夹着寒气，沙尘随风而起，淡淡的阳光没有几分暖意……但后来情况大变，先是广东出了问题，再后来是北京出了问题——北京的问题再也刹不住了：SARS。中文名叫"非典"的传染病毒，以极快的速度在人与人之间的呼吸中传播开来，结果是死的死、病的病——我们生活在北京的人都觉得世界末日快来了，谁也无法抵挡这场突其如来的瘟疫。年轻的北京市市长和国家卫生部部长都在这场灾难的初始，就被革职。这是共和国成立半个多世纪里最严厉的一次行政处罚。然而疫情并没有因此而有所减弱，相反更加疯狂。“北京正处在灭顶之灾，一千多万人口的城市大街上几乎看不见行人，只有那些救护车在不停地呼啸而过。北京城面临前所未有的考验，人们的生与死也许就在一两天间决定……”这样的报道，在当时的世界各国报纸上几乎天天可以看到。北京的疫情，后来又蔓延到全国各地，整个中国处在一片恐怖之中。

此时的永联村正在大兴土木，全力以赴地进行炼钢厂建设。村民们开始没有在意北京城里发生的事，以为那个SARS跟他们无关，但后来觉得不对劲：先是他们的那些在外采购材料的人不能再出差了，再后来是那些来帮助建高炉的专家不敢来永联了，再后来有人传出他们的董事长吴栋材已经逃到了法国不再回来了……谣言？不像。吴栋材确实去了法国。而且有人传出：吴栋材是带了村里的10亿元跑了。

一边是恐怖的SARS，一边是董事长卷钱跑了，永联村一时间人心惶惶。

“什么？我卷钱跑到法国来了？我……干啥要卷钱跑到法国来嘛？”远在塞纳河畔的吴栋材接到家人打来的电话，感到莫名其妙，又惊诧万分。这是为什么？是SARS让故乡的人都疯了？

“老吴书记你没听说，大家都在传说常州的戴国芳被抓了，下一个就是你吴栋材了！”同行的人悄悄把家里传来的话一说，吴栋材如同被重棒当头一击，他的眼前突然变得一片漆黑……

那一夜吴栋材醒来后，在酒店的镜子里看了看自己，大呐，为啥头发一夜全白了？堂堂铁骨老夫，此时此刻竟然热泪横流。

我怎么啦？我什么都没有做错呀！我……为什么？为什么有这样的传言？为什么会……吴栋材身在塞纳河畔，心却已经飞向长江边的那片风起浪涌的田野上。

戴国芳是怎么回事？“常州铁本”事件又是怎么回事？在回国的飞机上，吴栋材一直在打听这两件事，很快他就知道了一切。

2002年初，江苏铁本钢铁有限公司（简称“铁本”）筹划在常州市新北区魏村镇、镇江扬中市西来桥镇建设新的大型钢铁联合项目。该项目设计能力840万吨，预算总投资105.9亿元人民币。2002年5月，铁本公司法人代表戴国芳——也是一位与吴栋材有差不多背景的农民企业家，先后成立七家合资(独资)公司，把项目化整为零，拆分为22个项目向有关部门报批。常州国家高新技术产业开发区管委会、江苏省发展计划委员会、扬中市发展计划与经济贸易局先后越权违规拆项审批了铁本合资公司的建设项目。在审批程序完成之前，戴国芳的“铁本”就进入施工阶段。当时有个背景：随着各地经济投资热的风起云涌，看好钢铁行业的人剧增。2002年下半年至2003年初，投资钢铁行业的固定资产达1 000多亿元，同比增长100%，而且势头仍然猛烈。那时中国的钢铁总量已经达到世界钢铁总量的23%左右，因此海内外媒体惊呼“大炼钢铁”再现中国大地。此时中国国家发改委对钢铁行业的盲目投资、重复建设提出叫停。随即国务院派出联合检查组赴重点地区进行督促检查。戴国芳的“铁本”撞到了枪口上，惊动了国务院总理，温家宝亲自主持国务院常务会议，专题讨论“铁本”问题。此后，戴国芳被抓并判刑。包括常州市委书记、扬中市委书记、江苏省国土资源厅副厅长在内的各级官员都受到严重警告、撤免、责令辞职等相关处理。

“铁本”事件轰动全国。当时有媒体如此描述：

史玉柱只想盖一座18层的巨人大厦，在地方政府“盖一座珠海标志性建筑”的热情鼓动与政策激励下，巨人大厦陡然长高至72层。但当史玉柱无力支撑而资金链断裂时，无人伸手相援，巨人大厦成为“中国第一烂尾楼”而拖垮巨人集团。无独有偶，戴国芳的铁本钢铁公司也受到当地政府极力鼓动与支持，戴国芳心一热，原本扩大产能至260万吨的计划一夜之间变成840万吨，投资10余亿元猛增到106亿元。戴国芳天真地认为，只要有地方政府鼎力支持，就可毫无顾忌地“人有多大胆，地有多大产”放卫星，甚至不惜违抗天条。殊不知，一个企业若想实现超常规发展，不仅要掘尽地力，更要盛逢天时地利。“铁本事件”和民营钢铁大王戴国芳的结局，让中国的民营企业再次意识到自己成长的玻璃天花板。万通集团董事局主席冯仑说，民营企业要摆正自己的位置，甘当国有经济的附庸。

此文中提到的史玉柱和冯仑，都是当时经济界的风云人物。戴国芳如果成功了，一定也是响当当的大人物。然而戴国芳走了麦城，于是他像一只风筝，被一阵飓风吹得烟消云散。

“在许多人眼里，吴栋材搞炼钢厂跟戴国芳搞“铁本”没什么区别，所以他们认为吴栋材的命运一定不比戴国芳好，由此推断吴栋材听到风声不妙就卷钱出逃到了法国……”一位永联村老村委干部给我讲了当年的情景。

面对如此官方压力和民间谣传，加之自然界的非典瘟疫所引发的停工停建，天灾人祸之下，已近古稀之年的吴栋材怎不一夜白尽头？

“世界上的事都是干出来的。不干才不是马列主义！这是毛主席他老人家说过的话。我们永联村干每一件事都是从自己的实际情况出发，我们依靠的是自己的力量，我们所干的一切都是为了村民们能够过上好日子。干这样的事有什么错？我们跟常州的‘铁本’不一样，不用害怕。倒退一万步，就算出了什么事，要杀头、要坐牢，也是我吴栋材去，绝不连累大家，你们该干什么还干什么。我们不能被一阵风、一阵雨给吓死了，你们大家都听着：我吴栋材宁愿被人整死，也决不会被人吓死！”回国的当天，吴栋材立即召开干部会议，他一字一句地高声道。

“那一天他真发火了，我跟他十几年第一次见他发那么大的火，当众把茶杯摔得稀巴烂……”陈华斌说，“我们在吴书记的领导下，迅速恢复了生产，该出差的照出差，出差回来需要隔离的隔离，施工现场重新昼夜通明。我们就是这样争分夺秒，抢在所有人的前面，点炉炼钢……”

如今我们看到的永联“十里钢厂”就是这样抢出来的。这一年，当别人刚刚从灾情中重振步伐时，吴栋材和他的永钢早已踩在高产稳产的快速发展道路上。

这一回，他把所有中国乡村甩到了后面，也把诸多钢铁行业惊得目瞪口呆。

呵,你像火红的礼炮
把天空和田野照亮
呵,你是燃烧的火焰
把激情和热血熔化
呵,你的生命里没有屈服
屈服的永远是困难与磨难
呵,你的本性里张扬崇高
崇高的张扬就是最好的图画……

吴栋材把永联村从一个纯粹的农庄改变成工业化与农业现代化的结合体是在炼钢厂真正建成后开始的。现在他可以骄傲地说,这一步他完成了。

下一步是什么呢?

7

永联的今天就是中国的明大? 农民们的梦想:田园式的城镇+自由、舒适、公平、健康、幸福的生活……

有人说过这样的话：一个人的名字与他的个性和一生的命运在冥冥之中总是有某些相呼应之处。我想还真不能轻易全部否定它，不是吗？吴栋材的名字从某种意义上讲，证明了他是一位具有特殊才干的国之栋材。在我写作这一章内容时，正好中国主流媒体在铺天盖地地宣传吴栋材，称他是“中国最美的基层干部”。这个称号对吴栋材而言，是当之无愧的。只是我认为他不仅仅是中国最美的基层干部，而且还是中国最具魅力、最富创新和实践能力的基层干部。

在一百多年前，孙中山先生在描绘他心目中的“建国方略”时，他有一个梦想：希望华夏大地上的庶民百姓都能摆脱贫困而实现像欧美国家民众的富庶。孙中山先生为此革命一生，但没有实现这个愿望。他逝世时的中国仍处于军阀混战、百姓极度贫穷的状态。后来毛泽东领导的中国共产党提出了推翻压在中国人民头上的帝国主义、封建主义、官僚资本主义“三座大山”，取得了翻身做主人的胜利。毛泽东完成了这一中华民族历史上最伟大的壮举和使命，但他在希望自己的人民过上吃得饱、穿得暖的好日子的治国过程中，却因犯了过度强调“阶级斗争”和“无产阶级专政下的继续革命”的错误而断送了他原本的理想。三十多年前，邓小平对中国传统的社会主义理论进行了某些纠正，提出建设中国特色社会主义理论，并将实现国强民富的民族复兴实践时间表大大延长至本世纪中叶甚至更远的岁月。这就是他的社会主义初级阶段理论。邓小平也有他的梦想，这就是他期待的用三五十年时间，让中国人民的生活都进入小康水平。

小康生活的概念是什么？上世纪 80 年代初，苏南百姓人均“住 20 平方左右房子”、有“800 元左右收入”，这是当时邓小平眼里的“小康”。显然这个“小康”是邓小平心目中最低水平或说是初级水平。那么真正的小康生活是什么样呢?

三十多年后中国人自己心目中的“小康”,恐怕各有各的理解和设想。这个各自的理解和设想,如果汇集在一起,那就是新一代中国领导人习近平常说的“中国梦”。官方阐述的“中国梦”内涵,包括了“国家富强、民族振兴、人民幸福”三个层面的内容。中国梦既是强国梦,也是富民梦。国家的强大能成为人民福祉的保障,让每一个人都从国家的发展中收获自己应得的成果。中国梦归根到底是人民的梦。

然而人民的梦又是什么呢?

人民的梦就个体而论,十三亿人就会有十三亿个不同的梦。或许可以用几个字归纳:有好日子过,能幸福美满地生活。但我们马上会发现,这句话概括得又太宽泛。因为同样的“好日子”概念,同样的“幸福美满”感受,城里人、农村人,老年人、年轻人,男人和女人都会不同。此一时的人,与彼一时的人又很不相同。

吴栋材和他的永联村不研究也不实践人类和现实世界里公众的梦想。他们只求自己的梦想的实现。他们是农民,农民有农民的梦想。

然而农民的梦想又是什么呢?吴栋材发现:他自己的梦想一直在变,而他的村民们的梦想也一直在变。上世纪70年代至80年代初,他刚到永联时,村民们的梦想境界是:不再让外人瞧不起、能吃饱饭、有衣穿、出村有尊严;后来他们的梦想是实现“千万元村”;再后来是“家家能住上新房子、住楼房、住别墅,最好存折上有花不完的钱”。后来呢?后来……村民们真不知以后他们的梦想是什么了,因为过去他们做梦都想不到的好事、喜事、幸福事在吴栋材的领导下,一件件都实现了,并且比“做梦还要美的事”也实现了。

那么现在还能有什么事可做呢?

看着火红的高炉飞溅出的钢花,看着全村经济指标和利税如火箭一样地飞升,看着股东和乡亲们口袋越来越鼓,吴栋材却突然发现有了炼钢厂后的永联却有更多、更复杂、更深刻、更宏大、更长远的事要做,并且异常紧迫！

“惠芳，我想让你从部队回到村里来工作。”吴栋材对正在任中国人民解放军某集团军师政治部主任的二儿子吴惠芳说。

“老爸，你开啥玩笑！让我到你的永联村干活？哈哈……”二儿子惠芳笑歪了嘴。

这事大约发生在2004年上半年，那时炼钢厂刚建好，永联村要做的工业大建设已经基本完成，而且永钢集团的规模与效益都出现了前所未有的上升态势。

为什么想让二儿子从部队回来，吴栋材是有很深的考虑的。我们先来了解一下他几个儿女的情况——

吴栋材共有三个子女：两儿一女。大儿子吴耀芳在前面已有介绍，是在上世纪90年代初，吴栋材刚办轧钢厂时被他“拎”回来的。吴耀芳是整个永钢集团的开创者和主要管理者，在放弃“铁饭碗”后，到父亲身边工作了二十多年，一直是吴栋材最得力和最重要的干将。集团成立后，吴耀芳始终担任总经理一职，成为吴栋材所有经济思想和办厂理念的实际执行者。他为父亲打造的“永联江山”立下了汗马功劳。可以这么说，如果没有大儿子如此坚定有力、不折不扣、积极能动的创新工作，吴栋材的事业和永联村不会走到今天这一步。在永联人心目中，“吴书记”和“吴总”在很多时候是同一人。爷儿俩这么多年步调一致、并肩战斗：一人在台上挥手，一人在台下挥汗；一人在绘制蓝图，一人把蓝图变成现实；一人高歌吟唱，一人起舞翻跟头……“吴书记”即吴栋材，“吴总”即吴耀芳。爷儿俩如此配合默契、一左一右两个肩膀担起了永联和永钢的万钧重担，实是永联人之大幸。

女儿吴惠英，在吴栋材的儿女中排行老三，1964年生。相比两个儿子，女儿是最不爱多说话的人，性格很文静，现在是永钢集团副总经理兼财务负责人。女儿的学历最高，正规的大学本科毕业生，不过学的是化工专业，阴差阳错于1992年被父亲吴栋材“逼”到永联村当“农民工人”的。“我父亲对个人利益是个没有想法的人，但他很要面子，很要自己当干部的面子。为了把永联村搞好、让村里发展起来，他又可以不惜一切个人代价去舍命干。我和两个哥哥就是硬被他绑到了永联……”女儿说话直率，听得出还隐约有些埋怨。

确实，如果不是父亲的强烈要求，她和大哥吴耀芳这一辈子也不会在费了九牛二虎之力离开农村后又回头再当起农民——虽然永钢集团名列中国500强之列，但终究还是村办企业嘛！

大儿子耀芳和女儿惠英对父亲的农民情结无法抗拒，他们在谈论此事时只能苦笑。“不过我们跟着父亲干到今天这个份上，并不后悔，相反很幸福、很自豪。”耀芳和惠英都说。

二儿子吴惠芳与哥哥、妹妹比，情况很不一样，他是军人，并且是个前途无量的优秀军人。“我从小的印象里，父亲是个对工作特别上心的人，我们从小都是母亲带大的。父亲当村官时间很长，没有到永联时他就干得很出色，到了永联后就一门心思扎在工作上。记得我到部队后不久就上战场了，那时我们一起在部队的同志都有些担心，希望能获得家人的支持和安慰。我父亲倒是给我写过信，他是朝鲜战场上打过恶仗的人，有经验，他信中就特别要求我在战场上机灵点。当时觉得父亲太不把我上战场的事放在心头，现在想想他提醒我要机灵其实充满了深深的父爱。战场上不机灵不等于送死吗？不过，后来的岁月里，我能感觉到父亲基本上把家里的事全托给了我母亲，很少主动关心我们。我总觉得他有三个儿子，最大的儿子不是我哥哥，而是永联钢厂。我曾问他，父亲笑笑，并没有异议。但父亲对我在部队里的成长进步还是很满意、很骄傲的。他觉得我给他挣面子，因为我在部队一直表现不错，进步也快。2002年就当上了师政治部主任。我所在的部队是个具有光荣历史的红军英雄部队，战争年代立过大功，和平时代也一直是先进单位。我本人身为这个师的一名副师级干部，显然前途不会差到哪儿去，但就在这个时候父亲让我作出了一个意想不到的人生重大选择……”吴惠芳说。

2004年下半年，吴栋材带着夫人陆汉琴一起到杭州的二儿子惠芳家。“这一次父亲正式当着我母亲的面向我提出他的想法，要我脱下军装，到他的永联工作。”惠芳说，“这回我不得不认真了，父亲也是近七十岁的人了。望着两位老人，我心头不由一阵心酸。他们确实不该太劳累了。父亲当时管辖的永钢已经有近万人，加上村里一万多人，共两万多人的一个小社会。搞企业竞争又异常激烈，农村的情况又复杂，这么一大摊子还让一位老人支撑着，也实在有些太残酷了。但又一想，我便问父亲：我哥不是干得挺好的，还有妹妹也在企业，你手下也还有一批干部骨干，为啥非得我回去？我看到父亲脸一沉，长叹一声，说：我年岁大了，你哥忙不过来，这么一大摊已经弄到这个份上，总得要弄好，要对得起永联两万人啊。父亲当时说完后看了我一眼，又把目光移到母亲身上，母亲则把她的目光移到我身上。后来她说了一句话，声音虽然很低，却在我内心产生了巨大震撼。母亲说，你帮帮他吧，你爸这辈子心思都在永联村上。老实说，那一刻我真的心潮起伏，甚至彻底动摇了我原有的内心定力……”

吴惠芳后来跟我讲，那一天他被老父母的话触动和触痛的原因有二：“一则为父亲一向追求把永联村建设成社会主义新农村的精神所感动与折服，另一方面确实觉得做儿女的有时必须该为父母的心愿做出些牺牲。”

吴栋材提出的个人想法着实让二儿子吴惠芳涌起了激烈的思想斗争，因为客观上有两个原因：一是从军二十几年的他就不曾想过离开部队，二是吴惠芳在一军的仕途显然好得很——上级有关部门已经找过他谈话，这年年底将会安排他到杭州市外的某部任高一级的职务，也就是说马上要晋升了。

“已经离将军差不多了！”吴氏父子俩私下这么讨论过。

“我那里不比你当将军差，有两万人的队伍呢！”曾是军人出身的老头子似乎并不在乎儿子当不当将军的事。

“那——人家不会说你又搞家族制？”儿子追问。

“如果张家港市南丰镇上有像你这样当师职干部的人愿意到农村来工作，我举一百只手欢迎他。可惜你说有吗？谁会像你快当将军了却要放弃心爱的部队、脱下军装去到一个村办企业工作？”父亲盯着儿子问。

“是啊，不会有人这么傻。”儿子说完，反问父亲，“那我也不愿意嘛！可你为啥非要让我去？”

“你？你是我儿子！别人动员不了，我还能动员谁？谁让你是我儿子！”

“当你儿子就一定要服从你的事业？”

“那倒不一定。但中央不是说现在国家最重要的任务是建设小康社会吗？这是件最重要的大事，全党的大事，你参与进来没有什么不好……”

“可为什么非要我参与呢？我留在部队里搞强军强国，不也一样嘛！”

“不一样。从长远角度看，把永联这一摊搞好、搞成全国农民盼望的那种社会主义新农村，意义就不一样了。”

“你有点强求我。”儿子说。

“因为你是我儿子。”父亲说。

“儿子不一定什么都听老子的。”

“对，但如果老子的事业值得儿子去做，那老子的建议就该认真地听。”

儿子笑了，说：“爸，我服你。这事就定了——我的将军梦到此结束。下一步就跟你一起为永联农民的小康梦出把力！”

“到底是我儿子。”父亲笑了，并且有些得意地补了一句，“你妈还不信我能说服你，这不弄定了！”

2005 年 9 月的一天，张家港市南丰镇党委书记刘国强到永联村宣布吴惠芳上校退伍转业回乡，任永联村村党委副书记兼永钢集团副总经理。

这一年吴栋材 70 虚岁，二儿子吴惠芳 45 岁。父亲在永联村 27 年，将一个亏空几万元的长江滩涂小村，发展到年收入可达 110 多亿元的“苏州第一村”。那一天，吴栋材把二儿子叫到身边，说：永钢再过几年要实现轧钢、炼钢每年 1 000 万吨，这个任务由你哥耀芳来负责，而永联村三个“一万”人则要你来管理和领导了。这三个“一万”即一万村民、一万永钢正式职工、一万在永联工作生活的外来工。

“你现在虽然是没有任何级别的一名村官，但三万人也相当于一个军的人数，你这个‘将军’能不能当好，关系到这三万人的命运，也关系到永联整个发展和百姓的未来，我把这副担子交给你了……”吴惠芳从父亲的语气和眼神里看到了期待和信任，同时他也感到肩上的担子沉甸甸的。

中国的新农村到底怎么建设？什么水平是真正的现代化新农村？中国的小康社会与西方发达国家的社会有什么相同和不同之处？百姓富裕和幸福到底又是什么概念？什么是真正的富裕和幸福？中国人的幸福和富裕到底有没有止境？农村城市化的道路如何走？走到什么样的境界才是理想的水平？这所有问题，现在吴栋材把它交给二儿子吴惠芳来思考和实践。“干好了算你的本事，出了问题我这把老骨头担着。”父子之间有这份约定。但这份约定对军人出身的吴惠芳来说，对父亲的托付和三万永联人的命运——更重要的是父亲的托付里还包含着中国现代化进程中许多尚不清楚、需要有人去实践和探求的大问题，必须思考和担当。

一个村庄虽小，但却是一个实实在在的社会形态。中国式社会主义道路到底如何走、走向何方、走到何等水平，在这些问题上，其实国家领导人和吴栋材、吴惠芳他们所需要解决与担当的并没有本质区别，所区别的只是大与小的体量。

长江之水依然滚滚东去。长江边的永联小村则早已有了天翻地覆的变化。长江之水又在簇拥永联小村向着新的世界迈进。

吴惠芳虽然已经不是第一次进入父亲和哥哥领导永联人打造的“十里钢城”，但以前可以说都是走马观花。现在不同了，现在他作为父亲和哥哥的副手，用吴惠芳自己的话说，“我是永联的政治部主任”。永联和永钢都是他的家园、他的岗位。他用了几天时间，走遍了“十里钢城”的每一个角落。他一方面感受到父亲、哥哥他们一代永联人热血奋斗几十年的不易，一方面又深切感受到这个田野上的庞大企业已经远远超出了一支农民军的概念。“那是一支混合部队，什么成分都有。上至来自各地、各战线的高级知识分子、高级管理人员，下至普通农民、年轻打工者。成分多样，目的不同，但都是冲着永联而来，是父亲的精神和永联的发展凝聚了这支队伍。同时由于企业发展太快、太猛，几乎没有时间整休和筛理，它从一个游击队，迅速扩大为作战兵团……一切都是在战争中成长，所以它有许多东西尚处于混杂和未完成科学合理的部署便形成了今天的现状。这样的大兵团作战部队，需要调整和整合，这样才有更大的战斗力。”

几天下来的现场观察、静心思考，并结合多年军队管理的实践，吴惠芳向当董事长的父亲和当总经理的哥哥第一次提出了自己的想法。

“你从当兵干起，到排长连长，一直干到师级军官；我和我们的老爹都是从土农民、土八路干起的，没法跟你比。现在永钢规模大了，确实到了该有些规矩的时候了。”哥哥吴耀芳很欣赏弟弟的见解，转头对父亲吴栋材说，“你把惠芳弄回来太及时了。我完全赞成他的想法。这样行不行：生产上的事我抓，企业人员和制度上的事惠芳来抓。”

吴栋材点点头，问二儿子：“你有啥点子？”

“我们这么大的企业，一线人员来源比较混杂。用传统的观念来看，他们是钢铁工人，是无产阶级的主力人员。这一支队伍虽然在技术、生产上很突出，但不要忘了这支队伍的思想、道德、行为如果没有正确的理想和信仰去引领的话，那就会有大问题。他们是永钢的基础。这个基础应该像钢铁一般的坚固，任何时候都要经得起考验。这支队伍必须具有纪律严格、战斗力强的素质。同时又要对他们关心爱护体贴，保护他们的合法权益，包括他们的未来和个人的发展前途……”吴惠芳几乎滔滔不绝讲了半个来小时，父亲和哥哥频频点头。

“我看行，惠芳说到点子上、根本上了。我们这么多年来，招收的一线工人都是随意性很大的，又来自各种渠道的零散人员，素质自然较差。”老大说。

吴栋材不动声色地追问老二：“你的意见呢？”

“我想发挥一下我的优势，我们以后要多招些退伍军人。一方面他们身体好、年轻力壮，符合我们永钢生产需要，另一方面他们组织纪律性强，受过正规的军事训练，服从命令听从指挥的意识强……”

“招得来吗？我和你哥哥可是没这个本事。”吴栋材说。

吴惠芳拍拍胸脯:“这事交给我。”

“行了,我忙生产去了! 你干吧!”哥哥拍拍弟弟的肩膀,满意地走了。

“我知道你回来能让我们永联彻底变个样。从地方军变成正规军……”吴栋材笑眯眯地哼了一句京剧,双手反背在后腰,头也不回地说了句,“这事交给你了。我还要去研究一下对外合作的北票等项目。”

有二儿子帮助挡了一面工作,此时的吴栋材可以腾出时间考虑企业更远的发展战略。他在研究永钢作为一个大型钢铁企业在原料和市场拓展方面的大事。为此,他与东北朝阳的北票铁矿石基地合作建设永联北票原料基地,还与澳大利亚等国家合作……吴栋材认为,以后的永联战场和永联企业,不仅仅在长江边上,还应该在神州大地,甚至大洋彼岸。

二儿子吴惠芳现在的着力点是企业内部。“内部强大,就是后勤保障,后勤保障搞好搞实了,就能让作战部队在前线战而有力、战而必胜。”他的军人身份使他总离不开军事用语。

“把农民军转变成正规军,需要解决的是基本素质和兵源问题。这一年开始,我们永钢每年新招工的主要来源之一就是部队的退伍兵。这是我的优势,只要跟老部队、老战友们打个招呼,退伍兵们呼啦啦地就来了。第二年、第三年我也不用再去跟老战友们打招呼了。来到永钢的那些退伍兵们经常跟部队里的老班长、小战友们写信,说他们到永联后的工作、生活和待遇。这样你传我、我拉你,一批又一批的退伍兵就来到了我们永联,如今退伍兵已经成为我们永钢的一线主力工人。部队退伍兵身上也有一些毛病,比如干什么事都习惯了大手大脚,不像企业员工精细周到和有严密的管理。就说我的司机,他以前在部队跟着我,单位里有各种车辆,他几乎都可以随便使用。到永联后我们的家当更大,车子更多,也更高档,他就经常换车,很风光、很威风。时间一长就有人反映,说吴惠芳了不起呀,架子比他父亲、哥哥还大,你们看看他的司机,开着高档车子,神气活现! 我回头一看,还真是哩! 于是我立即把他教育了一通,告诉他必须严格按照企业的规定,一人一车,不能搞任何特殊化。后来就好了,再没有人说闲话了。我们永联企业和永联村的干部在我父亲的带领下,从过去创业到现在，都非常廉洁。我父亲做得更好，像企业请客人吃饭与个人自己吃饭，都严格区别开来。我母亲在老家，有时父亲也会从食堂里弄点可口的东西带回来给母亲吃，但父亲都是自己先把钱打在卡上，回头取东西时都让宾馆、食堂刷卡。有时父亲也有自己的亲戚客人来永联，他请他们吃饭喝酒，都用自己的卡消费。父亲几十年来一直坚持这种做法。我和哥哥、妹妹也都是按照父亲的做法做的。父亲一直对我们子女说，我们吴家几个人虽然都是永联的领导，但永联和永钢不是我们吴家私有资产、家族企业，我们只是管理者，所以我们要按村委会和永钢企业管理的统一要求执行，这样我们才能管理好这个村庄、这个企业。父亲这一优良品质和无私奉献精神，也是他能够带领全体永联人从一个小穷村走到今天的重要原因之一。”

“永钢通过一次次的股份制改造，渐渐成为了真正意义上的股份制企业，因此企业人员的构成和身份又区别于其他私有企业与国有企业。永联作为一个企业，为什么说它既不是吴栋材和我们几个吴氏兄弟姐妹的家族企业，更不是吴栋材和吴耀芳、吴惠芳我们几个吴家领导的家长型企业呢？首先公司是严格按照现代化企业制度转制的，集团公司最初的自然人是五个，当然包括了我父亲和我哥哥，他们是创业者和企业主要管理者，但还有几个人并非是我们吴氏家族人。五个自然人是企业核心股东和企业最早的创始人，然而即使他们几个加起来所持有的股份也是少数。永钢公司的全部股份分为三大块：永联村委会、发起人和公司工会持股会。公司工会持股会也是由三大类构成：一类是除发起人外的公司中层管理者，第二类是工程技术人员，第三类是供销骨干人员，加起来共有 311 人享有股份。而这些股东又不是终身制的，他们严格按照公司制定的年龄退休，按照年度工作考核标准优胜劣汰。每年干部要评出四个等级，即优秀、称职、基本称职、不称职。它们有不同的基数，凡是优秀的，后一年可以优先进职；称职的，是后一年任职提升的基本条件；基本称职的由人事部门和所在单位负责人找其谈话，指出其问题和改进措施，若两年三年考核仍然为基本称职，则要调动岗位或者免掉；不称职的，其干部级别也将改变。每年所有的干部都要重新洗牌，重新任命。职务和工资挂钩，职务和股份挂钩。职务和股份挂钩并非铁板一块，比如你表现突出，进步快，被提拔为处长，但由于工作年限还不够，那么还得在处长岗位上工作一两年后才正式与股份挂钩。这有点像部队的军衔制与工资之间的关系，升了大军区司令，你不一定马上就要挂上将军衔，要到年限后再给你挂上将军衔。在干部管理方面，我们还采取了管委会制度，一个庞大的万人企业，有科级、处级还是不行。比如我们的钢厂，有的一个科级厂就有几百人甚至几千人，靠厂长和几个科级干部还是管不细、管不过来。怎么办？我们就在二级单位根据人数多少，建立了5—9人不等的管委会。过去在二级单位设的是党支部，但经营企业后资产是股民的，你无法再用党组织这样的形式领导与指挥了，尤其是二级单位，有的根本就没有党员，你怎么管理员工呢？建立管委会后就解决了这样的问题，它向董事会负责，在总经理的领导下承担二级单位对股东利益和股东意愿的职责与使命。在二级单位凡是有管委会的地方，我们又建立了工会组织，工会代表了员工们的根本利益。这样层层有管理制度和管理组织，员工和干部便在制度和约束下完成自己的工作职责，年度考核作为你一年的成绩，是经济分配和职位晋升的标准。永钢的股份和奖金、分红挂靠特别紧密，职务和岗位与工资及股份金额又直接挂钩，所以干部、技术人员的工作自觉性不再需要董事长、总经理或二级管理者天天盯着喊着才管用。制度和利益放在那里，全公司统一的考核制度和奖惩措施放在那里，每个人都能自觉对照。”

“吴栋材书记对企业干部的培养和选拔除了制度上有一套外，他非常注重在实际工作中选拔和培养。”永钢集团人事处处长钱丽英，一位精干利索的女干部，她领导着一个管理13 000多人的人事部门，应该说是吴栋材和永钢集团的核心部门。钱丽英与吴家没有任何亲戚关系。“我是1997年东南大学毕业后糊里糊涂到了永联来工作的。”钱处长说，吴栋材书记的女儿开始跟我婶婶在同一单位，因为我经常到婶婶家玩，所以就认识了吴书记的女儿。后来我大学毕业，婶婶就介绍我到永联。当时就听了婶婶一句“吴栋材这个人不简单”，我就拎了一个大包，搭了一辆车子来到了永联。那时的永联在我这算见过世面的大学生眼里还不太像样。我下车的地方就是现在大钢厂的中央，当时还是一片稻田。我走了半个来小时才到了一个小院，说是厂办公院子。看着四周被稻田包围的厂子，我的心就凉了。当时吴栋材书记见我来了，十分高兴，因为我是当地大学毕业生中第一个到永联来的人，他自然格外看好我。吴书记高兴地把我领到财务室，干了半年材料结算工作。那时厂里只有一台286台式电脑，用完都得用布罩住，我是唯一能够使用它的人，可见当时厂子还很可怜。此后到了1999年，钢材不值钱，吴书记提出多种经营，搞了不少宠物。我又被他调去搞宠物公司的采销。“非典”来的那年，我们上了炼钢项目，我又被他抽回来。2004年他又突然把我叫到他办公室，说，丽英呀，我准备让你去加油站当站长。我一听眼泪都快掉下来了，心想：那些加油站都是男人干的活，风餐露宿，哪是我一个女大学生干的事嘛！可他是董事长，我又不好跟他顶牛。吴书记则笑眯眯地说：去吧，不要怕，相信你会干得比别人更好。我到加油站后才知道，加油站虽说人不多，但管理起来还真得费些心思，那里面既有进进出出的经济账，更有人情世故需要合理到位地处理。我去后进行了一系列的改革，并且制定了一系列制度，从根本上杜绝了一些容易出现的漏洞，使加油站走上了正轨。之后我又把车队管了起来，当时加油站下面有个车队，以前十分混乱。一年多后，我竟然对加油站的工作非常上心和热爱了。可就在这个时候，吴书记又把我调回了集团公司，担任人事部门负责人，主持全面工作。吴书记后来对我说：你是大学生，通过几个岗位锻炼，我看你这人有能力、有水平、爱动脑，人又正派，同时还会管理，所以由你来担任永钢的人事部门负责人是合适的。在企业，要说最有权力的无非是两个部门，一个是财务部门，一个是人事部门。吴书记能把13 000多人的管理权交给我这么个非吴姓的“外人”，足见他在使用干部问题上的胸怀。我们永联村的人和永钢的人对他是敬畏加敬佩，都以做永联人、永钢人而自豪。十多年前我来永联时，不跟大学同学说到了啥单位工作。现在我早已昂着头、高着嗓门跟他们说：“我在永联村，我在永钢工作，我们的头头是吴栋材……”

钱丽英负责人事部门的几年里，工作非常负责，为企业发展做出了贡献。像她这样有抱负、有能力的一代知识分子，在永联村和永钢企业已经不在少数。

吴惠芳从部队回家乡和钱丽英当人事处长的时间差不多，这两位不同知识、不同经历、不同身份的人进入了永联和永钢重要岗位后，他们在人才使用和干部管理上有共同的见识与思考，并且形成了此后几年永联和永钢在人才方面完全不同的新气象。

“我上任后，父亲让我分管人事和干部这一块。很快我发现一个问题：我们这里大学生很少，也就几十位。这么庞大的企业，这怎么行？再一打听为什么出现这种情况，原来在永联的一些创业者和管理者包括村民们在内，他们有一种传统的农民意识，说永联搞到今天，都是我们这些农民干出来的，企业大了，是要人才，但招聘些高级管理人员就行了。又有一些人则想，你招了大学生、研究生，我们就会下台降职，干嘛让他们来领导我们？凭什么让他们来替代我们？就是在这种思想和意识的支配下，大学生就很难进来。我对父亲和集团领导层提出了这个问题，指出企业要发展和提高，必须大量引进有知识的人才。永钢和永联虽然在农村，它的发展和未来，不是过去农民们敲敲打打就能完成得了的，所以我们必须改变农民意识，接纳五湖四海的有用人才，来充实我们的永钢和永联。父亲和集团领导都赞同这一意见，所以从 2006 年开始，我们现在每年要进几百名大学生，而且要求是名校及对口专业的本一、本二的大学毕业生。几年下来，今天的永联员工中，大学以上文化程度的已经占总人数的20%以上，为永联发展夯实了基础，同时也能经受得起风浪……”吴惠芳说。

严格规范机制和制度，大力引进人才，并拿出各种激励办法，夯实企业肌体，是吴栋材在完成炼钢厂后的又一决胜性的步骤。

2008 年，中国和世界发生了一连串的大事。有举办北京奥运会这样的大喜事，但更有令全世界心灵颤抖的汶川大地震，一夜间近十万人死于灾难,牵动了全国,影响着各行各业。然而对吴栋材和永联来说,更严重的事还在后头——这一年,大洋彼岸的美国发生次贷金融危机。这一风暴迅速席卷到全世界,影响到中国,灾难危及到长江边的永联……

经济全球化的好处是可以让大型企业参与和进入全球的市场,它的坏处有时则比好处大得多:美国的次贷危机竟然一夜间让中国的钢铁市场、让永联的钢铁产品,一跌再跌,跌到连抽水烟、洗尿布的农民老汉、乡下阿婆都要哭的份上。"最严重的时候是这一年的下半年,螺纹钢产品价格从7月的每吨6 700元,跌到11月份的3 600元一吨……仅11月份,我们就亏损了2.4亿多元!"这是总经理吴耀芳在苏州市召开的会上透露的。

"百年罕见的金融危机,现在还在蔓延……"这是2009年初中国国务院总理温家宝的话。

《2008年国民经济和社会发展统计公报》指出:2008年中国城镇居民人均可支配收入15 781元,同比下降3 098元;中国钢铁工业协会统计,2008年整个钢铁行业利润846亿元,同比下降43.7%。

吴栋材说:前些日子,我到埃塞俄比亚访问,回国途经阿联酋第二大机场迪拜,机场冷清清的,与以往人山人海的景象形成明显对比。机场外边很多汽车停在那里,里面放着信用卡。我觉得挺奇怪的,一问才得知,很多人在阿联酋办了信用卡,刷卡买车;金融危机来了,银行里的钱到期还不掉了,就把车子开到机场那边,把信用卡往里面一丢,离开了。看到这种情况就知道金融危机对世界的影响。

"永联的百姓,是永钢的股东,我们的村民白天看着钢厂冒着烟、夜间看着火红的钢炉在燃烧,他们的脸上才有笑容,才能安心睡觉。当时一听厂里一个月要亏损这么多钱,许多村民真的哭了。他们都来找吴书记,担心企业垮了,好日子从此没了。当时吴书记也很激动很感动,他对大家说,你们放心好了,我们的钢铁厂不会垮,我们有信心战胜困难,我们永联人在长江边吹惯了各式各样的风暴,美国的风暴也别想吹倒我们!后来在吴书记的领导下,我们很快克服和战胜了这次大的风暴。"陈华斌对我说。

写到此处，我的脑海里突然涌现出一尊巨型雕塑，那是在今天的永联小镇广场的一尊“金色手指”。它的五指充满力量，如果细心观察，就会发现那五根手指中有一根是断残的。永联人告诉我，这手指是根据吴栋材的手形雕塑的——这位永联创业者、奠基人，他的一根手指是在朝鲜战争时打仗致残的。然而就是这只伤残的手，它托起了一个中国村庄的辉煌历史，它让万里长江的涛声在汇入大洋时变得更加雄壮和磅礴，它也让这个世界重新认识中国农民是怎样的一批人，它更让人类清楚地意识到：创造是多么有意义，奉献是多么崇高，为民众服务是多么幸福！

这样的手，可以改天换地；这样的手，可以惊天动地；这样的手，可以描绘人间锦绣；这样的手，又多么温暖人心；这样的手，能让无论多恶劣、多巨大的风暴与灾难降临时人们有安全感……

这无疑是一双力挽狂澜的手——

“金融风暴再大，信心不能垮；发展难度再大，意志不能垮！”面对随时可能遭受的毁灭性冲击，吴栋材再一次高举起他那双伤残之手，在空中挥舞道。“1998 年的亚洲金融风暴来临时，我们逆风而上。这一次美国次贷危机要比亚洲金融风暴来得更加猛烈，对我们实体经济的冲击也更大。但我们永联人什么时候见了困难被吓倒过？被征服过？没有！现在大家需要做的是树立信心，开动脑子，挖掘潜力，逆水行舟，确保各项生产指标落实。”吴栋材说到这儿拿起一张刚刚印出来的《永钢报》，说：“这一期报纸上有篇文章，题日叫做《狼性管理》，我看很好。我们现在有些困难，这个时候学点狼性的本事，我看有必要。”

吴惠芳听到这里，向企业文化处的徐晓华点了点头，示意他文章选得不错。

狼性管理，顾名思义，便知是企业文化中一枝独秀的创举，是一种带有野性的拼搏精神……

在一个商业竞争日益激烈的时代，在一个“百舸争流千帆竞”的信息爆炸时代，我们企业需要向“狼群”学习，以适应恶劣的环境，优胜劣汰。狼是陆地动物食物链的最高终结者，就连老虎、狮子这样的兽中之王都要对它退避三舍，这正是狼性的特征使然。

俗话说“猛虎还怕狼群”。狼知道自己的力量弱小，比不过老虎、狮子等兽中之王，甚至连与野牛、斑马、角马等动物比，也自认实力不足。但狼群有着其他动物无法比拟的团队协作精神，狼群中的每一个成员都有着绝对服从意识、无条件地执行“领头者”的每一个命令，它们相互合作、密切配合、协同作战。

狼在行进中经常采用单列式行进方式，就是一头接一头。头狼的体力消耗最大，当头狼累了时，它就让到一边，其身后的狼自然替补头狼的位置，而它就可跟在队伍的最后养精蓄锐，正是每一头狼的共同付出，才有了一个谁见谁都怕的狼群。

狼会在小狼有独立能力时坚决地离开它，让它自己去闯，去适应自然。因此，有很多小狼会葬送狮口，或者被自然灾难吞噬生命。但狼群依然遵守这样的法则，使得它们的种族更加强健、永不消亡……

狼性给我们的启示是，我们要战胜困难，赢得胜利，就得有股拼搏的野性精神，就得学会密切配合、共同协作的精神，就得具有服从命令、听从指挥的意识，就得有铁的行动法则。

企业有了这种团队精神和拼搏的野性精神，就一定能打造出一个令世人敬佩、令对手敬畏的企业。

农民是群什么样的人？农民脚踩大地，每天与大自然同呼吸，每天风餐露宿，每天顶日沐雨，他们是人群中最具狼性精神的群体。在苏南地区的农民中，多数农民经过几千年和风细雨的沐浴，他们变得温顺，但仍然保留着狼性精神的是那些长年经受惊涛骇浪的长江边的渔民和村民。永联人属于这样的群体，他们尽管也种稻，也植棉花，他们身上有一股经得起风吹雨打的天性。他们的这份天性在吴栋材的鼓动下，干企业、闯市场时，显得勇猛而坚韧，智慧而不屈。

“死都闯过来了，还有啥风暴危机能难倒我们的?”这是吴栋材常挂在嘴边的话。这话掷地有声，令他的钢铁队伍和农民兄弟们豪情顿生，干劲冲天。

“我父亲很有一套，在别人的市场都不好时，他要求我们多措并举，因市而化、因势而行、因时而动。首先是严把原料采购关。七八月份钢材原材料的价格达到历史最高点时，我们敏感地意识到市场过热的背后必定隐藏着危机，所以我们当时立即减少了原材料的采购计划，这就有效地避免了金融危机带来的直接波及。同时针对国际市场快速萎缩和原辅材料转为买方市场的现状，及时调整营销策略，收缩外贸经营和原辅材料采购战线，将在外从事采购的人员抽调回厂，重新组织开辟中东及福建、广东、安徽等国内外新兴市场。另外对华东五省市即将上马的大型项目进行排查摸底，主动参与这些项目的投标工作，从而实现了市场不减反增、产多少销多少的目标。”

吴耀芳说:“父亲还有一招是，当所有企业和市场面临冰期时，我们与所有业务往来的客户‘抱团取暖’。这一招既高明又温暖。比如有一个浙江客户是事先向我们厂付款订货的，金融风暴来后，他们显然觉得有些亏了。为了让这样的老客户尽量减少损失，父亲要求我们的企业销售人员对这样的客户必须给予适当的‘亏补’。据我所知，仅此一家浙江客户，我们就给了 90 多万元的亏补。这样的做法不止一家，俗话说，路遥知马力，日久见人心。永钢能够不断发展，靠的就是父亲的这种经营理念。”

“当时父亲还有一个决策更加温暖永联人的心窝，就是企业在金融风暴最严峻的 2008、2009 两年里，坚持了‘不裁员、不降薪、不停产’的三不做法，深得人心。许多员工听说后都激动得掉眼泪，因为那个时候各地企业尤其是相当多的民营企业或关门、或者借机大裁员，把金融危机带给企业的困难转嫁给就业者。我父亲说，越是在困难时候，我们永钢越要讲信誉;我们不仅在生产和市场上讲信誉，更要对自己的员工和村民讲信誉。广东有 4 600 多家企业关门，令 50 多万打工者因这场金融风暴丢了饭碗。苏南一带关门和减员的企业也相当多。我们永联为了解决一些岗位开不足、劳力富余的问题，千方百计想办法，比如在全公司范围内开展了房屋维修、道路整治、河流清道等系列工程，还斥资几百万元，组织全体干部、职工进行体检，让青年员工上工程硕士班、冶金工程本科班、材料成型与控制技术大专班进修，将金融危机风暴转化为企业团结温暖的阵阵春风。父亲就是用这样的管理方式激励和凝聚全体人员爱永联、争当主人翁的向上精神。值得一提的是，在2008年、2009年中，我们有几个重大项目上马，其中投资8 000万元的二号高炉扩容成功和宏泰码头建成……”

二号高炉的建设和扩容，我知道这对永钢炼钢生产是个大台阶。此后永钢炼钢的年产就开始奔400万吨以上的水平了，两年后的2011年达502万吨。这个钢产量等于中国1957年时全国钢产量的水平，当时号称新中国第一大“钢都”的鞍山钢铁厂也只有永钢集团2011年的一半产量。永钢集团在2009年时，跨入中国企业500强前150位，列中国民营企业500强的第九位。

一个几百人折腾起来的小村庄，能够与百万人苦干半个世纪才建立起的大庆油田一样平起平坐在“中国500强”的行列之中，本身就可见其威力和气魄！

对500万吨炼钢产量和500万吨轧钢能力(永钢近几年实现的年度生产水平)我并没有多少直观感觉，但到永联村庄，有两个特大型建筑肯定过目难忘，一是屹立在田野上的“十里钢城”，二是长江岸边的宏泰码头。

宏泰码头便是吴栋材在此次金融风暴中逆流而上的特大型项目。这个项目不仅使永联改变了过去一直在自己的一亩三分地上做“道场”的旧生产经营方式，而且一下形成了永联与外界直接联通的大格局。

与江北南通市隔江相望的长江大堤是我熟悉的地方，那里昼夜不息的涛声，常常使我回想起青少年时代参与筑堤坝大战的情景。现在我跟随永联陈华斌去观摩他们的“永联宏泰码头”时，再也找不到当年那片密布芦苇的江边泥坝了，取而代之的是直入江心的石岸、耸入云端的大吊车和停泊在那里的一艘艘远洋巨轮……如果说你站在田野上眺望“十里钢城”感受到的是吴栋材的大将风度和农民们的不可思议的话，那么你站在长江边这座年吞吐量可达几千万吨的大码头时，你所感受的一定是吴栋材和永联的伟大！

世界水运行业有个规矩，凡年满亿吨吞吐量的港口码头，则被称为世界级大港。按照西方强国的标准看，一个国家假如没有亿吨港口，它再了不起也只能算是个跛腿的国家。只有具备了亿吨大港的国家才有可能迈向真正意义上的强国。中国现在达到年吞吐量亿吨以上的大港有上海、广州、天津、宁波、青岛、南京、日照、深圳、大连、营口、烟台、秦皇岛、张家港、南通港等二十来个港口，从港口名字看就很清楚，那都是中国重要城市或重要能源基地与出口基地所形成的大港。永联算老几？永联一个小小乡村怎能跟这些历史悠久、沿江沿海优势的大城市相比？但永联确实在2009年正式有了可以使用的、能让10万吨巨轮徐徐靠岸的大码头。

“这码头，真气派，大吊车，它轻轻地一抓就起来……”这是吴栋材、陈华斌和吴耀芳、吴惠芳以及我都很熟悉的一出叫《海港》的京剧里的唱词。我查了一下，当时上海码头的所谓大吊车，能吊15吨重。

“我这里的大吊车一下能吊100吨！”陈华斌自豪地告诉我，“等第三、第四期工程结束，永联宏泰码头不仅可以将百万吨的货物轻轻地一抓就起来，而且能让数艘10万吨至30万吨的巨轮同时停靠码头装卸货物。那个时候，我们永联恐怕不只是干钢铁一件事了，而且也不只干自己的事了。”

陈华斌的话，在另一位副总经理黄均时那里得到了证实。

“过去我们不上百万吨钢铁厂时，并不感觉运输的压力真的能把人压得喘不过气来。后来上了百万吨炼钢厂，知道我们一年进进出出有多少万吨钢吗？800万吨！粗粗一算，就要有800万吨运输量啊！用火车拉，一趟专列是4 000吨，800万吨就得动用2 000列啊！过去我们没有码头时，只能租借人家的码头，不仅每吨货的运输成本贵，最要命的是你得经常等，等人家装卸完成后再轮到你，时间过了，‘租借’成本又上去了，总之你有苦难言，谁让你自己没有码头呀！可码头能随便建得了和建得起吗？但吴书记带着我们就是自己搞起了码头……”黄均时指着贴在办公室墙上的港口示意图，神采飞扬地向我讲述他们当年申请和建造码头的情形。

“有关部门先是不相信我们一个村办企业也需要建码头用，后来是不相信长江边还有这么个地方能建深水码头。为了让有关部门和专家们明白和论证这些事，吴书记带着我们不知遭了多少白眼、费了多少口舌……我记得申报时光盖章就盖了 138 个。”

跑腿、盖 138 个章，与在长江边建大码头相比那仅仅是皮肉之苦。要在村境之外长江边上建永联村的大码头，吴栋材可没少花气力打通上上下下和左邻右舍的各种行政关系。永联村所在地距现在的码头有十几里远，码头等于建在别人的地盘上，飞地建设，中间跨过每一步都需要协调和经济赔偿。试想：当时建设开工后每天仅拉石头填堤坑的运输车辆就几千次来回，那是啥阵势？那才真叫浩浩荡荡，排山倒海之势。“这种情况接连持续了好几个月，都是不分日夜的。这确实也给沿途百姓生活和生产带来些问题，吴书记和我们一方面要确保码头按期建成，另一方面还要协调各方、安抚其他村民和单位，同时还要应对继续扑面而来的金融风暴袭击，搞好企业正常的生产与销售。许多企业在这场风暴中倒下了。我们永联不仅大难不死，而且克服一个个困难，赢得节节胜利。”黄均时说到此处，脸上绽放的都是光芒。

“你知道我们有了自己的码头好处有多少？给你说说：过去我们只能买人家的二手货，现在装货的巨轮直接开进我们的码头，外轮一船东西就比我们以前省下两三百万元成本。再是不受时间制约，什么时候船都能进来，运输上省下的时间对生产车间的产量起的直接作用不只是几十万、几百万元。其三是有了码头可以存货，那一年国际铁矿石跌价时我们尽量多吃进一些货，放在自己的码头上，当时每吨铁矿石是 88 美元。不出几个月，每吨涨到 105 美元，最贵时涨到 220 美元。算算，我们坐地尽赚了多少钱？”

这就是永联人的本事！这就是吴栋材大手笔所累积的财富！

吴栋材的本事还不在于他的大手笔。他的小手笔——精细管理更有奇招、更见功夫。

2008、2009 年间，吴栋材和吴耀芳、陈华斌等先后带队赴德国巴登钢厂。在莱茵河畔、德法交界的巴登小镇，一座只有700余名员工、建厂历史也仅有几十年的小钢厂，却能实现年产220万吨钢产量，产品在德国市场占有率超过50%，企业单位面积的产值和全员劳动生产率一直保持在全世界同行业前列，它就是冶金行业中颇负盛名的巴登钢厂。永联人在这里看到和强烈感受到了西方发达国家先进企业的管理经验与生产流程，以及员工们的精神状态。“巴登的经验说白了，走的就是‘小而专、小而精、小而优’的发展路线。他们把追求专、精、优作为企业一切工作的导向和任务，并将它们分解给若干员工组成的项目团队，由此员工们都把追求技术精良优秀和爱岗敬业作为自觉要求，充分发挥团队精神，拧成一股绳，劳动效率便大大提高。”吴耀芳从国外回来后向自己企业的干部员工们介绍说。

“学巴登，就是要学他们的精细。”吴栋材则将巴登经验提炼为“精细”二字，运用到自己的企业时，他又强调了“精细贵在精字上”。

在吴栋材的意识和管理经验里，“精”的内涵包括了这样几方面。一是员工要精干。就是要建立一支作风顽强、态度端正、业务过硬、素质一流的干部、职工队伍。二是管理要精明。管理人员的精明，体现在有自觉的责任心和担当意识。同时在管理过程中，要不断推陈出新，善于协调指挥，带领各自的岗位及单位或部门不断追求和探索提高工作效率、压缩成本、增加生产效益的方法和措施，要有一盘棋的观念。三是工作要精细。企业的每一个环节、每一个步骤、每一个程序，都要认真对待，仔细执行规定的任务和要求，高度责任心和使命感是关键。四是质量要精致。质量是企业核心竞争力最基础的要素。市场竞争越激烈、产品价格越出现波动时，质量越要过硬。要达到产品质量过硬，就必须在生产全过程中加强工艺、设备、生产流程和技术能力上的先进性和完备性。

为了在金融危机风暴中昂首挺立于不败之地，永联人就是在吴栋材的这种理念和要求下，在企业内部开展了一次次以“精细管理”、“节支降本”为目标的“风暴里求生存”、“困难中磨意志”等活动，从节约“一张纸、一滴水、一度电、一滴油”抓起，有效锤炼了全体员工和企业的精打细算精神和抗风险能力。2008、2009年,中国和世界的经济都不同程度出现下降与滑坡,但看看永联企业的主要经济指标就会发现,他们不但没降,反而快速发展。

2008年:集团实现轧钢量404万吨,炼钢量412万吨,全年销售收入310亿元,利税18亿元。

2009年:集团实现轧钢量443万吨,炼钢量442万吨,全年销售收入262亿元,利税23亿元。

“从这两年的数字中可以看到:2009年全年的销售收入比2008年低了近50亿元,利税却多出5亿元,主要就是因为我们大抓了产品质量和内部管理,结果效益反而好了。如这两年中我们的配矿小组在合理配比优质价廉的原料上下了工夫,使每吨钢成本下降了39元多;财务费用则完成降本1.3亿元,两项合起来就增效3亿多元。”吴耀芳说。

我知道永联在这两年金融危机风暴中,还有一件事做得比较漂亮:他们的钢材产品赢得了北美、欧洲、非洲和亚洲等四十多个国家或地区的市场,销量达百万吨,这是前所未有的。它实实在在地托起了永钢作为中国大型钢铁企业的雄姿。

这个雄姿令世界同行为之一震:中国农民如此多娇!

逆境中的这两年,永联还有许多值得说一说的事:吴栋材入选中央电视台评出的“年度十大三农人物”,总经理吴耀芳荣获全国劳动模范称号。

2010年“七一”前,吴栋材与全国各地的59位先进共产党员在中南海接受了中共中央总书记、国家主席胡锦涛等领导的接见。当胡锦涛与吴栋材的手握在一起时,我们的主人公吴栋材高声说道:“总书记,我是来自江苏省永联村的吴栋材,我们永联村的新农村建设和城市一体化建设基本到位了,我们永联村连续两年被中组部授予‘全国先进基层党组织’称号!”这时胡锦涛笑了,笑得格外高兴,说:“好,好,很好!”

谁敢在国家主席面前说自己的“新农村建设和城市一体化建设基本到位了”这样的话?也只有吴栋材。什么叫基本到位了?也就是说基本实现了。什么叫基本实现了?也就是说够水平了。怎么叫够水平了?那你到永联去看一看不就知道了。

对，去永联。去看看他们的新农村和城市一体化到底怎么个“到位”了——

六年前的一天，我到永联村看望舅母。如今，永联村发展很快，都找不出原来的模样了。在乡亲的引领下，我才找到了舅母家。只见鹿舍里幼鹿撒欢，雄鹿奔跑，鹿产品琳琅满目；园艺场鲜花似锦；苗木基地郁郁葱葱；集市里兴旺繁忙；一色的水泥路通到家家户户；老人有了养老金，看病有报销，生活有保证。

瞬间，五年过去了，我很想再去永联村看看近几年的变化。于是，去年夏天，我和大哥再次来到永联村看望舅母。

汽车顺着永钢大道来到永联村时，我眼前的一切却又十分陌生了。印象中舅母家的二层小楼已找不到了，整个村庄也都“不见了”，拔地而起的是钢村嘉园，俨然一座美丽小城。我们开着车，行驶在钢村嘉园平坦的柏油路上，穿过永泰园、永顺园、永兴园，穿过永和园、永馨园、永颐园，进入永锦园才找到舅母的新家。一路上草坪青翠，红枫、香樟、月季，许许多多我叫不上名字的花木，把钢村嘉园装点成一座大花园。

在舅母家，表弟给我们泡了茶，招呼我们坐在客厅大沙发上休息。舅母今年已92岁了，满脸祥和、幸福，看上去气色比五年前还要好。宽敞明亮的屋舍、近乎豪华的装饰给了我们很多惊讶。表弟领我们参观了各个房间，只见客厅、卧室、书房布局合理实用，两米宽的席梦思大床，被褥、窗帘崭新，衣柜、鞋柜、酒柜、品牌家电一应俱全。而以前的织布机、缝纫机等大件都不见了，铁锹、钉耙、大小农具也不见了，房前的菜园、瓜棚不见了，屋后的鸡窝、狗窝也没有了……

“那是永瑞园，大吊车还在施工的是永润园……”阳台上，侄孙子指着远处告诉我。表弟又豪迈地对我说：“这是村里投资15亿元为村民建设的住宅区，村民集中居住，实行社区管理，为村里腾出了800

多亩耕地。”我想，这已不是传统概念上的村庄了，它让我看到了集体的力量，看到了中国农村的未来。

只过了一个多小时，一桌丰盛的家宴就上齐了。舅母的女儿、小儿子也陆续下班赶来。席上，女儿、媳妇忙着给老人夹菜，老人牙口好，吃得很香。“住惯了农村小院，住这样的单元房习惯吗？”我打开了话匣子。“开始不习惯，现在很开心，到点上下班，我们都是拿工资的职工了。”小表弟抢着说。“没有了菜地，不养鸡不养鸭，吃菜怎么办？”“村里给村民发了副食补贴，旁边就是集贸市场，啥都有，方便得很。”“钱够用吗？”“够了，还有富余呢！”“像农具、织布机那些家当，你们都放哪儿了？”“搬新家时，全部留在了原地，什么也没有带，由村里统一处理了。我在村里园林公司上班，工具全放在那里，上下班也方便。”大表弟喜形于色。“舅母，你的养老金够吗？”“够得很，看病村里报销。”舅母笑得眼睛眯成了一条线。

饭后，小儿媳妇给老人递上了热毛巾，老人的脸上洋溢着幸福的笑容。

当今社会有各种各样的“明星”，而我更佩服“知难而进，脚踏实地干是真；表里如一，莫图虚名诚为本”，“敢破敢立、自强不息、团结奉献、实干争先”的社会主义新时期的永联人。2010 年 1 月，永联村又被评为“江苏省社会主义新农村建设示范村”。我想，下次再去永联村，看到的定是更加美丽、传奇的“永联城”。

“来一张全家福！”我向他们发出邀请。全家人围着老人在沙发上就坐。“咔嚓”，我按下了快门，留下了全家人从心底散发出的快乐笑容，这笑容，比五年前的笑容更加灿烂幸福。

这篇题为《两次永联行》的文章发在《永钢报》的见闻栏目，时间为 2010 年 5 月 30 日，作者是苏州时代集团副总经理秦洪生先生。从秦先生的文章中，我们已经能够感受到永联村的与众不同和这里的村民们的幸福生活。其实我们知道，永联在这三十多年里，几乎每三五年就有一个大的变化，尤其是近几年，其变化速度和变化水平确实有些难以想象。

我敢说，今天的永联村民所享受的幸福生活连他们自己当初都不曾想到。这是因为，他们祖祖辈辈的梦想里除了对幸福生活的几个概念——比如能像城里人一样住上洋房、坐上汽车，老了有人管，子女上学、就业有保障，看病就医方便，吃穿不愁加上银行里还有很多的存款，还能有啥幸福生活？农民们能想得到的，都有了，你说还能让他们提什么要求和想法呢？

想进城？可以啊，永联到张家港市区的专线公交车每天都有几班，30来分钟即可抵达市中心。张家港市虽不大，但现代化程度已经足可以赶上中国最发达、最时尚的大都市。不行再往上海走，从永联村到上海市区1小时20分钟左右的车程，高速公路宽敞又方便。永联村民没有哪一家愁无车之苦。

还有什么？上网？宽带早已通进每家每户。在永联采访时，我并非特意去看老百姓是否上网的事。但有意思的是，在四户村民家里看到正在兴致勃勃上网的并不是年轻人，而是六七十岁的老大爷、老大妈，其中年岁最大的76岁了。我问他为何迷恋上网？老人告诉我，上网特方便，不用出家门，就知天下事，还能跟几千里外上大学的孙子聊天。

想看戏、看电影？方便。村里与张家港市电影公司几年前建立了租放关系，村民每周在新礼堂里可以免费看到一至两场新电影或进口大片。农村人能看戏不是件容易的事，然而永联村村民一定是全中国甚至是全世界看戏最多的农民，因为他们有专门的戏楼，而且几乎每天都有戏。你也许不会相信这样的事，可它就是实实在在地存在。那一天我进戏楼，接待我的小伙子叫郭迪生。小郭介绍，他们的永联新戏楼开张一年，已经演出近300场。我觉得有些不可思议，问他有人看吗？他说有，碰到好戏时，300来个座位的戏楼爆满，连走道都被挤占。一般情况下，每天有十几人、几十人。我问了一下，每张票价是2元。“收费只是为了更好地维持秩序，吴书记说让村民看戏其实是文化的共建共享。”小郭说。有一个疑团存在我心里：有那么多剧团和演出单位到你们永联村来？“有。我们这里的老百姓最爱看越剧、锡剧、黄梅戏等小戏剧，周边安徽、浙江的名剧团、名角都到这里来演出过。”小郭颇为自豪地指着墙上的一些海报，那上面确实有很多我们熟悉的明星大腕。戏楼有四个工作人员，每天的演出时间是下午或晚上。我到戏楼的这一天是无锡美声戏剧团来演出，剧目为《春花传》。关于戏楼，我心里的疑问后来得到了吴惠芳的解释：一场戏收几块钱，肯定赔的时候多，尤其是明星和大牌剧团来演出时更是如此，怎么办？“都是村里补贴的，我们办这个戏楼不是为了赚钱，就是让村民们能够看得到戏、看得到高水平的戏，所以是贴钱办戏楼。”吴惠芳这样回答。我还有一个问题：外村的人可以来看吗？“可以，同永联村的人一样待遇，一样门票价格。”吴惠芳说，“平时到永联戏楼看戏的一半以上是外村人，远的甚至有几十里外的百姓赶到这里来看戏，因为我们请的是名角，别的地方不一定看得上。”

关于戏楼的建造本意，从吴栋材那里得到的信息更令我产生一番感叹。原来前几年村上有一位 67 岁的老张头，他是第一批入住小镇新区的居民，老伴去世多年，儿女又不在身边，闲暇时间无事可做，于是跟着几个老伙计们天天打麻将。小赌怡情，本也无可厚非。但赌博一上瘾就坏了事，老张头后来就成了麻将牌桌上的“一天客”——坐下便是一整天，经常把儿女们给他的生活费输个精光。儿女多次劝说，老张头反而生气：“我没事在家憋着不更死得快吗？”没辙，老张头照常赌个天昏地黑。2009 年的一天，老张头的牌运不好，连输几百元，越输越急，越急越输，临天黑的那一局，老张头突然“哎哟”一声，倒在牌桌下。经抢救，才脱离生命危险。日理万机的吴栋材听说此事后，内心很不平静：这些老哥老姐们都是当年与自己一起战天斗地、一身水一身泥的创业老功臣，如今年岁大了，生活不发愁了，反而因无事可做，设局赌牌弄坏了身体，这可与村上几十年奋力追求的富裕生活目的背道而驰了。怎么办？禁赌肯定没错，但禁后退休在家的老哥老姐们到底还能享受些啥呢？得想个法子，让大家满了口袋，还要富了脑袋。于是有了后来村上投资建起这座戏楼的事。戏楼有茶座包厢，每周一至周五下午都有从各地请来的戏团演出，周六是精彩的综艺晚会，周日则是电影专场。戏楼门票便宜，演出老少皆宜，所以每天门庭若市，如此一来，像老张头这样的“赌客”和闲在家里的退休村民均可乘便而来。现今永联村已不见牌桌上的赌局，倒是多了很多戏迷，老张头便是其中之一，看戏学唱让他越发精神焕发，整天乐哈哈。

小戏楼的故事令我流连忘返，依依不舍。不由心头感叹万般：吴栋材想得周到，永联村民太幸福了！

图书馆、文化广场一类的公共文化设施自然不用说了。1998 年就来永联打工的现任企业文化处处长徐晓华是位很优秀的青年诗人，用他的话说，永联这类公共文化设施至少经过三个阶段的提升完善——“目前是按照十年不落后的现代化城镇公共文化设施建造的。”我走进气派非凡的永联图书馆，负责人告诉我，他们的图书藏量达 3 万多册，报纸杂志 100 多种。除了农家人喜欢的种植、养生、家居等书籍外，还有许多历史、科技和文学图书。在文学类书架上，我找到了自己的几本著作，心头顿时泛起几分暖意……

在永联采访时，这里的文化设施建设和吴栋材重视文化建设的事看到的和听到的很多，可以说，用三个字能很好地概括：大手笔。从创业刚刚起步时为给大学生们提供业余娱乐，吴栋材便顶住乡里乡亲的种种冷嘲热讽，将一处破仓库改为舞厅，每晚看着年青人跳迪斯科、交际舞。后来村上有些钱了，他一边忙着给村民们盖楼房住，另一方面投资建一个大型文化广场。2005 年，炼钢厂建成后，企业的经济效益直线上扬时，吴栋材开始建设一个多功能的文化活动中心，其中就有硬件设施很现代的大戏院。永联村的老百姓爱看戏，吴栋材也爱看戏，于是大戏院成了大家的一个关注点。有人问吴栋材，我们是农村，能有戏有电影看就行了，何必那么讲究。吴栋材几乎不加考虑地说：“这与讲究不讲究无关，要建就该建个能坐得了千把人、能请得了名剧团名演员的大戏院，文化建设也要有长远眼光，不能光看眼前。”后来经他亲自审定，这个多功能的大戏院总投资达 6 000 万元。2007 年，文化活动中心的戏院投入使用前，关于做什么样的座位，吴栋材与当时工程负责人发生了分歧。一方说，既然是供村民职工看戏的，那么木座椅就可以了。吴栋材思忖了一下，说：不能那么粗糙，得用沙发椅，而且要用真皮沙发。1 200 多个座位用真皮沙发，每个座位就得 1 500 多元成本，村民们都是习惯自由散漫生活的，弄不好没几场戏看下来，真皮沙发七穿八孔，不等于是浪费了吗？好几个人劝说和反驳吴栋材。“不会。我相信永联村民有这个觉悟和素质。他们要是知道自己坐的沙发是 1 500 多元的真皮沙发，不会那么随意地糟蹋，他们知道永联村是他们自己的，他们会爱护和珍惜新戏院的。即使有人开始不习惯，偶尔弄坏、弄脏了沙发，我想他们最终也会觉悟的。建文化活动中心，目的就是要让农民们也能享受到与城里人一样的高雅艺术和高档文化生活，培养村民良好的文化素质，下一点成本，我看值，也有必要。”吴栋材坚持自己的意见。关于卫生间到底叫什么名和用什么水龙头又出现了分歧。有人说，农村人都是蹲茅坑粪缸长大的，后来搬进楼房才有了干净的厕所。村里有了宾馆、招待所后，厕所改叫卫生间，这对农民来说是“先进文化”和“高雅文化”了，如今又要把卫生间改叫成洗手间，是不是太别扭？吴栋材笑了，说：“你们说的都是事实，不过人家国外和大城市里现在都把厕所改叫成洗手间，虽然我也说不出太多道理，但总归有人家的道理。文化是一种素质，要与时俱进。我们农民跟着人家进步一下没啥不好。将来北京、上海的大明星来演出，一看我们乡下的厕所也都成了漂漂亮亮的洗手间，不也挺舒服的嘛！那一说出去，我们永联村不也很有面子嘛！”大家最后觉得还是吴书记的话有道理，于是这里的厕所变成了洗手间，而在里面的水龙头也都改成感应式的。这回村民们听说后，都跑过来试试洗手间的感应水龙头是咋回事。谁都没有见过龙头竟是不用拧的，于是半个下午，好几个崭新的感应水龙头被弄坏了。有人便向吴栋材告状，并建议尽早把感应龙头换成老式的手拧龙头。吴栋材摆摆手，说：坏了再换新的就是。怕啥？那些被弄坏的，就是因为大家见得少，不会用。以后见多了、用惯了，就不会再坏了。果不其然，之后的几年里，整个戏剧院里的沙发没有一只被弄坏，感应龙头更是完好如初。村民们坐在这样的大戏剧院里，享受了一次次像姜昆、黄宏等明星的演出，也有眼福欣赏到了像朝鲜杂技团等世界级剧团的艺术表演。

在这片充满生机和文化气息的热土上，有许多令人感动和激动的地方会吸引你。但对我来说，最令我陶醉的还是如今老百姓们居住的地方——永联小镇。

关于永联村的昨天和前天，虽说我比不上永联村人熟悉，但却也历历在目。我唯一不能全部描述出来的就是上世纪70年代的情景。此后的永联村我先后去过几次，那时并非为了单纯写吴栋材，而是为了写整个苏州的三十年改革开放史话。不过说实话，除了令我意想不到的“十里钢城”外，农民的居住情况并没有给我留下特别的印象。因为苏州市的农村包括我故乡常熟，那些集体富裕后建得别致的村庄也不少。但时间又过去五六年后的今天，当我再次来到永联时看到的一切，不得不让我惊叹和称道：永联村确实成了“天堂里的精品”——这自然要归功于近几年统一设计后建成的永联小镇。

听吴栋材说，建永联小镇，是他受了访问欧洲时的影响。“我到过欧洲几个国家，都市之美和古罗马建筑自然不用说，但最吸引我的还是那些被绿水青山或者田园风光围裹着的小镇。我一直想，如果我们中国人也能住上这样的地方，那才叫美滋滋的。”

吴栋材虽是农民，但由于他从小对文化和艺术有独到的兴趣和爱好，他对环境和自然的欣赏很有品位。当村里的企业不断扩大与发展，农民一次次搬迁、换房子后，他对如何给永联人的居住条件提供一个长远而令人称道的环境开始了较为长久的思考。

不能低于欧洲那些风景如画、富有特色的著名小镇水平，同时又有中国江南风格的、比城市还要舒适方便、自然环境好、现代化程度高的地方——永联小镇的主体思想就是这样出来的。

吴栋材在汇集村民们的意见和在永联企业工作的诸多智多星们的点子后，把绘制蓝图的任务交给了上海鸿图设计院的大师们。现在展现给我们的永联小镇就是他们共同的杰作。

白墙、青瓦、草圃、桃园、绿林、花圃，小桥流水、圆池方亭、曲径通幽……这里都有。朝霞下的小镇，袅袅炊烟与周围农田、江边飘过来的迷雾融为一体，呈现一片五光十色的水色乡景；夕阳时的小镇上，金黄色的油菜花和绿浪翻滚中簇拥的叠叠楼群与碧水相映的环镇溪河浑然一体，好似错落有致、色彩分明的国画仙嶂；黄昏时的小镇最美，文化广场上翩翩起舞的人们伴着音乐和七彩闪灯，有笑有唱。老人则在活泼快乐的孩童们牵引下，或吟或弹，其乐融融。一盏盏大红灯笼照耀下的休闲街上，美丽时尚的姑娘和朝气活泼的小伙子，成群结队地出没在商店和咖啡厅。豪华的星级饭店门前，“老外”们进进出出，照相摄影的荧光灯到处闪烁，生怕错过了精彩瞬间。“农家酒”、“叫化鸡”、“苏州菜”、“水乡茶”、“宠物屋”、“美味斋”，还有戏楼、棋室、酒吧、超市、美容院、养生房……应有尽有，仿佛步入苏州观前街，恰如夜游小香港。千米小街，铺面房、临街店，既有本村人经营，更有张家港、苏州人、上海客，甚至东北、四川老乡当掌柜。

“生意怎样?”我问一位专营本地鲜鱼生意的饭店老板，她满面春风地告诉我：“我们这店楼上楼下 500 多平米，开张半年，已经有十几万利润了。估计到年底有三四十万吧。”

“客人都是永联人?”

“三分之一是永联人，三分之一是来永联做生意的人，还有三分之一是永联周边的人。”

“吴书记在设计小镇的街面时，考虑到村民的利益，所以几百个铺面房的产权全部归村委会，一间都没有卖出去。每年仅此一项租金收入大约有 1 000 多万元可以归村里。”带我参观小镇的主人如此说。

环境优美、现代时尚、以村为本、以民为便，是品读永联小镇内涵时的强烈感受。用文化和教育来陶冶民众情操是这座小镇的又一显著特点。步行街上，有一处匠心独具地立着十来尊雕塑，那是永联创业历史和文明故事的文化景观，很耐人寻味。走过这段街景，再细读近观这一尊尊街景故事雕塑，如翻阅了一遍永联村的创业史和永联人的心灵史，它所透发出的文化和教育意义，如丰碑一般地竖立在路人的心间。

小镇的美不仅在街景和建筑特色上，更在它的周围环境上。我特意观察到：大凡楼前街后近百十米的空间里，不是花坪草圃，便是果树丛竹，或为适宜男女老少健身用的体育设施和散步、休闲的空阔场地。再远些地方便是规划整齐的农田或树林。“不出家门，能闻到田野的泥土芬芳，能看到风吹下的庄稼。这是村民们最留恋的风景，我们一定要考虑到。”这是吴栋材对小镇居民住房设计时的要求。他之所以提出这样的想法，是充分考虑到多数村民尤其是上年岁的老村民们从小吹惯了田野的风、看惯了庄稼地里的农作物，他们对田野和庄稼有着割舍不去的感情和留恋。过去的农舍都是一家一户的独立式宅基，几乎都是大自然的组成部分。住上格子式的公寓房后，视野小了，因此考虑凉台要尽可能大些，居室前后都能一眼看得到田野和庄稼，这对村民来说，极为重要。即使下一代、再下一代，他们可能已经完全变成城镇居民，但让他们感受乡村的田园风光仍然是大城市人无法企及的享受。“父亲的这个观点很有远见，也符合那些城市化程度非常高的发达国家公民的理念。”吴惠芳说，永联村每年都要组织企业和村民集体到国外旅游考察，特别在欧洲国家看到那里的城市人早已有了追求乡村生活的风尚，并将“事业在城市、身子在乡村”的形态视为最完美的生活方式。中国呢？

中国还是发展中国家，中国多数人尚不具备上层社会的知识境界和基本素养。尽管有钱人也不少，但有钱人所追求的依然处在发达国家有钱人一百多年前往大城市奔的心态。

不得不指出，中国近一二十年来在提倡城市化进程中有个非常严重的误区，那就是鼓励大量的农民拥进城市就业和定居，或者将城区附近的县区归划到城区，并迅速将大饼型的城市不断往周边扩展，于是城市无限度、无节制地变大，一直把大饼做到天边……北京是这样，上海是这样，广州也是这样。中国的大城市几乎无一例外不是按照这样一种形式在迅速变大，变得今天市区人口一翻再翻，土地越来越少，就业机会越来越少，甚至连呼吸新鲜空气都成了一种奢侈品。交通堵塞，事故频发，房价居高不下，各种奇怪变异的疾病层出不穷。那些梦想到城里过上摩登时尚和舒服惬意生活的农民们，不仅没有得到合适的工作，而且又因把家乡的土地丢失，连叶落归根处都无法寻觅，无奈只得继续留在城市里过着最底层的生活。长此下去，他们又不甘心城市幸福梦的破灭，故而憎恨社会、仇视富人、不再信任政府与国家，让一个个原本安宁的城市陷入了不敢轻易独自出家门、家家户户装上防盗铁门的窘境。中国是个农业大国，工业化之后的城市化进程肯定要搞，然而将几亿农民无节制地圈进城市，这样的城市化与其说是一种进步，倒不如说是人类的一场噩梦。在前途灰暗的现实面前，谁第一个觉醒，谁就是智者和人类文明的贡献者。

吴栋材便是这样的智者和文明贡献者。他在规划永联小镇时就说："我们的出发点是，要让子孙万代的永联人不用搬进上海、苏州，却也能享受这些大城市的现代生活，同时保留城市人所没有的开阔空间和田园风光、清新空气和长江边的自然景物与人文传统……"

当你越是走近吴栋材、走近这位农民领袖的心灵世界时，越能发现，在改天换地、改革开放和全力办企业、搞经济时，他是一位铁匠，力大无比、锤锤有声；在谋划村庄发展、筑垒十里钢城时，他又是一位木匠，能工熟艺、巧夺天工；在领悟百姓心思、编织未来前景时，他又是一位绣花匠，手灵心细、针针出锦。铁匠、木匠、绣花匠加上勤耕善种的农民本质，永联农村的大发展、工业化进程超前实现以及现代化城镇美景，在这样的领导人手里运作，也就变得自然和必然了。

没有深入考察和调查之前，我一直怀疑：在一块不算大的田野里，有一座"十里钢城"，每年要产出 1 000 余万吨工业产品，怎么能让这片田野保持乡村特色，让生活在这块土地上的人们悠闲自得、长久地幸福健康地生活下去，同时又能享受工业化、城市化、现代化的文明？这实在是件矛盾和纠结的事。

永联村为什么能？吴栋材他们是怎么做到的？这个谜一直是我百思不得其解的。然而，数次到这里亲身体验后，我才真正明白和了解到了——

首先是"十里钢城"可能不可能污染及影响这里的自然生态。如果说一点都没有，那一定是胡说八道。但让“十里钢城”完全保持在标准化甚至是超标准化的可控状态下，则完全是有可能的。永联钢铁厂做到了。而且从建设初期尤其是在近十年间，吴栋材的思路非常清晰：任何一点有损这个村子的生态与村民健康甚至包括影响周边环境的事，他都会板着脸、用针尖般的心去克服纠正。也许有人不信，但大量事实和数字可以说明：永钢到目前为止见不到不符合标准的污水外排；永联村民的患病率从来没有超过没办企业之前的水平，健康率、长寿率反而提高了；钢铁厂除了排污老大难外，还有大量的热量排出。通常情况下，大量的热量排出，也会对周边环境产生改变和影响，然而永钢的大量热量则被有序地通过密封的管道——或在地下、或在高架的空中廊道上，通向养殖场、花苗圃和高产田被排出……这就是工业现代化的魅力，这也是循环经济的一种形态：化废为宝、化恶为善。

但不管你说得如何天花乱坠，真要做到“十里钢城”内没有一点漏气漏烟漏水现象，有可能吗？

永联人竟然很有底气地告诉我：有！

真的？真的。我们还从三五年前的一件事说起——

有一天，一个声音打破了永钢集团办公大楼九层走廊的宁静：“快快，把炼钢厂的那团黄烟拍下来！”这声音很大，又急促。大楼的工作人员以为有人来找领导麻烦，想赶紧制止，结果一看是吴栋材在大声嚷嚷。原来，这一天吴栋材到了九楼的集团烟尘监控室。那里面有一架长焦照相机，长年架设着。通过这架照相机，可清晰观察到全厂主要车间的烟尘或粉尘情况。平时，工作人员通过观察拍摄得来的实景资料，再提交有关部门进行整改处理。这一天某车间的冒黄烟现象被吴栋材逮住了，而提出建立烟尘监控室的建议也是吴栋材自己。事情得从 2009 年某一天发生的事说起。那一天吴栋材正在八楼办公室办公，突然听到门外一阵骚动声，原来是一名服务员。吴栋材问有什么事？服务员告诉他，说对面的一个厂子烟囱在冒黄烟。吴栋材打开窗户一看，果真如此。那浓浓的烟雾，伴着远远都可以闻到的气味，向田野飘散。吴栋材立即打电话让人去检查，结果是某车间设备出了些问题。这件事给吴栋材一个启发：消除钢厂的污染问题，看来光靠设备改造还不一定能彻底防治，还需要日常监测。就在那几天里，厂里有个女职工找到吴栋材，说自己怀孕了，不能再到车间上班，因为怕啥时候厂里有粉尘或烟雾冒出来，会影响肚里孩子的发育，希望调个岗位。吴栋材觉得这女工提的要求合理，便同意了她的换岗请求。这事又让吴栋材往深处想：烟尘粉尘是大钢厂在所难免的东西，如何确保污染的可控，得有人时时刻刻监控才行。吴栋材想到此处，突然灵机一闪：对啊，搞个孕妇监控室，既让她们有轻松快活的工作岗位，又能以极端负责的责任心去监督全厂的烟尘事故，这不一举两得吗？说干就干，一个可以俯视钢厂主要车间的烟尘监控室就在吴栋材办公楼上建起，几位年轻孕妇白天轮流值班，晚上则有专职男工上班。就这样，一双双“侦察眼”每天24小时地全程监控着钢厂每一个细微的冒烟飞尘之处……

还有一件事特别有意义：永钢生产的钢材产品——“联峰”螺纹钢，还是拥有国家标准的环保产品。因这份荣誉和过硬质量，永联村还得到了一次全国农村独一无二的在世界面前直接亮相的机会：2010年8月底至9月初，在举世瞩目的上海世博会上，永联村以“城乡一体化，农民更幸福”为主题，入驻世博会“城市最佳实践区苏州馆”，举办了为期十天的形象、实景展。苏州馆因为永联村的加入，竟然有了人气最旺、观众流量最大、收效最佳的主题展。永联村的巨大变化、农民们的幸福生活和美丽如画的景致及丰富的乡土文化，极大地吸引了中外参观者，一时间中国永联村频频出现在世界各大媒体上，也成为上海世博会的热点。十天展期里，先后有七万多人次参观。我查阅了一下现存的网络上的信息，依然能见到当时网民们参观完永联村主题馆后发出的各种帖子，比如有人问怎么去永联村，有人问到永联村购房多少钱一平米，那里有没有宾馆，他们的农家菜好吃不好吃等等。世博会永联村主题展馆开幕时，有人问世博会城市最佳实践区管理部负责人：你们凭什么让一个永联村进了这么高规格、世界级的博览会？那位管理部负责人笑着回答有两个理由：一是永联村代表了中国社会主义新农村的最好水平；二是他们生产的钢材是环保型产品，我们世博会中国馆等场所用的钢材全是永联产品。

永联人对这一评价非常自豪。他们也给足了上海世博会面子：组织了万人参观世博会的活动。“花几百万元，让农民见识见识，十分有必要。”吴栋材这么说。

不过，无论如何还是会有人提出这样的质疑：你再努力、再费心把钢厂的生产污染和环境生态搞好，一个年产千万吨的钢厂竖在家门口，怎能做到让居住在周边的百姓不恼心愁眉？

“我们有天然的隔离区，还有积极营造的生态隔离区。”吴栋材这样回答我，而且带我亲自去目睹和体会。

坐在车上，巡视钢厂几个方位的田野景物，我豁然了解了他所说的“天然隔离区”——原来是成片成片的花园、果林及庄稼地。

“在把村民从原先居住的传统农家集中到小镇生活区后，我们又对用经济补偿手段和国家相关政策流转过来的土地进行整合，有的改造成美化环境的花园和花卉基地，这样一方面解决了村民的就业问题，另一方面又在钢厂四周建起了一道道天然隔离区，这叫一举两得。比如果林和具有长远经济价值的木林，在生态上可以阻隔工业区的部分粉尘和气味向四周扩散，同时本身又具有经济价值，现在数百名从业人员在此就业，收入颇丰。”吴栋材最为得意之作，是他们永联村现在拥有的2 000余亩生态农业科学高产田。

“永联村的工业化和城市化将来不管发展到何种程度，这一片农田必须保障，不得有人随意动它。”吴栋材说。

我第一次观摩这片生态农业高产田时，正值绿浪翻滚、稻苗扬花的季节。

这里的稻田与我印象中的传统农田有很大差别，首先是田地特别方正，每块土地都是统一规格，田与田之间都是可以双向开着汽车的水泥道。“它便于收割和施肥喷药时机械车辆往返。”山东小伙子、拥有农业工程和电讯自动化双学位的刘中峰是永联村现代农业发展有限公司的经理，他在田头比划着告诉我：整片粮食种植地共 2 100 亩，分割为若干区块，每块面积长 110 米、宽 50 米。“所有土地的灌溉、施肥、喷药和收割及平时管理，全部是机械化和自动化。你也许会觉得奇怪，这里的农田既没有排水灌水的沟道，也没有人工进出田中小道等传统农田的形态，因为我们用的全是机械和自动化设备。你注意看一下这里——”刘中峰打开路边一个半个桌面大小的方盒，指着里面的几个按钮说：我们在这片农田的下面全部铺设了各种管道，比如稻田和麦田需要浇灌时，只需电脑一个指令，水流就能从四面八方的水孔往上泛溢。“什么时候需要多少水量、什么时候需要排水，水中的氧分需要多少，完全都由控制室控制，无须人工进入田头操作。这就是自动化的优势。”刘中峰指着不远处的那座白色小楼，说：“每块土地的含肥情况、虫害情况、苗势生长情况，控制室都可以监测得到……”

“你们用的治虫药品有毒吗？”

“全部用无毒药品，我们这里收获的粮食绝对可以放心食用。”

刘中峰的话让我异常羡慕永联人。如今的天下，几乎很难找到令人放心的安全食品，看来永联村例外。我这才想起为什么在饭桌上吴惠芳一直对我说“多吃点多吃点，我们这里都是自己种的安全食品”。

“传统的农耕，要花费巨大的人力物力，但我们这里平时只有一两个人在值班，比如灌溉 2 100 亩地时，只须一个人。收割时，也只需要五个人，两人开收割机，两人开装谷子或麦子的卡车，一人看管烘干机。我们这里不需要晒谷场，全部用自动化机械烤干，而所用的热量都是由钢厂输进来的工业余热。”刘中峰将我领进两座大车间似的大棚，说：这里就是育苗车间和粮食烘烤车间。我见育苗工棚层层叠叠，共有七层，气势宏伟。“这七层苗圃，等于 15 亩面积，我们现在用这样的抽屉式育苗室，既节省了大量用地，同时又完全能按照我们的种植时间和需要来控制育苗周期。比如传统的露天育秧时间需要 30—40 天，现在我采用的室内传感育秧法，气温在可控之中，所以只需 12—15 天。”

“土地省了，时间缩短了，真正的科技革命啊！”想起小时候在农村跟着大人们一起育秧、播苗的辛苦和笨劣的原始劳动，使我不由对如此先进的农业科学技术感叹起来。

刘中峰将我领进那座控制室，我只见到有个女孩在值班。“我的任务就是根据需要定时观察和收集田间情况，然后汇总给公司技术组，由农技员负责处理哪块田需要施肥还是灌水等等。”女孩说。

“你是永联本村人还是来打工的？”我有些好奇。

女孩说：“我是外地人，先在钢厂工作，后来被分配到这儿。”

“你家在农村还是在城市？”

“在小城。”

“这么说你没有种过地？”

“没有。”

“那你出来打工，却干着农活，觉不觉得没劲？”

“没呀！很有劲呀！我愿意在这里工作。”女孩红着脸说，“我喜欢在这里吹着田野里的风，闻着稻花飘香的味道。还有蓝蓝的天，绿色的地……”

“哟，还是一个诗人哩！”

听我夸她，女孩的脸更红。

“我这里的工作人员都是有很高要求的，一般人员都要求有本科以上学历，能够适应自动化操作的岗位。在这里虽然是种地，但又都要接触些农业工程技术方面的知识，可不是一般人想来就来得了的。有一次吴书记到这儿一看，说：小刘，我干了大半辈子农民，今天再来你这儿应聘，恐怕还真不能被你聘上呢！”刘中峰说，他们这儿的职工都很自豪，认为只有永联这样的农村才有这么好的农业现代化条件。

“仅这 2 100 亩农田设施投入就达 2 000 多万元，只有吴栋材书记这样有魄力、有远见的领导和有实力的永联村才能做得到。”这位山东小伙子感叹道。他又说：“我成为永联村的一位现代农业职员很光荣。一是收入不错，二是有用武之地。还要告诉你大作家，我爱人也在永联，她在村档案馆。我们都是山东人，现在我们是永联人了，将来我希望自己的孩子永远留在这里，因为这片土地充满着希望。”

刘中峰的话感染了我。

“让永联人永远有自己种的粮食吃，永远吃安全放心的粮食。”这是吴栋材的话。他之所以下决心花费这么大的成本建设这样一块自动化程度超一流的科技高产田，为的就是这个心愿。

这片飘香的粮田，又是村庄与钢厂的一片生态隔离区。

现在我们又回到入住居民最多的永联小镇的广场一侧，这里是小镇的入口处，那个巨型手指雕塑就耸立在此。街口是一个宽阔的广场，广场边是六车道的永钢大道，一头连接着钢铁厂的厂区，一头是永联通往外界天地的大门。从永联小镇的进口处转身向永钢大道的远方望去，便是“十里钢城”。而在这中间地带有一片郁郁葱葱、鲜花飘香的园地与碧波荡漾的水面……

“这是什么地方?”我不由好奇起来。

“是我们在2010年建起的江南农耕文化园。”吴栋材带着我，向永钢大道走去。

当我还在为如何跨越这条车水马龙的交通要道犯愁时，吴栋材指指一条地下通道，说：“我们从这儿走。”

好家伙，这可是一条由六部全自动扶梯组成的地下通道呵！是不是永联村的又一个“全国第一”？我不由询问。

吴栋材说：“在乡村的路口设这样的扶手式电梯可能应该是全国第一吧！这是我的主意。”吴栋材介绍：过去曾在这里发生过交通事故，后来我下决心改进这个路口的安全问题，又考虑老年人和儿童，所以投了800多万元，建成这条全自动电梯的地下通道，大大改善了村民们的穿行方便。

第二天，企业文化处的小徐带我到了一望无际、波涛汹涌的长江岸边。再一次倾听故乡的大江涛声，眺望漂浮在江心的一艘艘万吨巨轮和急流中的点点帆船，我心潮顿时激动和澎湃起来……

“这是我们村渔业队的沈国华队长。”小徐把一位皮肤黝黑的中年人叫到我跟前。渔业队？永联村至今还保留着渔民？

“不是。当年吴书记刚到永联时建立的渔业队早解散了。现在永联的这个渔业队是2005年为了建宏泰码头时才把老沈他们划过来的。他们是东沙渔业队的。”小徐介绍。

原来如此。

“我们渔业队老老小小共102人，有17条渔船。一年四季从常熟跟张家港交界处到江阴的这一带江面上打鱼，有70里江岸长。往南通那边的江心伸展约五六里，每年打鱼时间实际上约有三个来月……”沈国华将我从长江堤坝前的芦苇中拉到七干河与长江交汇处的闸门口的渔港，一边遥指着停泊在河边的渔船，一边滔滔不绝地介绍他的渔队情况。

沈国华讲，他的祖籍不是这儿，他爷爷那一代人从江北的南通投奔到江南这一带。“2005年时，永联要在江边建大码头，我们以为我们的渔民生涯结束了，或者不知被赶到哪个地方又过流离失所的生活。后来吴栋材书记说，我们是要建大码头，但也要保护好江面，所以要收编这个渔业队。”沈国华饱含深情地告诉我，“如果不是吴栋材书记，我们这个渔业队的人早已不知散落到哪儿去了，更可怕的是可能这片江面再也无鱼可捕了。”

“现在呢?”我问。因为我不敢相信，这里的鱼儿能同进进出出的万吨货轮共存于这片江面上。

“你问得好。不过不用太担心。你看——”沈国华指着附近那座永联宏泰货物码头说，“我们根据码头所占用的水面和货轮进出的航道，通过水下网篱等办法，有效地控制了这一带江里的鱼儿活动范围，又十分注意休捕期管理，所以码头建成以来，这片江面的渔产量并没有减少，这也是吴书记一直对我们提出的基本要求。用他的话说，永联村在田野上建钢厂，就必须做到绝不能搞坏了村里的土地；永联村在长江边建大码头，更不能灭了江里的鱼儿。这些年我们就是这样精心保护这里的渔业资源的。”

“渔民们是住船上还是岸上也有房?”我不太了解这一块。

沈国华笑了：“我们早在上世纪70年代就搬到岸上住了。划归永联村后，吴书记不仅给了我们与其他村民同等的待遇，而且还解决了我们的城镇户口……”

“你是说你们现在都能搬到永联小镇上去住了？而且每家每户至少都有140平方米的新房子住了？”我好不惊讶地问。

“是，吴书记对所有属于永联的村民从来都一视同仁。”沈国华一本正经道，“我们现在是永联村第64组居民。”

“好，祝你们一帆风顺，捕鱼满舱！”临别时，我握住沈国华的手，给他一个良好的祝福。他连声道：“我们做梦也没有想到这辈子会成为永联人。你应该知道，永联是全苏州最富裕的村庄，我们是渔民，一直被陆上人另眼看待，现在我们可以骄傲地说：‘我们是永联人了。’这都是吴栋材书记带给我们的荣耀和幸福，这份荣耀和幸福将不仅是我们这一代的，还是子孙后代的！”沈国华越说越激动，最后紧握住我的手，说：“明年开渔节时，你一定要来！”

“什么季节？”

“每年3月1日都是我们的开渔节，很隆重的，吴栋材书记和张家港市里领导都会参加。那时的刀鱼特别鲜嫩……”

“谢谢。”我感谢沈国华，更从心底里感谢吴栋材他们留下一个守护长江生态的渔业队。

当今中国，城市化进程已经成为一种国家战略和国家行动。作为世界第二大经济体，中国在进行现代化建设中，教育和改造广大农民队伍是项最巨大、也是最艰难的历史性工程。改革开放以来，农村的发展经历了几个重要阶段，而各个地方由于自然与人文环境的不同，有的地方仍然没有任何变化，有的地方则用短短的时间发展到可以同当今最发达、最先进的国家农村相比的水平。吴栋材领导的永联村就是这样的杰出代表。他们走在别人的前面不单单是经济体的超级强大和农民生活的富裕，而是整个村庄的形态与性质发生了质的变化。这应当是最值得考察和总结的事。因为从落后的农村，走向融入国家现代化的过程中，国家的许多政策和引导还不成熟，多数地方政府采取的办法是把大量农民引入城市，这从一定方面使得大量农村剩余劳动力找到了出路，然而它却给今天的中国所有城市带来了几乎是灾难性的各种压力。当中国不能让占绝大多数的农民留在农村，相反领他们走出广阔的田野和村庄，拥向城市，那么城市的物价、住房、交通、就业、教育、食品安全等方面必然产生灾难性的压力。长此下去，那些远道而来原本想寻找一口饭吃，赚上娶媳妇、养儿子、造房子的一笔钱的农民工们不仅没有实现自己的梦想，相反他们在服务于那些一顿饭能花掉几千、几万元的城市有钱人和公务员时，会越来越感觉自己是下等人、甚至是奴隶，那个时候会出现什么情况？

这是一篇大文章，政府一直在想办法，但最关键的一点是：好的政策还得有好的人才去落实。能够好好地执行政策，但并不能从实际出发做工作，这样的人还不能算人才；能够好好地利用政策，但在实践和探索时出现了偏差，并慢慢与政策背道而驰，这样的人最后被划为坏人——像天津大邱庄的禹作敏；我们真正需要的是能够好好执行政策，并在实践中不断摸索更符合本地实际情况，能够始终如一地从百姓利益和百姓需要出发，进行创造和创新工作的领导者，这样的人才是真正的国之栋梁。这样的人并不多，甚至少而又少，这样的人才是真正的人才。吴栋材便是其中杰出的代表。

吴栋材在永联村的三十余年实践之所以成功，走的就是一条善于探索和创新之路，一条紧紧抓住为百姓谋长远利益之路。

为百姓谋取利益，需要心向百姓，需要在工作能力和领导水平上超越百姓，需要在眼光和实践上紧跟形势的发展——当发展进入一定阶段时，这个形势不仅仅是地区的，还应是全国的甚至是全世界的。经济全球化下的一个局部小实体，也许它的命运会关联着整个社会、整个世界。亚洲金融风暴、美国次贷危机，带给长江边的永联村极大的影响，而吴栋材支撑的“永联”这艘小船不仅没有在这样的国际风暴中沉没，反而因为他力挽狂澜的能力和意志，成就了永联人民今天的幸福生活。

中国改革开放三十余年来，广大农村也曾涌现出一个个、一批批风云人物，但今天能够留在人们心目中的似乎已经屈指可数、少之又少了。为什么？因为这些人或昙花一现，或曾经风流，最终没能让百姓过上稳定长久的幸福与富裕生活。我想原因肯定会有很多，但有两点是基本的：一是经济发展没有达到坚不可摧的强大水平；二是他们没能全心全意做到百姓的心坎上。

永联村并非是世外桃源，百姓的所思所想别无异样。吴栋材用三十余年的智慧与汗水创造了每年三四百亿元的经济收入，这对一个小小的村庄而言，几乎是不可思议的奇迹。然而，"有钱不等于幸福，有钱不等于天下一定太平。金山银山可以造，老百姓的心愿如果出了问题，金山银山照样垮塌，再强大的江山也会崩溃"。这话是吴栋材说的，这话他对儿子吴惠芳反复说过，对村上的干部和企业的干部一次又一次说过。吴栋材之所以反反复复在干部面前说这样的话，是因为他了解中国的百姓、了解中国的农村，也了解富裕后的百姓所思所想，看清富裕和强大了的中国农村未来该走一条什么样的道路。吴栋材还有一句话也给我留下了深刻印象：老百姓的利益一定要做加法，而不是做减法。

关于富裕起来的农民和农村工作如何做，这个题目其实比加快经济、创造财富要难得多。

近些年，中国各级高层领导干部和研究中国问题的专家们到永联的越来越多，他们去后都会发出一个共同的声音，那就是：永联走的路才是真正的社会主义新农村发展方向。中国经济强大之后就得像永联一样全面发展，通常他们都会再强调一句话：尤其是农村。

到永联，自然少不了看一看那个给永联人创造巨大财富和象征农民本事的"十里钢城"，现在又有了美轮美奂的永联小镇。除此之外，当然值得一看的还有那屹立在长江边的大码头——进进出出的万吨巨轮、1 500多米伸向大江中央的引桥和与海鸟和平共处的渔船……而这似乎又不是农村的景象，但它却是实实在在的"永联画景"。永联的画景里，当然还有绿浪翻滚的麦田和金色的油菜花、盛开的荷兰郁金香、从日本引进的五颜六色的菊花、纯种的中国牡丹，以及风车、湖泊、鸡鸭成群、牛羊欢奔的主色调。

但永联最美的画卷，其实是永联人。再美的画，可以靠工匠来塑造，再欢腾的动物可以圈养，再飘香的鲜花可以种植。然而人心和人面无法装扮与粉饰，内心和美与幸福的人才会有灿烂的笑容。

永联的笑容发自内心。这份内心的笑容，又是吴栋材和他一班人创造的另一个永联世界——

“你永远环抱同一块土地，使它丰腴而有灵性，通过土地的脏腑，你把根儿欢欣地往宽宏的胸脯延伸，我有丰富的智慧和深邃的灵性，永远向一个固定的目标迈进。”这是 17 世纪意大利著名思想家和科学家布鲁诺的诗《老橡树》。这诗描述的老橡树在某种意义上很像经济成功后的吴栋材，他在给永联人创造源源不断的巨大财富之时，目光始终深邃地想着另一个问题——如何让我的村民们吃好用好住好之后还能从心底泛起幸福欢乐的笑声……

吴栋材又在行动——用心铸造另一个永联。

什么事都不愁后一个更愁的问题又出来了：没事做。没事做的人就会生事，于是对富裕起来的农村人来说，有事做竟然成了大事情！吴栋材渐渐意识到这是个必须解决和处理好的事情。

“近几年吴书记在这一块用的心思不比办炼钢厂少。”这话是村委会副主任宋兴祥说的。老宋原来是永南村的支部书记，1995 年永联村第一次合并其他村时，宋兴祥成了永联人，1995 年至 1997 年时，他当过永联村委会主任，此后在永钢集团企管部工作。“我个人的生活很幸福。”老宋坦诚地告诉我：第一次入股，他买了 5 万元。后来 1999 年企业转制扩股，他有 230 万股份。曾经有过年底分红达到 100％、70％的，去年是 25％。”老宋对个人在永联的幸福生活十分满意，因为他现在已经差不多是“千万富翁”了。“我现在还有一年 25 万元的年薪。”老宋的脸上满是幸福的笑容。

“如何让富裕起来的村民过得充实、过得愉快和有事做，这并非易事。听说有些地方，曾经也很富裕，结果没多少时间又垮下去了，一个主要原因就是富起来的农民越来越惹事，最后全体崩盘了。”老宋说：“永联不是这样。吴栋材一直非常重视让富裕后的农民能够保持勤劳本色，不做口袋鼓、脑袋空的富贵农民，而是做有追求、有理想的新一代农民。为这，吴栋材费心费力在规划和实施企业发展及村委会建设时，特别注重增加就业机会。这些年工作下来后，我们永联除了到年龄退休的，没有待业的人，一般村民都能拿到三块收入：一是土地流转后的收入，二是股份分红收入，三是岗位工资收入。现在村民的就业和岗位安排都由村委会掌握，年轻人上岗如到永钢集团，则需要按照企业统一招聘要求。村民就业则由村委会根据个人条件和工作岗位安排，具体由村委会下属的现代农业发展总公司实施。就业出路有三大块：永钢集团的用工，如环保、各种维修等工种；二是村委直属的农业种植公司，如苗木园艺种植等；三是小镇铺面出租等管理工作。这几方面的岗位用工量比较大，基本上能把村民的富余劳力全部安排上，一部分退休后身体又好的村民还能重新就业，约四五百人。所以我们永联是没有闲人的。解决了人人有事做，才能确保永联富裕后没有坏事情。”老宋用农民的语言总结道。

我知道，永联村除了保障所有的村民能够有事做的同时，还通过不断发展的强大魅力，吸引了有知识的年轻一代回村就业和创业。

有几天在永联采访时，由企业文化处的一位女孩陪着，我一问，她就是本村的“土著人”，大学毕业后回到村上工作。吴栋材非常看重永联村考出去又回村工作的大学毕业生，但他又对他们要求特别严，用吴栋材的话说：“他们是永联生根的未来，所以得让他们先把根生牢在这片土地上。”因此，像这位永联本村的大学毕业生回村后的就业完全按永钢企业的规定，统一参加考试录用。在升职提拔上也不会享受特殊待遇。“我们唯一与外来工作的人不同之处是还有一份土地流转费。不过我认为吴爷爷这样要求我们完全是对的，因为如今的永联不再是当年诞生永联时的几百个土著农民了，它属于所有为它做贡献的人们。”这女孩境界很高，她说她现在想得最多的是怎样向吴栋材他们老一代学习坚忍不拔的奋斗精神和搏击于市场经济大潮中的不败智慧。

永联新一代宽阔的胸怀和不俗的思想境界让我感觉永联的未来更有希望。

有事做之后，我在调查中发现了吴栋材和他的永联做得特别闪光的事是它的制度创新，老百姓称赞这事让他们很踏实。

什么事情能让百姓很踏实？

其实永联村破这题，应该说是中国农村史无前例的。永联村是个离城市很远的江边小村，距最近的南丰镇也有十多里远。用百姓的话说，他们是前靠长江、后靠荒粮田、脚踩沙滩圩，举起双手、踮起双腿也够不到"吃皇粮"的农民加渔民的苦乡民。

但这是过去的永联。如今的永联村民不仅在长江上筑起了通往世界的大码头，而且还把南丰镇、张家港，甚至苏州、上海等大城市都拥抱在自己的怀里、枕在后脑勺上……这话是什么意思？

吴栋材告诉我，永联村民自从有了永联小镇后，一万多名农村户口的村民现在全都过上城里人一样的生活。

"现在永联村村民都变成了南丰镇永合社区居民，过上了城市社区生活！"吴栋材进而解释，永联村境内现在有三个单位：一是原永联村村委会，这一块继续管理着永联的土地所有权和土地租赁权，管理着数千亩农田及其他农业资料，并且拥有永钢企业的25%股权；第二块是永钢集团，纯粹的企业经济实体，与永联村的关系是土地租赁关系和投资、被投资关系；第三块就是永合社区，生活在这块土地上的有土著居民一万人、永钢职工一万人、外地就业者一万人，这就是吴栋材他们常说的"永联三个一万"。

"永联这三个形态，是永联发展到今天的一个中国特色，许多专家来此对我们的评价是：有体制和制度上的创新做法，在真正意义上解决了农村城市化进程中的一些难题，应当成为中国农村城市化的具有方向意义的成功探索。"吴栋材的这段话仅一百多字，却令我思考了许久，因为它包含的内容极其丰富。中国农村当前和未来所能遇到的发展瓶颈与困惑，竟然在永联村获得了有效的解决和成功实践。

中国城乡二元结构的体制，几乎是中国城乡差异的必然，一个户口问题，几代人的命运都受此影响——只有极少数人靠升学、靠关系、靠当兵升官之后才冲破了这层坚不可摧的堡垒，而绝大多数农民和农民子女的命运倒在了这个二元结构上，他们成为实际上的中国“二等公民”。改革开放后，户籍制度仍然没有多少改变，只有少数运气不错的农村，由于他们靠近城市郊区，在城市建设像摊大饼似的摊到他们村庄时，他们被动地成为了“城市居民”。然而这些新型居民由于没有做好当城市人的准备和个人素质与文化上的差异，失去土地之后的他们仍然无法融入城市生活，他们其实依然是中国的“二等公民”，有些人甚至比原先当农民还要惨。于是思想开放的新一代农民、在土地承包后的大批剩余劳力、那些不甘死在黄土上仍然没能改变身份的农民，告别故乡、告别父母，甚至将刚刚出生的孩子丢在家里，扛起铺盖、背井离乡来到陌生的城市找工作——农民这才有了他们新的身份——农民工。然而，多少年后，农民工们突然又发现：无论自己多么勤劳、多么卑微、多么努力，或者多么有智慧、多么崇高、多么有钱，他们仍然无法改变他们的“二等公民”身份。他们的子女不能在那个用他们的汗水建设起来的城市里落户，他们不能在那个倾注全部热血和爱的城市里享受应有的教育、医疗等等公共资源。他们奋斗和辛苦了十年、二十年后却发现，除了糊口之外，自己依然是个被人歧视的穷光蛋。当他们再也扛不动建筑工地上的水泥袋，不得不带着伤痛和白了头、驼了背的身子回到那片早已荒凉的自家宅基时，等待他们的最后日子是：依然的贫穷，还有死亡……

大量的剩余劳力在农村的积存，使得政府一直在为解决农村问题努力思考与实践着，然而几乎所有的探索与实践都没能找到一条完美的道路。中国农村问题在当今更加严重，它已经超出了农村本身，还涉及所有城市。今天的城市都离不开农民工，农民工又让这些城市的教育、就业、医疗、交通、住房等背上了不堪重负的压力。

中国的小康社会建设、中国的现代化进程、中国的社会稳定发展，几乎都因这一问题背负着沉重的泥犁——农民们懂得沉重的泥犁是什么意思，那就是：如果使劲拉，可能把牛和犁一起拉垮；如果不使劲，只能原地踏步走。时间一长，牛和犁一起陷入泥坑里永远拔不出来……中国的城乡二元制度，带给我们的是一个二元形态的社会。这是中国社会发展的最大瓶颈，也是社会矛盾和冲突激化的火星点。

吴栋材对永联村的现代化新农村建设有自己长远的思考，这思考里包含着这一份远虑和近忧。曾经有一个农民拥有的承包土地在办钢厂时被流转后，村上给他分了宽敞的房子，也给了丰厚的流转金，但他仍然不满意。有一次与村干部闹矛盾，发出狠话道：别以为用钱就可以安抚我们了，现在我们既没有土地，又没有城镇户口，我们充其量是住在方盒子里的永联人，这有啥光荣的？跟待在火葬场的骨灰盒里有啥区别？

百姓的话糙，但糙话中常有深刻的现实生活真谛。富裕起来的村民兄弟们心底埋着这样的话、这样的想法，不得不引起吴栋材的深思：是啊，农民啊农民，他们的一生除了盼望脱贫致富外，还有一件更期盼的事就是改变自己的身份，尤其是土地流转后自己以及子女的未来。

从农民转为城镇居民身份，这是几十年来中国农民最渴望的一个身份改变，城市化进程的标志性指标也是这一问题。以永联村的经济实力和能力衡量，他们完全可以用重金将一万多人的居民户口“买”回来——以房换户口，是今天许多城市的做法。这是一步到位的“城市化”进程。不是没有人跟吴栋材出这样的主意，但吴栋材拒绝这样的做法。在他的心目中：永联是不能搬走的，永联的“十里钢城”就是这座钢铁城市；永联人走了，“十里钢城”就等于不复存在。永联是他与长江结下的另一个“事业婚姻”，他爱它太深太深，任何放弃和抛弃它的一点儿念头闪出，就是对灵魂的亵渎，吴栋材无法容忍。

建永联小镇，建永合社区，把现代化城市最先进和最时尚的软硬件引到永联小镇来，将一万多居住在小镇上的村民管理权、村上办的学校、医院、治安、交通等公共设施一起交给社区管理，用永钢强大的经济资源长久地支持小镇建设和造福小镇居民……这一系列思想在吴栋材的脑海里涌动并最终形成决策。其间，具有现代意识和管理能力的二儿子吴惠芳对这一决策的形成起了推波助澜的作用。

2011 年 4 月 20 日，经张家港市有关部门批准，南丰镇永合社区正式挂牌成立。

“社区的建立，对永联来说是大好事，因为旧的农村管理体系随着村民们居住与工作环境的变化，早已不适应了。过去是以自然村为主体的管理单位，后来土地承包制后改为村小组，可是我们的村企业发展之后，农村的自然村和村小组全部被打破、打乱了。过去他们以宅基地相联组成的社会形态，现在却各住各的房，或不在一栋楼里，或不在一个片区，甚至连一家三代人都可能分住在完全不同的片区，你沿用原来的农村管理模式怎么个管理法呀？再从大的方面看，永联经过三十多年发展，已经形成了村、企、居的三位一体架构，仅靠村委会已经无法管、管不全，划归为小城镇的社区后，这些问题全都迎刃而解了，这要归功于体制改革的优越性。”吴惠芳的解释让我这个外行人听后也不由暗暗叫好。

永联的城市化是靠自己的努力和实力，依靠体制改革完成的。它既符合中国现行的方针政策，更满足了百姓的心愿——身子未离乡，身份变了样，梦想成现实。

“我们在进行土地流转时，还注意到一个细节。建设永联小镇时，土地性质完全是城市建设用地，这样所有建在这块土地上的房屋都拥有大产权。也就是说，永联人通过征地时以 500 元一平米买下平均每户 140 平米面积的新房，住上一定时间后，都可以进行市场交易。现在我们永联小镇的市场房价都到了四五千一平米了！”吴惠芳补充的这句话，令我们这些居住在大城市里的人羡慕不已。

永联人不富才怪！

村组织和农民身份改变将社区与城镇居民身份管理纳入了正轨。比如，散居在一栋楼里的居民们有了楼道长、园区长，还有更上一级的社区主任，自然更有党支部、团委、工会、妇联等相应的组织。昔日担心自己并了村、没了地，现在富了口袋又住在小镇上的永联人，再次尝到了新组织管理下的甜蜜滋味。

中国的城市管理体制和组织架构，永联人还在熟悉和感受之中。也许他们并不太关心外面的世界如何精彩，却对家居和周边的事特别在意。我很想了解一下那些已经成为永合社区居民的老永联人今天生活得怎样，于是走进了一个家庭——

男主人姓宋名金山，住在老年公寓里。老宋向我介绍，村里有一个特别政策：如果男的到了60岁，女的50岁，你就可以提出搬到老年公寓住，这样的房子不用买下，出两万多元租金就行，就拥有了居住权。

我问为什么？

老宋回答：吴栋材书记想得周到呀，你不想想，老人早晚不都是要死的吗？儿女大了，他们有自己的房子，像我们这样的老人还买啥房嘛！你安安逸逸住着到死就是。等你死的那天，房交回村里，子女还可以要回这笔钱。现在不等于白住？吴书记为大家想得周到。

原来如此。

"我们这些上了年龄的退休老人很害怕死，死了就不能过好日子了。因为怕死，因为舍不得永联村这么好的生活，所以就整天找乐，找有意义的体育锻炼、健康生活。"老宋的话匣子一打开就收不住："我今年69岁，原来是东华村的，六年前并村到永联这边来了。现在的生活跟老村比一个天上一个地下，所以格外珍惜今天的好日子。咋珍惜？每天锻炼身体——跑步呗！我会弹扬琴，年轻时是唱沪剧出身的，所以现在参加了小镇社区的老年音乐队，每周二、四、六集体练习，去年参加张家港市举办的群众文艺比赛，我们得了老年组银奖……"

"这是我刚拿到的电脑合格证。"老宋这边的话还没说完，那边又掏出一个新话题，"吴书记怕我们在家闲得慌，就要求我们有空练练上网。这不，我现在每天除了看国内国际新闻外，主要看永联新闻。"

"永联新闻？有啥内容？"我好奇地笑问。

"有啊！每天都有，而且大家都很关心。现在村子大了，又是小镇，又是钢厂，吴书记领导大家越干越大，每天都有新鲜事出来。这村里的事、厂里的事、小镇上的事，件件都跟我们有关，所以大家对永联新闻最关心。"老宋的眼珠瞪得圆圆的，好像永联新闻是他联结外面世界的一条生命线。

说话时分，老宋的大儿子宋永斌一家正好进来，于是全家其乐融融起来。我插话问："你们觉得老人跟儿女一起住好还是分开住好？"

儿子和儿媳笑着不作正面回应，说："你问我爸妈吧！"

"还用说，肯定分开的好！"老宋快人快语，"过去住在一个屋檐下，难免拌嘴高几嗓子，现在不会有这些事了，反而亲近又客气。这是吴书记懂得我们乡下老人与年轻人之间的生活习惯特意作的安排。要叫我看，这叫分而心更合来情更深哪啊——！"

老宋情不自禁地用沪剧腔调哼唱了起来，惹得全家开怀大笑起来。

我问老宋的大儿子是不是也在永钢厂工作，他说他过去一直在上海电机厂。"去年 11 月份辞掉的，那边的厂别看在大上海，但效益和前景都不如永联好。我到永联这边工作，一是家乡亲人多，二是待遇收入高。这儿离上海、苏州又近，跟父母在一起也不用担心老人有个啥事，每天过来一趟看一看就放心了。"宋永斌说他和妻子一起从上海调回永联来的。

"不觉得亏，反而少了许多压力。"这是儿媳妇说的话。

"哈哈……开心！我是真开心！"最高兴的还是老宋。他拉着我走到走廊，指指点点道："你看看，吴书记为我们想得特别周到，这楼道走廊是不是格外宽敞？"

还真是。我比划了一下：至少有两米吧！

老宋："这是吴书记亲自设计的。他知道我们老人喜欢在一起聊个天，所以说要把走廊弄宽点……"

确实周到。

"吴书记想得周到的事还多呢！"老宋又折回屋里，掏出一个遥控按钮似的玩艺，说，"这是一键通，如果谁家里有事，只要一按这钮，社区马上会来人帮助你，方便得很。就是老了身边没子女，社区照样能让你百事不愁。吴书记还给我们搞了个餐厅，70 岁以上的老人可以自己不做饭，上那儿去吃，一顿饭只要四块钱，两荤两素一个汤。村上现在给我和老伴每人每月发 3 000 多元，每天都吃好的、穿好的、玩有乐趣的，可还花不完。你说开心不开心?”

“真开心。”我不得不表示深深的羡慕。

是啊,一个地方、一个企业、一个家庭里的人,到底幸福不幸福,只有这里的老百姓自己从心底里说出来的话才是最真实的。

“真开心”是我故乡表达一种特别美好和舒畅心态的口语,如果从心态的角度来解释,那应该是一种幸福感。

永联村的人多数是农民,他们不会刻意粉饰自己的话语,一句“真开心”是他们对吴栋材领导下的永联村的全部评价。然而,吴栋材明白,要真正能够让自己的村民和企业员工过上“真开心”的幸福、和谐与美满的生活,仅仅靠创造和提供丰足的物质财富与良好的生活条件仍然是不够的,还需要内心与情感上的美好感受和满足。

“有事做”、“很踏实”、“真开心”——这是永联百姓对吴栋材领导下的新型农村发展现状的真实感受。话似乎充满泥土味,然而包含的道理却颇为深刻。

有一天在永联采访,张家港市委宣传部部长杨芳女士也在,她讲起一件事值得深思。杨在北京参加一个会议,与会者来自全国各地,讨论的主题是关于当前中国的社会问题。许多贫困地区的官员在谈论社会问题时,滔滔不绝,问题一筐又一筐。轮到杨芳时,有人便说:你们那里经济那么发达,钱多得堆成山了,还有啥社会问题?杨苦笑,没有说话,心想:这些穷兄弟穷姐妹们哪里知道——钱越多,并不是出的社会问题就越少,而是暴露出的问题可能越复杂。

杨芳的观点代表了当今中国农村甚至许多地方城市人的实际情况。中国改革开放三十多年,社会财富的巨大变化,带来的社会深刻变化同样惊人。贫穷时人们想的只是吃饱穿暖;有点钱后,便除了想吃得好些和穿得好些外,还想把房子、家居弄得好些;当钱更多时,吃穿住方面的要求就会更高,标准也不一样了。这时还会想到国内各地和国外去看看,这一看便就有了更高的想法和要求了,且这种要求可能比以前所有追求和想法的总和还要多。即使不出去看看,待在家里也会想出更多的事来。比如像永联村的农民，他们在吴栋材来到永联的三十多年时间里，仅居住条件和生活形态方面所发生的变化，便是翻天覆地的。现在他们都住在永联小镇上，享受着比真正的苏州市区居民还要优美的居住环境，除了方便、实用的社区服务外，家家都有宽敞、崭新的公寓式房子，但部分农民开始仍然做出一些让你听起来捧腹大笑的事来：

——有人不在自己的家里上厕所，却要骑着摩托到公共厕所去方便。一问为什么？他答：在家上厕所既臭又要冲水，用公家的厕所不是可以省了自己家的水，又干净了自己的家？

这样的事听起来可笑，但你说他讲的是不是有道理？农民嘛，他想获取的利有时比麦芒还尖。

——同样是用水问题：有人在家拖地板，他不在家里用自来水冲洗，专门下楼到漂荡着绿荷红花的小河里清洗。如果你洗一回脏拖把、他倒一回污水，那没多久，这条花费几百万元人工挖掘的景致河流可就臭哄哄的了。

——还是用水问题。一老者住三楼，白天在楼下的小区里闲逛。但他喜欢喝茶，喝茶就得有水，这老者不知咋想的，竟然到周边捡些树枝碎木后在楼下墙根处支了个三叉叉，放上一只锅，便在此点火烧起水来。小区邻居见后忙制止，老者却说：咋不能烧？我又没妨碍谁？

你说无奈不无奈？

——新房子的楼道里，灯明道亮，但没多长时间就会发现，那配好的灯泡又不知跑到谁的家里去了。问这家，回答说：我是拧了几只，但人家拧得更多。于是你拧几只、我拧几只，最后楼道全都黑了。

诸如此类，让你觉得好笑的事还很多。有一天吴栋材也碰上一件事：他经过一幢楼下，突然一撮垃圾从天而降，落在跟前，将他吓了一跳。抬头一看，是三楼的一位老妇女从窗口扔的东西，仔细一看，是小囡的屎球蛋！吴栋材不能不火，怒问：你为啥从楼上随便扔屎球蛋？那妇女不认识吴栋材，说：我扔时看好了，又没扔着你，你有啥好发火的？吴栋材反而被问噎住了。

多年在军队从事思想政治工作的吴惠芳说，农村城市化进程的复杂性和要做的事远非简单地把农民户口、身份改一下就行了。即使他们的生活环境和居住条件完全超过了城市人的水平，提高他们素质的任务依然十分艰巨，甚至比改变他们的身份和提高物质生活水平还要难很多。有一句颇为流行的话：培养一个贵族需要三代人的时间，那把农民培养教育成现代城市人得多少时间？“也许同样需要三代人的时间，但现实不可能让我们等待这么长时间。我们的做法是：结合农民特点和我们所能想到的点子去积极努力地尽快改变与提高他们的基本素质，从点滴入手、从日常习惯改变，依靠自觉和相互之间的监督与促进来不断实现目标。”

永联村为了教育和培养一代有素质的新型农民——城市化之后的“农民城市人”，其努力和花费的心血可圈可点。可以说，这也是吴栋材领导下创造的又一个“十里钢城”。

这是永联村建起的一座无形的“十里钢城”，它是农民精神世界和永联形象的冶炼工程。值得指出的是：这项工作其实并非近几年永联村经济高速发展之后才启动。只要翻阅一下吴栋材保存下来的三十年工作日记和各个时期的会议讲话稿，你就会发现，村民思想和素质教育一直是吴栋材这位农村干部的工作内容之一。“两个拳头我一直没有放松过。”吴栋材用这样的话表达他的内心思考。

“最初教育这些穷乡亲们，是要求他们认识偷盗之耻；奋斗创业过程中是教育乡亲们树立争当永联人的自豪感、光荣感、责任感；现在富裕了，需要用高标准和城市化的要求来提高大家的素质。在父亲的脑子里，有一个从不动摇的意识：永联人做生意，搞出了一个过硬的“联峰”品牌，无论哪个时候哪个用户都称道；永联现在建设新农村、走现代城市化道路，我们永联的人也应该像我们的产品一样经得起任何考验、放在任何地方都过硬。”吴惠芳说。

百姓百姓，一百个人就有一百个性格、一百个想法、一百种行为方式。如何把他们在农耕社会状态下长期形成的生活习惯和思想意识转变为现代文明，需要一个耐心、细致和渐进的引导过程。

我注意到，永联的教育与培养方式，通常是结合经济发展和村子建设的进程而有的放矢地开展。如在村民收入提高，生活好起来后，吃苦耐劳的精神变弱了，他们在村民和员工中强调劳动意识，开展了以“树立劳动光荣，消除不劳而获”为主题的教育，并通过对照检查——

不良现象及行为

1. 设赌场，开黑店，昧着良心赚铜钿。
2. 遇困难，有矛盾，只顾要求村里问。
3. 挑肥瘦，拈轻重，有了工作要轻松。
4. 迷彩票，恋赌博，指望天上掉肉包。
5. 想救济，要低保，游手好闲不干活。
6. 啃父母，吃村里，不思进取图享受。
7. 态度差，心浮躁，不求干好要回报。

正确观点及行为

1. 守法律，懂经营，君子取财走正道。
2. 想法子，找路子，自己事情自己扛。
3. 惜工作，服分配，任劳任怨讲贡献。
4. 不投机，不取巧，踏实劳动赚钞票。
5. 懂自尊，肯吃苦，勤劳创业奔富裕。
6. 知奋发，不等靠，自食其力最荣耀。
7. 为人实，心态好，努力工作出成效。

2002年前后，永联村已经建起了几片公寓社区。村里在公寓的四周花了几百万元铺种了漂亮的绿色草坪。有一天吴栋材路经一幢公寓，他往脚下一看，气得差点叫出声：这是谁干的？原来像地毯似平展展、绿油油的草坪竟然被人一块块挖得千疮百孔，最气人的是在这么好的草坪上被人东一块西一块地种上了葱、蒜……简直当做他的自留地了！

“跟没文化、没素质的人打交道，你花再多的钱也是白浪费。”每一次美化绿化环境时，总有人拿这样的“深刻教训”说事。

“就是因为没文化、没素质，我们才要花更多的钱来培养教育。”吴栋材坚决不同意这种观念。他说，永联村农民打改革开放以来，他们依靠自己的双手艰苦创业干出了一番经济大发展的事业，这是最大的文化和素质。如果今天的永联农民还是躺在床上等着国家和政府来救济才是最大的没文化、没素质。现在经济好起来了，农民们自身的文化和素质没跟上，这跟我们几十年来搞创业、办钢厂一样，得花代价、花力气才会有所收获、有所提高。谁听说过一个知识分子不经过刻苦学习、埋头钻研就能经纶满腹、成名成家？

于是永联村很快出台了第一部《村民文明行为规范》和《社区楼道管理规定》。对农民教育不能简单化，比如为了解决住在楼里的村民扔垃圾的问题，吴栋材要求村委会给每家每月发 31 个垃圾袋(按每月 31 天计算)。考虑到住在社区的百姓比散居在独门独院宅居时生活成本增加的实际情况，村里又给小区住的村民每人每月增发 100 元补贴。有的放矢的教育和解决实际问题并举，是吴栋材一贯的工作方法和管理理念。

在世纪之交的那些年里，永联经济经历了几个发展阶段，为此他们都根据经济发展与村庄环境变化的不同情况，给村民提出不同的思想要求和基本行为准则。如在炼钢厂大建设、大搬迁时，针对村民和企业员工冒出的缺乏集体主义及大局观念，他们便大力推出主题为“反对自私自利行为，弘扬集体主义精神”的教育，并且用易教易懂的对比形式让村民和员工来自觉对照检查——

不良现象及行为

1. 漫要价，胡搅缠，依着拆迁敲竹杠。

2. 占集体，贪集体，损公为私无廉耻。
3. 野装修，瞎吵闹，我行我素不顾人。
4. 占楼道，私设摊，不服管理还耍横。
5. 毁绿化，损设施，破坏公物丧公德。
6. 胡张贴，乱扔倒，影响环境毁村貌。
7. 告黑状，乱诽谤，搬弄是非损形象。

正确观点及行为

1. 顾大局，多配合，克服困难带头迁。
2. 爱集体，护财产，公道无私讲奉献。
3. 不吵闹，不扰邻，尊重他人创和谐。
4. 守规定，从安排，自觉配合服管理。
5. 爱公物，护绿化，爱村如家讲风尚。
6. 讲卫生，爱环境，美化家园靓形象。
7. 讲正气，抵邪气，维护集体好风气。

行为规范有了“错”与“对”的对照，生活在同一村的农民和员工们可以通过这些通俗易懂的条规相互教育监督。“但后来我们发现，这种做法能起到作用，或者说对大多数人能起到作用，或者说村民们表面上都能对照后达到自我教育的目的，确实改变了一些旧习陋习和落后思想，但要想从基本上、根本上做到还需要做大量细致深入的工作。为此，我们又推出了文明家庭奖评选活动和奖励实施办法，这一办法推出后，村民和员工们的素质水平和自觉意识大大提高与增强。”吴惠芳介绍说，他们现行的文明家庭奖条例和奖励实施办法，先后修订过四次，非常细致，共涉及综合治理、社区管理、医疗卫生、计划生育、公共事业等几大类、57 个条款。这些条款涉及村容村貌、遵守交通规则、拆迁问题、家庭关系等生活在永联村和企业环境里人们的日常行为。每个家庭的“文明家庭奖”的奖励标准是每人每年1 000元，这钱对富起来的永联人来说也许并没有太多的吸引力(尽管话这么说，但我从永联村的财务表上看到一行数字依然十分震惊：自2002年至2011年的十年中，仅文明家庭奖所发出的奖金高达6 000多万元)。文明家庭奖一经推出和实施，在永联村便成了每个家庭和每个生活在这块土地上的人们相互监督、竞争的一件大事。"农民们天天生活在一起，尤其是大家不愁吃、不愁穿、不愁花钱后，面子和尊严成了谁都在乎的一桩事。一个家庭里可能有一个人不在乎这事，但其他家庭人员就会教育批评你，使你不得不重视起来。我们还有一个起监督作用的连带责任奖。比如哪个家庭违反了计划生育，违反了小区卫生规定，不仅这个家庭要扣分，他的邻居和社区管理者也要扣相应的分，这样一来，犯事的人和他的整个家庭都会压力很大，就不得不自觉起来。一个文明家庭奖的评选活动和奖惩制度，改变了村民和社区人员的诸多旧习与陋习……"谈起这方面的收效，吴栋材很自豪地夸奖他二儿子吴惠芳，"他从部队回来，我把这方面的事都交给他了，几年下来，效果十分明显。"

有一个精通思想工作又有理工科专业背景的军队师级干部转为村党委副书记来抓这样的事，应该说是永联村的幸运。

文明家庭奖如一面镜子，对永联人来说，每天可以用来对照检查自己的行为。这对提高个人素质，倡导乡风文明的社会主义新农村建设也起到了助推作用。尤其让那些不文明的人和事暴露在众目睽睽之下，你想不改、你不知耻，也无法逃过家庭和邻里们的嘲讽与鄙视的目光。就农民而言，其固有的小农意识和一些长期积存的陋习，仅靠自我觉悟和自我教育有时难以改变，而外在的碰撞与冲击反而更容易触及灵魂。在一份2009年7月23日的《永联村讯》小报上，我看到头版刊发的"2009年上半年文明家庭奖考核扣分情况"：

1月25日晚至1月26日，村民钱某一直睡在综合治理办门口，影响形象，扣1分；

3月23日，村民朱某邻里吵架斗殴，扣2分；

3月29日，村民钱某聚众斗殴，被拘捕，取消该户本年度评比资格；

4月4日，村民陈某带领女儿、女婿在媳妇家门口砌一堵墙，影响极坏，扣2分；

4月9日，村民张某被司法机关取保候审，扣5分；

4月23日，村民陆某参与赌博，扣2分；

4月29日，村民张某为卖淫嫖娼提供场所，扣5分。6月8日，其再次为卖淫嫖娼提供场所，再扣5分；

5月6日，村民马某因盗窃被拘留，扣5分；

5月30日，村民黄某出租房屋给违法犯罪嫌疑人，扣3分。

……

别小看了这份小小的扣分表，它在永联村民的眼里，绝不比中央电视台的《新闻联播》冲击力小。拿村民们的话说，扣分少给钱是小事，名声却是大事。谁上了这份扣分黑名单，你在大伙儿的眼里就只有一个字了：丑！在农村，你一丑，就会在众人面前抬不起头。即使做错事的人不知羞耻，他的家人、他的亲朋好友也会以他为耻，在如此压力下，做错事的人就不得不低下头、知错改错。

另一方面，个人的文明行为与经济利益挂了钩，在一定程度上也能给那些有不文明行为的人敲响警钟。比如村民张某为卖淫嫖娼提供场所，本想贪点小便宜，结果东窗事发后，一共扣了10分，即1 000元文明家庭奖全部扣光。张某十分后悔地说："我是赔了夫人又折兵，还落得个坏名声，以后再不干这等傻事了！"

又如陈某带领女儿、女婿在儿媳妇门口砌上一堵墙，也被扣了2分。钱尽管是小事，陈某也非常后悔地说：过去以为自己家里的事别人管不着，文明家庭奖出台后，家庭不文明的事也会被曝光，着实受到教育。

对农民的教育，用太多的大道理没有必要，这样既简单、又能触及灵魂的做法便能达到目的。最简单的道理其实包含着最深刻的思想。永联农民就是在这样的教育和锻炼中素质迅速提高。

在今天的永联村，你到处可以感受这种进步和完美人格——

在永联小镇上，有一条街很独特，它叫“爱心互助街”，这也许在中国农村是最为罕见的一条显示文明程度和幸福指数的街道了。在这条街上，所有的工作人员都是志愿者，他们有年轻人，也有年长者，有青年大学生、共青团员，也有退休在家的老农民、外地到永联工作的打工者和退休老共产党员、老干部。他们在这里工作没有报酬，只有服务的职责。因为他们清楚地知道自己是志愿者，所以服务的态度特别好，服务都是尽心尽力的。爱心互助街上有十几个门面和单元，每个门面和单元里都有自己的服务对象和服务内容，有专为老人就餐服务的小食堂，有专为儿童服务的少儿室，有为居民日常生活服务的小修理部，等等。其中一个专为家庭困难和伤残人服务的爱心超市，尤其吸引我。那里面的商品都是村干部、群众自己捐献到这儿的物品，约有数百件，价格极为便宜。我问店主，假如有贫困家庭和伤残者来购物时，在已捐献的物品里没有他们想要的怎么办？她说村里专门还有一笔近千万元的爱心基金，就是用来解决这一问题的。“吴栋材书记等村里领导是这个爱心基金的主要捐款者。有这个基金，我们就能照顾好全村贫困家庭和伤残户、五保户等困难群体的生活。”店主告诉我。就在这个时候，有位中年妇女从货架上取了几样东西，然后拿出一个小本本，交给志愿者身份的店主签名并付了 20 多元钱。那妇女告诉我：那个小本本是村上发的，证明她家是有特殊困难的，来这里买的东西每次都要在本上登记。我问店主为啥要登记？店主解释：这里可以清楚地记录贫困户所需的物品，一是防止重复和过量购买，二是便于掌握贫困户所需。噢！明白之后，我转头又问购物者：“所购东西比一般商店能便宜多少？”她答：“至少便宜三分之二，有的甚至更多。”“比如外面商店买个做饭的高压锅，得 200 块钱。这里买一个大半新的高压锅才不到 20 元。”她举例说。

爱心互助街并不长，但这道独特的风景线留给我的思考则异常的多。为此我一直在想：富裕的永联村是否还有穷人？是否还有不开心、不幸福的人？毫无疑问，穷人还是会有的，不开心、不幸福的人和事也同样还会有。但这里的穷人是相对于那些工作和生活正常的人而言收入低一点而已，他们并非真正意义上的穷苦。幸福不幸福、开心不开心既是一种生活标准，更多的则是一种变化着的情绪。可以肯定的一点是，永联人的物质生活和精神世界的幸福指数一定是全中国农村中名列前茅的。至于百姓的心境是否幸福，我们可以从一张张欢笑的脸上看到。

“我们村的所有重要事情，都是通过村民协商解决的，同时又有清清楚楚、明明白白的规章条例。吴栋材书记在对待农民利益时，一直坚持和主张走共同富裕之路，同时用制度来规范和激励多劳多得、创造创新的合理合法收入，永联因此才有了长久以来的和谐稳定繁荣发展的局面。”村委会主任刘雪祥自豪地说。

百姓百心，再好的日子难免有各式各样的新想法，社会再发展也难免有新的矛盾与问题。永联村又如何保持这种和谐稳定繁荣的发展局面呢？

“吴书记有招啊！”刘雪祥告诉我，2010 年 8 月，吴栋材从德国考察回来，突然在村干部会上宣布：结合永联小镇建设，我们要建一座村民议事厅。

啥叫议事厅？有人问。

“就是跟国外议会一样的那种圆形会议厅。”吴栋材进而解释道。

啥，吴书记要在村里搞议会制了？这件事一传出，立即在永联上下引起了不大不小的风波。

“这行吗？议会只有在资本主义国家才有呀？”

“吴栋材干了一辈子共产党的事业，让永联村民都过上富裕生活，现在却要把他们引到资本主义的制度上去？”

“去问问吴栋材，看看他到底想搞啥名堂！”

后来果真有不少村民见吴栋材后，就追着问他为啥要搞永联议事厅。吴栋材笑了，说，你们想一想：如今永联可不是二三十年前的永联了，可谓家大业大，资产几百亿，人口也非几百人，而是万余人，这还不是全部，加上厂里的、打工的，以及周边跟永联产业有关联的单位和个人就更多了。这么一个大摊子，如何来管理，如何让永联村民们能够继续有效地自主管理，光靠我吴栋材一个人或者靠永联班子几个人行吗？再说，永联是要不断向前发展的，永联人的组成也会发生变化，这块土地上也会发展出新的社会形态，但有一点我希望它永远不改变，那就是永联永远是永联村民的，永远是生活和创造这块土地奇迹的永联人的。这一点大家肯定同意我的想法和看法吧？那么好了，接下来的问题是：我们怎样来确保这一点呢？如何来确保永联村民能够既实实在在地享受永联发展的成果，又真真切切地参与永联发展的决策权和管理权呢？村委会、村党委和村民大会固然是一种形式的参与权，但村委会和村党委及村民大会，毕竟有其各自的履职权限和职能，百姓的事很具体，村委会和村党委会及村民大会上定下的事能不能被多数村民接受和是否符合大家的利益与心愿，还得有一种机制让村民代表们有发言权和参与决定权，这就是我想借用西方议会制的初衷和全部想法。永联在决定推行关切到每个村民利益的事时，拿出来交村民代表们议一议、论一论后再实施推行，你们说这个做法好不好？

村民们一听，都说好！说这才是民主，这才是我们村民当家做主。

既然大家都说好，那我们建个永联议事厅，你们说行还是不行？吴栋材便问大家。

村民们齐声说好，说吴书记不仅让我们过上幸福富裕生活，还给足了我们参与永联发展和管理的权利，我们要好好用上这议事权。

有人还问，吴书记，假如你和村上提出的事我们不同意，或者心里有想法，能不能冲你说出来，在开会时放炮呀？

吴栋材笑了，说，你没看外国议会开会的情形？每个议员都可以把自己的话自己的意见直说出来，在议会里所有的人都是平等的，都是一票。

有人怀疑，说，我们永联的议事厅能做得到跟人家老外国家的议会一样？

吴栋材笑着说，如果这一点都做不到，我们花四五千万元钱造那么个东西疯了？

中国第一家“农民议会厅”——永联议事厅就这样于2011年3月正式开建，一年后完工。完工后，吴栋材请村民们都进去参观。参观后的村民个个乐开了花，而且心里立即有了争当“永联议员”、或思忖着选出自己信得过的“议员”的想法。

第一次“议会”开会，代表10 400个村民的260名“永联议员”个个穿着崭新的衣服，庄严肃穆地进入议事大厅，那大厅内所有人都是同样的座位、同样的发言权利、同样的……总之，这里有太多的同样。这让从未见过议会是何物的“永联议员”们心潮激荡。

“在议事厅里一坐下，你的一举手、一按钮、一发言，都是权利。公平、透明、民主……在这里啥都能体现到。”

这一次是村里将外来媳妇或女婿的住房和村集体福利补贴等事宜交村民们讨论。这等事复杂而具体，各种情形又不相同，千奇百怪。如果放在平时，也许村委会一个决定总会引发一些意想不到的矛盾和后遗症。一旦矛盾和后遗症出来，村民们就会冲村委会和干部们发泄不满。“议会”将这样的事交给具有广泛代表的“议员”们认真讨论并广泛听取各种意见之后，又以举手表决、少数服从多数的形式决断下来。“这就是我们共同遵守的法律和条例了！谁想违背和推翻就不那么容易了。谁即使有意见也必须服从相应的规定行事，否则就是自己的不对了。”村民们拍手叫好。

“好！原来议会还真有好处啊！”

2012年“五一”假期，我到永联后，重点参观和感受了中国的第一个乡村“议会”场景，颇为感叹：吴栋材真的把“中国梦”的理念融化到了公民参与社会发展和社会主义的共同事业之中，堪称巨大的中国式进步。它的意义也许今天还不能被人认知，但它对未来中国的影响却有可能超乎我们的想象。

在中国五千年文明史中，农耕社会很久很久，真正现代工业社会其实只有几十年的历史。现在正在进入后工业社会，公民的民主权利和政治参与权利一直没有真正解决，或者说根本就没有迈出步子。虽然时下也有村民自治管理条例，但真正让百姓按照自己的意愿举起那只庄严而神圣的手的机会，似乎极少。永联村现在试探着、实践着把这份权利交还给自己的子民，难道不是一次伟大的历史性壮举？

5 000万元的投资建一个豪华的议事厅，不是所有的中国乡村都能建得起的，甚至再过几十年也还有众多地方根本建不起。但永联有这个能力，而且它一点也不属于浪费，因为平时由永钢集团租赁了这个议事厅大楼，也就是说平时的运营开支都由资产巨大、商务活动很多、会议不断的永钢企业承担了。但议事厅的资产是永联村的，永联村民是这座富丽堂皇的超五星建筑的主人。

永联村民们很得意，他们骄傲地告诉我：虽然花费几千万元，但几年租赁出去后就可以赚回成本。再说，永联如今家大业大，发展前景光明灿烂。永联发展过程中的每一项重要政策的出台，都不是用钱所能计算得出来的，因此我们在议事厅通过民主程序作出的一个个决定，对全体村民利益、对整个永联发展是无法估价的。

一句话：值！

确实值。当我走进永联议事厅的大门，迎面是宽阔华丽的厅道，再往左右是一大一小的接待厅，其内的陈设和功能可以接待国家元首。在一楼的中央是议事大厅，圆形的会场共有285个座位，除主席台，分五个区块。“全村285个固定座位，其中村民代表260个，按10 400个村民的百分之两点五的比例设置的。另25个是村干部和机动席位。五个区块依照现今的永联村是由原来的五个自然村合并而成的客观情况分区设置，以求土著和新并村之间的平等……”吴惠芳在现场向我介绍说，为了议事厅里所有人都享有同等公平的权利，每个区块的代表都可以通过座位直接走向发言席。通道上的三个发言席话筒是最先进的，只要发言者一按按钮，其智能摄像头同时跟踪，实时将发言者的图像和声音传输到电子大屏幕上，会场内外的人都能清清楚楚地观其像、听其言。“而且在二楼专门有个大玻璃窗可以看清会场上的任何一个角落，其目的是让所有议事的过程和每个代表在现场的意见都能让村民们了解得一清二楚，做到决策权和议事权的透明。”吴惠芳说到这儿，指指议事厅的“天屏”，说，“你看，我们议事厅的房顶是通天的，象征老百姓所希望的开着天窗说事……”我仰头看去，果真在圆形穹窿顶中央，是个“星拱天际”。那一瞬，我是何等地敬佩吴栋材！他爱民、为民之心，谁人可比？他细心管治一方天下之甘苦，谁人可知？

我知道，永联人知道，世上人早晚也会知道。

永联不胜、永联不富、永联不强、永联不和之理没有也！

结束语

假如没有这个人……

在大洋彼岸的美洲，据说有这样的传说：一只南美洲亚马孙河流域热带雨林中的蝴蝶，偶尔扇动几下翅膀，可以在两周以后引发美国德克萨斯州的一场龙卷风。有人说这样的概率太小，小到你拿着两元钱去买彩票，一下成了沃伦·巴菲特。但确实有科学家已经证实过一只蝴蝶能掀起一场热带龙卷风。

自然界的事如此奇异，人类社会的历史现象就更加奇特了。我们不妨可以作些设想：假如中国当代没有邓小平这个人的出现，不知中国今天会是什么样？假如20世纪的中国没有毛泽东的出现，这一衰落的东方大国又会是什么样呢？还可以作更多的假如：假如叶利钦不出现，俄罗斯是不是今天这个样呢？当然我们还可以继续想象，假如美国建国时没有华盛顿、杰弗逊、亚当斯、富兰克林、汉密尔顿这五位开国元勋的话，美国的今天又会是什么样呢？我想有一点可以肯定的是，倘若真没有这些杰出人物的出现，这个世界绝对不会是今天这个样。

事实上，一个国家、一个地区，哪怕是一个村落的兴衰史，某些特殊人物必定是起着关键而根本性的作用。因此我们可以得出以下结论：人类社会由于一些强大而杰出的人物的出现而开始发生了本质的变化，比如出现了部落，出现了集市，出现了城市，出现了国家和民族。现在我们觉得某一个人的出现很难改变这个世界，但事实上人类历史的发展和变化都是因为某一个人的出现而发生变化的，世界也因此呈现出不同的走向。国家如此，民族如此，城市发展同样如此。最小的社会组织——村庄或村落的历史也是如此。

永联村的历史是从1970年一片纯粹的长江新滩地开始的，至今只有四十多年时间。按照2005年之后实施的新一轮行政划分方案，南丰镇将合并归入他镇。但后来南丰镇保留了下来，其理由就是因为永联的存在而获得了继生权。这个继生权能够保留到什么年代，我们尚不得而知。就现在而论，南丰镇能够依然存在，完全是因为永联的存在。

“南丰镇的财政收入85%是来自永联村，所以永联村打个喷嚏，南丰就要发高烧。”这是南丰镇党委书记的话。

南丰是个小镇，在最近的行政合并风潮中，张家港市最初的方案是将南丰镇撤销的，但因为永联村的块头和社会影响力远远超过了南丰合并到的另一个镇的分量，故最终的结果是：南丰镇保留。在决定这一方案时，政府部门留有一句话：南丰镇要为永联的发展做好服务和行政上的保障。言外之意是，你南丰镇如果不想从地球上消失，就得把永联保护好。

“‘学永联，建现代化新农村；学永钢，建创新型新企业。’这是我们镇上提出的口号，要求永联之外的村庄向永联人学习，用五到十年时间，接近或相仿于永联的经济和社会发展水平。与此同时，我们将同永联村一起制订和规划新永联的发展蓝图，并在各个方面为永联的发展保驾护航。也许五年、十年以后，全镇所有村庄的经济发展和社会文明进程与永联成为一体，成为经济总量更大、发展空间更广的又一种新的永联形态……”那天上午，南丰镇党委书记领着我从崭新而气派的镇办公大院走出，指着门前那条双向六车道的新“永钢大道”，说：“此路从镇上通向永联村，沿途没有经过永联一亩地，但永联村出资4 500万元。诸如此类的南丰镇公共建设设施，永联一直充当着从不犹豫和动摇的‘掏钱老板’。”

永联永联，联结四面八方。这是吴栋材三十年前给原23大队起的新村名，如今它的含意在不断地得到实现和扩展。吴栋材告诉我，未来十年之内，新永联将以永联小镇为中心点，以10公里半径辐射至周边地区，东北至大江万吨码头一线为工业发展园区，其产业向沿江和世界各地延伸；西南将向古渡口黄泗浦延展，形成农业生态与文化旅游产业区。永联小镇中心区域则是居民生活和文化商贸区。“区域内有一条与张家港市区连接的快速通道，有一条与上海、苏州等大城市直通的高速公路，同时又有靠江出海的水路，区内居住的人口有效控制在5万至10万人……那时，永联小镇的经济总量在1 000亿至2 000亿元，居民人均年收入在2万美元左右，加之独特的江边风光和田园景致，将使永联成为真正意义上的宜居宜食宜游宜学的中国式现代化小镇——一个完全是由我们本地农民一手创建的小镇。"吴栋材说，而这正是他的毕生心愿。

"那时的永联小镇，一定是城市人的乐园，农民们的天堂。"吴栋材补充道。

2013年"五一"节，我再次来到长江边的永联，当我站在滚滚东去的大江江岸，回望身后被绿色麦浪簇拥的"十里钢城"和锦绣小镇时，心头不禁想起同在这片土地上缔造了两段历史的两个人物：伍子胥和鉴真和尚。

前者是距今2 500多年前的春秋末期的吴国著名军事家。公元前514年，伍子胥奉吴王阖闾之命，"相土尝水，象天法地"，在水泽江南建起了一座阖闾大城，即今天的苏州古城。姑苏从此成为城廓绝唱和人间天堂，名垂世界史册。

后者是唐代的著名盲僧。唐天宝十二年（即753年）冬天的一个夜晚，66岁的盲僧鉴真在弟子们的搀扶下登上日本遣唐使的船，开始第六次东渡之旅，这一次他终于成功，在海上漂泊一个多月后抵达日本。他上船的地点，就在距永联村十里外的古黄泗浦。这里至今留有鉴真在中国故乡的最后住地——尊胜禅院。鉴真到达日本后，开日本佛祖律宗祖庭，对日本的建筑、雕塑、医药和书法产生了根本性影响，被日本人尊为"盲圣"和"文化圣人"。

吴栋材是什么？吴栋材的永联远景和历史才刚刚开始。永联已经写入当代中国的历史，它能不能写入世界历史和未来历史，是吴栋材今天正在规划和思考的事。我相信：再有三十年、一百年时间的永联，也许它能成为长江边的又一个苏州、又一个上海，或许比苏州、上海更美的城市，因为在吴栋材的心中，他认为人类最理想的家园，应当是田园里的现代化都市……

南美的一只蝴蝶可以卷起一场龙卷风。中国的一滴大江之水，可以让这个世界改变色彩和版图。